霧に眠る殺意

アイリス・ジョハンセン
矢沢聖子 訳

HIDE AWAY
by Iris Johansen
Translation by Seiko Yazawa

HIDE AWAY

by Iris Johansen

Published by K.K. HarperCollins Japan, 2024

霧に眠る殺意

おもな登場人物

イヴ・ダンカン――復顔彫刻家
ジョー・クイン――アトランタ市警の刑事
ジェーン・マグワイア――イヴの養女
セス・ケイレブ――謎の男
カーラ――11歳の少女
ジェニー――カーラの姉。故人
エレナ――カーラとジェニーのシッター。故人
カスティーノ――カーラの父親。麻薬カルテルのトップ
ナタリー――カーラの母親
サラザール――カスティーノと敵対するカルテルのトップ
ラモン・フランコ――サラザールの部下
マクダフ卿――ハイランドの城主
ジョック・ギャヴィン――マクダフの使用人

1

カリフォルニア州　カーメル
モントレー半島地域病院

ひとりぼっちになった。

しっかりしなくちゃ。もう十一歳だし、自分のことは自分でしなくちゃいけないと教えられてきた。いつかこんな日が来るとずっと言われてきた。

カーラ・デラニーは、イヴ・ダンカンの病室を出ると、ドアにもたれて不安を押し殺そうとした。胸がどきどきして、喉に大きな塊が込み上げてくる。メキシコに帰されるらしい。いつかそうなるんじゃないかと思っていたけど、それでも、すごいショック。そんなこと、考えたくもない。

でも、しかたがないのだろう。生まれてからずっと逃げ回ってきた。助けてくれる人がひとりもいなくなることも覚悟しておかなければいけなかったのだ。姉さんのジェニーも、生まれたときからずっと世話をしてくれたエレナも、二人とも殺されてしまった。生き残ったのはわたしだけ。イヴがわたしをそばに置いてくれないのなら、ひとりで生きていくしかない。

もう、自分のことばっかり考えて。急に自分に嫌気が差した。今はわたしのことより、イヴの心配をしなければいけないのに。ジェニーもエレナもわたしのために命を捧(ささ)げてくれた。今度はわたしが誰かに恩返しする番だ。

カーラは深く息をつくと、握り締めていた両手を開いた。きっと、なんとかなる。何か方法が見つかる。

「カーラ?」

マーガレット・ダグラスが廊下を近づいてきた。心配そうな顔をしている。マーガレットはイヴの友達で、わたしを児童保護施設から連れ出してくれた。イヴが入院している間、ずっと親切にしてくれたから好きになった。でも、今はほかにしなければいけないことがある。

イヴのそばについていて面倒を見なくちゃ。それなのに、ジョー・クインに病室を追い出されてしまった。

カーラはどうしたのかしら?　廊下を近づきながら、マーガレットはカーラから目を離すことができなかった。唇を固く結んで、肩を怒らせている。ここ数日間、追い回され命を狙われたショックが、今になって出てきたのかもしれない。まだ十一歳なのにあんな目に遭わされるなんて。しかも、生まれてからほとんどずっと逃亡生活を続けてきたなんて。マーガレットは胸が痛くなった。カーラと姉のジェニーは、メキシコシティの麻薬カルテルの首領、フアン・カスティーノの娘で、ライバルのカルテルの首領、サラザールに誘拐された。ジェニーは殺され、カーラはシッターのエレナに連れられて、八年間逃げ続けた。だが、数日前、エレナはサラザールに雇われた殺し屋、ジェームズ・ウォルシュに殺害された。カーラもウォルシュに追いつめられて、もう少しで殺されるところだった。駆けつけたイヴに間一髪のところで助けられたものの、イヴは脳震盪を起こしてこの病院に運ばれた。カーラがあんなにこわばった顔をしているのも無理はない。

「どうかしたの？」マーガレットはカーラの前で足を止めると、やさしく笑いかけた。「わたしにできることはない？」

カーラは首を振った。「何かあったみたい。ジョー・クインがイヴの病室に来て、わたしに廊下で待っているようにと言ったの。わたしのことで、何かあったんだと思う。ジョーはそうじゃないって言ってくれたけど。でも、そうとしか思えない」カーラのハシバミ色の目に涙がにじんだ。「イヴはわたしを家に連れて帰って、しばらくいっしょにいてくれると言ったの。でも、たぶん、ジョーはイヴがわたしのせいで入院したと思っているのよ。だって、そのとおりだもの」

マーガレットは手を伸ばして、カーラの黒い髪に触れた。「ジョーはあなたのせいだなんて思ってないわ。ジョーはそんな人じゃない。イヴは自分が正しいと思ったことをする人で、それを止めることはできないと知っているもの。イヴがあなたを助けようとして負傷したのは確かだけど、ジョーだってイヴのすぐあとで現場に駆けつけたのよ。彼もイヴと同じようにあなたのことを心配していた」マーガレットはカーラの薄い肩をそっとつかんだ。「わたしたち、みんな心配していたわ。あなたを捜し出して、あの殺し屋から助け出すのは大変だった。イヴはがむしゃらに突き進むしかなかったの」

「わかってたわ」カーラはつぶやいた。「ジェニーから聞いた。イヴは必ずわたしを助けてくれるって」

「ジェニーが?」マーガレットはぎくりとした。「あなたのお姉さんのジェニーは――」ためらってから続けた。「八年前に亡くなったんでしょう?」

カーラはうなずいた。「でも、ジェニーは夢の中に……」挑むようにマーガレットを見た。「ちゃんといるの。わたしの頭がおかしいと思う?」

「わたしがそんなこと思うわけがないでしょう」マーガレットはカーラの額にかかった髪をかき上げた。小さな顔の中でハシバミ色の大きな目が、真剣な表情を浮かべて見つめている。きれいな弓形の眉、尖った顎。カーラと知り合ってまだ数日だけれど、物静かな表情の裏に激しいものを秘めていることにマーガレットは気づいていた。十一歳の子どもにしては驚くほど忍耐強いのは、長年逃亡生活を送ってきたからだろう。執拗に命を狙っていたウォルシュが死んでも、また別の殺し屋が追ってくると覚悟しているにちがいない。カーラは年齢よりずっと大人びていて、何かの拍子にそのことに気づかされる。「夢でお告げを受けたからって、頭がおかしいなんて思うわけない。わたしは生まれてからずっと変な人と言われ続けてきたんだから」

「変な人じゃないわ」カーラは言った。「あなたは……すてきよ」

「そう思ってくれる人ばかりじゃないけど。あなたもすてきよ」マーガレットは一歩しりぞいた。「わたしだって昔のことを夢に見ることはあるわ」

カーラはうなずいた。「でも、それだけじゃないの」ちょっとためらってから続けた。「イヴもジェニーの夢を見るみたい」

「イヴはわたしたちのような変わった人間のことを理解してくれるから。だから、仲よくやっていけるの」マーガレットはそう言うと、やさしい声で続けた。「急に知らない人ばかりに囲まれて不安でしょうね、カーラ。殺し屋に命を狙われたうえに、大切なエレナを失って。誰を信じたらいいのか、これからどうすればいいのか、とまどっているんじゃないかしら」

「そんなことないわ。これからどうすればいいかはわかってる」カーラはイヴの病室を振り返った。「わたしはイヴといっしょにいるわ。面倒を見なくちゃいけないから。イヴにはわたしが必要なの」

「イヴの面倒を見るって？」マーガレットは驚いた顔になった。「誰にでも愛情は必要だけど、イヴは強い人だから」

「でも、面倒を見なくちゃいけないの。ジェニーに約束したから」

「さっき言っていた夢の中で？」

カーラはそれには答えなかった。「約束したの」そう繰り返すと、急いで続けた。「それに、さっき言ったけど、イヴはわたしをしばらく家に置いてくれるつもりだったの。でも、さっきジョーが入ってきたとき、何かあったとわかった。たぶん、ジョーの気が変わったんだと思う」

「それはどうかしら」マーガレットは興味深そうにカーラを見た。「でも、もしそうだったら、どうするつもり？」

「何か方法を見つけて、そばにいられるようにする」カーラは病室のドアを見つめながら言った。「イヴを守らなくちゃいけないもの」

小さな顔に強い決意とひたむきさが浮かんでいる。この一途（いちず）さがカーラの武器だとマーガレットは気づいた。イヴがカーラを見つけ出すのは不可能に近かったのに、すんでのところで救い出せたのは、このカーラの強さのおかげだったのだ。ずっと危険にさらされてはいても、決して無力な子どもではない。「イヴはもうすぐ退院して家に帰れるわ。あなたが守ってあげなくてもだいじょうぶ」マーガレットはほほ笑んだ。「もちろん、イヴはあなたといたがるだろうけど。先のことまで心配しなくていいの。ねえ、待合室に行かない？　何か飲むものを買ってあげるから」

ここにいるとつっぱねるだろうと思っていたが、カーラは素直にイヴの病室から視線をはずした。「うん。今はここにいてもすることがないし」

「それがいいわ」そう言うと、マーガレットは廊下を歩き出した。「どっちにしても、あなたの考えすぎかもしれないし」

「考えすぎなんかじゃない」カーラは深刻な顔で言った。「わたしにはわかる」イヴの病室を振り返った。「だって、ジョーが……怖い顔をしていたもの。何かあったのよ、きっと……」

メキシコシティ

きっと、何かあったのだ。アルフレード・サラザールはいらだっていた。ウォルシュは最後に報告してきたとき、カスティーノの娘と、シッターのエレナ・パスケスを見つけたから、近いうちにけりがつくと言っていた。

なのに、なぜあれきり連絡がないんだ？　やけに気になってしかたがない。ジェームズ・ウォルシュへの信頼なんかとっくに失っているが、曲がりなりにもプロの殺し屋なのだから、見つけた獲物は仕留めるはずだ。邪魔が入ったのか？

そんなまねをしたのは誰だ？

デスクの引き出しから、ウォルシュが送ってきた調査書を出した。

イヴ・ダンカン、ジョー・クイン、カーラ・デラニーの三人の調査書を並べた。

ほかの人物の調査書もあるが、今は関係ないだろう。

まずはイヴ・ダンカン。最近見つかったジェニー・カスティーノの頭蓋骨から生前の顔を復元した復顔彫刻家だ。ちらりと写真を見た。好みのタイプではない。細身で、髪は赤みがかった茶色、目は淡い緑色。魅力がないわけではないが、サラザールの好みはエキゾチックで、グラマーな美女だ。世界屈指の復顔彫刻家と評されているから、その方面では優秀なのだろう。

ひたむきで頑固そうだ。ウォルシュには子どもを狙う前にこの女を始末しておくように言っておいた。彫刻家なら、ウォルシュのような殺し屋と張り合う力はないはずだ。

次にジョー・クインの調査書を眺めた。茶色い髪、茶色い目、意志の強そうな角張った顎。アトランタ市警の刑事で、元FBI捜査官、海軍特殊部隊に所属していたこともある。長年イヴ・ダンカンと暮らしていて、ダンカンに惚れ込んでいる。この男なら、ウォルシュの敵として不足はない。

女の子の写真に目を向けた。カスティーノの家からウォルシュが誘拐したときはまだ三歳だった。姉のジェニーは九歳だったが、二人とも整った顔立ちで、頬骨が高く、弓形の眉をしていた。カリフォルニア州北部で保安官がジェニーの遺体を見つけ、イヴ・ダンカンに復顔を依頼したという。できあがった復顔像はジェニーに生き写しだった。こうなったら、一刻も早くジェニーの妹のカーラをつかまえなければならないことくらいウォルシュはわかっているはずなのに。

手遅れになったら、自分にも累が及ぶのはサラザールにもわかっていた。

これ以上ウォルシュの連絡をぼんやり待っているわけにいかない。今度も任務を果たせなかったのなら、あいつを消すまでだ。

サラザールは電話を取った。

だが、操作する前に電話が鳴った。

ラモン・フランコからだ。

いい知らせではないだろう。ウォルシュの能力に疑問を抱き始めたときから、若いラモン・フランコをウォルシュの監視役として差し向けて見張らせていた。

「ウォルシュは死にました」サラザールが電話に出るなり、フランコはぶっきらぼうに言った。「殺されたんです。おれもゆうべ知って、急いで情報を集めたところで。だから、あの子どもを始末するなら、おれを行かせたほうがいいと言ったんですよ。あいつがしくじったおかげで、そこら中、警察だらけだ。ボスが裏で糸を引いていたのがばれなかったらいいんですがね」

なんてことだ！

電話を握る手に力が入り、怒りが全身に広がっていった。「なんでそんなことになったんだ？　八年間も無能なウォルシュをかばってやったのに。あいつが死んだからといって、カスティーノの餌食にされるのはごめんだ。誰に殺された？」

「イヴ・ダンカンです」

ということは、思い違いだったのか。彫刻家なら殺し屋と張り合う力なんかないと思い込んでいた。それでも、ウォルシュには〝カスティーノの娘の復顔像を盗んだら、きっとダンカンが取り戻しに来るだろうから、面倒なことになる〟と警告しておいた。だが、面倒どころではなかった。ダンカンに殺されたというのだから。「彫刻家のくせにウォルシュをやったって？　ウォルシュはあれでも長年のうちに何人も殺している。あの女なんか虫けらみたいに潰してしまうはずだったのに。いったい、何があったんだ？」

「事故だったようです。ダンカンが警察に説明したところでは、洞窟の高い岩棚の上で争っていて、ウォルシュがあとずさりして転落死したとか」そう言ってから、フランコはつけ加えた。「ダンカンに突き落とされたのかもしれない。カスティーノのもうひとりの娘のカーラも洞窟にいたんです。その子がターゲットだったんでしょう？」

「ああ、最後のターゲットだ」サラザールは苦々しい声で言った。「ウォルシュは十一歳の子どもを見つけて始末することもできなかったわけか」

「洞窟に隠れているのは見つけたが、イヴ・ダンカンに邪魔されて、かたをつけられなかった。シッターのエレナ・パスケスは始末したが。おれならそんなドジは踏みませんよ」

「警察は子どもの身元を割り出したら、父親のカスティーノのところに送り返すだろうから、こっちもうかうかしていられない。それでなくても、カスティーノはカルテル間の協定を破棄するチャンスを狙っているからな」

「そうなる前にカスティーノ・カルテルを根絶やしにしておかないと。命令を出してくれたら、ウォルシュの死をもみ消して、その子どもがこの世にいなかったことにしてみせます」フランコの声に熱がこもった。「そろそろ認めてくれたっていいんじゃないですか。十二歳のときから、あなたに言われたことは全部やってきたんです。それなのに、厄介な殺しはやらせてくれなかったし、役立たずのウォルシュを見張るためにカーメルまで来るはめになった。こんなのは駆け出しの仕事だ。おれは駆け出しじゃない」

「ああ、そのとおりだ」サラザールはなだめた。フランコのやつ、やけに態度が大きい。身のほどをわきまえさせてやりたい気もするが、たしかに、こいつは役に立つ。行動力があるし、コネもある。ここは機嫌をとっておいたほうがいいだろう。若い連中の態度の悪さは頭にくるが、いざとなったとき果敢に戦うのはこういうやつらなのだ。フランコはまだ十九歳だが、カルテルがらみの殺しにかけてはかなりの実績がある。頭が切れるし、腕が立つうえ、根っからの悪党だ。「だから、おまえにウォルシュの見張りを頼んだんじゃないか。おまえほどの適任者はいない。代わりを探せと言われたって困る。ウォルシュは経験だけはあったが、年も年だし、信用できなかった」そこで間をおいた。「そこへいくと、おまえは違うよ、フランコ。おまえを見ていると、自分の若い頃を思い出す」

「ほんとですか?」フランコは一息ついてから、ためらいがちに続けた。「光栄ですよ。おれは、ウォルシュが何をやっているのか、ほんとのところは教えてもらっていなかったから。それで……ただの使い走りみたいな気がして」

実際、そのつもりでカーメルに行かせたのだ。だが、状況が変わったからには、サラザール自身が出ていくことになるまで、フランコを昇格させるしかなさそうだ。「おまえひとりに目をかけると、ほかの連中が妬むからな。特に今は用心したほうがいい。当面はカーメルで、ウォルシュがやらかした不始末のかたづけに専念してほしい。厄介な仕事になるだろうが、おまえならやれる。若くても頭が切れるから」

「いつまでも若造扱いしないでほしいな」

「若造扱いされるのも悪いことばっかりじゃないぞ。実力を見抜かれずにすむ。実際、そうやって相手を油断させてきたじゃないか」

「まあ、たまには」

「しょっちゅうやっているくせに。おれが気づいてないとでも思っているのか? せいぜい若さを利用することだな。それと、女たちがころりとまいる笑顔を」

「情報がほしい。ウォルシュが知っていたことを全部教えてほしいんです。最初からそうしてくれていれば、話が早かったのに」

本当にフランコは身のほど知らずだ。サラザールは心の中でため息をついた。「教えるまでもないだろう。ドラッグ、裏切り、悪党。おまえはそんな中で育ってきたんだからな。ファン・カスティーノは、ずっとおれの縄張りを狙っていた。メキシコには自分のカルテルしかないと言わんばかりの態度で、引きずりおろそうとするやつは必ず潰された。おれも知恵を絞って、いろいろ計画したが、カスティーノにはあちこちに情報提供者がいて、いつも先を越されたよ。実際、メキシコ中のカルテルが連立協定を結ばなかったら、あいつにやられていただろう。協定の後ろ盾がある間はなんとかなってきた」

「さっさとあいつを殺して、けりをつけたほうがいい。それがいちばんですよ。心配ない。おれに任せてください」

単純なやつだ。そんなに簡単なことなら、とっくに実行している。「おまえならやれるだろうが、慎重に進めないと命取りになる。カスティーノを狙っているとほかのカルテルの連中に知られたら、おしまいだ」サラザールは少し間をおいた。「八年前に誘惑に駆られて、あいつに復讐したと知られたら、ほかの連中は黙っていないだろう」

「ジェームズ・ウォルシュにカスティーノの娘二人とシッターを誘拐させて、殺そうとしたことですか？　連中は自分たちにもその勇気があったらと悔やむでしょう」

「いや、おれの首を取ってカスティーノに献上する。そして、おれの縄張りを分け合うだろう」サラザールはいらだった声になった。「単純な計画だった。予定どおりウォルシュがあの三人を殺していれば、なんの面倒もなかった。死体はあがらず、おれとの関連は永遠にばれない。こっちは安泰で、いずれ時が来たら、カスティーノは娘たちの後を追うはずだった。だが、ウォルシュがしくじったせいで、いつカスティーノにばれるかひやひやして暮らさなければならなくなった。このままにはしておけない」

「さっさと動けば、まだチャンスはありますよ。カスティーノはまだ何も知らないはずです。警察の調書では、子どもの名前はカーラ・デラニーとなっているし、ウォルシュには連続殺人犯の容疑がかかっているだけだ。カスティーノの名前はどこにも出てきません」

安堵（あんど）と希望がサラザールの胸に込み上げてきた。「確かだろうな？」

「調書を見るために、あなたからもらった金をつぎ込んだんです。カスティーノの名前はどこにもなかった……もちろん、あなたの名前も」

「今のところは、だろう」

「早く手を打てば、だいじょうぶです。イヴ・ダンカンはまだ声明を出していません。脳震盪を起こして地元の病院に入院していて、パートナーのジョー・クインが事情聴取を受けさせないから」

「子どもはどこにいるんだ？」

「ダンカンの友達のマーガレット・ダグラスが世話しているようです」

「児童保護施設に収容されなかったのか？　アメリカには大きな保護施設があるそうじゃないか」

「保護施設から引き取ったらしいです。好都合じゃありませんか。このほうが手を下しやすい」

「たしかに」サラザールは子どもの喉に手を回して、この悪夢を終わらせるところを想像した。「おまえの仕事が増えたな、フランコ。ダンカンがカーラ・カスティーノのことをどこまで知っているか探るんだ……おれの存在に気づいているかどうかも。ダンカンから危害が及ぶ恐れがないと確かめないと、へたに行動を起こせない」

「その恐れはありませんよ。問題はどのターゲットを先に狙うかだけです」フランコが急にせっぱつまった声を出した。「早く指示してくださいよ。ダンカンか？　クインか？　それとも子どもか？」

「焦るんじゃない。まず病院に行って、くわしく報告してくれ。わかったな？」

「ダンカンをかたづけたほうが、あとのことがずっと――」

「言われたとおりにしろ」サラザールは念を押した。「わかったな？」

「わかりました」フランコは一呼吸おいた。「逆らう気なんかありません。ボスはあなただ。おれは心配してるだけで」

おれが殺されてカルテルが崩壊したら、自分もまきぞえを食うからだろう。サラザールは内心の皮肉を口にはしなかった。フランコはあれでなかなかの野心家だ。「心配だったら、なおさらおれの言ったとおりにするんだ」

「これからすぐ病院に行きます。報告を楽しみにしていてください」フランコは電話を切った。

フランコはああ言っているが、病院でダンカンを襲うチャンスがあったら、おそらく思いきった行動をとるだろう。

そうなったら、それでいい。フランコは腕の立つ殺し屋だし、ウォルシュがイヴ・ダンカンに殺されなかったら、計画どおりダンカンは今ごろこの世にいなかったのだから。だが、行動には準備が必要だ。フランコがやる気でいるなら、今度こそ失敗は許されない。

モントレー半島地域病院

「勘の鋭い子ね。あなたは考えていることがそのまま顔に出るタイプじゃないのに」病室を出ていくカーラの後ろ姿を眺めながら、イヴはつぶやいた。「本当にあの子のことじゃないわよね。急にあなたの気が変わったなんて、とても言えないもの。カーラと暮らすのが楽しみになってきたわ。ボニーがわたしの人生がもうすぐ変わると言っていたけれど、このことだったのね」

「いや、必ずしもこのことではないかもしれない」

イヴはぎくりとした。ジョーの声がいつになく固い。

「それはどういう意味？　何があったの？」

「あったというか。こんなこともあるもんなんだね」ジョーは首を振った。「そうとしか言いようがない」

「思わせぶりな言い方をしないで」

「どう言っていいかわからないんだ」

「あなたらしくもない」

「検査結果がすべて出た。さっき、廊下でドクターに呼び止められたよ」

「検査結果？　なぜそれをあなたに？」イヴは笑みを浮かべようとした。「何かとんでもない病気が判明して、あなたの口から伝えさせようというわけ？」

「そうじゃない。きみは病気なんかじゃないよ。健康そのもので、いつでも退院できる。ただドクターは知らせておいたほうがいいだろうと――」

「ジョー、何が言いたいの？」

「どうも、こういうことは初めてだから――」ジョーは手を伸ばしてイヴの手を取った。

「ぼくが言いたいのは、きみに子どもができたということだよ、イヴ」

「冗談でしょ」頭がくらくらしてきた。「きっと、何かの間違いよ」

「そうじゃない」ジョーは握った手に力を込めた。「どちらの質問も答えはノーだ。ドクターにちゃんと確かめもせず、きみに知らせに来るわけがないだろう。妊娠は間違いない」そう言うと、下唇を噛んだ。「それで、つい動揺してしまって。きみひとりの問題じゃない。ぼくだってとっさに受け入れられなかった。聞いたときはショックだった」

「くわしく話して」イヴは上半身を起こしながら弱々しい声で言った。「こんなことになるなんて思ってもいなかった。あんなに注意していたのに」

「ぼくも同じ気持ちだ」ジョーが言った。「ちゃんと用心していた。少なくとも、そのつもりだった。だが、ほかに方法があったのかもしれない。今はちょっと動転して、まともに考えられないが」

「わたしもそう」イヴはジョーと視線を合わせた。「なんだか……どきどきして。冷静に受け止められない」手を上げて髪をかき上げた。「今……どれくらいだって？」

「まだ数週間だそうだ。カリフォルニアに出てくる前、まだ湖畔のコテージにいたときに妊娠したようだね」

「ボニーができたときは、何カ月も気がつかなかった」

「きみが十六歳だったときとは状況が違うよ。今はずっと早く判定できるらしい」

イヴはうなずいた。「何もかも変わってしまった。わたしの人生も変わったわ。別人になった気分」

「そんなことはない。きみはきみだよ、経験を重ねただけで」ジョーはイヴの手を唇に近づけて手の甲にキスした。「きっと、この経験も心の糧になるだろう。無駄にしないでほしい。二人で考えて決めよう」

「決める？」今はそんな気になれない。頭がくらくらして、九カ月後には子どもが生まれるということしか考えられない。そんなことはあり得ない。でも、それが現実なのだ。

「あなたはどう思っているの？」

「たぶん、きみと同じだよ。正直なところ、とまどっている」ジョーは笑みを浮かべた。「なんと言ったらいいか……厳粛な気分だ。ぼくは父親になったことがないから。これが自然な反応なのかもしれないが……悪くないよ」笑みが消えた。「子どもを持ちたいとき みに言ったことはない。きみはボニーのことであんなつらい経験をしたんだから、言い出すとしたら、きみのほうだと思っていた。そして、ジェーンを養女にしてからは、これがぼくたちの生き方だと信じていた」

「わたしもそう」イヴは唇をなめた。「でも、今になって思うと、なぜわたしたちの子どもを持とうという話にならなかったのかしら。きっと、わたしが現実から目をそらしていたからね。あなたに悪いことをしたわ、ジョー。あなたの気持ちに気づいてあげられなかった」

ジョーは黙っていた。

それが事実だからだろう。ジョーにとってわたしがすべてだったから、たとえ自分の望みをかなえられなくても、わたしを傷つけたくなかったにちがいない。「子どもがほしいと言ってくれたらよかったのに」

ジョーは首を振った。「ぼくにはきみがいる。それ以上何も望みはない」そう言うと、近づいてイヴにキスした。「ぼくのことはどうだっていい。それより、きみがどうするかだ」

「どうするって?」イヴはとまどった。「さっきは二人で考えて決めようと言ったでしょう。わたしが中絶に反対なのは知っているわね。それは考えられない」

「そういう意味じゃない。いつだったか、ボニーが生まれる前、どこかいい家庭に養子に出すことを考えたが、生まれたら気が変わったと言っていただろう」

イヴははっとしてジョーを見つめた。「養子?　あなたはそれでもいいの?」

「わからない。たぶん、よくはないだろうな。それはいやだと叫びたい気もする。だが、きみから聞いたことがあるから、それも選択肢に入れたほうがいいと思ったんだ。当時のきみはまだ十代で、貧しくて、ほとんどひとりぼっちだったし、ボニーは私生児だった。今とは状況が違うが、今のきみには何よりも大切な仕事があるから、子どもは重荷になるかもしれない」ジョーはイヴの目を見つめた。「どんな結論を出すにしても、じっくり考えて決めたらいい。きみの気持ちが決まったら、またよく話し合って、二人で目標をかなえられるようにがんばろう。きっと、折り合いをつけられるはずだ」

「ジョー……」

「今はこれだけにしておこう」ジョーはイヴの手を握ると、ドアに向かった。「退院に必要な書類の準備をしてくるよ。少し休むといい。着替えを手伝いに来てもらうようマーガレットに言っておこう」

イヴは首を振った。「まだ現実とは思えないの。マーガレットに話す前に少し時間がほしい」

「カーラのことはどうする？　最初の予定どおり、しばらくいっしょに暮らすつもりかな？」

「もちろんよ。そうするしかないわ。メキシコに送り返して、カルテルの抗争に巻き込むわけにいかない。まだ小さいのに、お姉さんも、誰よりも頼りにしていたエレナも失った。サウォルシュが死んだからといって、サラザールが追いかけてこなくなるわけじゃない。サラザールをかたづける方法を考えつくまで、あの子の安全はわたしたちが確保しなくちゃ」

「ファン・カスティーノにも目を光らせておかないと――カーラの父親の」ジョーは厳し

い顔になった。「あの子はゲームの駒みたいなものだ。移民局がメキシコに送り返したら、おしまいだ」そう言うと、ドアに向かった。「こちらはぼくに任せてくれるだろうね。きみはしばらくそれどころじゃないだろうから」

「さあ、どうかしら？」イヴは皮肉な言い方をした。

「きみがなんと言おうと」ジョーは振り向いた。「今すぐ動き回るのは無理だ。とにかく、カーラを早くここから連れ出して、警察に身元がばれないように細心の注意を払って、アトランタに連れて帰ろう。それからだな、サラザールのカルテルに揺さぶりをかけるのは。あいつも対応に追われて、カーラに関心を向ける余裕がなくなるだろう」

「たしかに。といっても、実行するのは先になりそうね」

「もう少しの辛抱だ」

イヴはうなずいた。「そのときはわたしも協力する」にっこりして続ける。「きっと、いい刺激になるわ。忙しくしていれば……気もまぎれるだろうし」

「そういう問題じゃないと思うがね」

そう言うと、ジョーは病室を出た。

たぶん、彼の言うとおりなのだろう。忙しくしていても、この世界を揺るがすような出来事を忘れられるはずがない。それでも、せっせと働いて、個人的な問題を後回しにすることで、これまで救われてきたような気がする。

救われるって？　今のわたしには救いが必要なのかしら？

受け入れればいいだけのことでしょう。毎年、何百万という女性が受け入れているように。

そう、受け入れればいい。

イヴは目を閉じて頭を枕に預けた。自分の気持ちを見きわめようとしたのだ。

まずショックだった。

自然な反応だろう。

信じられなかった。

これも自然。

不安になった。

高齢になってからの妊娠はリスクが高い。

もちろん、個人差もあるけれど――

一般論でごまかしてはだめ。わたしには考えなければならないことがあるのだから。

ボニーのこと。七年間という短い間だったけれど、あの子はわたしのすべてだった。ボニーを失ったときは、悲しみと苦しみのあまり後を追いたくなった。

生まれてくる赤ちゃんをボニーのように愛してしまったら、また同じ悲しみと苦しみを味わうことにならないだろうか。ジェーンという愛しい娘を養女として迎えたけれど、それはまた話が違う。出会ったとき、ジェーンは十歳で、しかも大人びた子どもだったから、母と娘というよりも親友のような間柄だった。ボニーとはぜんぜん違う。ボニーとは生まれたときからずっといっしょだったのに、ある日突然、失った。わたしは我が子がいつかまた奪われるのではないかと、びくびくしながら生きていけるだろうか。

意気地なし。わたしは本当に意気地なしだ。母親は毎日この恐怖に向き合っているのに。わたしがこんなに意気地なしだと知っていた、ジョー？　だから、子どもがほしいと言わなかったの？

でも、もう言ってくれなくていい。できたのだから。まだ信じられないけれど、人生が百八十度変わってしまう。

魔法みたい。

なぜか、その言葉が浮かんできた。

そう、子どもができたとジョーに言われたとき、最後にそう思った。

魔法みたい。くらくらするほどうれしくて、とても豊かな気持ち。

ゆっくり下腹部を見おろした。まだ膨らみはまったくない。生命が宿って、刻一刻と育っている感じはしない。おずおずと手を伸ばして、お腹に触れてみた。

ねえ、どうなってるの？　こっちは大変な世界よ。本当にわたしにこの世界に連れ出してほしいの？

お腹の中の子どもとはいえ、やっと胎児と呼べるようになったばかりの赤ちゃんが返事をしてくれるとでも思っていたのかしら？　まさか。これは自分への問いかけだ。ボニーは失った。この子に対してはもっとちゃんとやれると証明しなければ。

お腹から手を離した。

またね。またゆっくり話し合いましょう。まだ始まったばかり。先は長いわ。

体を起こすと、ベッドから出た。さあ、生活を再開しなければ。いつまでも現実から逃げてはいられない。クローゼットを開けて、かけてあった服を取り出そうとした。

「あら、わたしがやるわ」病室に入って来たマーガレットが言った。「あなたが休めるようにしばらく邪魔しないほうがいいとジョーが言ってたけど、さっさと退院の用意をしていたのね」

イヴはやさしいまなざしを向けた。この数日間、カーラを捜しているときも、わたしが入院してからも、マーガレットは本当に頼りになる存在だった。出会ったときから、人並みはずれた才能の持ち主なのはわかっていたが、まだ若いのに経験が豊富で、動物に対して独特の能力を持っているだけでなく、人間とも上手につき合うことができる。

「早くここから出たいの」イヴは洗面所に向かった。「ここにいたら、休む以外にすることがない。軽い脳震盪を起こしただけなのに、ジョーが大騒ぎして、ありとあらゆる検査を受けさせるんだもの」

けないくらいだけど。ねえ、何もなかったんでしょう？」

「急にどうしたの？　万事順調よ」

「それなら、カーラにそう言ってあげて。気にしてるから」

イヴは洗面所のドアの前で足を止めた。「わたしが見捨てるとでも思ってるのかしら」

「そこまでは考えてないだろうけど。でも、カーラが不安がるのも無理はないわ。わたしたちのことをよく知らないし、三歳のときに、お姉さんのジェニーが目の前で殺されて、それ以来ずっと生き延びるために逃亡生活を続けてきたんだもの。世話をしてくれたエレナからは、他人を信用してはいけないと教えられただろうし。そのエレナもカーラを守ろうとして命を落とした。カーラはひとりになって、なんとか自分の力で生きようとしている」マーガレットは肩をすくめた。「でも、それ以上にあなたを守らなければいけないと思いつめているわ。夢の中でジェニーにあなたを守るように言われたんですって」

「ええ、聞いたわ」

「あなたもジェニーの夢を見るとカーラが言っていたけど、そうなの？」

「夢……というわけじゃないけれど」

マーガレットはしばらく無言でイヴを見つめていた。だが、イヴがそれ以上説明してくれないので、また言った。「いいのよ、話したくないなら。あなたがナルチェク保安官に

〝匿名の情報提供者〟から聞いたと言って、ウォルシュのことを教えたでしょう。あれはちょっと怪しいと思ってた」マーガレットは急に笑い出した。「今わたしが何を考えているか知ったら、ナルチェクは腰を抜かすかも」そう言うと、クローゼットからイヴのスーツケースを出した。「ほら、着替えてきて。手伝うことがあったら呼んで。荷造りをしておくから、着替えたらすぐ出ましょう」

「ありがとう、マーガレット」イヴはしみじみと言った。「ほんとに助かったわ。あなたがいなかったら、カーラを見つけることはできなかった。最初からずっとそばにいてくれて、どんなに心強かったか」

「お礼を言われるほどのことじゃないわ」マーガレットは首を傾げた。「でも、なんだか、お別れみたいな言い方ね。そのつもりなの？」

「実は、そうなの」イヴはためらいながら続けた。「ジョーとわたしはカーラをアトランタに連れて帰るつもりだけど、これは合法的なことじゃない。人道的には問題がなくても、面倒な事態になる恐れがある。あなたを巻き込みたくないの。入国管理局とはもともとあまりいい関係じゃないでしょう？」

「うまく避けているかぎり問題はないわ」

たしかに、マーガレットが入国管理局に呼び出されたと聞いたことはない。よほどうまく立ち回っているのだろう。入国管理局を避けなければいけない理由は改めて聞いたことがないけれど。「わたしたちがカーラを父親から引き離そうとしているとわかったら、あなたにも迷惑がかかるかもしれない」

「ドラッグ密売組織のボスで、殺し屋で、ろくな男じゃないんでしょ」

「いずれ法的手続きをとるつもりだけど、それには時間がかかるし。サラザールはカーラを狙い続けるだろうし」

「だったら、わたしも――」

「だめよ、マーガレット」イヴはきっぱり言った。「そんな危ない目に遭わせられない。つかまって強制送還されたらどうするの？　といっても、あなたの場合、どこに帰されるのかわからないけど」

「そんな心配しなくていいわ。それはわたしが考えることだから。とはいえ、言うだけ無駄ね」マーガレットは肩をすくめた。「わたしが必要になったら、いつでも声をかけて」そう言うと、スーツケースに荷物をつめ始めた。「カーラの身分証明書が必要なら、偽造してくれるところを知ってるわ。そういうツテならあちこちに――」

「だめ。あなたはいっさい関わらないで」イヴは言った。「ジョーが手を回して警察にカーラの身元調査を進めさせないようにしたけれど、あくまで一時しのぎだから。とりあえずは、伯母のエレナが亡くなって孤児になったということにするつもり。児童保護施設に保護監督権を認めるよう、ナルチェク保安官から話を通してもらえると思う？　彼はこのないはずよ」

「やってくれると思うわ。あなたに好意を持っているし、子どもを危険な目に遭わせたくないはずよ」

「そうだといいけど。頼んでみる。今はまだ頭がはっきりしなくて」

「本当にだいじょうぶ？」マーガレットはイヴの顔を見つめた。「なんだか……いつものあなたと違うわ」

「そんなふうに見える？」さすがにマーガレットは勘が鋭い。いつもと違う？　それはそうだろう。世界が揺らぐほどショックだったのだから。今はどうしていいかわからない。でも、きっとなんとかなる。

そうするしかない。

「あなたの言うとおりかもしれない」イヴはマーガレットに笑いかけた。「まだいつもの調子が出ないみたい。体はなんともないんだけど。新しいことに挑戦するわけだし」

「カーラのこと？」

「それもあるわ」イヴは洗面所のドアを閉めた。「すぐ着替える」

マーガレットは閉じたドアをしばらく見つめていた。イヴに頑固な一面があるのは知っている。今度のことにしても、わたしに危険が及ぶ恐れがあるときにはできるだけ遠ざけようとした。それでも、なんとか裏をかいて、わたしにできるかぎりのことをしたつもりだけど……。

携帯電話が鳴り出した。ケンドラ・マイケルズからだ。

今週、何度かケンドラから電話があったが、電話に出る暇がなかった。今もあとにしたい気分だ。

でも、出なくては。ケンドラは友達だし、イヴが連絡をとりたがっていると伝えてくれたのはケンドラだ。当然、その後の進展を知りたいはずだ。

「ああ、ケンドラ、今あまり時間がないの。イヴが病院を出るのを手伝わなくちゃいけないから」

「病院？　どうしてイヴが病院にいるの？　何があったの？」

「説明するけど、さっき言ったように時間がないから、手短に言うわ。それでいい？」

「よくはないけど、しかたなさそうね。イヴがカリフォルニアに来たときも、ろくに事情を説明してくれなかった。森にくわしい人が必要だと言っただけで。わたしは森にはくわしくないから、あなたを捜すしかなかった」

「それを根に持ってるの？」

「なぜわたしでは役に立てないのか、イヴは何も言ってくれなかった」ケンドラはいらだった声で言った。「いったい、何があったの？」

「イヴがカリフォルニアに来たのは、ナルチェク保安官がソンダーヴィルで九歳の女の子の遺体を発見して、イヴに復顔を依頼したから。よくできた復顔像を宅配便で保安官に送ったんだけど、途中で宅配便のドライバーが殺されて、復顔像は奪われた。同じ日にイヴのパソコンと復顔作業用のメモもコテージから盗まれた。誰かがその女の子の身元が割り出されるのを阻止しようとしたのよ」

「イヴはショックだったでしょうね？」

「それはもう。復顔をしている間にその子に感情移入して、ジェニーと名前までつけていたくらいだから。それで、ジョーといっしょにその子のことを調べに来たわけ」マーガレットは一呼吸おいて続けた。「その子を殺した犯人をつかまえるために。遺体が発見されたのが森の中だったたから、わたしは森を調べてほしいと言われた」

「収穫はあった？」

「期待したほどじゃなかったけど、ある程度は役に立ったと思う。ジョーとイヴは犯人がジェームズ・ウォルシュという男だと突き止めて追跡した。その男はメキシコの麻薬カルテル、カスティーノ・ファミリーの用心棒だったんだけど、敵対するカルテルに雇われて、カスティーノの二人の娘を誘拐して殺すことになっていた。でも、姉を殺したあと、妹のカーラと、二人を世話していたエレナに逃げられた。それ以来、ずっと二人を追っているの」

「ひどい話ね」

「つかまったら最後。わたしたちがやっとカーラを見つけたときには、ウォルシュもカーラを見つけていた」

「やっつけたんでしょうね」

「ええ、かなり悲惨な最期だった。イヴは軽い脳震盪を起こしただけですんだ」

「そのカーラという子は？」

「無事だったけど、いろいろ問題があって。でも、イヴなら解決できるはずよ」

「ほんとにそう思う？」

「ええ、友達の助けを借りる気があれば」

ケンドラは笑い出した。「友達ってあなたのこと？」

「まあね。わたしも最後まで見届けたいし」

「あなたらしいわ。明るくて人当たりがいい反面、鋼鉄の意志が見え隠れしている」

「それって褒めているつもり？　そうじゃないでしょう？」

「好きなように解釈して」そう言うと、ケンドラは急に深刻な口調になった。「だいじょうぶ、マーガレット？」

「だいじょうぶよ。流れに身を任せる主義だから」

「嘘ばっかり」

「そうするしかしょうがないときもあるから。とにかく、今のわたしの仕事はイヴを退院させることよ」

「わかった。じゃあ、話はまたあとで。でも、こんな中途半端な説明じゃだめよ。くわしく聞かせて」そう言うと、ケンドラは電話を切った。

あの調子では全部聞き出すまで何度でも電話してくるだろう。マーガレットはうんざりした。ケンドラは頭が切れるだけでなく、好奇心の塊で、人並みはずれた直観力の持ち主だ。

それに、イヴが助けを求めてきたとき、自分をさしおいてわたしを当てにしたのが面白くなかったにちがいない。自分が主導権を握りたいタイプだから。

でも、それを言うなら、わたしも同じかもしれない。

とにかく、荷造りをすませよう。そして、何か口実を考えて、イヴにわたしも連れていってもらおう。イヴとカーラに魔の手が迫っているというのに、このまま引き下がるわけにはいかない。

2

「ここで待ってられるね？」ジョーは管理事務所の前のベンチを指しながらカーラに言った。「書類にサインして、クレジットカードで支払いするだけだから、五分もかからないだろう」

カーラはうなずいてパソコンを開いた。「イヴのところに退院の手伝いをしに行っちゃいけないんでしょ」

「ああ、マーガレットがついているから」ジョーはにやりとした。「たぶん、イヴは自分でやりたがるだろうがね。ぼくたちとしばらくいっしょに暮らすつもりなら、イヴのそういう性格はすぐわかるよ」

「いっしょに暮らしたい」カーラは真剣な目でジョーを見た。「だけど、イヴが助けはいらないと言ってもあなたはイヴを守ろうとするでしょう。だったら、わたしにもそうさせて」

ジョーはまじまじとカーラを見つめた。「それは逆じゃないかな。きみはまだ子どもだ。

守ってもらうほうだよ」

「あなたとイヴに助けてもらったわ。イヴが来てくれなかったら、今ごろは死んでいたもの。でも、エレナは自分の身は自分で守りなさいっていつも言っていたの」カーラは唇をなめた。「そのエレナもいなくなってしまったから、もう誰にも助けてもらえない。助けてもらうためには、わたしも何かしなくちゃ」

「つまり、イヴの面倒を見ることで自分の居場所をつくろうということかな？　ねえ、そうさせてくれるでしょう？」

カーラはうなずいた。「あなたとイヴがそうさせてくれるなら。ねえ、そうさせてくれるでしょう？」

「ああ、三人でやっていけると思う」ジョーはカーラの頬に指を当てた。「きみがそばにいてくれたら、イヴも心強いだろう。たしかに、もうすぐきみの助けが必要になるかもしれない」

「わかってる。わたしを当てにしてくれていい」

「わかってるって、何を？」

「わたしを当てにしてくれていいわ」カーラは繰り返した。

ジョーはカーラの顔から手を離した。「責任を果たすことばかり考えないで、気持ちを楽にしたほうがいい。この数日は大変だったんだからね。いや、それを言うなら、きみは物心ついてからずっと大変な生活を送ってきた」

「大変なことばかりじゃなかった」カーラの目に涙が盛り上がった。「エレナがいてくれたから。いっしょにいられるだけでうれしかった」

「きっとエレナもそう思っていたよ」ジョーはやさしい声で言うと、ドアを押し開けた。「どこにも行くんじゃないよ。あのガラス戸から中が見えるだろう。何かあったら、呼びに来ていいから」

カーラは涙に濡れた目で、膝にのせたパソコンを見おろした。

エレナ。

泣いちゃだめ。泣いたっていいことなんかない。エレナはいつも言っていた。すんだことは忘れて、前を向きなさいって。

でも、エレナを忘れたりなんてできっこない。

エレナと暮らしたことを忘れたりしたら、本当にエレナを失ってしまう。だから、いつもエレナのことを――

「ティッシュ、あげようか？」

顔を上げると、ジーンズに白いシャツを着た若い男が、いつのまにかベンチに座っていた。涙でよく見えなかったが、髪も目も黒っぽい。学校の友達のヘザーなら、クールですてきと言いそうだ。ヘアスタイルもヘザーが好きなロックバンドのメンバーに似ている。

ティッシュを渡してくれた。「遠慮しないで」そう言うと、もう一枚引っ張り出して、自分の目に当てた。「ぼくも涙が出てきちゃった。人生って、いろいろあるね」

「うん」カーラは涙を拭いた。「ありがとう」

若い男はうなずいた。「お礼なんかいいんだよ」そう言うと、壁に頭をもたせかけた。

「何もかもいやになった。パパは入院費を払いに行ってるけど、払わなくたっていいのに。だって、ママの病気を治してくれなかったんだから。ママは死んでしまった」

「かわいそうに」カーラはため息をついた。「いい病院みたいだけど。イヴは治ったし」

「きみのお姉さん？」

「違うわ」カーラはまた涙を拭いた。「お姉さんは死んだの、ずっと前に。あなたにもお姉さんがいる？」

「いるよ、ネッラが。今、チャペルでママのために祈ってる」若い男の目に涙があふれた。

「ぼくもチャペルにいたけど、パパに呼ばれた。来たくなかった。ここにいたって、できることなんかないのに。教会に行くのは好きじゃなかったけど、ママがお祈りするのはいいことだと教えてくれた。チャペルで祈っていると、ママが聞いてくれてるみたいな気がするんだ。変かな？」

カーラは首を振った。「そんなことない。誰も信じられないときは、お祈りしなさいってエレナが言ってた」

「エレナって？」

「エレナは友達よ。でも、もう、いない」

「みんな、どんどん死んじゃうね」若い男が喉にからんだような声で言った。「きみもチャペルで祈ったら、気持ちが落ち着くんじゃないかな。ぼくみたいに」

「そうかもしれない」

「行ってみたらいいよ。悪いことはないから」

「うん、そのうち」

「ぼくもママが死んだとき、そう思った。もっといろいろしてあげたり言ったりすればよかった。ママに意地悪したこともあったしね。先延ばしにするのはよくないよ」若い男はいきなり立ち上がった。「行こうよ、チャペルに。ぼくたち二人とも、このベンチに座っていたって、いいことなんか何もない。入院費をふんだくられるのにいつまでかかるかわからないし」

「だって」カーラは目を見張った。「ここを離れちゃいけないと言われているから」

「ちょっとくらいだいじょうぶ」男はカーラの手を取って立たせた。「チャペルは三階上だから、ここにいるって上から叫んだら聞こえるよ」

「お父さんに言っていかなくていいの？」

「ぼくのことなんか気にしてないさ。そうじゃなかったら、こんなところにずっとほったらかしにしない」若い男は黒い目を輝かせてカーラを見おろした。「行こうよ。ネッラはきっときみが好きになるよ。女同士なら慰め合えるだろう。ネッラはママが死んでからずっとふさぎ込んでいるんだ」

「でも、ここを離れたりしたら――」

「カーラ」

ジョーが管理事務所から出てきた。「誰だ、きみは？」穏やかだが、断固とした口調だった。

若い男は愛想笑いした。「ケヴィン・ローパーです」カーラの手を離して、目をそむけた。「今はチャペルに行く暇はなさそうだね」そう言うと、エレベーターに向かった。「じゃあね、カーラ」

「さよなら、ケヴィン。お姉さんによろしく」

「うん、言っておく」そう言うと、エレベーターに乗り込んだ。「きみに会ったら、喜んだだろうにな」エレベーターが閉まる前にジョーとカーラにうなずいてみせた。「イヴがよくなるといいね」

ジョーはエレベーターがおり始めるまで閉まったドアを見つめていた。「あの子と話し込んでいたようだね」

「ママが亡くなったんですって」

「それで、いっしょにチャペルに祈りに行こうって？　行くつもりだった？」

「いいえ。でも、どうかな。自分でもよくわからない。ここを離れちゃいけないと頭ではわかっていたけど」カーラは顔をしかめた。「なんだか、だんだんそうしてもいいような気がしてきて……」

「あのケヴィン・ローパーは押しの強いタイプだ。顔を見た瞬間にそう思った」

「お姉さんのネッラとチャペルで、ママのためにお祈りしていたんですって。わたしをお姉さんに会わせたいと言って――」

「それで、同情してチャペルに行ったほうがいいと思ったのか」ジョーは携帯電話を取り出した。「あの子はさっきまでチャペルにいたと言ったんだね？」

「そう」

ジョーは番号を打ち込んだ。「チャペルにつないでもらえるかな？」しばらく待ってから、また言った。「ネッラ・ローパーと話したい。そこにいる？　ああ、頼む」

送話口を手で覆って、カーラに言った。「福祉サービスのボランティアがチャペルを管理しているそうだ。利用者は名前を書くことになっている。今、調べてくれているから」

また電話に戻った。「名前はない？　弟は？　ケヴィンというんだが。二人ともさっきまでいたそうだ。名前がない？　いや、お手数をかけた」電話を切った。「おそらく、この病院でローパー姉弟の母親は亡くなっていないな。少なくとも、最近は」

「嘘だったんだ」カーラはつぶやいた。

「うまく仕組んだものだ。母親を亡くしたばかりのハンサムな若い男が、誰かに悲しい経験を聞いてもらいたがっている女の子にすり寄っていく。よく考えたな」

「どうしてわたしをチャペルに誘ったの？　わたしは——」カーラははっとした。「あのエレベーターは下がっていた。上に行くんじゃなくて。チャペルは三階上だと言っていたのに。チャペルに行く気はなかったということ？」

「あのときエレベーターに乗っていたら、おそらく生きて出られなかっただろう。あの若い男には嘘をつく以外にも特技がありそうだな」

「サラザール？　サラザールが送り込んできたの？」

「ぼくも同じことを考えた。証拠はないが」

「サラザールが送り込んだとしたら、わたしを殺しに来たわけ？」

ジョーはすぐには答えなかった。「気休めを言ってもしかたないだろう。ぼくが事務所から出てくるのがもう少し遅かったら、二度ときみに会えなかった。もう心配ないから、むやみに相手を警戒しなくていいと言ってあげられたらどんなにいいかと思うよ。きみはずっと気の抜けない生活を送ってきたんだからね。だが、まだ安全じゃないんだ。ぼくが何を言いたいかわかる？」

「でも……やさしい人だった」

「それがあいつの武器なんだ」

カーラはぎこちなくうなずいた。「誰かがわたしを狙ってるのは知ってるわ。だけど、学校の友達みたいな人に狙われるとは思っていなかった」ため息をついた。「でも、次からは気をつける」そう言うと、エレベーターに向かった。「イヴのところに行かなくちゃ。イヴの名前を教えてしまったから、もしかしたら――」

ジョーはもうエレベーターのボタンを押していた。「すぐ舞い戻ってくるとは思えないが、用心するに越したことはない。早くここを出よう」

「イヴの名前を出さなきゃよかった。あの感じだと――急いで！」

二分後に二人はイヴの病室に着いた。

イヴの姿はない。

カーラははっと立ち止まって、乱れたベッドを見つめた。「まさか……」

「早かったわね。手続きはすんだ？」

振り返ると、イヴが洗面所の入り口に立っていた。カーラはほっとした。「ああ、よかった。心配したわ。わたし、馬鹿なことをしてしまって」

イヴはカーラの顔を見つめた。「よっぽど怖い思いをしたのね」ジョーに視線を向ける。「何があったの？」

「羊の皮をかぶったオオカミに狙われた。管理事務所の前の廊下でぼくを待っている数分の間に」

「サラザール？」

　ジョーはうなずいた。「今度は若い男を送り込んできた。やさしそうで話のうまいやつだ」

「若い男？」マーガレットがイヴの所持品を入れたビニール袋を三つ持って洗面所から出てきた。「ということは、ウォルシュの替わりじゃないわね」

「若くても侮れないやつだった」ジョーは言った。「サラザールは作戦を変えたのかもしれないな。彼の目から見たら、ウォルシュは役立たずだから」

「誰の目から見ても役立たず」イヴが言った。「でも、ウォルシュが死んだことをサラザールはまだ知らないはずよ。だから、替わりを送ったとは思えないけれど」

「ウォルシュに見張りをつけていたのかもしれないな。この八年間、失敗続きで信用していなかっただろうから」

「その子の名前はわかる？」

「ケヴィン・ローパー。少なくとも、本人はそう名乗っていた。メキシコシティ警察のマネス刑事に問い合わせてみる。彼は麻薬カルテルの捜査に長年携わっているから、何か知っているかもしれない」ジョーは病室を見回した。「忘れ物はないか？　早くここを出よう」

「あとはこれだけ」マーガレットがベッドの向こう側に置いてあったイヴのスーツケース

いくの？」

を運んできた。「さあ、いつでも出られるわ」ジョーを振り返った。「イヴをどこに連れて

「家に帰る」イヴが答えた。「そう言ったでしょ」

「ひょっとしたら、計画を変えたんじゃないかと思って」マーガレットはスーツケースを置いた。「サラザールに自宅を知られているから」

「ああ、そのことも考えた」ジョーが言った。「だが、自分のテリトリーのほうが防衛しやすい。エレナのようにカーラを連れて逃げ回るのは無理だからね。アトランタ市警には友人も多いし」

「逃げ回る必要なんかないわ」マーガレットは言った。「わたしはずっと逃げ回ってきたから、逃げるのがどういうことかよく知ってる。あなたたちの場合は、しばらく身を潜めていればいいだけ。そして、その間にサラザールに反撃する方法を考えれば」そしてカーラに目を向けた。「身を潜めるのには慣れているわね？　この二人といれば安全よ。きっと居心地のいい場所を提供してくれる。でも、いくら居心地がよくても、ずっと同じところにはいられないかもしれない。わかるわね？　エレナに教えてもらったでしょう？」

カーラはうなずいた。「エレナは同じところにいられなくなったと気づいて、わたしを連れて逃げるところだったの。でも、ウォルシュに……殺されてしまった」

「この子のことは心配しないで」イヴがマーガレットに言った。「あなたの気持ちはわか

るけど、わたしたちで責任を持つから」

「もうわたしには用はないということ?」マーガレットは肩をすくめた。「あなたの気持ちが変わって、いっしょに連れていってくれるんじゃないかと期待していたのに」またすぐカーラに顔を向けた。「きっと何もかもうまくいくわ。イヴもジョーもいい人だし、とても頭がいいから」そう言うと、にやりとした。「だから、わたしをのけ者にしたのは間違いだったとすぐ気がついて、助けを求めてくれるはずよ」

「肝に銘じておくよ」ジョーが皮肉な声で言うと、マーガレットに近づいて手を取った。「きみの言うとおりだよ。いつまで家にいられるかわからない。だが、きみにはまだ伝えていない事情もあって。今はイヴをしばらく家でゆっくり休ませたいんだ」

「そうだったの?」マーガレットは腑に落ちない表情をした。「まあ、いいわ」イヴに顔を向けた。「よくわからないけど、とにかく、あなたとカーラを早くここから出さなくちゃ。さあ、車まで送るわ」そう言うと、カーラと腕を組んでドアに向かった。「だいじょうぶよ、きっと方法が見つかるわ」

「方法ってなんの?」イヴはマーガレットに続いて病室を出た。「珍しいわね、あなたがあっさり諦めるなんて」

「諦めたわけじゃないの」マーガレットはウインクしてみせた。「あなたたちの隙を狙って、自分のやりたいようにやるかもしれない」

〝きみにはまだ伝えていない事情もあって〟

病院の駐車場から出ていく車を見送りながら、マーガレットはジョーの言葉を思い出した。

あれはどういうことだろう?

病院に戻りながら、まだそれについて考えていた。そういえば、このところイヴの様子がおかしかった。

〝今はイヴをしばらく家でゆっくり休ませたいんだ〟

ここ二、三日のことを思い返して、何があったのか、さまざまな可能性を想像してみた。だめ。どれも筋が通らない。

はっとして足を止めた。

もしかしたら……。でも、その可能性もなくはない。

もしそうだったら、イヴのそばを離れたりできない。

でも、イヴにはきっぱり断られた。それでも、そばについているにはどうすればいいだろう?

これ以上イヴに頼んでも無駄だろうから、誰かに頼んでもらうしかない。イヴが頼みを断れないような相手に。でも、ワーカホリックで、友達の少ないイヴには、そういう相手はほとんどいない。ジョー・クインのほかには、親しい友達といえばキャサリン・リングとケンドラ・マイケルズくらいだ。

それに、養女のジェーン・マグワイア。

でも、フィアンセを失った悲しみから立ち直っていないジェーンに負担をかけたくなかった。

ここ数年、マーガレットはジェーンと親しくしてきたから、ジェーンがイヴを助けるためなら何をおいても駆けつけることをよく知っていた。

そして、イヴがジェーンを危険な目に遭わせるのを極力避けようとすることも。

どうしたらいいかしら？

〝きみにはまだ伝えていない事情も……〟

わたしは何を迷っているのだろう？　いつも自分の直感を信じて行動してきたのに。

マーガレットは携帯電話を取り出した。四度目のベルで相手が出た。「ジェーン？　マーガレットよ。今ちょっと話せる？　いいえ、ちょっとじゃだめだわ。今、カリフォルニアのカーメルにいるの。何があったか説明するわ。あなたに頼みたいことが――」

「あと一息だったんだ」ラモン・フランコは興奮を隠しきれなかった。「あと一分あったら、エレベーターに連れ込んで、注射して、それで――」

「まだ動くなと言ったじゃないか」

「だけど、最終的には殺すつもりでしょう？　その目的を果たせるところだったんです。クインが事務所に入った隙を狙って、うまく持ちかけたら、簡単に落とせそうだった。案の定、うまくいった。ほんとにあとちょっとで――」

「だが、失敗したんだろう？」

「だから、タイミングが悪くて」フランコはいらだちを声に出さないようにするのに苦労した。サラザールをボスとして尊敬しているが、最近は年のせいか行動が遅くてチャンスをものにすることができない。「連れ出すことさえできてたら、あっというまにかたをつけられましたよ」

「そんなことをしたら、大々的な捜査が始まって、警察はカスティーノにたどり着いたかもしれない。やるなら、こっそりやれ。おれがほしいのは情報だ。そっちはどうなんだ？」

「その点に抜かりがあると思っているんですか」電話の向こう側で沈黙が続き、フランコは言いすぎたことに気づいた。「すみません。喜んでもらいたかっただけで」急いでつけ加えた。「イヴ・ダンカンは脳震盪（のうしんとう）を起こして救急救命室に運び込まれたが、症状は軽かった。今日退院しました。子どもはカーラ・デラニーという名前のままで、病院にダンカンの見舞いに来ていた。さっき病院を出たあとで警察の知り合いに確かめてみましたが、今のところ警察はカーラに関心を持っていない。児童保護施設に引き渡して、それで終わりです」フランコは一呼吸おいた。「保護施設がイヴ・ダンカンとジョー・クインにあの子を託したのは、今回の事件を捜査してきたジョン・ナルチェク保安官から申請があったからだそうです」

「それであっさり許可がおりたわけか」サラザールはしばらく無言だった。「そのほうがよかったかもしれない。ダンカンはあの子を父親のもとに帰す気はなさそうだからな。時間稼ぎができる。少なくとも、フランコ、おまえには」そう言うと、また続けた。「あの子をどこに連れていくか突き止めろ。だが、ダンカンもいっしょに始末できるとわかるまで、あの子には手を出すな。きれいに始末しろよ。遺体を残さずに」

「できるはずだったんだ、今日、病院から連れ出せたら。ベンチに座っているのを見た瞬間、何もかも計画したんだ。あとちょっと――」

「人目の多い病院で、そんな無謀なまねをする気だったのか?」

「実行はしなかった」

「そういう問題じゃない。おまえは過ちを犯した。素直に認めろ」

過ちなんかじゃない。フランコは腹が立ってならなかった。運が悪かっただけで、計画は完璧だった。なのに、この年寄りは認めようとしない。フランコは大きく息をついて、後悔しているような声を出した。「そのとおりです。あなたに喜んでもらおうと思って先走ってしまった。あいつらがどこに落ち着いたかわかり次第、知らせます」

「ちゃんと連絡するんだぞ。おまえの替わりを送りたくない。おまえには見どころがあるからな」

「それはどうも。そう言ってもらえると励みになるよ」フランコは電話を切った。

しばらく座り込んだまま、怒りと憎しみを押し殺そうとした。なんだってあいつにこんな悔しい思いをさせられなくちゃいけないいんだ？

とにかく、落ち着こう。

今は辛抱するんだ。

まずはサラザールが望むものを手に入れて、あいつの警戒を解くことだ。ダンカン、あの女の子、それに、できることなら、ジョー・クインも渡してやろう。

サンフランシスコ国際空港

イヴとカーラを連れて搭乗ゲートを通り、アトランタ行きの飛行機を待つ間に、ジョーはメキシコシティ警察のマネス刑事に連絡をとった。手短に事情を伝えて、ケヴィン・ローパーの容貌を説明した。「なかなかのイケメンで、訛りのない英語をしゃべる。そういう男がサラザールの組織にいるか調べてもらいたいんだ。頼めるかな？」

「やってみよう。だが、その前にくわしい説明が聞きたい」

「あとで納得してもらえるまで説明するよ。今は時間がないんだ、アトランタ行きフライトを待っているところで。サラザールとカスティーノに関するすべての情報と、ウォルシュが誘拐した子どもたちに関するくわしい情報がほしい」

「その件に関しては、知っていることはすでに教えた」

「断片的なことばかりな。ウォルシュを捜して、カーラを救うのが目的だったときは、あれで充分だった。だが、今度はサラザールとカスティーノと対決して、カーラの安全をはかるのが狙いなんだ」

「長年ぼくがそれに取り組んできたのを忘れたような言い方だな」マネス刑事が皮肉な口調で言った。「何から始めればいいんだ？」

「サラザールのことを教えてほしい」

「あいつはストリートギャングあがりだ。あらゆる犯罪に手を染めて成り上がってきた。ミューズ・カルテルのボスを殺して、権力を握った。それ以来、ほかのカルテルとの抗争が絶えない。とりわけカスティーノ・カルテルを目の敵にしている。じわじわ縄張りを奪われて、必死で抗戦したあげく、その一帯のカルテルを集めて連立協定を結んだ。カスティーノも加入した。結局、抗争を続けていると高くつくと判断したんだろう。サラザールは表立ってカスティーノに敵対するようなまねはしない」マネスはちょっと言葉を切った。「だが、カスティーノの娘たちがいなくなったとき、真っ先に疑われたのはサラザールだった」

「サラザールの私生活は？」

「十七歳で結婚した妻のマヌエラとの間に息子が三人と娘がひとりいる。家庭は大事にしているようだ。父親はドラッグの運び屋だったが、サラザールがドラッグに関わり始めてすぐ惨殺された。母親もその二年後に亡くなっている」

「弱点は？」

「野心がありすぎるところかな。ほかにあるとしたら、こっちが教えてほしい」

「カスティーノは？」

「サラザールと違って、あいつは二代目だ。父親のホルヘ・カスティーノに教育されたが、父親以上の悪党で、傲慢な男だ。父親が殺されて跡を継いだが、なんでも完璧でないと気がすまない。本心では協定なんかに入りたくなかったはずだが、損得を考えてのことだろう。ひとりだけ抜けようとしたら、飢えたオオカミの群れに襲われるからな」

「私生活はどうだ？」

「典型的なマッチョだ。若い頃は相当遊んでいたらしいが、ナタリー・カスコフと結婚してからは、一応おさまっているようだ。ナタリーはロシアン・マフィアのボス、セルゲイ・カスコフの娘でね。絶世の美女で、カスティーノも夢中らしい。二人とも贅沢な暮らしが大好きで、その点では似た者夫婦だ。娘が二人いるが、カスティーノは跡継ぎの息子がほしかったらしい。だが、完璧主義者だから、弱みは見せない。何かというとナタリーと二人で娘を見せびらかしていた」

「そんなことをするから、娘たちが狙われたんだ。今教えてくれた全員の写真がほしい。顔を合わせたらすぐわかるようにしておきたいんだ」

「ちょっと待ってくれ」マネスはしばらく電話から離れていた。「写真を送った。どうやってきみがサラザールやカスティーノと顔を合わす機会をつくるのか知りたいものだ」

「ぼくにもわからない。今は手がかりがほしいだけで。サラザールはなぜ危険を冒してまでカスティーノの娘たちを誘拐したんだろう。娘たちを殺そうとしたくらいだから、よほどカスティーノに恨みがあったんだろうか」

「カスティーノ夫婦は娘たちを見せびらかしてはいたが、それほど愛情を注いでいなかった。サラザールはそのことを知らなかったんだ。もちろん、娘二人が誘拐されたときは、カスティーノ夫妻は大騒ぎした。ナタリーは泣き崩れたし、カスティーノは復讐を誓った」

「サラザールの狙いどおりだったわけだ」

「あいつはそんな様子はおくびにも出さなかった。ここ数年は目立たないようにしているよ。今のところ誰にも疑われていない」

「ウォルシュみたいな殺し屋を雇っていたら、しじゅうびくびくしていただろう。カステイーノの娘たちを誘拐させた張本人とばれて、いつ復讐されるかわからない」

「しかし、証拠はないからな」

「だが、ここにきて状況が変わった。今カーラはぼくたちといる」ジョーは、大きな窓の前に立って滑走路を眺めているカーラとイヴに目を向けた。「カーラは生きているかぎり、サラザールにとっては脅威だ。そのケヴィン・ローパーの正体を突き止めてほしい。そうすれば一歩前に進める」

「やってみるが、きみの仕事だけやっているわけじゃないんでね。きみとイヴ・ダンカンは、カルテルを取り締まる方法を模索する中の小さなパーツにすぎない。だが、心当たりに当たってみよう」そう言うと、マネスは電話を切った。

少し経つと、ジョーの携帯電話が鳴った。メールで写真が届いたのだ。

二枚だけだったが、マネスはこれで充分だと思ったにちがいない。

一枚はサラザールの写真だ。がっしりした長身の男が、プールサイドのパラソルの下で日光浴をしている。豊かな髪も目も黒で、なかなかハンサムだ。スラックスを穿き白いシャツの胸をはだけている。隣には金髪をポニーテールにした、ビキニ姿のグラマーな美女が座っている。二人はプールサイドのタイルの上で遊んでいる小さな男の子に笑いかけている。サラザールと妻のマヌエラ、男の子は息子だろう。平和な家族写真。平然と小さな子どもの命を奪う殺人犯にはとても見えない。

画面をスクロールしてもう一枚の写真を出した。レストランの前の路上で撮影したらしい。カスティーノも黒い髪だが、スポーツ選手のような引き締まった体つきで、上質な白いスーツを着ていた。整った顔立ちで、古代ローマの彫刻のような高い鼻をしている。みごとな曲線美の長身の若い女性といっしょだ。つややかな黒髪をシニヨンにまとめたナタリーは、カスティーノ以上にエレガントなドレス姿で、笑顔で夫に話しかけている。どことなくカーラに似たところがある。たしかに、美しい女性だ。カスティーノは妻に夢中らしいというマネスの言葉を思い出した。お似合いのカップルだ。何もかも自分たちの思いどおりになると信じていて、それを阻むものには目もくれない。

サラザールはこのカスティーノの傍若無人ぶりに我慢できなかったのだろう。高慢の鼻を折ってやりたかったにちがいない。

マネスが送ってくれたこの二枚の写真は、二人の関係を雄弁に物語っていた。ジョーとしてはもう少し情報がほしいところだが、とりあえずこれで満足することにした。マネスは陰惨なドラッグの世界で懸命に闘っている。これ以上負担はかけられない。あとは彼が運よくケヴィン・ローパーの正体を突き止めてくれるのを祈るだけだ。

「そんなに飛行機が好きだったの?」イヴは滑走路から目を離そうとしないカーラに言った。「ああ、わたしたちの飛行機が入ってきた。もうすぐあれに乗るのよ」

「うん、アナウンスを聞いた」カーラは遠くの滑走路から離陸する飛行機を見つめたまま答えた。「ねえ、見て。きれいだと思わない？　テレビでは飛行機を何度も見たけど、こんなに近くで見るのは初めて。エレナとは飛行機に乗るほどお金がなかったから、いつも車かバスで移動していた。ジェット機ってすごいわね……離陸するとき歌を歌っているみたい。最初は低いうなり声がして、それがだんだん高い音になって……」

「あの音を音楽と感じるのはあなたぐらいよ。空港の近くに住んでいる人たちには、騒音にしか聞こえないでしょうね」イヴは言った。だが、カーラは音楽にかけては普通の人と違う。まだ聞いたことはないけれど、音楽の先生はカーラにはバイオリンの才能があると言っていた。「わたしもあの轟音から弦楽器の繊細な調べを聞き取ったりはできない」

「わたしはできる。主旋律ではないけど、ちゃんと聞き取れる」カーラはイヴに目を向けた。「でも、ピアノからはもっと歌が聞こえるの。ジェニーはどんな音でも聞き取れた。雷が好きだったわ。よく雷の音をピアノで弾いてくれて……」

九歳だったジェニーが殺害され、カーラとエレナが長い逃亡生活に入る前のことだ。

「その頃、あなたはまだ三歳だったのに、よく覚えているわね」

「覚えてる。ジェニーのことはなんでも覚えてるわ。わたしがバイオリンを始めたのは学校に入ってからだけど、そのときやっとわかった」

「バイオリンが大好きだったのね」

「ええ――わたしのすべてだった」

「アトランタに戻ったら、新しいバイオリンを買いましょう」

「ありがとう」輝くような笑みが浮かんだ。「バイオリンがあったら……もう……ひとりぼっちじゃない」

「あなたはひとりぼっちじゃないわ、カーラ」イヴは手を伸ばして、カーラの肩に触れた。「今はそんな気がするかもしれないけど、ジョーもわたしもいる。そのうち同じ年ごろの友達もできるわ。今度のことを乗り越えれば、きっと道が開ける」

カーラはうなずいた。「でも、また乗り越えなくちゃいけないことが出てくる。そういうものよね。エレナがいつも言ってたわ、つらいときのことは考えないで、いいときを楽しめばいいって」

「エレナは本当に利口な人だったのね」

「すごい人だった」声が震えた。「エレナに会いたい」

「気持ちはわかるわ」

「あんなことにならなければよかったのに。エレナは用心しすぎだと思ったときもあるけど、やっぱり彼女の言うとおりだった」カーラは唇をなめた。「どうして警察に行って、ウォルシュがジェニーを殺したと言いつけないのとエレナに訊いたことがあるの。複雑な事情があるからだめだと言われた。わたしのパパもウォルシュみたいな悪い人だから、どっちにも近づいてはいけないって」

「エレナの言うとおりよ。あなたのためにならない。それに、アメリカに来たことで国際事件に巻き込まれたわけだから、メキシコに帰されたら大変なことになるわ」

「パパもママもよく覚えてないの。エレナは二人とも、ジェニーにもわたしにも会いたがらなかったと言っていたけど、そんなことってある？　テレビ番組だと、どこのパパもママも子どもに甘いのに」カーラは顔をしかめた。「でも、パパはわたしたちのことが好きだったのよ。だって、あのサラザールというやつは、パパが悲しむからわたしたちを殺そうとしたわけでしょ」

「どうかしら。あなたのパパが悪い人って話はわたしも聞いたことがある。でも、環境が悪かっただけで、あなたは何も悪くない。だから、うまくおさまるまで、あなたにわたしたちといっしょにいてほしいの」

カーラはうなずいた。「パパやママに会うためにメキシコに戻ろうとしないってエレナに約束したの。でも、頭がぐちゃぐちゃになっちゃう。ウォルシュが悪いやつで、彼を雇ったサラザールも悪いやつだとはわかる。だけど、自分のパパが悪い人で、わたしを傷つけるかもしれないなんて考えられない」カーラはためらいながら続けた。「世の中にはいっぱい悪い人がいるから。ねえ、誰といたら安全か、どうしたらわかるの？」

「わたしにもわからない。用心して、気を抜かないようにするしかないわ」イヴは言った。

「もうだいじょうぶだから、相手を信用していいと言ってあげられたらどんなにいいかと思う。でも、カーラ、今のあなたが住んでいる世界はそうじゃないの」

「わかってる。ジョーも同じことを言ってたもの」

「でも、病院で会った男の子を信用してしまったでしょう。もっと気をつけなくちゃね」

「そんな人に見えなかった……わたしみたいに大事な人を亡くしたと思ったの。だから、助けてあげたいって」

「それで気を許してしまったのね」

カーラはうなずいた。「もうあんなことはしない。次は気をつける」

「次がないことを祈りましょう」イヴはきっぱりと言った。「ジョーが脅したから、たぶんもう来ないわ」

カーラは深刻な顔で首を振った。「来ると思う」また窓に視線を向けた。「脅されても平気みたいだった。また会うような気がする」

イヴは眉をひそめた。「怖がっていないみたいね」

「もうわかったから。怖いけど、今度は相手が誰か知っているから。知っているかどうかが大きいんじゃないかと思う。想像しているだけじゃわからない。ずっとウォルシュに追いかけられていたけど、そのときは顔を知らなかった。だから、顔を見たときは、なんだかほっとしたような気になったの。ウォルシュは死んだけど、また別の人が来た。ウォルシュのような人が来ると思っていた」

「そうじゃなかったわけね」

「もっと怖い人かもしれない。だって……同情してしまったもの。でも、顔は覚えたから」カーラは穏やかな声で言った。「ぜったいに忘れない」

ジョージア州　アトランタ
湖畔のコテージ

「きれいなところね」カーラはポーチの階段をのぼりながら言った。「湖があるなんてすてき。去年、エレナが週末に連れていってくれた山のモーテルの近くに湖があったの。でも、こんな湖じゃなかった。ここにいたいわ、よそに行かされるまで」

「あなたをよそに行かせたりしないわ」イヴはジョーが玄関の鍵を開けるのを眺めながら言った。「お試し期間だと前に言ったでしょう。あなたにとって何がいちばんかよく考えてみましょう。湖は好きでも、ジョーやわたしと暮らすのは好きじゃないかもしれない。わたしたちの生活は、基本的に退屈だから」

「退屈なのは平気」カーラは答えた。「エレナが仕事に行っているときはずっとひとりでアパートにいたもの。友達も呼んではいけないと言われていたから」

「寂しかった?」

「音楽があったから」そう言ってから、ちょっと不満そうな顔になった。「寂しいときもあったけど、でも、エレナはわたしのことを考えてくれていたから。わたしの安全のためになんでもしてくれた」

「そのとおりよ。そのために命を捧げてくれた」

カーラはうなずいた。「ついさっきまでいたのに、急にいなくなってしまった。まだどこかでわたしを待っていてくれるような気がする」

イヴにはカーラの気持ちがよくわかった。カーラにはエレナは亡くなったと教えただけで、くわしいことは言わなかった。死に至るまでの状況を小さな子どもに知らせるのは忍びなかったからだ。だが、本当にそれでよかったのかという気がしてきた。「エレナが殺されたのは知っているわね。警察が解剖して調べているから、まだ遺体が返ってこないの。返ってきたら、お別れの会を開いて埋葬しましょう」イヴはためらってから続けた。「でも、その前にあなたの安全を確保したほうがいいと思うの。わたしが何を言いたいかわかる？」

「お別れの会でわたしが狙われるからでしょ」カーラは抑揚のない声で言った。

イヴはうなずいた。

「どこにいたって狙われるわ」カーラは湖や森を眺めながら言った。「こんなにきれいなところにいても」

まだ十一歳なのに、その現実を受け入れなければいけないカーラが不憫でならなかった。

「残念だけど、そんなことはないとは言ってあげられない。マーガレットが言っていたわ。一箇所に長くいないで、ずっと逃げ回る生活を続けたエレナは正しかったって。マーガレットも同じような生活をしているから」イヴはポーチの階段をのぼった。「でも、ここにいる間はジョーが守ってくれるわ。今も真っ先に家に入って安全を確かめているでしょう。だから、そんな顔をしないで。心配しなくていいの」

「心配してるわけじゃないわ」カーラはイヴに続いて階段をのぼりながら言った。「彼の言うとおりだと思って」

「彼って?」

「病院で会った人。ケヴィン・ローパー」

イヴはぎくりとした。「あの若い男ね」

「あの悪者」カーラは淡々とした口調で続けた。「いっぱい嘘をついたけど、本当のことも言った。教会に行って、エレナのために祈ったほうがいいって。わたしをおびき出す口実だったんだろうけど、ジョーに止められなかったら、行っていた。そうしたほうがいいと思ったから。エレナのために祈ろうとしたの、でも、本当は――教会に行きたい。だめ?」

「もちろん、行っていいわ。あなたの行きたい教会を選んで。明日行けるようにしましょう」

「ありがとう」カーラはまた湖を眺めた。「ここはとっても静かで、教会みたいね。でも、教会でお祈りしたら、エレナは喜んでくれると思う。どこに行っても、必ず告解とミサに連れていってくれたから」

「あなたがしたいようにしましょう」イヴは穏やかに言った。「お祈りはお祈りよ。どれだけ気持ちがこもっているかが大切」玄関のドアを開けた。「さあ、入って。ちょっと休んだら、ジョーがコテージのまわりを案内してくれるわ」

3

湖畔の小道を歩くジョーとカーラの姿を、イヴはポーチから笑顔で見守っていた。ジェーンもジョーとあんなふうによくいっしょに散歩していた。カーラはあまりしゃべらないし打ち解けようとしないけれど、ジェーンだって最初は警戒心が強くて心を閉ざしていた。ジョーを受け入れるようになったのは、ストリートチルドレンだったジェーンを養女に迎えて数カ月経ってからだった。里親家庭を転々としてきたジェーンは誰も信用しない子どもだったけれど、ジョーは辛抱強くジェーンに接して、ついに信頼を勝ち取ったのだ。

イヴは家に入った。家に帰れたのはうれしいものの、することが山のようにある。まずはメールをチェックして、急ぎの用件がないか確かめなければ。カーラの姉のジェニーの復顔像を仕上げるためにほかの仕事を後回しにしたから、催促のメールが何通か届いているにちがいない。

コーヒーを淹れて、携帯電話を取り上げた。

受信メールをスクロールしていると、電話が鳴った。

ジェーンからだ。

ジェーンとはカリフォルニアに向かう前、ロンドンに帰りついた彼女と話したのが最後だ。

わたしがアトランタに帰ったとたんに電話してくるなんてタイミングがよすぎる気がするけれど……。

「あら、ジェーン、何かあったの？　どう、そっちの生活は——」

「なぜ黙っていたの？　入院したんですって？」

やっぱり。「たいしたことじゃなかったのよ。頭をちょっとぶつけただけで、ジョーが大騒ぎしなかったら、救急救命室に入っていなかった」

「ジョーはあなたのこととなるといつも大騒ぎするから。だけど、電話くらいしてくれてもよかったんじゃない？」

「知らせるほどのことじゃないと思ったのよ。あなたはロンドンにいるんだし。わざわざ心配させることなんかないもの。だけど、誰かが知らせたのね。誰だかわかる気がする」

「マーガレットよ」

「ほら」

「わたしに知らせたほうがいいと判断してくれたのよ。ジョーと二人でやれるからと言って、マーガレットを追い返したそうね。今度はいったい何をするつもり？」

「マーガレットから聞いているでしょう?」

「だいたいのところは」ジェーンは一呼吸おいた。「その子をどうするのよ? うまくやっていけそうなの?」

「なんとかなると思う。カーラはとても強い子なの。あの子を見ていると、あなたが小さかった頃を思い出すわ」

「強い子どもだったわりに、大人になってからはだめね。最近は気が弱くなってしまって。アトランタを離れるときも、あなたのことまで考える余裕がなかった」

「無理もないわ。トレヴァーを失ったばかりだもの。しかも、彼はあなたを助けようとして撃たれた。トラウマを乗り越えるには時間がかかるし、心の傷が消えることはないでしょうね。折り合いをつけていくしかないわ」

「正直なところ、けっこうつらい。でも、だからって、あなたのことを心配できないほどじゃないわ」ジェーンは話題を変えた。「わたしのことはいいの。それより、どうするつもり? わたしがそっちに行く? それとも、こっちに来る?」

「どっちも考えられない」

「心配しなくていいのよ、ジェーン。ジョーと二人でやれるから」

「わたしが困っているときはいつも助けてくれたでしょ。わたしたちは家族なんだから。

どっちかに決めて」

「ジェーン」

「あなたの決定に従うつもりだけど、本音を言わせてもらえば、こっちに来てもらったほうがいい。マーガレットもそう言っていた。逃げ出すほうが、洞窟に閉じこもっていてサラザールに追いつめられるよりずっといいと思う」

「ここは居心地のいい洞窟よ。それは知っているでしょう？　あなたも何年もここで暮らしたんだから」

「湖畔のコテージは大好きよ。今すぐ飛んで帰りたいくらい」ジェーンは怒ったような口調で続けた。「でも、こっちのほうが安全よ。こっちといってもロンドンじゃない。数日後にエディンバラでマクダフとジョックと落ち合って、ハイランド地方に行く予定なの」

「前に聞いた宝探しね。あなたの友人のマクダフ卿は以前からシーラの黄金を探しているんですってね」シーラとは、何世紀も前にイタリアのヘルクラネウムからスコットランドに渡ってきて、マクダフ王朝を開いた女性だ。天文学的な価値のある金貨がつまった箱を携えてきたと言われているが、その箱は見つかっていない。マクダフと友人のジョック・ギャヴィンは何年も前からその宝の箱を探していて、ジェーンにも協力を求めていた。恋人を失ったジェーンが同行する気になったのは、気分転換になると思ったからだろうとイヴは察した。「行けば、きっと楽しいわ。セス・ケイレブもいっしょなの？」

「いいえ。アトランタからロンドンに戻って以来、一度も会っていない。誘うつもりもない」

ジェーンの声が急に冷ややかになったが、イヴは驚かなかった。ケイレブとジェーンの二人は、何年も前に出会って以来、常に不安定な関係だった。ケイレブは謎の男で、次にどんな行動をとるのか予測がつかない。ジェーンに特別な感情を抱いているのは確かだが、それがどう進展するのかも予測がつかなかった。「ケイレブは誘わなくても、来たいと思ったら来るでしょうね」

「そういう状況をなんとかしようとしてきたんだけど。ケイレブのことなんか、どうだっていいの。わたしがそっちに行ったほうがいいなら、宝探しは延期してもらうわ。でも、あなたがハイランド地方に姿をくらましている間に、カーラをサラザールから永遠に解放する方法をジョーに考えてもらったほうがいいと思う」

「あなたをこんなことに巻き込みたくない」

「そんなことを言っても、もう遅いわ。マーガレットから事情を聞いたんだから」

「だめよ。それだけは避けたい」

「だから、手遅れだって。現実を受け入れるしかないわ。もう切るから、よく考えてね。家族の誰かに起こったことはみんなの問題よ。わたしはそう教えられてきたし、その気持ちは今も変わらないわ」

「でも、変わったこともたくさんある。あなたはもう大人だし、キャリアがあって、自分の世界を持っていて――」

「家族は家族よ。どちらかに決めて。明日、電話をちょうだい。かけてくれなかったら、アトランタ行きのいちばん早い飛行機に乗る」ジェーンは電話を切った。

ジェーンは本気だ。イヴにはよくわかった。ジェーンはこうと決めたら、梃子でも動かないところがある。人の言うことには耳を傾けるし、問題をあらゆる角度から検討する冷静さも持ち合わせているが、いったん結論を出すと、あとはがむしゃらに突き進む。今回はこちらに危険が迫っていると聞いて、いつものように冷静に分析する余裕もなく決断を下したのだろう。

立場が逆だったら、わたしだってそうする。

家族だから。

マーガレットもよけいなことをしてくれたものだ。ジェーンに知らせたら、どんな反応を示すか予測がついたはずだ。

こうなったら、ジェーンをなだめる方法も考えなければならない。イヴはため息をついた。それでなくても考えなければいけないことがたくさんあるというのに。

反射的に下腹部に手を伸ばした。

ほら、外の世界はおかしなところでしょう。ときには、誰よりも愛している人たちがおかしなことをすることもあるの。ジェーンがあなたについて知ったら、もっと面倒なことになりそうね。

でも、ジェーンはまだ知らないし、まだ教えるつもりもなかった。状況に対処するには、不安材料は少ないほうがいい。わたしにとって、この子の存在は不安材料であることは確か。

不安なのに心がなごむなんて、おかしな感じだけれど。いつも闇に包まれているような世界でも、素晴らしいことも起こるという兆しのような気がする。

でも、今はまだ闇と戦わなければならない。ジェーンのことをくよくよ考えていないで、しっかりしなければ。決めるのは明日にしよう。いずれにしても、ジョーに相談しなければいけないし。

イヴはソファに腰かけると、メールをチェックし始めた。

「ずいぶん遠くまで行ってきたのね」火にかけたフライパンの中でひき肉をかき混ぜていたイヴは、ジョーとカーラに顔を向けた。「お腹がすいたでしょう?」

「質問攻めにされたよ」ジョーが言った。「ああ、ぺこぺこだよ。きみもそうだろう、カーラ?」

カーラは笑顔でうなずいた。「何をつくってるの?」

「インスタントパスタの手抜き料理」イヴは顔をしかめた。「料理は得意じゃないから。ジョーもわたしもほとんどの時間を仕事に使っていて、テイクアウトを利用することが多いの」そう言うと、ジョーに笑いかけた。「でも、ジョーはバーベキューがとても上手よ。そのうち、ごちそうしてもらいましょう」

「ああ、期待していいよ」ジョーは答えた。「だが、当分その暇はなさそうだな」グツグツ音を立てているフライパンの中身に目を向けた。「あとどれぐらいかかる？」

「三十分くらい。いつものように、冷蔵庫に残っていたものを全部入れたの。そのほうがおいしいから。あとは煮込むだけ」

「ああ、たいていおいしくできているよ」ジョーは玄関に向かった。「ちょっと用事をすませてくる。夕食までには戻るから」

「どこに行くの？」

「取りに行かないといけないものがあってね」そう言うと、ドアを開けた。「ぼくが出たら、ちゃんと戸締まりしておくんだよ。ポーチにも出ないように。いいね？」

イヴはジョーの顔を見た。「散歩中に何か見つけたわけじゃないでしょう？」

「ああ、危険な兆候は何もなかった。だが、用心するに越したことはないからね」ドアが閉まった。

「誰かに待ち伏せされているんじゃないかと心配してたの？」カーラが訊いた。

「そういうわけじゃないけれど。ジョーも言っていたでしょ、用心するに越したことはないって」イヴは玄関の鍵をかけに行った。「あんなに長く歩いて疲れなかった?」

「わたしの気をそらそうとしてる?」カーラが笑いながら言った。「だいじょうぶよ、用心して戸締まりする生活には慣れているから。アパートではいつもそうしていた」そう言うと、ガスレンジに近づいた。「インスタントパスタにチーズを入れることがあるの。入れてみた?」

「今日は入れなかった」イヴは不思議そうにカーラの顔を眺めた。「料理をするの?」

「アパートにいたときは、掃除と料理はたいていわたしの役目だった。役割分担しないと、エレナに悪いもの。働いてお金を稼いでくれていたから」冷蔵庫をのぞいて、ブリーチーズを取り出した。「ねえ、これを入れてもいい?」

「いいわよ」イヴはカーラが丁寧にチーズを切ってフライパンに入れるのを眺めていた。

「ほかにどんな料理ができるの?」

「ハンバーガー、ラザニア、シチューとか、簡単なものばかり」カーラはかき混ぜていた玉じゃくしを置いた。「でも、覚えはいいほうなの。ほかのものがよかったら、つくるわ」

イヴは笑い出した。「あなたを連れてきたのはシェフ代わりにするためじゃないわ」

「家に置いてもらうんだから、何か役に立たなくちゃ。そういうものでしょ? だって、親戚でもなんでもないし」カーラは真剣な顔で続けた。「わたしはあなたのそばにいなくちゃいけないの。あなたにはわたしが必要だから」

「夢の中でジェニーにそう言われたから？　前にも言っていたわね」イヴは首を振った。「わたしたちはあなたにここにいてもらいたいけれど、それが義務だと思ってほしくない。それに、ジェニーはもういないのよ。ずっと前に亡くなったわ」

「でも、ジェニーを愛しているもの。これからもずっと」カーラはすがるような目で見つめた。「ジェニーはあなたを信じているわ、イヴ。あなたもジェニーの夢を見たはずよ。ねえ、見たんでしょ？」

「いいえ」イヴは否定した。どう説明すればいいのだろう。ジェニーと交信するというスピリチュアル体験をして、ジェニーの姿を見たし、声も聞いたと言うわけにはいかない。十一歳の子どもにそんなことを言っても混乱させるだけだろう。「でも、復顔作業をしている間にジェニーととても親しくなれたの。昔からよく知っているみたいな気がした」一呼吸おいてつけ加えた。「今でもそんな気がする」

「復顔」カーラはつぶやいた。「マーガレットから聞いたわ。顔を戻すなんて、なんだか……変な感じ」

「わたしも最初はそう思ったけれど、勉強していくうちに考えが変わった。行方不明のままの人を愛する家族のもとに帰してあげる方法だとわかったから。わたしは引き出してもらうのを待っているものに気づいて、どうすればいいか教えてもらえさえすればいいの」

イヴはカーラと目を合わせた。「ジェニーの場合もそうだったわ。そして、最終的にあなたのところに帰してあげられた」

「そうね」カーラはにっこりした。「マーガレットから聞いたけど、とてもよくできているんでしょ。見てもいい？」

「ここにはないの。まだカリフォルニアの保安官事務所に保管されている」それに、復顔像のもとになったのはジェニーの頭蓋骨なのだから、カーラには見せないほうがいいだろう。復顔彫刻のことはゆっくり時間をかけて説明したいし、見せるとすれば、カーラとはつながりのない人物の復顔像にしたかった。「どっちにしても見ないほうがいいと思う」イヴは言った。「思い出だけのほうがいいわ」

「ここで仕事してるの？」

「そう、あそこで」イヴは部屋の隅の作業台を指した。

カーラは作業台に近づいて、そっと指先で触れた。「あなたの言うとおりだと思う。ジェニーの復顔像は見なくていい。だって、いつもいっしょだもの」作業台のそばに立ったままイヴを見た。「ジェニーがわたしを助けてくれたの。エレナはジェニーとわたしを連れて逃げてくれたけど、あの森でウォルシュにつかまりそうになった。近づいてくるのがわかると、ジェニーはわたしに〝おとなしくしていたら、悪いことは起こらない〟と言ったわ。そして、エレナの手を振りほどいて、ウォルシュに向かっていった。わたしは何がなんだかわからなくて。でも、エレナにはわかっていたから、わたしの手をつかんで走らせたの、どこまでも、どこまでも走らせた。エレナは泣きながら……」カーラは息を吸い込んだ。「このこと、知ってた？」

「ええ」イヴは穏やかに答えた。「でも、あなたが知っていたとは思っていなかった」

「知っていた気がするときも、そうじゃないときもあった。本当のことだと思いたくなかった。だから、忘れようとしたのかもしれない」カーラは唇をなめた。「でも、怖い夢を見るようになったの。いつもあの森の夢を」

「今でもその夢を見る？」

カーラは首を振った。「もう何週間も見ていない。ジェニーの夢は見るけど、あの夜の森の夢は見ない。ジェニーはにこにこして話してくれるから、もう怖くない」

「それはよかった。ジェニーはあなたを怖がらせたくないのよ。ジェニーは本当に強い子ね」

「わたしはずっと怖がっていたような気がするの。でも、怖がっていても何も変わらない。エレナを助けられなかったし、サラザールはこれからもわたしを殺そうとする。だから、ジェニーのように強くならなくちゃ」

「たしかに、怖がっていても何も始まらないけれど、恐怖は簡単に克服できるものじゃないわ。わたしたちも応援するから」イヴは一呼吸おいた。「ジェニーが亡くなった夜のことを覚えているのね。ほかにも覚えていることはある？　あなたたちを誘拐したのは誰か、エレナから聞いていない？　それに、警察に行けなかった理由を」

「誘拐された夜、何があったかエレナも知らなかった。たぶん、夕食に食べたものに何か入っていたらしいと言ってた。目が覚めたときは、強制労働者たちのトラックに乗せられていて……ウォルシュがいたって」

「エレナはウォルシュを知っていたの？」

カーラは首を振った。「エレナは家の中で働いていたから、カスティーノやほかのカルテルの人のことは何も知らなかった。でも、ウォルシュが仕組んだとぴんときて……すごく悪い人だと言ってた」そう言うと、唇をなめた。「エレナはわたしたちを連れて、なんとか逃げようとしたの。警察に行かなかったのは、エレナの家族はみんなカスティーノの仕事をしていて、警察に知らせたりしたら皆殺しにされると、小さい頃から教えられていたから。わたしをメキシコに連れて帰る気なんかなかった。わたしのパパに敵がいるかぎり、また同じことが起こると言って」

「あなたはご両親をどう思っているの？」

「覚えていないの。黒い髪のきれいな女の人が笑いかけてくれたのをぼんやり覚えている気がするけど。でも、わたしよりジェニーにいっぱい笑いかけていた」カーラは一呼吸おいて続けた。「わたしにはエレナがいたわ。エレナがいれば、ほかに家族はいらない」

「エレナがいてくれてよかった」イヴはやさしく言った。「わたしたちとも同じように幸せになれるといいわね」

カーラはうなずいた。「ここに置いてもらえるなら」そう言うと、キッチンに戻ろうとした。だが、途中で足を止めて、リビングの壁にかかっている絵を見つめた。「これはあなたね」青い作業服姿のイヴの肖像画を指した。「この絵、好きだわ。とっても……温かい感じがする」

「娘のジェーンが描いたの。あの子はアーティストで、とても才能があるのよ。この絵はジョーへのプレゼント」

「有名なアーティストなの？」

「まだ若いから、それほどじゃないけれど、だんだん認められてきたところ」イヴはまたフライパンの中を混ぜ始めた。「今はロンドンに住んでいるの。エージェントやギャラリーが向こうに集まっているから」

カーラは肖像画に近づいて、絵の下のサインを眺めた。「このサイン、あなたと名前が違うけど――」

「ええ、わたしともジョーとも違うでしょ。ジェーン・マグワイア。養女よ。十歳のときわたしたちのところに来たの」

「その子を選んだくらいだから、とても愛していたのね」

「ええ。でも、お互いに選び合った感じ」イヴは味見をして、フライパンに蓋をした。「チーズを入れたら、とてもおいしくなった。あなたのおかげね、カーラ」

カーラは笑顔になった。「ちょっと手伝っただけ」イヴのそばに戻ってきた。「ほかに何をすればいい？」

「冷凍庫からロールパンを出して、オーブンに入れてちょうだい。わたしはお皿の用意をするから」イヴは首を振った。「もっと早くパンを出しておけばよかった。パスタはもうほとんどできたのに」

「わたしのせいよ」カーラが冷凍庫を開けながら言った。「いっぱい質問したりしたから」

「そうね。わたしもあなたに訊きたいことを訊いた。こうやって相手がだんだんわかるんだと思う。わたしたち、進歩したと思わない？」

「かなり進歩したと思う」

「わたしも。夕食は少しくらい遅くなってもだいじょうぶ。ジョーもまだ――」

イヴがそう言いかけたとき、玄関の錠がはずれる音がして、ジョーが入ってきた。

「お帰りなさい。いいタイミングよ。カーラと新しい作り方をしてみたら、とってもおいしくできて――」イヴはジョーが持っているケースを見てはっとした。「それは例のもの？」

「空港から楽器店に電話して、店にある最高のものを選んで準備しておいてほしいと頼んだんだ」ジョーはカーラに近づいて、黒革のケースを差し出した。「気に入ってもらえるといいが。楽器のことはわからないから、店の人の言うことを信じるしかなかった」

「だいじょうぶ。きっと気に入るわ」カーラは目を輝かせてバイオリンケースを受け取ると、ソファに駆け寄って、そこでケースを開けた。「すてき」さっそくチューニングを始める。「すごくいい……」

「この調子だと、当分、夕食は無理ね。パンもまだ温めなくてよさそう」イヴはジョーに近づいた。「あなたには驚かされっぱなし」

「早いほうがいいと思ったんだ。あの子は孤独な生活をしてきたんだから。エレナ以外に親しい友達もいなかったから、音楽がいちばんの友達だったにちがいない」ジョーはバイオリンに夢中になっているカーラを笑顔で眺めた。「あの子がぼくたちを友達と認めてくれるまでは、バイオリンにその役を務めてもらおう」イヴに視線を戻した。「夕食は一時間待つことにしよう。その間に外を見回ってくる」

　イヴは玄関まで見送った。「メキシコシティから何か言ってきた?」

「まだだ」

「ケヴィン・ローパーはサラザールとは関係がないのかもしれない。その可能性だってなくはないでしょう?」

「ああ。だが、サラザールが送り込んできた気がする。あいつは若くても相当のワルだ」

「いずれわかるわ。時間をかければ」

「あまり時間はかけられない」ジョーは一呼吸おいて訊いた。「具合はどうだ?」

「変わりないわ。まだ妊娠初期なのに――」

「心身ともに、ということだ」

イヴはちらりとカーラを振り返ると、ジョーにすばやくキスした。「その話はあとで」そう言うと、玄関から押し出した。「気をつけてね」

ジョーを送り出すと、ふっとため息をついてカーラのところに戻った。ジョーと二人きりでじっくり話すつもりだったが、今のカーラの様子を見ていると、たとえそばで話し合ったとしても聞かれる心配はなさそうだった。新しいバイオリンにすっかり夢中で、ほかのことは目に入らないらしい。それでも、不用心なまねはしたくない。子どもができたことは二人だけの問題で、それ以外のもろもろの心配事といっしょにしたくなかった。そもそも、今朝わかったばかりだし。

そう、あれは今朝のことだ。世界がひっくり返るような思いをしてから、まだ丸一日経っていないなんて信じられない。

でも、今朝からずっとカーラのことにかかりきりだった。どうやってあの子の安全を確保し、新しい生活に慣れさせるかで頭がいっぱいだった。

わたしには音楽があるとカーラは言っていた。死の恐怖に怯(おび)えながら孤独な生活を送ることができたのは、音楽の才能に恵まれていたからだ。愛おしそうにバイオリンの弦に触れているカーラを見ていると、それがよくわかった。

ジョーへの感謝の気持ちが込み上げる。

イヴはコーヒーカップを持って、カーラが座っているソファと向かい合ったアームチェアに腰をおろした。そして、黙って見守っていた。

もう少ししたら、できあがった料理をしまっておこう。夕食はあとでいい。今のカーラにはどんな食べ物よりも、バイオリンのほうが栄養になるのだから。

誰かが侵入した形跡はない。ジョーは小道に膝をついて、あたりの草が踏み荒らされていないことを確かめた。だが、ゲームはまだ始まったばかりだ。今朝早く、あたふたと退院して、大急ぎでここに戻ってきた。サラザールが送り込んだ刺客が追ってくるとしても、まだ少し時間がかかるだろう。だが、必ずやってくるとジョーは確信していた。

早くけりをつけたい。

ウォルシュを殺したからといって、この悪夢のような事件に決着がつくわけではないのはわかっていた。ウォルシュはただの殺し屋で、雇い主のサラザールは追跡を諦めたわけではない。ジョーはイヴとカーラをどこか安全なところに預けてから、サラザールと対決するつもりだった。だが、イヴに子どもができたとわかって、その計画が狂った。改めてあらゆる選択肢を考え直してみなければ。

イヴの意思も尊重しなければならない。イヴはああいう人間だから、きっと――

携帯電話が鳴った。メキシコシティ警察のマネス刑事からだ。

「待ちかねたよ」ジョーは電話に出るなり言った。「もっと早く知らせてくれるかと思っていた。それで、何がわかった？」

「よく言うよ。まずは友情に感謝するのが当然だろう。ぼくの情報源だって無限じゃないんだ。だいたいが数時間でやれるものじゃない。数日かかったって不思議じゃない。きみは幸運だよ、ぼくが寛大な性格で」

「きみだってサラザールを潰したいんだろう？」

「本命はカスティーノだが、サラザールでもいい。両方やっつけられたら、なおいいが」

「とりあえずはサラザールに専念したい。ケヴィン・ローパーは見つかったか？」

「いや」マネスは一拍おいた。「だが、ラモン・フランコを見つけた。きみも興味を持つはずだ」

「同一人物なのか？」

「さあな。写真を送る。なかなかのやり手だ。そのうち必ずカルテルの幹部になるだろう。噂(うわさ)では野心家で、邪魔者は片っ端から始末するそうだ」

「まだ子どもなのに」

「十九歳だ。もうすぐ二十歳になる。この年齢なら、人によっては一人前だ」

「そうだな。育ちは？」

「サンディエゴのストリート育ちだ。父親はドラッグの運び屋で、母親は娼婦。十歳のときには母親の客引きをしていた。かっとなると手がつけられないやつで、あるとき、母親が自分の小遣いにするために金を隠すのを見て、階段の上から突き落として殺してしまった」

「やるな」ジョーは皮肉な声で言った。

「金づるを失ったが、学んだこともあったらしい。娼婦を相手にするのをやめて、国境を越えてメキシコに行って、十二歳でサラザール・カルテルの運び屋になった。その後、カルテルの借金取り立て屋としてサラザールに目をかけられるようになった。本人も殺しの腕を磨いていて、爆発物でも毒薬でも使えるが、いちばん得意なのは刃物だ。最新の調査書によると、少なくとも十四人殺しているが、これは上からの命令でやったことだ。頭の回転がよくて、目立ちたがり屋だから、カルテル内で邪魔者を何人かたづけたかわからない」

「弱点は？」

「血の気の多い性格で、被害者をもてあそぶ癖がある。それに、相当の自信家で、どんな相手でも言いくるめられると信じている」

「その点は当たっているかもしれない。口のうまいやつだった」携帯電話が鳴って、写真が送られてきた。ラモン・フランコが不敵な笑みを浮かべて見上げている。「ビンゴ」ジョーは言った。「つまり、サラザールはお気に入りの部下を差し向けてきたわけか」

「それだけ本気ということだ」

「イヴと力を合わせて全力でカーラを守る」

「せいぜいがんばってくれ」マネスは一息ついた。「話は変わるが、復顔像から、森で見つかった子どもはジェニーと確認できたのか？」

「イエスと答えたら、上司に報告しないわけにいかないだろう。メキシコシティ警察は妹のカーラを強制送還する手続きをとる」

「ああ。そうなったら、カスティーノはサラザールに復讐しようとするだろうし、逆にサラザールがカスティーノを潰そうとするかもしれない。どっちに転んでも、われわれにとって損はない」

「そのためにカーラを犠牲にする気はない。ジェニーと同じ運命を歩ませたくないんだ」

「それはそうだが」マネスはしばらく黙っていた。「だが、こっちも猶予のない状況なんだ。いつまでカーラのことを内緒にしておけるか約束できない」

「それは警告か？」

「きみが望ましい結果を出してくれないなら、こちらとしても行動を起こすしかないと言っているんだ。ジェニーの身元確認にカリフォルニアに出向くことをもう一度検討するしかない」

「いつまで待ってもらえる？」

「一週間あれば、きみみたいな有能な刑事には充分だろう」

「きついな」

「それ以上は無理だ。これだけ待つのは、カスティーノ夫妻は二人の娘がサラザールに誘拐される前から娘たちに関心がなかったからだ。シッター任せにして、顔を合わせることもほとんどなかったらしい。カスティーノの妻のナタリーは、上の娘のジェニーにパーティでピアノを弾かせていたが、それ以外はほとんど関わろうとしなかった。ナタリーはパーティとショッピングにしか興味のない女だ。カスティーノは本心では息子をほしがっていたが、世間にはすべてを手に入れたと見せかけている」

「内情にくわしいんだな」

「このあたりのカルテルのことならなんでも知っている。だから、どこのカルテルの殺害予定者リストにも載せられているわけで。きみに協力を求めるのは、カルテルを崩壊させるという目標のためだが、保身のためでもある。いっしょに知恵を絞ろう。じゃあ、一週間後に」電話が切れた。

無駄なく言いたいことを伝えてきた。ジョーは携帯電話をポケットにしまった。マネスは約束を果たすだろう。優秀な警察官で、市民を守ることをいちばんに考えている。同じ立場にいたら、ぼくもそうしただろう。だが、入国管理局の目をカーラからそらせておく時間がもう少しほしかった。

〝いっしょに知恵を絞ろう〟

マネスは戦う相手をリストアップして、方法を考えればいいだけだ。

一週間でこっちは何ができるだろう。

不可能とは言わないが、かなりきつい。何よりもイヴとカーラに危害が及ばない方法を考えなければ。

それに、あのラモン・フランコを近づけてはならない。

おそらく、まだここには来ていないだろう。車もボートも湖畔も森も全部調べた。万が一フランコが潜んでいるとしても、遠くから様子を見ているはずだ。明日はどうなるかわからないが、今夜はだいじょうぶだろう。

音楽が聞こえる。

ジョーは小道で足を止めて、コテージの灯（ひ）を眺めた。

妙（たえ）なる調べが流れてくる。ダイヤモンドのように硬質なのに、ベルベットのように柔らかい音色を聞いて、一瞬息が止まった。

「これはすごい」ジョーは思わずつぶやいた。

その場に突っ立って聴き惚れた。聞き覚えのある曲だが、名前が思い出せない。だが、そんなことはどうだっていい。こうして聴けるだけで満足だ。そして、それを演奏している子どもが無事なだけで。

カーラがこんなに才能豊かな子どもだったとは。イヴとぼくはあの子をどう育てていけばいいのだろう？

まだ眠るつもりはなかったが、イヴはベッドに入った。やっとジョーが帰ってきた。カーラはまだ演奏しているが、締めきった寝室にいると、かすかに聞こえてくるだけだ。

「遅かったのね。心配になったところ」

「しばらく外で演奏を聴いていた。邪魔しては悪いと思って――いや、違うな。やめさせたくなかった」ジョーはシャツを脱いだ。「あの子は素晴らしいね」

「ええ、心を揺さぶる演奏だわ。もっとそばで聴いていたかったけれど、カーラがひとりになりたいんじゃないかと思って。音楽の世界に他人は立ち入らせない感じだから」

「アーティストはみんなそういうものだろう」

「どうかしら。今、ジェニーのことを考えていたの。あの子も音楽が大好きだった。あの子のピアノを聴いてみたかったわ」

「マネスと話したんだが、ジェニーの母親はパーティの客の前でよくピアノを弾かせていたそうだ。カーラに劣らず才能があったようだね」ジョーは服を脱ぎ終えると、ベッドに入ってイヴを引き寄せた。「カスティーノの家に戻ったら、カーラも客の前で演奏させられるだろう」

「やめてよ！」

「言ってみただけだ。その可能性だって考えておかなければいけない」

「ぜったい、いやよ、メキシコに帰すなんて」

「だから、方法を考えているんじゃないか」

「強制送還されたりしたら、カーラはまた命を狙われるわ。そんな危険で残酷なことはできないと言ったでしょう。あの子が安全に生きられる方法が見つかるまで、手元に置いておかなくちゃ」

「短期的な計画ならそれでいいが、長期にわたるとなると、問題がある。こんな神童を預かって、ぼくたちはどうすればいいんだろう？　それでなくても仕事に追われているぼくたちに何がしてやれる？　そのことを考えたことがあるかい？」

「ないわ。先のことは何も考えていない。だって、あの子がずっといっしょにいたがるかどうかもわからないのよ。ジェニーが夢に現れて、わたしのそばにいるように言ったと信じているだけで」

「夢に現れた？　きみのように目の前に現れたわけじゃないのか？」

「夢だと信じているのかもしれないわね。最近の子どもはテレビで心霊現象とか、いろんなことを吹き込まれるから」

「そうかもしれないね。ジェニーが現れたことは言った？」

「いいえ、混乱させるだけだもの。どんなにつらくても、あの子は現実の世界で生きていかなければいけないんだから」イヴは一呼吸おいた。「確かに、バイオリンを買ってあげたのは大正解だったわ」

「約束したからね」

「あなたは約束を守る人だもの」イヴはジョーにすり寄った。「また困ったことが起きたの。ジェーンが電話してきた」

「なぜそれが困るんだ？」

「マーガレットがジェーンに電話して、今回のことを知らせたの」

「そうだったのか。それで、ジェーンはなんて？」

「どうして知らせてくれなかったのかと怒っている。家族なのにって」

「だろうな。それで？」

「最後通牒を突きつけてきた。わたしがあっちに行くか、ジェーンがこっちに来るか、どちらか選べと言われた」

「ロンドンに？」

「いいえ、エディンバラに来てって。スコットランドのハイランド地方にシーラの黄金を探しに行くそうよ、マクダフ卿に誘われて。あの子がロンドンに発ったとき、その話をしなかったかしら？」

「ハイランド地方か。荒れ地だな。マクダフのほかには誰が？」

「ジョック・ギャヴィン、マクダフの親友の。マクダフの城で兄弟のように育った間柄だそうよ。ジェーンはセス・ケイレブは同行しないと言っているけれど、あの男のことだから、ひょっこり現れるかもしれない。それ以外に同行者がいるかどうかは聞いていない」

「ユニークなメンバーだな」

「気になることがあるの？」

「気になってもならなくても、ジェーンは最後通牒を突きつけてきたんだろう。よく考えたほうがいい」

「この件には口出ししないでとジェーンに言ったらどうかしら」

「おとなしく引き下がってくれるとは思えないな」

イヴはため息をついた。「明日、返事することになっているの」

「それなら、明日までに決めないと」ジョーは一呼吸おいた。「マネスから電話があった。カーラを病院から連れ出そうとしたのは、ラモン・フランコという十九歳の殺し屋だった。自分の親を殺したほどの悪党で、これまでに少なくとも十四人殺害しているそうだ。サラザールの部下だ」

「病院に現れたということは、ずっとカーラを狙っているわけね」

「カーラだけじゃない。サラザールはきみも標的にしている。カーラを追っていたウォルシュに、先にきみを始末しろと言ったぐらいだ。カーラを守るために全力を尽くすが、きみの命も守りたい。無謀なことは考えないでほしい。今のぼくはぎりぎりのところでやっているんだから」

それはジョーを見ればよくわかった。こわばった顔をして、顎に力が入っている。「わかったわ。わたしは子どもは守らなくちゃいけないと言いたかっただけ」

「そうだね」ジョーは手を伸ばして、イヴの下腹部に触れた。「子どもは守らなくちゃいけないという今の言葉を忘れないでほしいな。そのためにも自分を大切にしてもらわなくてはね」ジョーはイヴから離れると、肘で頭を支えた。「これまでこの小さな問題を話し合う暇がなかったが」

「小さな問題なんかじゃない」

「そうかな？　きみの中では優先度は低そうだが」

「そんなことはないわ」

「じゃあ、どれぐらい？」

「これは奇跡よ」

ジョーははっとした。イヴに近づいて顔を見合わせた。「結論に達したんだね？」

イヴはうなずいた。「どうしてかはわからないけれど、それ以外に選択肢はないわ。正直なところ、最初は怖かった。でも、考えているうちに、奇跡を拒否したり逆らったりすることはできないとわかった。受け入れるしかないの」そこで少しためらった。「少なくとも、わたしはそう。あなたには別の考えがあるかもしれないけれど」

「別の考えだって？」ジョーは笑いながらイヴの頬をつついた。「ぼくはとっくにそう思っていた。きみは気づいていないかもしれないが、責任を重んじるタイプだからね」

「そういう問題じゃないの。ボニーが生まれたとき、責任を分担してくれる人がいたらどんなにいいかと思った。でも、今は違う」イヴは唇を震わせた。「ひとりでもやらなくちゃいけない。そうじゃないなら、子どもを持つ資格はないと思うようになった。奇跡を信じられたら、愛することは自然に学べる。それ以上の喜びが待っているわ」

「そうだね」ジョーはイヴを抱き寄せた。「少し時間をくれないか。きみに出会ったときの気持ちを思い出したい」

「いいわ」イヴの目に涙が盛り上がった。ジョーの体温と力強さが伝わってきて、爽やかなコロンの香りが鼻をくすぐる。「そんな願いを断れる女性はいないわ。二人で力を合わせればだいじょうぶ」

「ああ、それは自信がある。問題はいくつか残っているが」

「殺し屋から小さな女の子を守らなければならないものね。でも、その心配は明日まで延ばすことにする」

今は考えないことにしよう。ジョーの愛に包まれながら、そして、カーラのバイオリンのかすかな音色を聴きながら、奇跡が訪れることを信じよう。

今はそれで充分。明日はまた別の日なのだから。


目を覚ましたときは八時を回っていた。

ジョーはいない。

バイオリンの音もしない。

イヴは飛び起きて、バスローブをはおると、寝室を出た。

「おはよう」カーラがキッチンから声をかけた。「呼びに行こうと思っていたところ」フライパンの中でジュージューいっているベーコンを指した。「もうすぐできるわ。卵はどうする?」

「スクランブルがいい」イヴはそう言ってから首を振った。「あなたはこんなことしなくていいの。シェフ代わりにする気はないと言ったでしょう」

「でも」カーラはトースターにパンを入れた。「ゆうべ、あんなに遅くまでバイオリンを弾いていて悪かったから。弾いていいか訊きもしないで」そう言うと、晴れやかな笑顔になった。「ありがとう、イヴ」

「お礼ならジョーに言って。あなたのために急いで取りに行ってくれたんだから」

「もう言ったわ。もう一度森を見回ってくると言って出かける前に」笑顔が消えた。「病院にいた男の子はサラザールの手先だったって。ラモン・フランコというすごく悪いやつだとジョーが言ってたわ」そう言うと、小さなボールに入れた卵を混ぜ始めた。「二度と信用してはいけないと言われた。そんなことしないのに」

「わかってるわ」イヴはカウンターのスツールに腰かけた。「ジョーは念を押しただけよ。用心深い人だから」

カーラはうなずいた。「いいことだと思う。あなたの安全が守れるもの」

「わたしたちの安全でしょ」

カーラは笑みを浮かべて卵液をフライパンに移した。「でも、ジョーはわたしのことをよく知っているわけじゃない。あなたをどう思っているかはわかるけど」

「そういう気持ちは時間をかけて築いていくものだから」そういえば、ゆうべジョーもそんな意味のことを言っていた。「でも、彼は信用できる人よ」

カーラはまたうなずいた。「それに、わたしにバイオリンを弾かせてくれるし」

「あなたにとっては、彼に守ってもらうより、そっちのほうが大切みたいね」

「だって、自分の身は自分で守ることを覚えなくちゃいけないけど、もしバイオリンが弾けなくなったら……」

「あなたの演奏を止めようとする人なんかいないわ」

「みんながバイオリンを好きなわけじゃないし、音楽が嫌いな人だっている」

「気の毒な人ね」

「わたしもそう思うわ」カーラはスクランブルエッグを皿にのせると、ベーコンとトーストを添えた。「きっと心がからっぽなのよ」イヴの前に皿を置いた。「でも、そんなこと言っちゃいけないの。そういう人にも礼儀正しくしなくちゃ。他人の心に踏み込んではいけないってエレナがいつも言ってた。オレンジジュースはどう？」

「自分で取りに――」

「わたしのほうが近いから」カーラは冷蔵庫に向かった。「ほかにいるものはない？」

「ないわ。あなたのおかげで足りないものはない」

「よかった」カーラはまた晴れやかな笑顔になった。「わたしもそうしてもらったから」そう言うと、オレンジジュースを注いだ。「それに、ゆうべジョーがバイオリンを持って帰ってきてくれたあと、わたしのせいで夕食を食べそこなったし。ジョーもわたしもお腹がぺこぺこだったから、朝食は二人で先に食べたの」

「実を言うと、わたしもお腹がすいてる」イヴは食べ始めた。「あら、この卵、おいしい。どうやってつくったの？」

「マッシュルームを入れて、チリパウダーをちょっと振った。それに、千切りにしたベーコンも」

「すごいわね」もう少し料理に関心を持ったほうがよさそうだとイヴは反省した。「ヘルシーだし、タンパク質がたくさんとれる。ありがとう」

「お礼なんかいいの。お皿は洗っておくから」

「食洗機に入れておいて」イヴは言った。「それより、顔を洗ってきて。ゆうべ寝室に入ったあとで、ここからいちばん近い教会を調べておいた。セントマイケル教会で、十一時からミサがある。そこでいいかしら？」

「そこでいい」カーラは大急ぎで食器を食洗機に入れた。「シャワーを浴びてくる。でも、着ていくものがないわ。ジーンズで行くしかない。エレナはいつも教会に行くときはおしゃれさせてくれたの。神さまに敬意を表さなくちゃいけないし、儀式なんだからって」

「服を買いに行って、次に行くときにはおしゃれできるようにしましょう」イヴは言った。

「でも、今日は敬意を表せなくても、エレナも神さまも許してくれると思うわ」

「そうね」カーラは飛ぶようにして廊下に出た。「三十分で支度する。それでいい？」

「ええ、充分間に合う」イヴがそう言うと、バスルームのドアがバタンと閉まった。

あんなに興奮して、乱暴にドアを閉めるカーラを見たのは初めてだ。いつものひたむきで悲しそうなカーラよりずっといい。これからは少しずつあんなふうになってくれるんじゃないかしら。そう思っただけでうれしくなった。

　でも、カーラの悲しみが消えることはないし、教会に行くのはエレナのために祈るためなのだ。三十分とカーラは言っていた。イヴもまだ着替えていなかった。急いで朝食をすませると、寝室に戻った。


　四十分後、イヴとカーラがトヨタに乗り込んだときにもジョーはまだ戻っていなかった。車を私道から出しながら、イヴは電話した。「そっちはだいじょうぶ？」

「ああ。ちょうど回り終えたところだ。こっちに戻って一日近く経つから、いつ侵入者が現れても不思議はない。十分で帰るよ」

「今、出かけるところなの。カーラをセントマイケル教会のミサに連れていこうと思って」

「セントマイケル教会」ジョーが鋭い声で繰り返した。「それはまずい」

「どうしても行きたいと言うの。エレナのために祈りたいって」

「気持ちはわかるが、危険だな。銃は持っているね？」

「グローブボックスに入れてある」子どもを守るためとはいえ、教会に銃を持ち込まなくてはならないと思うと気が重くなった。「ちゃんと持っていくわ。でも、サラザールのお気に入りの殺し屋が教会で襲ってくるとは思えないけれど。あれだけ人目の多いところで」

「フランコは病院でカーラをおびき出そうとしたんだよ。何をするかわかったもんじゃない。あいつは未知数だ」

たしかに、ジョーの言うとおりだ。どんな危険が待ち受けているか予測がつかない。

「引き返したほうがいいと思う？」

短い沈黙があった。「いや、どこかから見張られている感じはしなかった。カーラを囚人みたいに閉じ込めておくという方法もある。結局、そうせざるをえなくなるかもしれない。だが、カーラにとって大切なことなら、願いをかなえてやろう。教会に直行するといい。ぼくもあとから行って外で待っている」

「行かないほうがいいって？」カーラがイヴの顔を見つめながら訊いた。「何かあったの？」

「今のところだいじょうぶ。ジョーは警戒しているだけ」

カーラはうなずいた。「でも、二人に迷惑をかけたくない。行かないほうがいいとジョーが思っているなら――」

「行っていいって……今回だけは」イヴは手を伸ばしてカーラの手を取った。「先のことはわからないけれど」

「あなたがそう言うなら」カーラはイヴの手を握り締めた。「あなたの安全はわたしが守らなくちゃ」

「ジェニーにそう言われたから？　でも、ジェニーはあなたのことも同じくらい心配しているはずよ。だから、お互いに相手の安全に気をつければいいの」イヴはカーラの手を握り返してから放した。「さあ、もう心配しないで。エレナのために祈りに行くんだから。あと十分で教会に着くわ」

4

ミサを終えて教会から駐車場に向かう間、カーラは押し黙っていた。

「だいじょうぶ?」イヴは声をかけた。

カーラの目に涙が光っていた。「エレナが死ななければよかったのに」

いくら悔やんでも悔やみきれない。返す言葉がないので、イヴはカーラの腕をそっと握った。「本当に。あんないい人が……」

カーラはぎこちなくうなずいた。「神さまがエレナに天国で特別の居場所か仕事を与えてくれたらいいけど。エレナのために祈ったとき、それをお願いしたの」

「きっと願いを聞いてくれるわ」

「どうかしら。神さまはわたしからジェニーもエレリも取り上げてしまった。いくらお願いしても無理な気がする」カーラは首を振った。「エレナはそんな罰当たりなことを言ってはいけないと言ったけど……だって、あの二人が大好きだったんだもの」

「あなたが覚えているかぎり、ずっとあの二人といっしょよ。誰にもあなたから二人を取り上げることはできないわ」

「そうね」カーラは唇をなめた。「ひざまずいてエレナのために祈っていたとき、ほかのことは考えないようにしようとしたけど、どうしてもウォルシュのことが頭に浮かんできたの。エレナやジェニーにどんなひどいことをしたか思い出して。それに、あのフランコの顔も。にこにこ笑いかけてきて、わたしを殺そうとした。エレナは神さまだけじゃなくて悪魔も信じていた。ウォルシュもフランコも悪魔がこの世に送ってきたのよ。この世界には悪魔の手先がいっぱいいすぎて、神さまも手が回らないんじゃないかしら。自分でなんとかするしかないのかも」

「ジョーは刑事で、毎日、悪い人を追いかけている。みんな、それぞれやり方があるはずよ」イヴはなだめるように言った。「でも、あなたが自分のやり方を見つけるにはまだ何年かかかるわ」トヨタの前で立ち止まった。「焦らないで、カーラ」

「ぐずぐずしていられないときもあるわ」カーラは車に乗り込んだ。「そうならないように祈ったけど、もしものときは逃げないで戦う。これ以上誰かを奪われるのはいや」

「ひとつ約束して。悪魔と戦う前にジョーかわたしに言って」イヴは車を出した。「人に助けを借りるのも悪くないわ」

カーラはにっこりした。「そうね。わたしの言ったこと、変だと思う？」

「変じゃないわ。これ以上傷つきたくないという思いが痛いほど伝わってきた。できるだ

けあなたの気持ちを尊重するわ」駐車場を出ると、ジョーが道路際に車をとめて待ってい
た。「ジョーも協力してくれるから。さあ、家に帰ったら、これからのことを――」
「待って！」カーラが突然イヴの腕をつかんだ。「あそこ……教会の階段のそばに……」
通りを足早に通り過ぎる男に視線を向けた。「だめだわ、行ってしまった」
イヴははっとして階段のほうを見た。「誰が？」
「あれは……」カーラは荒い息をしていた。「ちらっと見ただけだけど、あのラモン・フ
ランコという男だったと思う。いいえ、間違いない」激しい口調になった。「今度見たら
すぐわかると言ったでしょ。顔だけじゃないの。動き方とか、首の傾げ方とかも覚えてる
わ」
「ちょっと見ただけでわかるの？　勘違いじゃない？　ウォルシュのことを話していたか
ら、そのせいで――」
「ぜったいあいつよ」視線はまだ通りに向いていた。「すごく急いでた。脇道に入ってい
った。本当だったら、イヴ」
カーラの言うとおりなのだろう。イヴは背筋が寒くなった。「確かめたかっただけよ」
そう言うと、携帯電話を取り出してジョーにかけた。「ちょっと前にカーラがラモン・フ
ランコを見かけたと言ってるの。どうしたらいい？」
「どこで見たんだ？」

「教会か駐車場のほうから来たみたい。向かい側の道路の脇道に入ったそうよ」

ジョーは舌打ちした。「今から追いかけてもつかまらないだろう。ひょっとしたら、ぼくをおびき出すつもりかもしれない。その手には乗らないぞ。左折して路上駐車するんだ。すぐ行く」

イヴは電話を切ると、ダンフォース通りを左折した。一ブロックほど進むと、路上駐車できそうな場所が見つかった。待つほどもなくジープがとまって、ジョーが飛びおりた。「早くおりて」トヨタのそばに来て、二人を促した。「ぼくのジープに乗るんだ。道路から離れて」

イヴはカーラをジープに乗せると、ジョーに駆け寄った。「何をするつもり？」

「車を調べる。カーラが見かけたとき、フランコは歩いていたんだろう。襲ってはこなかった。狙撃できる場所にもいなかった。それ以外のことをしていたんだ。そして、それを終えて、立ち去った」ジョーは慎重にボンネットを開けた。「何もないな。そんな気はしていた。誰にも見られずエンジンに何か仕掛けるのは簡単じゃないからな。なぜあいつに気づかなかったんだろう？　きみたちが教会にいる間、ずっと見張っていたのに」そう言うと、ボンネットを閉めた。「ぼくはフランコを見なかった。きっと理由があるはずだ」

「仕掛けると言ったわね」イヴは訊いた。「ひょっとして爆弾？」

「可能性は高いだろう。メキシコシティのギャング抗争でよく使われる方法だ。マネスから聞いたところでは、フランコはサラザールの敵を始末するあらゆる方法によく通じているそうだ。爆弾なら、きみたちを跡形も残さず天国に送ることができる。サラザールも満足したはずだ」

「卑劣なやつ」

「あいつを見なかったのは、姿勢を低くして、ぼくの視界に入らないようにしていたからだろう」ジョーは車の後部に向かうと、腹這い（はらば）になって車の下にもぐり込んだ。「ここにもないな」車の横に這っていく。「まさかここには――あったぞ！」

「何が？」イヴはジョーのそばに膝をついた。「ここからは何も――」次の瞬間、左の後輪の近くに、ダクトテープで留められた小型の爆弾が点滅しているのが見えた。イヴは息を呑（の）んだ。「爆弾処理班を呼ぶ？」

「ああ」ジョーは車の下でもぞもぞ動いている。「ちょっと時間をくれ」

「ジョー」喉がつまって声が出ない。海軍特殊部隊にいたとき、爆弾の設置や解除を習ったことは知っているが、だからといって吹っ飛ばされない保証はない。「早く出てきて。まさか自分で解除しようとしているんじゃないでしょうね」

「調べているだけだ。威力はあるが、単純な型だ。リモコンのスイッチはない。タイマーだけだ」爆弾に手を伸ばして、何かしている。

「やめて、ジョー。爆発するかもしれない」

「だいじょうぶ。単純な型だと言っただろう。そんな恐れがあったら、すぐにきみをジープに追い返していた」

「そう言っても心配よ。出てきて」

ジョーがやっと車の下から出てきた。頬にもシャツの襟にもオイルがついている。「三十分後に爆発するようセットされていた。きみたちが家に帰りつく頃を狙ったんだ」

「タイマーを切ったの？」

「いや、ここで調べていた時間を足してリセットした」

「どういうこと？」

「爆弾を爆発させる」ジョーはイヴにジープのキーを渡した。「きみはジープを運転してくれ。高速道路を出たところで落ち合おう。そこから家に着くまで、きみとカーラがトヨタに乗っているところを見せなければいけない。心配するな。爆発設定時間を十五分ずらせたから」

「何をするつもり？」

「あとで話す。今は説明している暇がない」ジョーはトヨタの運転席に着いた。「ぼくを信じろ」

車の下で時限爆弾がカチカチ鳴っている車を運転するなんて。

高速道路をおりたら、カーラと二人でトヨタに乗っていけと言われたって……。

訊き返している暇はない。

でも、こんなに怯(おび)えさせて、ただではおかないから。

急いでジープに戻って、カーラの隣の運転席に着いた。

「何も訊かないで。わたしもまだ答えを知らないから」

トヨタは高速道路から一キロほど離れたクイン通りの待避所にとまっていた。イヴはジープを隣にとめた。

ジョーが車の下から出てきた。「乗って。早く。五分遅れた」

イヴはカーラに車に乗るように合図しながら訊いた。「何かあったの?」

そう言ってから、はっとした。爆弾が今にも爆発するというのに、何を馬鹿なことを訊いているのだろう。

「いや、きみに運転させる前に、ほかに爆発物を見落としていなかったか確かめていただけだ」ジョーはジープに駆け寄って運転席に着いた。「敷地に入ったら、すぐ車からおりろ。両側から木が覆いかぶさっている道がいい。カーラと二人で飛びおりて、いちばん近い溝に隠れるんだ。コテージに着くまで待つんじゃないぞ」

「どうして?」

「コテージの周辺には視界をさえぎるものがないから、望遠鏡を使えば遠くからでも見える。フランコはそこで爆発させて、確かめようとしたんだろう。だが、敷地に入ったところの林道なら、見るのも近づくのも簡単じゃない。そこで爆発したら、あいつはちょっと計算違いをしたと思うだろう」

「そんなこと言ったたって……」

「とにかく急げ！」

　イヴはトヨタに飛び乗って、アクセルを踏み込んだ。車が飛び出した。

　ジョーがジープに乗り込むのがバックミラーに映っていた。前方を走る車を次々と追い抜き、家々の前を通り過ぎて、湖のある敷地に向かった。

「イヴ?」カーラが小声で呼んだ。

「だいじょうぶ」道路に目を向けたまま言った。「なんとかなるわ。わたしがおりてと言ったら、すぐ車をおりて走るのよ」

　カーラはうなずいて、また黙り込んだ。

　過ぎる時間が永遠のように感じられる。

　やっと森が見えてきた。暗がりの中に遠く湖も見える。

　急ブレーキを踏んだ。金属がこすれる音がした。トヨタは横滑りして止まった。

「おりて、カーラ！」車のドアを開けた。「向こう側の溝まで走って」

　カーラは何も訊かなかった。もう走り出していた。イヴより先に深い溝に飛び込んだ。

イヴもあとに続いた。

「もっと先へ」ジョーがすぐそばまで来ていた。「できるだけ車から離れるんだ」

イヴはカーラを促して溝を這って進んだ。「急いで！」

イヴは息を切らせながら、泥と岩の間を進んだ。ジョーがすぐ後ろにいるのを感じた。

「伏せろ！」ジョーが叫んだ。

耳をつんざくような爆音がして、炎が燃え上がった。無数の金属片が宙を舞っている。

何か重いものをイヴはぼんやりと感じた。ジョーがカーラとイヴに覆いかぶさってかばってくれているのだ。

起き上がろうとした。

「じっとしてろ。まだ動いてはだめだ。金属が飛んでくる」

一分後、ジョーは体を離した。「だいじょうぶか？」

イヴはうなずいて体を起こすと、カーラに目を向けた。かすり傷も負っていなかったが、すぐそばで激しく燃え上がる炎を呆然と見つめている。イヴはジョーに視線を戻した。

「あなたは？」

ジョーはそれには答えず、携帯電話を取り出した。「森に入って、湖の向こう側まで行くんだ。足跡を消すのを忘れずに。フランコはいつ現れるかわからない。警察と消防を現場に急行させて、あちこち捜し回らないようにさせる」

イヴはカーラの手をつかんで、森に向かった。振り返って声をかけた。「あなたは来ないの？」

「ここに残って、悲劇に打ちひしがれた被害者のパートナーを演じる。今夜中に落ち合うようにするから。さあ、早く」

イヴはもう走り出していた。木の枝をつかむと、カーラにも渡した。「聞いたでしょ。足跡を消すのよ」

カーラは何も訊かずに、地面についたかすかな窪(くぼ)みを木の枝で消し始めた。

空気にはオイルと煙と焦げたゴムの匂いが充満している。息もできないほどだ。

ジョーはひとりだ。フランコが警察や消防より先に現れたら……いえ、それはなさそう。サイレンの音が聞こえる。

カーラはぴたりとイヴに寄り添っていた。真剣な表情をして、何がなんでもイヴを守るというオーラが全身からにじみ出ている。そんなにがんばらなくていいと言いたかった。わたしが守る側なのだから、と。それでも、カーラのひたむきな思いに心がなごむのを感じて、その思いをありがたく受け入れることにした。それにしても、ジョーはなぜこの車の爆破を仕組んだりしたのだろう。あとで説明すると言っていた。とにかく、今はしなければならないことをひとつずつやるしかない。

カーラを危険から守ること。

湖の向こう側まで逃げること。

そこでジョーを待って、どういうことか教えてもらおう。

「ちょっと寒くない？」湖のそばの岩陰に隠れていると、カーラがイヴに体を寄せてきた。

「車の火事、やっと消えたみたい。火の手が見えなくなった」

イヴはうなずいた。「爆発してからもう何時間も経つもの」

「そろそろジョーが来るはずよ。少しでも暖めようとカーラを抱き寄せてから、岩に寄りかかった。「そろそろジョーが来るはずよ。あなたは本当に辛抱強いのね、カーラ。何ひとつ訊こうとしない」

「訊いても答えられないと思って」カーラは困った顔になった。「ジョーにいらいらしていたでしょ。説明する時間もなかったし」

「そういうこと」イヴは沈んだ声で言った。「どちらもそのとおりよ」

「でも、彼に怒ってるわけじゃないでしょう？」

「それは説明を聞いてから教えてあげる」

カーラはイヴの顔をじっと見上げていた。「説明を聞いたあとも怒らないと思う。ジョーが間違っていると思ったら、言われたとおりにしないはずだもの」

「正しいか、間違っているかは、その人の考え方だから。ジョーとはいつも意見が一致するわけじゃないわ」

カーラはうなずいた。「でも、たいていは一致する。だから、彼がわたしたちのために正しいと思ったことをしてくれると信じたのね」

「ええ、いつも信じている。わたしの考えていることとは違うかもしれないけれど、ジョーは勘がとても鋭いし、ずっと先まで見越している」イヴは一呼吸おいた。「だから、あなたもジョーを信じて。もしトヨタを爆破するなんて馬鹿なことを言い出しても、そうさせてあげて。それなりの理由があるはずだから」

カーラは笑い出した。「車を爆破するのは馬鹿なこと？」

イヴはため息をついた。「あのトヨタにはずっと乗っていたから。古い友達を失ったような気がする」

「でも、ジョーの説明を聞いたら納得できると思っているのね」

「まずは聞いてみないと――」イヴははっとして顔を上げた。「しっ、物音が……」

カーラはぎくりとした。「わたしがしゃべったりしたから――」

「ジョーよ」

二人の背後の暗がりからジョーが現れた。まずイヴに手を貸して立ち上がらせると、しっかり抱き締めた。「無事だった？」

「あなたこそ」イヴはすばやくキスした。「こっちは何もなかった。ねえ、カーラ？」

「うん」カーラも立ち上がった。「来てくれたんだ、ジョー」

「ああ」ジョーは背負っていたバックパックをおろした。「きみのバイオリンをこのバックパックに入れるのは大変だったよ。ほかのものはまわりにつめ込むしかなかった」バックパックを地面に置いた。「だが、持っていけないと、きみが承知しないのはわかっていたからね」

「持っていくってどこへ？」イヴが訊いた。

「エディンバラだ」

「えっ？」

「ジェーンに電話して、きみが決めたと言った。今夜の飛行機で発つと」

「ちょっと待って。わたしは何も決めていない」

「きみがその気だとジェーンに信じさせる必要があったから。それに、何があったか教えたら、ジェーンも乗り気になってくれた。いやなら断ってもいいが、ぼくの計画はだいなしになる」

「あなたの計画？　トヨタを吹っ飛ばしたり、爆弾を仕掛けられた車を運転させて、わたしに心臓発作を起こしそうにさせたりするのが、あなたの計画だったの？　カーラとわたしを森に逃げさせておいて、ひとりでフランコのために罠を仕掛けるのが」

「弁解の言葉はない」

「だったら、理由を教えて」

「マーガレットが言うとおりだと気づいたんだ。隠れたつもりでも、どこからでも見えるような場所にいたら隠れたことにならない。敷地をくまなく偵察したし、考えるかぎりの安全対策を講じたが、それでもこんなことになった。きみとカーラが標的にされた。車は、コテージの前にとめている間は爆発物が仕掛けられていないか調べていた。だが、フランコは、車が敷地を離れるまで待っていたんだ」ジョーは口元を引き締めた。「こんなことは二度とあってはならない。きみたちの安全が確保できないかぎり、ぼくはサラザールやフランコとの対決に集中できないんだ、常にきみたちを見張っていなければいけないから」

「それで、車を爆破して、カーラとわたしが死んだとフランコに信じさせようとしたわけね」イヴは首を振った。「でも、いずれ、車に死体がなかったことに気づくわ」

「それまでに時間稼ぎができる。あの爆弾はかなり強力だったから、歯科記録との照合もDNAの検出も不可能に近いはずだ。早い話が、何も残っていない場合だってあるし、少なくとも遺体の一部を回収するのは相当大変だろう。きみたちが生きているとわかったとしても、そのときはとっくに安全なハイランド地方に行っている」

「あなたはどうするの？」

「サラザールを追う。フランコを動かしているのはあの男だ。どちらかつかまえたら、もうひとりにたどり着ける」

「メキシコシティに行くのね」

「おそらく」

「なんてこと。わたしたち、地球の反対側にいることになるわ」

「そうとはかぎらない。フランコとサラザールをこっちに引き止めておけなくなったら、つまり、連中がきみたちに近づこうとしたら、ぼくもそっちに行く」

「そんな事態は避けたいけれど」

「ぼくもそう思う。だが、今はこうするしかないんだ」ジョーは考えながら続けた。「ぼくだって離れ離れになりたくない。だがこれがきみとカーラにとっていちばん安全な方法なんだ。しかも、ハイランド地方にいっしょに行くマクダフは、かつてイギリス海兵隊第四十五部隊に属していて、メダルをいくつももらっている。スコットランドではちょっとした国民的ヒーローだ。ジョック・ギャヴィンはまだ若いが、あれだけの切れ者は珍しい。それに、ケイレブも来るらしい。彼がどういう男か知っているだろう」

イヴはケイレブが独特の能力を発揮するのを目撃したことがある。今思い出してもぞっとするような経験だった。「ゆうべからこの計画を練っていたのね」

「きみたちの安全を確保する方法を考え抜いた末にたどり着いた。今のぼくにできる最良の方法だ。特殊部隊にきみをゆだねるようなものだからね」

「でも、あなたは誰が守ってくれるの？」

「マネスとメキシコシティ警察は、カルテル解体のためにぼくに協力を求めている。マネスもサラザールとカスティーノを亡き者にしたがっているんだ。できるかぎり力を貸してくれるはずだ」

「あなたがどう出るかで、向こうの対応は変わるわ」

「マネスをうまく利用する自信はある」

「メキシコシティ警察が力を貸してくれなくても、サラザールとカスティーノを始末したいんでしょう？」

ジョーはちらりとカーラに目を向けた。「きみもそれを願っているんじゃないか、イヴ」

「でも、あなたを死なせたくない」

「ぼくだって死にたくないさ」ジョーは笑顔になった。「だから、そうならないように気をつける。生きていなければいけない特別の理由もできたんだからね」

何を言ってもジョーの決心を変えさせることはできないとイヴは悟った。「こんなことにジェーンを巻き込みたくなかったわ。やっと自分の生活を再開し始めたところなのに」

「選択の余地はない。それに、ジェーンが選択したことだ。危険はよく説明しておいたよ。きみたちを飛行機に乗せる前にマクダフとジョックに電話して協力を求める」

「さっき特殊部隊と言ったのはこのことだったのね」

「もう動き始めたんだ、イヴ。ぼくを困らせないでほしい」

「何もかもわたしのためなのね。いつも自分のことは後回しにして」

「きみはカーラを守らなければいけないし、ぼくはサラザールと対決しなければいけない。それぞれ役割がある。いっしょに行動することはできないんだ」

たしかにそのとおりだが、イヴは認めたくなかった。「電話してね。どうしているか知らせて。ねえ、聞いてる？」

「ちゃんと聞いてるよ」ジョーはイヴにキスした。「どこにいても必ず電話する」カーラに視線を向けた。「あの子を頼む」

「任せて」イヴは真剣な声で言った。「心配しないで。自分の役割はよくわかっているから」

ジョーは手を伸ばしてイヴの肩をつかんだ。「カーラのことだけではなくて、自分の安全にも気をつけるんだよ。飛行機をチャーターして、ゲインズビル空港から発つことになっている。ここから一キロほど先でレンタカーを借りる手配をしてあるから、空港まで送って乗り込むのを見届けるよ」

「そこまでしてくれなくても、わたしだけで行けるわ」

「そういうわけにいかない。爆発騒ぎがおさまってから、こっそり家に帰って荷物を用意してきた。フランコがまだ近くにいるとは思えないが、念には念を入れたほうがいい」ジョーは地面に置いたバックパックを取り上げた。「マクダフには目立たずに着陸できるよう手配を頼んでおくよ」

「不法入国というわけね」イヴは言った。「マーガレットなら気にしないだろうけど」

「マーガレットとは自衛に関しては基本的に意見が一致するんだ。サラザールのＵＫの情報源にイヴ・ダンカンという女性が入国したと知られたくない。それに、カーラはパスポートを持っていないから、なんらかの方法を講じるしかない」ジョーはイヴの肘を取った。「さあ、カーラ。行くぞ」

一瞬ためらってから、イヴは走り出した。決して完璧な計画ではない。考えただけで空恐ろしくなるけれど、ほかに方法はないのだ。ジョーは現状でできるかぎりのことをしてくれたのだから。

いつものように自分のことは後回しにして。

ジョーのこれからの行動が目に見えるようだ。複雑で危険な状況でも、冷静に立ち向かうだろう。海軍特殊部隊にいたときのように、ある程度計画を練り、あとは直感を信じて突き進むはずだ。でも、その先に何が待っているかはわからない。

それに、ジョーが話してくれなかったら、どんな危険と隣り合わせているのか、わたしには知りようがない。きっと、わたしを心配させるようなことは言わないだろう。

そう思うと、ますます不安になった。

「思いつめないで」イヴの様子に気づいて、ジョーがなだめた。「簡単にはいかないが、方法はある。まだ始まったばかりだ。フランコの動きを封じることができたからね。こっちが一歩先を行っているわけだ」

イヴはうなずいた。「何があっても、ちゃんと知らせてね」震える声で念を押した。「あなたをひとりにしたくない」

「ぼくはひとりじゃないよ、もう何年も前から。きみと出会ったときから、いつもいっしょだ」


パイロットのジェフ・ブランデルは、ジョーがタラップをおりてレンタカーに向かうと、イヴとカーラに笑いかけた。「揺れたりしないからね。お嬢ちゃんは、飛行機は苦手かな？」

「ほとんど乗ったことがないから」イヴが答えた。「でも、だいじょうぶだと思う。そうよね、カーラ？」

「とても楽しそう。安全だと統計で証明されているし」カーラは膝にのせたノートパソコンに目を戻した。「それに、優秀なパイロットじゃなかったら、ジョーは選ぶはずがないもの」

「利口な子だ」ブランデルは言った。「ああ、この仕事には自信があるよ」コックピットに向かう。「クインは妥協を許さない男だからね。うちの奥さんといっしょだ」振り返ってカーラに目を向けた。「だが、こんな可愛い子どもに恵まれるなら、結婚も悪くないな」

そう言うと、コックピットのドアを閉めた。

イヴはジョーが車に乗り込むのを飛行機の窓から眺めていた。そのままとどまっている。離陸するのを見届けるつもりなのだ。ジョーのすることは徹底している。

本当は行きたくないのに。

だが、飛行機は滑走路を移動して、ふわりと飛び立った。ジョーの車が遠ざかっていく。

突然、カーラが手を握った。「行きたくないなら、パイロットに言って、引き返しましょう。二人とも、わたしのためにしてくれているんでしょ。でも、あなたの気が進まないなら、わたしもつらい。戻ったほうがいいわ」

「あなたのためでもあるけれど」イヴはカーラの手を握り締めた。「わたしもサラザールに狙われている。知りすぎたのよ。ジェニーの復顔像を完成させて、あの子を殺した犯人を捜そうとしたときから、サラザールの殺害予定者リストに載せられた」

「でも、やっぱりわたしのためよ」

「ジェニーのためでもあるの。ジェニーは命をかけてあなたを守ってくれたのよ、カーラ。自分の死を無駄にされたくないと思う」イヴは口元を引き締めた。「わたしも無駄にしたくない。あなたには幸せになってもらいたい。そして、あなたをジェニーのような目に遭わせようとしている悪人たちを罰したいの」

「でも、ジョーのことをすごく心配してる。わたし、あなたの気持ちを感じ取れるの」

「わたしの気持ちが?」イヴは不思議そうにカーラを見た。

カーラはうなずいた。「ジェニーが言ったの。ジェニー自身ができるようにあなたの気持ちが感じられるようになるって。ほんとだったわ」そこで一呼吸おいた。「でも、どうしてかしら?」

「わたしにもわからない」ジェニーのことはカーラに話さないつもりでいたが、嘘はつきたくなかった。「ただ、わたしにとってジェニーは、ある意味、現実なの」

「ジェニーは……夢じゃなかったということ?」

「そう。あなたの場合は違うかもしれないけれど」イヴは続けた。「復顔をしていて、これほど強いつながりを感じたのは初めて。ジェニーに会ったし、彼女のことを教えてもらった。たぶん、あなたを助けるためにわたしに力を貸してほしかったんだと思う。だんだんジェニーが好きになった。いなくなったときは、悲しかったわ」

カーラはしばらく黙っていた。「そういうことって――本当に起こるの?」

「答えを出すのはあなたよ。わたしも娘のボニーが数年前に姿を見せてくれたときは、幻覚を見ているんじゃないと信じられるようになるまでに長い時間がかかった。ボニーはまだ七歳のときに殺されたの。わたしは生きる望みを失ってしまって」イヴは穏やかな笑みを浮かべた。「愛が感じられるなら、なんでもいいんじゃないかしら。夢でも、霊でも、幻覚でも。穏やかでやさしい気持ちにしてくれるなら。ジェニーとああいう時間を過ごせてよかったと思ってるわ」

カーラはゆっくりうなずいた。「ジェニーもあなたが大好きよ」

「夢でそう言ったの？」

カーラはそれには答えなかった。「だから、わたしはあなたを守らなくちゃいけないの」シートに寄りかかった。「あなたといっしょならどこにでも行くし、なんでもするわ。でも、エディンバラじゃなくてもいい」

「ジョーが決めたことだから」イヴは言った。「これがいちばん安全な方法だと言っていた。たぶん、彼の言うとおりなんでしょう。ただ、ジェーンを巻き込みたくなかった」

「あの絵を描いた人ね。こんな迷惑をかけて、わたしに腹を立てているかしら？」

「あなたは悪くないもの。ジェーンは責めたりしない。きっとジェーンが好きになるわ」

「ジェーンはわたしを好きになってくれるかしら？」

「ええ、きっと。ただこのところ不運なことが続いたから、あの子のことが心配。トレヴァーという婚約者がいたけれど、亡くなってしまったの。ジェーンは……ひどいショックを受けて」失意などという言葉では言い表せないほどだった。「でも、ようやく立ち直ってきて。だから、宝探しに行くと聞いたときはうれしかった」

「宝探し？」カーラは笑顔になった。「海賊船とか、映画の『ナショナル・トレジャー』

みたいな？　面白そう」

イヴはうなずいた。「そうでしょう。ジェーンの場合は、十七歳のときからの夢なの。でも、ずっと実行する気になれなくて」

「どうして？」

「あまり話したくないの。でも」イヴは目を輝かせた。「また夢を追い始めた」

カーラは目を丸くした。「どういうこと？」

「ジェーンは十七歳のとき、よく同じ夢を見たの。古代ローマ時代、ヴェスヴィオ火山が噴火した頃、ヘルクラネウムに住んでいたシーラという若い女優の夢を。くわしい説明はしないけれど、その夢がとてもリアルなので忘れることができなくなった。インターネットで検索したことや何かで読んだことがきっかけだったんじゃないかと思っていたようよ。いろいろ調べてみると、シーラという女性は実在していて、噴火のあとイギリスに渡ったことがわかった。しかも、そのとき金貨のつまった箱を携えていて、現在の価値に換算すると、天文学的な数字になるというの。シーラはスコットランドのハイランド地方に定住して、新たに王朝を開いた。でも、そのあとのことは記録も残っていないし、宝の箱がどうなったかもわからない。まるでシーラはスコットランドに着いたとたん消えてしまったみたい」

「でも、ジェーンはそう思っていなかったのね」

「宝の箱には興味はないの。カーラがどうなったか探り出して、夢に結末をつけたかっただけ」

カーラは興味深そうにイヴの顔を見つめた。「それで、結末はついたの？」

イヴはうなずいた。「でも、ジェーンとしては少し不満だったの」

「どうして？」

「シーラが開いたのはマクダフ王朝とわかった。当主のマクダフは長年、宝の箱を探していて、ジェーンにも宝探しに参加するように熱心に勧めたの」

「ジェーンが夢を見たから？」

「それもあるけれど、ヘルクラネウムの劇場跡で見つかったシーラの彫像が、ジェーンにそっくりだった。それだけじゃない。マクダフ家が所蔵している先祖の肖像画の中にフィオナという女性がいて、ジェーンと瓜二つ（うりふた）なの。ジェーンはアメリカに移住したマクダフ家の子孫だとマクダフは信じていて、その証拠を見つけ出そうとまでした」イヴは首を振った。「ジェーンはいやがっているわ。今の自分に満足しているし、マクダフ家の人間になりたくはないと言って」

カーラは笑い出した。「あなたの娘だもの。そう思うのが当然よ」

「それはともかく、それ以来、マクダフはジェーンをシーラの黄金探しに連れ出そうとしてきた。シーラとなんらかの関わりがありそうだから、連れていけば運に恵まれると思ったんでしょうね。今回やっとジェーンが承知したわけ」

「シーラ……どんな人だったのかしら?」

「ジェーンが調べたところでは、とてもユニークな人だった。奴隷として生まれて、貧しい境遇から身を起こして、富と名声を手に入れた。味方には忠実だったけれど、敵には容赦がなかったそうよ。必ずしも誠実なだけの女性ではなかったらしい」

「わくわくする話ね」

悲劇的な出来事を知らないから、そう思うのだろう。「そうとは言いきれないの」イヴは言った。「ジェーンはシーラのことを調べていて、トレヴァーと出会って恋に落ちた。でも、ハッピーエンドとはいかなかった。少し前にトレヴァーはジェーンを守ろうとして殺されたから」

カーラはしばらく無言だった。「夢は悪夢にもなる……」

イヴはうなずいた。「ええ。夢を受け入れるなら、リスクも引き受けないと」

「ボニーのことでもそうした?」

「ボニーのことはわたしにとって救い。リスクなんかないわ」

カーラはまたしばらく黙っていた。「夢を見たんだ……あなたも、わたしも、それに、ジェーンも。不思議じゃない?」

「それは夢を言葉にしたからよ。誰でも人には言わない特別の夢を見るんじゃないかしら。

大切なのは、夢を生きる糧にすること。マザー・テレサも〝人生は夢……かなえなさい〟と言っているわ」イヴは手を伸ばして、カーラのこめかみにかかった、つややかな髪に触れた。「さあ、おしゃべりはこれぐらいにしましょう。長いフライトになりそうだから、少し眠っておいたほうがいいわ」

「わかった。でも、眠れそう？　ジョーのことが心配で眠れないんじゃない？」

そうかもしれないが、カーラに気を揉ませてもしかたがない。「まだ始まったばかりよ。ジョーはフランコの裏をかいたわけだから、サラザールを狙うまでに少し余裕ができたことになる」イヴはそれが事実であることを祈った。「まだどうなるかわからないわ」

「質問に答えてくれてないわ。眠れそう？」

「あなたも諦めない人ね」イヴは目を閉じた。「わかった、眠るわ」

5

「完了しました」フランコは報告した。「今度こそ始末すると約束したでしょう。ダンカンの車の下に爆弾を仕掛けたんですよ。一発でダンカンも子どもも吹っ飛んだ」そう言うと、笑い出した。「道端にしょんぼり突っ立っていたクインを見せたかったですよ。消防が消火作業に当たっている間、魂が抜けたみたいにぼんやりしていた。やっとあいつに思い知らせてやった。病院であの女の子をかっさらわれたときから、ずっとこのチャンスを狙ってたんです」

「あのときはクインにしてやられたからな。今度は本当に始末したんだろうな?」

「警官が周囲の家に聞き込みに行ったが、そのうちの二軒で、ダンカンと子どもが乗った車を爆発の数分前に見かけたという証言をとっています」

「だが、おまえは見ていないだろう?」

フランコはすぐには答えなかった。「ダンカンのコテージで待機していたので。予定ではそこで爆発するはずだったから。ところが、どういうわけかその手前で爆発してしまった。すぐ現場に駆けつけたから、二分と経っていないはずです。ちゃんと確認しましたよ。プラスチック爆薬をたっぷり使ったから、ほとんど何も残っていなかった。警察が来る前に大急ぎで周囲の森を調べたが、死体も足跡もなかった。二人ともあのトヨタの中にいたのは間違いありません」

「証拠はあるのか？」

「明日まで待ってください。警察が車から検出できるものをかきあつめて、身元確認するにはそれぐらいかかる。何も残っていないといっても、乗っていたのが女と子どもだったことはわかるでしょう」フランコは一呼吸おいたが、予想どおり、サラザールから褒め言葉は返ってこなかった。「二人ともちゃんと始末しましたよ。死体を残さず、あの子どもとの関連を知られることなくやれという指示どおり。ウォルシュがしくじったことをおれは全部やったんです。認めてくれたっていいでしょう？」

「証拠をそろえたら認めてやろう」サラザールはそう言うと、しばらく考えていた。「たしかに、やるだけのことはやったようだな。だが、やり方が派手すぎる。アメリカの警官は、車の爆破を脅威と受け取るんだ。テロリストの仕業だと。しかも、クインは刑事だ。自分の女があんなふうに吹っ飛ばされたら、ただではおかないだろう」

「完璧にやりました。身元がばれないようにしろと言ったのはあなたです」

「あんなまねをしたら、クインが復讐の鬼と化すのは予測できたはずだ」

「あいつも始末すればすむことです」

「それを言おうとしていたところだ。だが、警察が調査を終えるまで待て。また爆破なんて人目を引くまねをするんじゃないぞ。もっと目立たない方法がいい。事故を装うとか、自殺に見せかけるとか。一日か二日待って、クインがダンカンの遺体を確認してから始末しろ」サラザールは声を出して笑った。「それまでにクインに始末されなかったらの話だが」

フランコは込み上げる怒りを抑えるのに苦労した。「あんなやつに負けるもんか。あなたの望みどおりにかたづけてみせますよ。報告を待っていてください」そう言うと、電話を切った。

サラザールはからかっただけだ。フランコは自分に言い聞かせた。おれがクインを簡単にやっつけられることぐらいわかっているはずだ。指示した仕事はちゃんとやらせたいが、あくまでボスは自分だと見せつけておきたいのだろう。

今さらながら、病院であの子どもを始末できなかったのが悔やまれる。あのときかたづけておいたら、メキシコに戻ってからカルテル間の権力闘争に割り込めただろうに。ダンカンと子どもがいなくなった今、サラザールは安泰になったから、事情を知りすぎたおれを消そうとするかもしれない。

だが、サラザールを出し抜く方法はある。

当分はおとなしく言うとおりにして、裏切るタイミングを探るのが得策だろう。チャンスは必ず来る。裏切りの連続でここまでのし上がってきたおれだ。やり方はよく知っている。

とにかく、ジョー・クインに一泡吹かせたのは痛快だった。おれの邪魔をしたらどうなるか、これで思い知っただろう。二日後には、サラザールに指示されたように目立たない方法であいつも始末してやる。

それまでは、クインのしょぼくれた姿を思い出して楽しもう。燃え上がる車のそばに立って、目の前でイヴ・ダンカンが灰になっていくのを呆然と眺めていたあいつの姿を。

「ついさっき離陸した」ジェーンが電話に出るとすぐジョーは言った。「空港に迎えに行ってくれるね？」

「もちろん。今、スコットランドに向かっているところ」ジェーンは車を運転しながら答えた。「ジョー、あなたは来ないの？」

「今は無理だ。二人を頼むぞ、ジェーン」

「任せて。あなたも気をつけてね」

「心配するな。これまで以上に命を大切にするよ。またかける」電話が切れた。

二人を頼むぞ。

わざわざ頼まれなくても、そのつもりだ。わたしを家に迎えてくれたときから、イヴはずっとわたしを守ってくれた。そして、ジョーと二人でわたしに家庭を与えてくれた。イヴに言ったように、わたしにとって家族は何より大切だ。車に爆弾を仕掛けるような卑劣なやつに大切な家族を奪われてはたまらない。

燃え盛る車が目に見えるようだ。今日、ジョーから電話で事情を知らされたときは震えが止まらなかった。

イヴはもう少しで焼死するところだったのだ。

その女の子が犯人に気づかなかったら、たぶんそうなっていただろう。

そして、ジョーが爆弾を仕掛けられた可能性に思い至らなかったら。

幸運な偶然が重なったが、本当に危ないところだった。もしもイヴを失うようなことになっていたら、わたしは生きていけるかしら。

トレヴァーを失ったうえ、イヴまでいなくなってしまったら。

胸が痛くなった。

それでも、以前の身を切るような苦痛ではなかった。できるだけ楽しい思い出だけを愛おしむように努めているうちに、トレヴァーが亡くなった夜の記憶が少しずつ薄れてきた。もちろん、彼を忘れたわけではない。トレヴァーを忘れられるわけがない。でも、わたしは生きているのだから、生きている責任を果たさなければ。

そして、いちばん大きな責任は愛する人を守ることだ。

携帯電話が鳴った。ジェーンはちらりと画面を見た。

セス・ケイレブだ。

なぜこんなときに？

どうせなら、さっさとすませてしまおう。

電話に出た。

「何かあったの、ケイレブ？」

「長いリストを用意したよ、二人で楽しめることを網羅して」からかうような口調だった。「何から始めようか？」

「ゆっくり話している余裕はないの。用件を言って」

「とりあえず、きみがイヴとあの女の子を出迎えたあと、どこで落ち合うか教えてほしい」

ジェーンはぎくりとした。「なぜわたしがイヴを迎えに行くのを知ってるの？」

「ジョー・クインから電話があって、事情を説明してくれた。おれの価値をきみよりわかってくれているようだね。クインとしては苦肉の策だろう。できることなら、おれをきみに近づけたくないはずだから」

たしかに、クインはケイレブを警戒している。かつてケイレブに命を救われたことがあるのだが、その方法があまりにも特殊なやり方だったからだ。イヴもケイレブを全面的に信用しているわけではないが、ケイレブが何度もジェーンを助けるのを目撃して、次第に気を許すようになった。

「わたしは来てほしいなんて言っていないわ。あなたに頼むつもりはない」

「まあ、そう言うなよ。マクダフに電話したら、来てほしいとは言わなかったが、おれがハイランド地方に行くことに異議を唱えなかった。おれがいたほうが面白くなると思っているらしい」

「わたしは面白くなんかない」

「きみとマクダフは眺める視点が違うからね。きみはいつもおれを怖がっている」

「怖がってなんかいないわ」

「それなら、こう言い直そう。おれに不安を抱く瞬間がある」

「当然でしょう、近くにいる人間の血流を調節できる人に対して不安を抱くのは」ジェーンは皮肉な口調で言った。「でも、だからといって、あなたとつき合うのが怖いわけじゃないわ」

「それなら、おれとつき合ってほしい」ケイレブは穏やかな声で言った。「おれたちはそうなる運命なんだから。なぜためらっているんだ？」

「あなたに人生を左右されたくないからよ」

「きみに至福の時間を与えられるのに」そう言うと、ケイレブは突然笑い出した。「火花が散るのが見えるようだよ。だが、今はこんな話をしてもしかたがない。それより、落ち合う場所を教えてくれないか？」

「いやよ」

「それなら、自分でなんとかするよ。じゃあ、あとで」ケイレブは電話を切った。

ジェーンは深いため息をついた。この感じでは、近いうちに顔を合わせることになりそうだ。ケイレブはこれまで何度も思いがけないときに現れて、こちらを当惑させた。

〝それなら、おれとつき合ってほしい〟

男女の関係になりたいという意味だろう。ケイレブにはそれ以外に求めるものはないらしい。でも、ジェーンはケイレブに何も求めていなかった。たしかに魅力的な人物だが、モラルに欠ける行動が多く、次に何をするか予測がつかない。

トレヴァーとは正反対だ。トレヴァーは誠実で、思いやりがあって、穏やかで、相手を理解しようという熱意にあふれていた。亡くなる前の数日間はケイレブにも理解を示していたくらいだ。

でも、今さら二人をくらべて何になるだろう。ケイレブはこれからも世の中のルールや常識を無視して、自分の思いどおりに行動するだろうし、トレヴァーはもうこの世にいないのだから。

もしケイレブとつき合うことになったら、いろんな意味で彼にコントロールされないように用心しなければ。ケイレブは相手を思いどおりに操って、気づかないうちに自分の世界に引き込んでしまう。わたしがロンドンに戻ってきたのは、仕事に打ち込むためだ。絵を描いて、エージェントに会って、自分で決めたキャリアを邁進する。そう決心して戻ってきたのだから。

でも、マーガレットからの電話で、すべてが変わった。

そして、不安と困惑で気が弱くなっているところへケイレブがするりと入り込んできた。弱みにつけ込まれたような気がしないでもない。ケイレブはイヴに好意を抱いているから、わたしが関わっていてもいなくても、イヴが困っているなら助けようとするだろう。それでも、わたしがその場にいたら、当然のようにわたしにちょっかいを出すに決まっている。

でも、ケイレブがイヴを助けてくれるなら、彼の助力を受け入れたほうがいい。大切なのはイヴで、わたしとケイレブの関係ではないのだから。わたしのほうがケイレブを操るくらいの覚悟でぶつかればいいだけだ。

気を許さないようにしていれば、きっとうまくいくだろう。

スコットランド

アードランド空港

ジェット機が滑走路を進むと、格納庫のそばにある電柱のまぶしい光の中にジェーンが立っているのが見えた。

「あそこよ」イヴはカーラのシートベルトをはずして立ち上がらせながら言った。「あれがジェーン」

カーラは飛行機の窓から見つめた。「あなたにちょっと似ている。でも、血はつながっていないんでしょう?」

「髪も目も同じ色だからかしら。二人とも赤みがかった茶色い髪で、目は淡い緑色なの」そう言うと、笑いながら頭の上の手荷物入れからバックパックを取り出した。「でも、大きな違いがある。わたしは個性的なだけだけど、ジェーンはとても美人」

「ほんとね」カーラはジェーンに視線を向けたまま言った。「美人だからジェーンを選んだの?」

「違うわ。それに、わたしが選んだんじゃないの。前に言わなかった? わたしたちはお互いに選ばれたの」イヴは笑顔のままカーラをドアのほうに押しやった。「次の質問を当ててみましょうか。〝ジェーンはボニーに似ている?〟じゃない? たしかに、ボニーとも髪も目も同じ色よ。でも、それは関係ない。わたしたち、心がつながっているの」

「わたしってうるさい? エレナはプライベートなことを訊くのは失礼だと言っていたけ

ど」

「たしかに、あなたは知りたがり屋ね。子どもはたいていそう。でも、エレナの言ったとおり、相手によっては失礼になる場合もあるわ。今は新しい生活が始まったばかりで、まわりの人のことをあれこれ訊きたくなるのは無理がないから、大目に見るけれど」イヴはタラップをおりながら続けた。「でも、今だけよ。子どもでも、相手のプライバシーに立ち入ってはだめ。さあ、ジェーンに紹介するわ」

滑走路を横切ったとたん、ジェーンが駆け寄ってきてイヴを抱き締めた。「よかったわ、イヴ。ちょっと見たかぎりでは、だいじょうぶそう」

「軽い脳震盪を起こしただけだと言ったでしょう」イヴはジェーンを抱き締めてから体を離した。「すぐ退院できなかったのは、いい機会だから健康診断を受けるようにジョーが手配したからよ。これまで何度も受けるように言われたけど、いつも先延ばしにしていたから」

「そうだったの」ジェーンはイヴの手を取って、探るように顔を眺めた。「でも、乗っていた車が爆破されるなんて、ショックだったでしょうね」

「ジョーに言われたとおりにするのに精いっぱいで、考えている暇なんかなかった。たぶん、それもジョーの作戦だったんでしょうね」イヴはジェーンの手を離すと、カーラをジェーンのほうに押しやった。「それに、カーラがすごく冷静だったから、大人のわたしがみっともないところも見せられなかったし。この子がカーラ・デラニー。ジェーン・マグワイアよ、カーラ」

「初めまして、ミズ・マグワイア」カーラは大人びた挨拶をした。「お世話になります」

「ジェーンと呼んでちょうだい」ジェーンは手を差し出して、カーラと握手した。「歓迎するわ、カーラ。イヴの友達はわたしの友達よ」

カーラは口元をほころばせた。「よかった。わたしもあなたを友達だと思っていたの」

「マーガレットからわたしのことを聞いたのね」ジェーンはイヴに視線を戻した。「荷物はそれだけ？　じゃあ、行きましょう」

「荷物はほとんど持ってこられなかったの。カーラのバイオリンがかさばったし」

「ごめんなさい」カーラがしょんぼりした。

「いいのよ。きっとジェーンが宝探しの旅にふさわしい服を用意してくれる。この埋め合わせはしてもらうから気にしないで」

「なんだってするわ」

「じゃあ、食費代わりにバイオリンを聴かせて」イヴは冗談めかして言った。「あとは文句を言わないこと」

カーラはにっこりした。「約束する。文句を言わない」

「マクダフやジョックとはどこで落ち合うの？」車に向かいながら、イヴはジェーンに訊いた。

「エディンバラ。でも、マクダフはジョーから電話をもらって、わたしたちがいっしょにいるところを目撃されないほうがいいと判断したの。だから、ハズレット城に行くことになったわ。ここから百五十キロほど北」

「お城に行くの?」カーラが言った。「イヴからマクダフは伯爵だって聞いたけど。お城だなんて、すてき。お行儀よくしなくちゃね」

「気をつかわなくていいの」ジェーンが言った。「それでなくても、マクダフは傲慢な人だから。泊めてもらうからには、招待客として最低限のマナーは守らなくちゃいけないけど、それ以外は普通にしていていいわ」

「わたしはマクダフを傲慢な人だとは思わないけど」イヴが言った。

「それは彼に逆らったことがないからよ」ジェーンは皮肉な声で言った。「わたしは何年も前から、この馬鹿げた宝探しのことでさんざん彼と言い争ってきた。しばらくいっしょにいれば、あなたも納得するはずよ。マクダフは周囲の人間をこき使うのが自分の特権だと思い込んでいるから」

「なぜマクダフはそこまで宝探しにこだわるの?」

「ひとつには、〈マクダフの走路(ラン)〉のような先祖代々の領地を維持するのに莫大(ばくだい)なお金がかかること。税金と維持費がかさんで、大半の屋敷を手放したそうよ。お金は喉から手が出るほどほしいわけ。それに、マクダフは生まれたときからずっと始祖のシーラのことを聞かされてきたせいで、ある意味、シーラに取りつかれているの」

「あなたはそうじゃないの？」

「もちろん、シーラのことは知りたいわ。でも、伝説にこだわるより未来に目を向けたほうがいい」

「マクダフは今でもあなたがシーラの生まれ変わりだと信じているの？」

「どうかしら。でも、きっぱり言い渡しておいたわ。そんな根拠もない盲信を持ち出すなら、シーラの黄金探しには加わらないって」

「その人、なぜあなたなら宝を見つけられると思ってるの？」カーラが不思議そうに訊いた。

「勝手に思い込んでいるだけよ」ジェーンはちらりとイヴに目を向けた。「わたしがシーラの奇妙な夢を見たことをこの子に教えたの？」

イヴはうなずいた。「あなたが見た夢には史実と一致することがたくさんあったもの。マクダフが、あなたなら満足のいく結果をもたらしてくれると期待するのもわからなくないわ」

ジェーンは首を振った。「もう何年もシーラの夢は見ていない。何か意味があったとしても、きっともう終わったのよ。だから、マクダフの宝探しに力を貸せるとは思えない」

「見つからなかったとしても、やれるだけのことをやっておきたいのね。あとで後悔したくないから」

「そう」ジェーンは口元を引き締めた。「あとで悔やんでも悔やみきれないから」

トレヴァーのことを考えているのだろうと察して、イヴは急いで話題を変えた。「そのハズレット城もマクダフのものなの？」

「ええ、マクダフの資産の一部。城という名がついているけど、実際には、豪華な狩猟小屋だそうよ。長くいるわけじゃないの。たしか、明日、出発すると言っていた」

「そうね」イヴが言った。「ハイランド地方の荒野に入ってしまったほうがいいわ。洞窟に閉じこもって追いつめられるより、人目につかない場所に移ったほうがいいと誰かに言われたもの」

「たしかに」ジェーンはにやりとした。「その誰かの言うとおりよ」

「ジョーもそう思っているみたい」イヴは携帯電話を取り出した。「ジョーに電話しなくちゃ。スコットランドに着いたらかけると約束したから」

ジョーは二度目の呼び出し音で出た。「無事に着いたか？」

「ええ。これからハズレット城に行って、マクダフと落ち合うことになっている。向こうに着いたらメールするわ。あなたはまだコテージにいるの？」

「ああ、カスティーノとサラザールの調査をしながら、きみたちのために時間稼ぎをしている」ジョーは一呼吸おいた。「飛行機の旅はどうだった？　少しは気分転換になったかな」

「気分転換と言われても……観光旅行じゃないから」イヴは不安そうなジェーンの表情に気づいて、急いで話題を変えた。「こっちはだいじょうぶ。どんな調査をしているの？」

「カスティーノかサラザールに迫る手がかりになる情報が何か引っかかってこないかと思ってね。マネスが二人に関する情報や誘拐事件の詳細を調べてくれることになっているが」

「サラザールは、自分に危害が及んだりカルテル連合が崩壊したりしない範囲でカスティーノに最大限の苦痛を与えるために、彼の二人の娘を誘拐したのよ」

「おそらく、それが真相だろう。マネスの調査が終われば、はっきりする」

「フランコは姿を見せない？」

「ああ、今のところ。だが、どこかから見張っている気配を感じるよ。だから、ときどきポーチに出て、悲嘆に暮れた姿を見せてやるようにしている。検死報告書が出るまではここにいるつもりだ。フランコが署内の人間を抱き込んでいるのは間違いないから、検死報告書が出たら、あいつにも車に誰もいなかったことがばれる」

「ばれたら、どうなるの？」

「ぼくを襲って、きみとカーラの居所を聞き出そうとするだろう」

「それを待っているのね」

「ああ、いよいよ対決だ。きみを殺そうとしたお返しをするチャンスがめぐってきたわけだ。フランコをかたづけたら、次の標的を狙う」

サラザールだ。携帯電話を握っているイヴの手に力が入った。「ずいぶん簡単に言うのね。フランコは危険な男よ。あなたもそう言っていたでしょう」

「簡単に考えているわけじゃない。細心の注意を払っている。きみもくれぐれも用心してほしい。宝探しを始めたら、また電話してほしい。こちらからもかける」そう言うと、ジョーは電話を切った。

「あまり安心できる話じゃなかったの？」ジェーンがイヴに訊いた。

「相手はジョーだもの」イヴは携帯電話をポケットにしまった。「忍耐強い一面もあるけれど、糸が切れた凧(たこ)みたいにどこへ飛んでいくかわからないときがあるの」

「あなたやカーラを危険にさらすことになると判断したら、そんなまねはしないわ」

「どうかしら。それで事態が進むとわかったら、ためらわないと思う。でも、カーラとわたしが生きているとフランコが気づくまでは少なくとも時間稼ぎができる」イヴはバックシートに目を向けた。「どう、退屈じゃない？」

「平気。ジョーのこと、心配させてごめんなさい」

「謝ることなんかないわ。あなたのせいじゃないんだから。それに、ジョーは自信満々よ」イヴはカーラに笑いかけた。「ねえ、こうしない？　あなたはシーラの黄金探しを子どもらしく目いっぱい楽しむ。そう約束してくれたら、わたしも目いっぱい楽しむことにする」

カーラはしばらくイヴを見つめていたが、やがてゆっくりうなずいた。「きっと楽しいでしょうね。宝探しなんてしたことないの。エレナはあまりほかの子と遊ばせてくれなかったから」

「あいにく、今度の遊び仲間は子どもじゃなくて大人の男だけど」ジェーンが言った。「マクダフもジョックも、生まれて初めて出会うような相手でしょうね」

これからカーラは初めての相手と初めての行動をとることになるだろう。物心ついたときから危険にさらされ続け、大人のような責任を背負わされてきたのだから。「きっといい経験になるわ」イヴは励ますように言った。

どこかに潜んでいるはずだ。

間違いない。

ジョーはポーチを横切って湖を眺めた。フランコが近くにいるのは確かだ。そして、いつでも行動できるようにしている。だから、こっちもいつでも対応できるようにしておく必要がある。

だが、イヴとカーラの殺害に成功したことを確かめるまで、フランコは次の行動には出ないだろう。たとえフランコが事を急いだとしても、サラザールは確証を求めるにちがいない。

だが、ただ待つのはつらい。いっそのこと、フランコがしびれを切らして動き出せばいいのに。

いや、イヴがスコットランドの荒れ地に身を隠すまで時間を稼がなくては。待つんだ。こっちに切り札があるかぎり――

携帯電話が鳴った。マネスからだ。

「早かったな」電話に出るとすぐ言った。「何か情報をつかんだのか？」

「ああ。くわしいことはわからないが、サラザールの部下で、殺人罪で刑務所に送られた男が噂を聞き込んだというんだ。同房の囚人からの又聞きらしい。情報を売りたいと言ってきた」

「単なる伝聞だろう。信用できるのか？」

「それはきみの判断に任せる」マネスは言った。「聞きたいのか、聞きたくないのか？」

「もったいぶらないで、さっさと言えよ」

マネスが口にしたのはごく短い情報だった。

ジョーは息を呑んだ。「なんてことだ！」

ハズレット城は二階建ての小さな石造りの建物で、深い森に囲まれた丘陵地に立っていた。

「きれい」カーラは車をおりると、石を敷きつめた中庭に向かった。「でも、わたしが想像していたのとちょっと違う。歴史の本や絵本で見たお城とも、テレビで見たディズニーランドのお城とも違うわ」

「お城にもいろいろあると言ったでしょう」ジェーンが言った。「海のそばにある〈マクダフの走路〉はもっと大きくて、あなたが思っているお城に近いと思う」ジェーンも車をおりた。「ここはそれほど広くないけど、あちこち探検するといいわ。マクダフはだめとは言わないはずだから」

「わたしが何をだめだと言うんだ?」黒いズボンにヘリンボーンのジャケット姿、長身でがっしりした男がきびきびした足取りで近づいてきた。三十代後半で、黒い髪をオールバックにしている。日焼けした顔の中で、目がきらきら輝いている。ジェーンに笑顔を向けると、手を取った。「きみに頼み事をされるとは光栄だ」話し方に強いスコットランド訛りがあった。「貸しをつくるのは、いつだって歓迎だよ」

「あら、今回は逆でしょう。貸しがあるのはわたしのほうよ、マクダフ」ジェーンはほほ笑み返した。「そうじゃなかったら、ここには来ないわ」

「ジョー・クインの説明では、必ずしもそうとは言えないようだが」マクダフはイヴに顔を向けた。「ようこそ、イヴ。歓迎しますよ。あなたが来てくれたおかげで、このプロジェクトはますます面白くなってきた」

「歓迎してもらえるとは思っていなかったわ」

「クインは説得力があるからね。わたしの崇高なる精神に訴えてきた」マクダフは笑みを浮かべた。「といっても、いずれジェーンから聞かされるだろうが、わたしの先祖は裏切り者や殺人者の集まりでね。わたしにもその血が流れているから、クインからあなたたちを託されてスリルを感じている」そう言うと、カーラに顔を向けた。「きみがカーラだね。初めまして」

ジェーンが二人を紹介した。「カーラ、こちらはクラノート伯爵、〈マクダフの走路〉をはじめ、スコットランドとウェールズに領地をたくさん持っていて、地元では地主さまと呼ばれている人よ。本名はジョン・アンガス・ブロディ・ニール・コリン――」

「やめてくれ」マクダフが手を上げて制した。「わたしへの当てつけに聞こえる」

「あら、敬意を払っているつもりだけど」

「もういいよ」マクダフはまたカーラに顔を向けた。「きみはまねをするんじゃないよ」

「初めまして」カーラは神妙な顔で言った。「ここはとてもきれいですね」

「ディズニーランドの城ほどではないがね」

「聞いていたの？　わたし、失礼なことを言ったかしら？」

「正直なのはいいことだよ。気を悪くなんかしていない。きみの言うとおりだからね。小さいし、今にも崩れそうだ。だから、シーラの黄金を見つけたいんだよ。ほかにも修復したい建物があちこちにあるから」

「ぜったい見つけられると思う？」

「人生にぜったいはないからね。だが、ジェーンがいてくれたら、確率はかなり高いと思う」マクダフはちらりとジェーンを見た。「ジェーンが承知してくれるといいんだが」そう言うと、大きなオークの扉を指した。「さあ、入って。部屋に案内するようジョックに言ってある。わたしはスープを仕上げなくてはいけない。わたしたちも数時間前にここに着いたばかりなんだ。たいしたものは出せないよ、使用人がいないから。こういう状況だから、クインもわかってくれるだろう。掃除がゆきとどかないのも、食事が粗末なのも我慢してもらいたい」

マクダフは扉を開けた。「ジョック」大きな声で呼んだ。「ジェーンとイヴと小さいお客さんが着いたよ」

金髪の若い男が笑顔で玄関ホールに現れた。「やっと来てくれたんだね。これで退屈な料理番から解放されるよ」

カーラははっとして立ち止まった。こんなにきれいで、やさしそうな男の人を見たのは初めてだった。ハンサムというより、美しいという表現がぴったりだ。金髪に縁取られた、日焼けした顔の中で、明るいシルバーグレーの目が輝いている。カーラはジェーンをハグしている彼から目を離すことができなかった。

「久しぶりだね、ジェーン。トレヴァーのこと、聞いたよ。ぼくに何かできることがあったら……」

「特にしてもらうことはないわ」ジェーンはハグを返すと、体を離した。「でも、ありがとう」

「どうしたの、カーラ。そんなにジョックを見つめて」イヴがささやいた。

「すてき」カーラはジョックの顔を見つめながらつぶやいた。「すてきなだけじゃなくて――どこか特別」

イヴはうなずいた。「そのとおりよ。彼のことはあとで話してあげる」

マクダフがカーラの様子を見て笑い出した。「ジョック、きみのおかげで、この小さなお客さんの夢をこわさずにすみそうだ。こちらはカーラ・デラニーだ。ジョック・ギャヴィンだよ、カーラ。ディズニーの王子さまみたいだろう」

「カーラをからかわないで、マクダフ」ジェーンが眉をひそめた。

ジョックがすばやくカーラに目を向け、一瞬でカーラの気持ちを読み取る。「気にすることはないよ」一歩近づきながら言った。「マクダフはぼくにやきもちを焼いているだけだから。今きみが心の中で考えているように、たいていの人は、ぼくが伯爵で、マクダフが管理人の息子じゃないかと疑うんだ。小さなお客さんに謝ったほうがいいよ、マクダフ」

「謝ってもらわなくていいの」カーラはマクダフと目を合わせた。「たしかに、彼はディズニーの王子さまみたいよ。でも、現実はおとぎ話じゃないし、人は見かけとは違うから。それに、あなたには人に尊敬される素質があると思う」

「これはまいったな。大人顔負けだ。わたしを傷つけないように気遣ってくれるとはね」マクダフは軽く一礼した。

「今のほうが伯爵らしく見えるわ」カーラは笑顔で言った。「といっても、これまで伯爵に会ったことなんかないけど」

「マクダフみたいな人間はそうそういないからね」ジョックが笑いながら言うと、階段に向かった。「部屋に案内するように言われている。ぼくについてきてくれないか？」

「そうするといい」マクダフは厨房に向かった。「一時間ほどで食事の用意ができる。そのあとで、地図を見せるよ。シーラが暮らしていたゲールカール城の地図があるんだ。まずそこから始めようと思う」

二階には寝室が数室あって、ジョックが案内してくれた三室は、一見居心地よさそうに整えてあった。だが、どこも埃だらけで、ジェーンは自分にあてがわれた部屋をうんざりした顔で見回した。「箒を探してきて掃除したほうがよさそう」ジョックに顔を向けて言った。「でも、相当時間がかかるだろうし。せめて窓を開けて空気を入れ替えるわ。水回りはだいじょうぶ？」

「心配ない。これでもマクダフは精いっぱいやったんだ」ジョックは肩をすくめた。「イヴとカーラを守るのがぼくらの役目になったからには最善を尽くそうと思って。ぼくたちがここにいた痕跡も残さず姿を消すのがいちばんだと判断して、使用人をひとり残さず追い出した」

「そうだったの」イヴは窓から外の景色を眺めながら言った。「気持ちはうれしいけれど、そこまでしなくてよかったのに」

「用心するに越したことはないからね」そう言うと、ジョックはカーラに顔を向けた。「マクダフほど頼りになる男はいないよ。短気なところもあるし、いつも穏やかなわけじゃないが、ぼくは子どもの頃からの友達だから、彼のことはよく知ってるんだ」

「あなたはほんとに管理人の息子なの？」カーラが訊いた。

「そうだよ。小さいときから、彼の城の〈マクダフの走路〉に出入りしていた」

「それで友達になったの？」

「ああ、マクダフは仲よくしてくれた。かえってぼくのほうが、身分の違いにこだわって心を開かなかったところがあった。もちろん、今はそんなことはないが」ジョックは話題を変えた。「きみは友達が多いほう？」

カーラは首を振った。「ひとり友達がいた、ヘザーという子。でも……あんまりいっしょにいなかったから、友達と呼べるかどうかわからない。たぶん、わたしの友達はエレナだけよ」そう言うと、唇を噛んだ。「でも、エレナがいればそれで充分だった。ほかに友達なんかいなくても」

イヴはそれ以上黙っていられなかった。ずっと二人でがんばってきたエレナを失って、カーラは精神的にぎりぎりの状態だ。しかも、急に馴染みのないところに連れてこられて、まわりはカーラを気遣ってくれるとはいえ、知らない大人ばかりなのだ。「夕食の前に顔と手を洗っておいたほうがいいわ、カーラ」イヴは廊下を指した。「あっちのバスルームを使うといい。あそこは比較的きれいだったから。ジェーンとわたしは寝室を使えるようにしておくわ」

「わたしも手伝う」カーラは言った。

「それより、先にバスルームを使って。わたしたちも順番に使うから」イヴは窓を開けながら言った。「ねえ、ジョック、中庭は安全かしら？」

「到着したとき、城の中と周囲の安全は確かめた」ジョックが答えた。「マクダフはここに来るまでに、警備員を辞めさせて、海兵隊時代に知り合った精鋭を雇い入れたんだ。彼らに見つからずに領地に侵入することは誰にもできない。でも、なぜそんなことを訊くんですか?」

「食事のあと、マクダフが宝探しの計画を話し合うと言っていたでしょう。きっとカーラには退屈よ。だから、外で遊ばせてあげたいと思って」イヴはカーラに視線を戻した。

「夕食に行くとき、バイオリンを持っていくのを忘れないでね」

カーラの顔が急に輝いた。「迷惑じゃないの? ほんとに持っていっていいの?」

「いいに決まっているでしょう。これだけ厚い城壁に囲まれていたら外まで聞こえないだろうけど、聞こえた人は喜ぶでしょうね。さあ、早く支度して」

カーラはドアに向かった。「急いで洗ってくる。戻ってきたら、手伝うから」またジョックに視線を戻した。「わたしにはもうひとり友達がいたわ。イヴよ」そう言うと、せかせかと出ていった。

ジェーンが低い口笛を吹いた。「あの子は責任を負わされると張りきるのね。なんだか、あの年ごろの自分を思い出してしまった」

イヴは首を振った。「あなたはもっとたくましかったわ。あの子にはエレナがついていて、世の中はそれほど捨てたものじゃないと信じさせていたから」

「でも、けっこうたくましそう。あんな経験をしたら、たいていの子はおかしくなってしまうのに」

「たしかに。あの子は静かに耐えるタイプのようね。あなたみたいなファイターではなくて。でも、環境次第で変わると思う。少しずつ変わってきたような気がするの」

ジェーンはほほ笑んだ。「わたしに似ているかどうかはともかく、あの子とはひとつ共通点があるわ。イヴ・ダンカンを見つけて、友達になると決めたこと」部屋を横切ってイヴに近づいた。「あの子がわたしたちを受け入れてくれてよかった」

「でも、カーラの場合はずっといっしょにいられるかどうかわからない。あの子に必要な暮らしを提供できないかもしれないもの」

ジェーンは身を乗り出してイヴの頰にキスした。「時間をかけて考えていけばいいわ。あなたの世界で新しいことが起こるような予感がする」

「新しいこと?」イヴはほほ笑んだ。「あなたの予感が当たっているかもしれない。もうすぐわかるわ」そう言うと、いぶかしそうな顔で二人を眺めているジョックに声をかけた。「どう思う、ジョック?　もうすぐ何か新しいことが起こるかしら?」

「そうなると面白いね」ジョックはドアに向かった。「台所に行って、マクダフを手伝ってくる。彼は料理の腕は悪くないが、ああいう上流階級の人間のすることは予測がつかないからね」ちらりと振り向いて笑顔になった。「お二人に久しぶりに会えてうれしいですよ」そう言うと、思い出したようにつけ加えた。「そうそう、ジェーン、セス・ケイレブから電話があって、今夜会えるか訊いておいてほしいと頼まれた」

「あら、待ちきれないくらいだわ」ジェーンが抑揚のない口調で言った。

「皮肉に聞こえるな」ジョックは一呼吸おいた。「なんなら、ケイレブを追い払ってもいいよ。マクダフもいざとなったら一肌脱ぐ気でいるが、一言言ってくれたら、ケイレブがつきまとわないようにしてあげる」

「そうしてほしいわけじゃないの。ケイレブが必要になるとは思えないけど、役に立つ可能性が少しでもあるなら、追い払うのはイヴとカーラからチャンスを奪うことになるから」

「それを聞いて安心したよ」ジョックはおおげさにほっとした顔をした。「正直、ケイレブを相手にするのは気が進まなかったんだ。たいていのことなら対処できるが、あの血流スキルだけは苦手だ」そう言うと、片手を上げた。「じゃあ、夕食は一時間後だからね」

ジョックは部屋を出てドアを閉めた。

ジェーンはため息をついた。「ジョーが電話しなかったら、何も知らないはずだったのに。ロンドンからこっちに向かっていたとき、ケイレブから行くと電話があったの」

「ジョーが電話しなくても、ケイレブのことだから、気づいたんじゃないかしら。あなたの行動を常に監視しているから」

「以前はそれが怖かった」

「わたしは今でも怖い。だけど、ケイレブのことには口出ししないと決めたの。あなたが態度を決めかねて悩んでいるようなら、そのときはわたしが出ていくつもりだけれど」

「悩んでいるわけじゃないし、弱みを見せたら、ケイレブの思う壺よ」

「でも、これまでに何度か気づいたけれど、彼はあなたに決定的なダメージを与えるチャンスがあっても、そうしないことがあったわ。あなたにはとても甘いと思う」

「それはわたしも気づかないわけじゃないけど」

「あなたが昏睡状態に陥ってアトランタの病院に入院していたとき、彼は全力を尽くしてくれた」イヴは一呼吸おいた。「本当に感謝しているわ。ジョックは血流スキルだなんてからかうけれど、ケイレブが医者の反対を押しきって血流を操ってくれなかったら、あなたは生きていなかった」

「わたしもそのことは感謝していると言ったでしょう」

「でも、彼といると落ち着かないわけね。彼を近づけないようにするのがいちばんいいのはわたしもよくわかるわ。でも、上手にあしらう方法を覚えたほうがいい。そうしないと、彼はまた……」イヴはその場を離れた。「さあ、あと三十分で部屋をどこまできれいにできるかやってみましょう。この埃をなんとかしないと、眠っている間に窒息しそう」

6

ビーフスープとチーズクラッカー、デザートにはとびきりおいしい果物という夕食が終わると、マクダフはみんなを書斎に案内した。大きな暖炉に火が焚かれ、家具の松材と革の匂いが漂っている。

「この図面を見てほしい」マクダフはデスクの後ろの本棚から大きな巻紙を取り出した。「ゲールカール城の見取り図だ。十八カ月前に作成された最新のものだよ。それ以前の見取り図は一九九四年のものだった。城が建てられた年代を考えると、古すぎるというわけではないがね。ただし、見取り図と言っても、大半が廃墟だ」巻紙をデスクの上に広げて、四隅を固定した。「今はほとんど何も残っていない。地下牢、壁の一部、階段、寝室が二、三室、あとは中庭だけだ。一階には迷路のように部屋が入り組んでいて、壁が落ちてふさがれているところもある」

ジェーンは手を伸ばして、湾曲した階段に触れた。「わたしはこれだけ残っていることにむしろ驚いたわ」

「ああ」マクダフはうなずいた。「シーラは古代ローマの出身だから、耐久性のある建物のつくり方を知っていたんだろう。そして、このとおり」城を囲む城壁を指した。「侵入者を排除する方法も知っていた」そう言うと、ジェーンと目を合わせた。「きみはこの方面の権威だ。どう思う？」

「何を言うの？　わたしは古代建築の権威なんかじゃないわ」

「だが、きみが見た夢は歴史を忠実に反映している」マクダフは一呼吸おいた。「それに、きみがシーラの子孫だということはほぼ間違いない。彼女から受け継いだ記憶があるはずだよ」

「そんな根拠もないことを信じているのはあなただけよ」

マクダフは肩をすくめた。「近いうちにはっきりするだろう」そう言うと、城壁を指先で叩いた。「シーラがこの城壁を築かせたのは、軍隊に攻め込まれるのを想定していたからだろうか？」

「これまでにわかったシーラの性格からすると、そう考えるのが妥当でしょうね。シーラは聡明で、勝ち気で、いったん決めたことはやり抜く。そうじゃなかったら、とうてい生き残れなかったでしょうね。運命に翻弄されながら、最後まで品位を失わなかったのは立派としか言いようがないわ」

イヴが笑い出した。「あなたにしては珍しく慎重ね、ジェーン。マクダフの話に乗ってみるのも悪くないと思うけれど。シーラの夢をよく見ていた頃、あなたはシーラを身近に感じていたはずよ。あまりこだわらずに流れに身を任せてみたらどうかしら」

「ありがとう」マクダフがイヴに向かって一礼した。「わたしがジェーンを説得しようとどれだけがんばったところで、あなたの一言にはかなわない」

「夢は夢にすぎないわ」ジェーンが言った。「史実とは関係ない」

「なぜそんなにむきになるのかな」ジョックが不思議そうな顔をした。

「わたしはリアリストだから。わたしが十七歳の頃よく見たシーラの夢には、いろんな解釈ができるだろうけど、結局のところ、どれが正しいなんて言えない。それに、あるときからぱったり夢を見なくなって、最近はほとんど忘れていた。なのに、マクダフに宝探しに同行してほしいと頼まれて、過去の亡霊がよみがえってきたみたい」

「承知してくれて大いに感謝しているよ」マクダフはまた見取り図に視線を向けた。「この城壁は本当にシーラのアイデアだろうか？　彼女が結婚したアントーニオも切れ者だったそうだが」

「シーラのアイデアよ」ジェーンが言いきった。「奴隷だった彼女は、並はずれて自由に執着した。家族を守るためなら、どんな犠牲でも払ったでしょうね」そう言うと、笑みを浮かべた。「あくまでわたしの意見だけど」

「丘の上にあるのね」イヴが言った。「周囲は荒地。このゲールカール城にずっといるつもり?」

「そのつもりだ。発掘を始めてみて、ほかを探したほうがよさそうだと判断したら、話は別だが」マクダフが言った。「それでは不満かな?」

「わたしの計画はちょっと違うの。わたしの目的はあくまでカーラを守ることだから、周囲の地形を調べておきたい。フランコが現れた場合、どう対処するか考えておかないと」

「協力するよ」ジョックが言った。「いっしょに調べに行こう。ぼくがどんなに優秀な助手か証明してみせる」

ジョックは狙った獲物はぜったいに逃がさない優秀なハンターにちがいないとイヴは思った。まだ十代だったとき家出したあと、薬物を使って洗脳されて殺し屋に仕立てられたと聞いている。マクダフが献身的に支えてくれたおかげで立ち直ったそうだが、そんな世界からよく逃げ出せたものだ。そこまで考えて、イヴは現実に戻った。「でも、あなたは宝探し要員として当てにされているでしょう」

「だいじょうぶ。両立させる」ジョックはにやりとした。「これでもけっこう多才なほうでね。そうだろう、マクダフ?」

「おおっぴらにできない才能もあるがね」マクダフは皮肉な声で言った。「それに、妙に要領のいいところがある。自分のしたいことだけやって、後始末はジェーンとわたしにさせる」

「重要なことだけやる主義でね」ジョックは椅子に座って脚を伸ばした。「だが、今は特に話を聞く必要はなさそうだ。ぼくにかまわず計画を練ってくれていい。暖炉の前でのんびりしているから」

「わかったよ」マクダフが言った。「きみのリラックスタイムの邪魔をしないようにせいぜい気をつけよう」見取り図の上に身を乗り出した。「まず地下牢を調べようと思っている。ひょっとしたら、地下通路があって――」

打ち合わせはそれから一時間以上続き、最後にマクダフが細かい点を確認して、ようやく解散となった。

「お疲れさま」ジョックがイヴとジェーンのために書斎の扉を開けた。「長くて退屈だっただろう」そう言うと、マクダフを振り返った。「きみなら、もっと面白くできたはずなのに」

「次はがんばるよ」

「ちっとも退屈じゃなかった」廊下に出ると、ジェーンが言った。「マクダフは完璧主義なのね。時間とエネルギーをかけて徹底的にあの城を調査したようだった」

「ぼくも面白いと思ったよ」ジョックがいたずらっぽく目を輝かせた。「だが、褒めたりしたらマクダフをいい気にさせるだけだからね。それでなくても、みんなに機嫌をとられるのが当然と思い込んでいるんだ」階段の前を通り過ぎて、玄関に向かっているイヴに目を向けた。「中庭で遊んでいるおチビちゃんを迎えに行くのかな?」

イヴはうなずいた。「放っておいたら一晩中外にいるだろうから。あの子は熱中する性格なの」そう言うと、笑みを浮かべた。「カーラがバイオリンを弾くのを聴いたら、おチビちゃんなんて言い方はしなくなるでしょうね」

「あの子がバイオリンを?」ジョックは興味を惹かれたようだ。「だったら、いっしょに行って自分の耳で確かめてみよう」

「わたしも行くわ。一度聴いてみたくて……」ジェーンがそう言ったとき、バイオリンの音色が聞こえた。ジェーンははっとして、噴水の縁に腰かけて一心に演奏しているカーラに目を向けた。「本当にあの子が弾いているの?」

「そう、あのおチビちゃんよ」イヴは中庭に出る階段をおりた。

イヴのすぐ後ろにいたジョックもカーラを見つめていた。「自分が途方もない才能に恵まれていることをあの子は知っているだろうか?」

「知っているだろうけど、気にしていないみたい。あの子は音楽があれば、それだけで満足なの」

ジョックはしばらく無言で聴いていた。「あの子を殺そうとした連中は、自分たちが世の中から何を奪おうとしたか考えもしなかったんだろうな。子どもを殺すだけでも言語道断だが、あの音楽も奪われるところだった」

「そんなことは関係ないわ。カーラはゲームの駒にすぎないんだから」

「あの子が?」月明かりの中でもジョックの顔がこわばるのがわかった。「だったら、ぼくもそのゲームに加わる。守ってみせるよ。彼女も、彼女の才能も」

「おチビちゃんと呼ばなくなったわね」

「親しみを込めたつもりだった」ジョックはにやりとした。「またそう呼ぶかもしれないな。彼女が才能を鼻にかけるようになったら」

「その心配はないと思う。さっきも言ったけれど、音楽があれば、それだけで満足している子だから」イヴはカーラから見える位置まで近づいて、足を止めた。

それでも、カーラがイヴに気づくまでにしばらくかかった。カーラがしぶしぶ弓を上げ、音楽が止まった。「もう入らなくちゃだめ?」

「もっとここにいたいだろうけど」イヴは答えた。「長い一日だったから、もう休んだほうがいいわ」

カーラはうなずいて立ち上がった。「ここ、好きだわ。これまで感じたことがないほど音楽を強く感じられるの。弾いていないときでも音楽が聞こえる」

「言いたいことはわかる」ジェーンがカーラに近づいて、噴水の縁に腰かけた。「わたしは楽器を弾くわけじゃないけど、音楽が聞こえるような気はするわ。そういう場所ってあるのかもしれない。ハイランド地方はそういうところなのかも。あなたならゲールカール湖が気に入りそうね」

「ハイランド地方では、ほかでは見られない素晴らしいことが起こる」ジョックが言った。「そうだろう、ジェーン？」

「わたしはまだ行ったこともないのよ」ジェーンはジョックに言った。「ゲールカール湖は奥地にあるんでしょう？」

「ああ。とにかく、明日の夜にはゲールカール湖に着くから、気に入るかどうか、彼女に自分で判断してもらおう」そう言うと、ジョックはカーラの手を取った。「エスコートさせてもらえるかな？」

「おチビちゃん扱いからずいぶん進歩したこと」イヴがつぶやいた。

ジョックとカーラは手をつないで玄関に向かっていく。美しくたくましい若者が小さな女の子を守ろうとしている姿は、おとぎ話の白馬の騎士のようだ。イヴは二人のあとから建物に向かいながら、ジェーンに視線を向けた。「まだ入らないの？」

「ええ」ジェーンは噴水の水をすくうと、水滴をそのまま落とした。「もう少しここにいるわ」

イヴは足を止めた。「だいじょうぶ？」

「そう訊きたいのはわたしのほうよ。わたしは静かなところで少し休みたいだけ」

イヴはうなずいて階段をのぼり始めた。「じゃあ、あとで」

「イヴ」

イヴは振り向いた。

「来てくれてありがとう。わたしを信頼してくれてうれしいわ」ジェーンはほほ笑んだ。

「いっしょにあの子を守りましょう」

「ええ、あなたとなら、どんなことでも乗りきれる」イヴは投げキスを送った。「家族だもの」


ジェーンはイヴが城に入って玄関の扉を閉めるのを見守っていた。

その場を動かなかった。

待ってみよう。

一分経った。

そして、二分。

「どうしたの？　何をしてるのよ、ケイレブ？」いらだたしげに言うと、中庭の向こうの暗い厩舎に目を向けた。「これは何かのゲーム？」

「ゲームなんかじゃないさ」セス・ケイレブが暗がりの中から近づいてきた。黒いタートルネックのセーターにカーキ色のズボン。黒っぽい髪に交じった白い筋が月明かりの中で輝いている。高い頬骨、窪んだ黒い目、ふっくらした唇が、ぼんやりと見えた。「月光を浴びたきみの姿に見とれていただけだ。じっくりきみを観察できるチャンスはそうそうないからね。いつからおれがここにいるのに気づいていた?」

「さあ、いつだったかしら。少し前に人の気配に気づいた」

「気づいたのに警戒しなかったのか?」

「あなただってわかっていたから」

「なぜわかった?」

「今夜来ると言っていたでしょ」

「ああ」ケイレブがジェーンの前で足を止めた。「たしかに、そう言ったし、きみの言うことは理屈が通っているよ」笑みを浮かべて言う。「だが、それでおれがいると気づいたわけじゃないだろう。感覚でわかったんだ」

「そう思いたいなら、それでもいい」

「おれたちが特別の絆で結ばれていることをきみにも認めてほしいんだ。出会ったときからずっとそうだ。どう説明したらいいだろうな」ケイレブは小首を傾げた。「これは原始的な本能のようなもので、おれはきみが近くにいたら、きみの存在を文字どおり肌で感じることができる」

「そのことは話したくない」

「だが、おれたちの間に何かあるのはきみだって認めるだろう？」

「それはそうだけど。わたしが怪我したとき、あなたの血を輸血してもらったし、あなたは血流を操ることができるから」

「操るという表現は気に入らないな」

「じゃあ、なんて言えばいいの？　正式な呼び方なんてないでしょう。あんなことができる人はあなた以外にいないもの。近くにいる人の血流を変えられるなんて、普通じゃないわ」それに、危険だ。その能力を武器として使うこともできるのだから。実際、そうするのを目撃したことがあるし、その威力は恐ろしいほどだった。「でも、自分でもどう呼んでいいかわからないんじゃないの？」

ケイレブはうなずいた。「たしかに特殊な能力だろうね。おれの家には代々伝わっているから、自分ではそう思っていなかったが。先祖からのささやかなプレゼントだ」

「ささやかかどうかはともかく、わたしも恩恵にあずかったわけだから。もしかしたら、その名残がまだ残っているかも――ねえ、話題を変えない？」ジェーンはケイレブと目を合わせた。「たとえば、なぜ暗闇に身を潜めてカーラのバイオリンを聴いていたかとか」

「身を潜めていたわけじゃない。信じてもらえないかもしれないが、あの子の邪魔をしたくなかっただけだ。車の中からも聞こえたから、門の外に車をとめて、直接中庭に入った。まだいくらも経っていないよ」ケイレブは唇をゆがめた。「音楽は野獣の心もなごませるという諺は本当だね」

「自分を野獣にたとえることはないでしょう」

「野獣だと思っているわけじゃないが、きみにはそう見られているような気がする」

たしかに、そのとおりだった。ケイレブと知り合って数年になるが、こちらに危険が迫ると、必ず彼が現れて助けてくれた。突然、アルプスで命を救われたときのことを思い出した。あのとき、ケイレブはジェーンを殺そうとした男の死体を目の前に投げた。まるで野獣がつがいの雌に獲物をプレゼントするかのように。あのときケイレブの顔に浮かんでいた獰猛で満足そうな表情は忘れられない。

ケイレブが笑い出した。「何か思い出しているだろう。おれを傷つけては悪いと思っているんじゃないか？」

「あなたは野獣じゃないわ。荒々しい一面があるのは確かだけど。わたしにはあなたという人がわからない。たぶん、わかってほしいなんて思っていないんでしょうね。あなたは知的で、一筋縄ではいかない人で、いっしょにいて楽しいときもある。そして、アトランタの病院でわたしを救ってくれた命の恩人だわ」

「かえって恨まれているんじゃないかな」ケイレブの顔から笑みが消えた。「あのままそっとしておいてくれたら、今ごろは天国で恋人といっしょになれたと思っているんじゃないか？　だが、おれにはそんなことはさせられなかった」

「命の恩人だと言ったでしょう。今でも感謝しているわ」ジェーンは淡い笑みを浮かべた。「でも、わたしの命をコントロールしようなんて、傲慢なことは考えないで。わたしは自分で生きる決心をしたの。死ぬわけにはいかない。わたしを必要としてくれる人がいるんだもの。今もここに二人」ジェーンは立ち上がった。「正直なところ、あなたに来てほしくなかった。あなたがそばにいると平静でいられなくなるから。でも、来たからには、役に立ってほしいの。イヴとカーラの安全を確保するために来てもらったんだから」そう言うと、ゆっくりつけ加えた。「そして、わたしが二人を守る邪魔をしないで。いいわね？」

「わかったよ。きみほどはっきり物を言う人も珍しい。ちょっとでも隙を見せたら、おれが心の中まで踏み込んでくると警戒しているんだろう」ケイレブはまた笑顔になった。「踏み込まないようにせいぜい気をつけるよ。おれを無視したければ無視してかまわない。きみの世界が平穏であるように最大限に力を発揮しよう」

「その見返りに何を求めているの？」

「チャンスがほしい」ケイレブは玄関に向かった。「チャンスさえあれば、きっときみだって……」


疲れているからすぐ眠れると思っていたのに、イヴはベッドに入って一時間経っても寝つけなかった。無理もない。時差ボケもあるし、久しぶりにマクダフたちと再会したり、ジェーンのその後の様子を心配したり、カーラが新しい環境になじめるか気を揉んだりしていたのだから。アトランタにいたときのようにはいかない。

でも、これはこれでありがたいと思わなくては。爆弾を仕掛けられたり、命を狙われたり、常にひやひやしているより、古代遺跡や宝探しの話をしているほうがずっと気が楽だ。受け入れてくれたマクダフには感謝している。でも、本音を言えば、ジョーのところに戻って、いっしょにこの危機を乗り越えたかった。こっちにいれば、わたしは安全かもしれないけれど、ジョーはひとりでどうなるのだろう。

今はそれを考えるのはよそう。ジョーはやるべきことをしているのだから、わたしも自分のすべきことだけを考えよう。

カーラを守ることを。

イヴはキングサイズのベッドから出て、カーラが眠っている隣の部屋に向かった。そっとドアを開けて、奥のベッドをのぞいてみた。

ぐっすり眠っている。わたしのような悩みは抱えていないらしい。子どもはたいてい眠りが深い。ジェーンもティーンエイジャーになるまではそうだったし、ボニーはどこでも気持ちよさそうに眠っていた。よく庭に吊るしたハンモックで、遊び疲れて丸くなって眠っていた。髪をくしゃくしゃにして、頬を手で支えて。

ボニー……。

イヴは静かにドアを閉めると、自分の部屋に戻って、寝る前に開け放しておいた窓に近づいた。暗い森や丘陵地を眺めてつぶやく。

「ボニー、ずっと何も言ってきてくれないから、心配になってきた。いつだったか、もう来られないかもしれないなんて言っていたし。わたしにはもうあなたが必要じゃないとでも思ったの？　そんなことはぜったいにないわ。この了には生まれてきてほしい。これは奇跡よ。だからといって、あなたを失うなんて耐えられない。ずっといっしょだったんだもの。もう一度あなたを失うなんていやよ」

答えはない。

イヴはお腹に手を当てた。

ねえ、ボニーに、わたしには彼女が必要だと言って。あなたを授かったのがあの子のおかげかどうかわからないけれど、わたしはそう思いたい。ボニーは特別な子だから、そんな力があったとしても不思議じゃないわ。これからもずっとそばにいてもらわなくちゃね。

こちらも答えはない。

あたりまえだ。わたしは何を期待しているのだろう。お腹の赤ちゃんはこの世に生まれてくるために精いっぱいがんばっている。あとはわたしがちゃんとやらなくては。馬鹿なことを考えていないで、早くベッドに戻って体を休めたほうがいい。

イヴはベッドに戻った。だが、眠ろうとはせず、携帯電話を取り出した。

ジョーはすぐ電話に出た。「どうした？」

「なんでもない。あなたの声を聞いて、無事を確かめたかっただけ。明日はハイランドにある古城に向かう予定なの。なんだかどんどんあなたから遠ざかっていくみたいで」

「ぼくも同じ気持ちだよ」ジョーは一呼吸おいた。「具合はどうだ？」

「元気よ。元気そのもの。なんだってできそう」

「なんだか強がっている感じだね」

「少しは。でも、元気なのは本当よ。ボニーがお腹にできたときもこんな感じだった。赤ちゃんが元気をくれるみたい。しばらくは無理ができないけれど、心配しないで。それより、マネスからは何か言ってきた？」

「ああ、思った以上に収穫があったよ。マネス自身、驚いているんじゃないかな。突破口が開けるかもしれない」

「どういうこと？」

「まだ噂の段階だから、事実確認してから教えるよ」ジョーは一呼吸おいた。「二時間ほど前に鑑識課のレス・カーモディから電話があった。解析がかなり進んだから、もうすぐなんらかの報告ができるだろうということだ」

思ったより早い。「あと一日はかかると言ってなかった？」

「向こうもぼくに気をつかってがんばってくれているんだろう。遺体の一部たりとも発見できなかったとなると、真相に気づいている可能性が高い。今のところ、へたに希望を抱かせないようにしているだけで」

「車に誰も乗っていなかったということがはっきりしたら、すぐサラザールに伝わるでしようね」

「それは間違いない。それまでにハイランド地方に身を潜めてくれたら安心だよ」ジョーはそう言うと、話題を変えた。「ジェーンはどうだ？」

「だいぶ元気になった。まだ以前のジェーンには戻っていないけれど、少しずつ前を向いている。今はそれ以上望めないと思う」

「子どもが生まれることは知らせたのか？」

「まだ。折を見て知らせるつもりよ。ジェーンはわたしを守ろうと張りきっているのに、これ以上心配の種を増やしたくない」イヴはからかうような口調でつけ加えた。「それに、知らせたら最後、顔を合わせるたびに赤ちゃんは無事か訊かれるだろうから」

「それはぼくへの当てつけかな？」

「まあね」

「声を聞いて安心したから、もう切るよ。できるだけ眠ったほうがいい。明日は無理しすぎるんじゃないよ。なんだってできそうでも」

「ジョーったら」

笑い声がして電話が切れた。

イヴは苦笑しながら携帯電話をナイトテーブルに置くと、ベッドに入った。いい知らせばかりではなかったが、ジョーと話ができただけで、いっしょにがんばっているという気になれた。

サラザールやフランコが一杯食わされたと気づくのは時間の問題だが、今はそのことは考えないことにしよう。

気づいたところで、カーラとわたしの居場所がすぐわかるわけではない。捜すには時間がかかる。

どうか、できるだけ長くかかりますように。イヴは心の中で祈った。


通話を切ると、ジョーは携帯電話を見つめた。イヴは元気そうだったが、声を聞きたくなったと言うからには、何か思うところがあったにちがいない。イヴは復顔彫刻家として仕事一筋で生きていた。突然、これまでの生活から切り離されて、スコットランドのハイランド地方に行かされ、しかも〝宝探し〟をすることになった。とまどうのも無理はない。スコットランドに行かせたのはぼくだ。それがいちばんいいと思ったからだ。そして、今、イヴはぼくたちのために新しい状況に適応しようと努力している。

しかも、おそらく、人生最大の転換期に。

こんなときこそ、そばにいたいのに。

弱気になってはだめだ。ジェーンもカーラも巻き込んで、もう動き出したのだ。前に進むしかない。

あとは少しでも早く決着をつけるためにがんばるだけだ。

ジョーはまた携帯電話を取り上げて、マネスにかけた。

「きみは眠らないのか?」マネスが不機嫌な声で言った。「せっぱつまっているのはわかるが、こっちは丸一日あくせく働いたんだ。夜ぐらい静かに眠りたい」

「住所を知らせてくれると言っていただろう」

「まだ十二時間と経っていないだろう。メキシコでは、何をするにも時間がかかる。焦ったところで、首のない死体になって橋から吊るされるのがおちだ」

「せっぱつまっているのは、きみも同じだろう。あの電話を切ったあとすぐ、知っているかぎりの情報提供者に問い合わせたはずだ」

「だからといって、正確な情報を引き出せたとはかぎらない」

「それで、どうだったんだ?」

「まあまあだ。まだはっきりしたことは――」

「住所を教えろ」

「裏をとってからだ」

「ぐずぐずしていたら時間切れになる。一刻も早く知りたい」

「こっちに乗り込んできて、横槍を入れようっていうんじゃないだろうな?」

「住所が知りたい」

短い沈黙があった。「わかった。だが、勝手なまねはするなよ」

「これ以上ぐずぐずされたら保証はできない」

マネスはため息をついた。「扱いにくいやつだな、クイン。エル・カミーノ・ロード一四五番地だ」

スコットランド
ゲールカール城跡

「素晴らしいところじゃないの、マクダフ」イヴはランドローバーの車窓を流れる景色に目を奪われた。遠くに見える山々の尖った頂は紫色にかすみ、どこまでも続く峡谷には峻厳な美しさがある。太陽は輝いているのに、ハイランド地方はどこか薄暗く、嵐の気配さえ感じさせる。「こんなにいいところだなんて、一言も言わないんだもの」

「サプライズのほうが効果的だからね」マクダフは笑顔を向けた。「シーラは新しい王国の場所としていいところを選んだと思わないか?」

「それはジェーンに訊いて。わたしはシーラがこの荒々しさを気に入ったんだと思う」

「ジェーンには訊かないことにした。関わりたくないらしいから」

イヴは後部座席でジェーンの隣に座っているカーラを振り返った。「どう、カーラ、気に入った？」

カーラは山々に目を向けたままうなずいた。「ここには音楽がいっぱいある……それに、さっき鷲も見えた」

「わたしは音楽にも鷲にも気づかなかったけれど、この景色には圧倒された」イヴはマクダフに視線を戻した。「あとどれぐらいで着くの？」

「あとひとつカーブを曲がったらすぐだ。だが、見たらがっかりするかもしれないよ」

「お城といっても廃墟なんでしょ。そんなに期待していないわ」

そうは言っても、この一帯が人跡未踏の荒野だった遠い昔に建てられた城を見てみたいという気持ちは強かった。

「あれだよ」マクダフが道路際にランドローバーをとめた。丘の上に古城の跡が見える。一行は車をおりて、ケイレブの車であとから来るジョックたちを待つことにした。「それほど大きな城じゃないが、一度も修復していないことを考えたら、保存状態はいいほうだよ。胸壁の一部は建てられた当時と変わらないし、地下牢は今でもそのままだ。だが、わたしの祖先は海辺に移って以来、一度もここに戻っていない。そっちに新しい城を建てるのに夢中だった」

「それが〈マクダフの走路〉ね。あなたはそこで育ったわけね」カーラを促して車からおりると、イヴはマクダフのそばに立った。「ここよりずっと立派なんでしょうね」

「ここ、好きだわ」崩れかけた城壁や落石を見ながら、カーラがつぶやいた。「なんだか……いい感じ」

マクダフが笑い出した。「きみには驚かされてばかりだな。わたしのささやかな狩猟小屋は期待はずれだと言ったのに、この廃墟は気に入るなんて」

「家という感じがする」カーラが言った。

「普通の家には地下牢はないだろう」マクダフはジェーンに顔を向けた。「きみはどう？家という感じがする？」

「誘導尋問？」そう言うと、ジェーンはカーラに笑いかけた。「たしかに、お城は要塞でもあるけれど、住居としての機能も備えていなくてはいけない。シーラのことが知りたくて夢中になっていた頃、ヘルクラネウムで発掘調査に加わったことがあるの。当時の人がどんな生活をしていたか示す遺物を損なわないように細心の注意を払って、スプーンで掘っていた」

「ここでもそうするの？」カーラが興味をそそられた顔で訊いた。

ジェーンはマクダフに目を向けた。「できれば。信じられないでしょうけど、シャベルを使うよりずっといろんなことがわかる。具体的にどうするか決まっていないから、まず手がかりを探してみるのもいいかもしれない。といっても、決めるのはわたしじゃないけど」

「いくらわたしが短気だからって、破城槌で壁をぶちこわしたりしない」

「あなたが短気なのはよく知ってる」ジェーンが言い返した。「イヴの意見を訊いてみたら？　とにかく、決めるのはあなたよ、マクダフ」

マクダフはうなずいた。「それなら、スプーン作戦でやってみるか……とりあえずは」

「決まりね」ジェーンはカーラを見た。「じゃあ、いっしょに発掘してみる？　でも、言っておくけど、大変よ。腰は痛くなるし、膝当てをしていないと、膝が傷だらけになるし」

「わたしもやっていいの？」カーラは顔を輝かせた。「大学の研究チームが発掘しているところをテレビで見たことがあるわ。面白そうだった」

「今言ったように、膝を怪我しないようにしてね。何か見つかる保証はないけど、やってみる価値はあるわ」そう言うと、ジェーンはイヴを見た。「いっしょにやるでしょう？」

「わたしだけ楽できるなんて思ってないわ。それに、何かすることがあったほうがいい。手持ちぶさたな生活には慣れていないから」イヴは丘を見上げた。「あのお城に住んでいた人たちは、手持ちぶさたの意味も知らなかったんじゃないかしら。並はずれたエネルギーと決意がなかったら、あれだけのものはつくれなかった。ほとんど手作業で、気が遠くなるほど時間がかかったはずよ」

「シーラはここで本当の自由を手に入れたんだと思う」ジェーンが言った。「奴隷として生まれた彼女が、初めて自分の家を持つことができた。シーラも労働者に交じってタイルを張ったり、古代エジプト人のように滑車を使って石を運んだりしたはずよ。このお城に深い思い入れがあったでしょうね」

「それなら、なぜここを離れたの？」イヴが訊いた。

「シーラはずっとここにいたの。ここを離れて次の一歩を踏み出したのは彼女の子孫。シーラはここに王国を築いて落ち着いたけど、権力欲は子孫に伝えたんだと思う。ヘルクラネウムで育った彼女は、富と後ろ盾がないかぎり、女性がどれほど弱い存在か身にしみて感じていたはずよ。だから、血のにじむような努力の末に女優として成功して富を手に入れた。ところが、ヴェスヴィオ火山が噴火して、全財産を持ってここに逃げてきた」ジェーンはほほ笑んだ。「でも、まだシーラには足りないものがあった。おそらく、安全を確かめるまで奥地に身を潜めていたんでしょうね。そして、ついに、城をつくるときが来たと決心したのよ」

「だが、子孫はいったんここを離れると、シーラの城のことは忘れてしまったらしい」マクダフが皮肉な口調で言った。「海岸に新しい城を建てたあと、一族の誰かがここに来たという記録は残っていない」

「忘れたわけじゃないんじゃないかしら」ジェーンが言った。「お金に執着のある一族なんでしょう。奇襲や収奪まがいのことをして爵位を手に入れたとあなたから聞いたことがあるわ。シーラの黄金のことを忘れるはずがない。戻ってこなかったとしたら、なんらかの理由があったのよ」

「わたしたちに見つけられるかしら？」カーラが訊いた。

「手がかりさえ見つかったら」

「スプーンで探すのね」カーラがにっこりした。

「そうよ」ジェーンは真剣な顔で答えると、ランドローバーに目を向けた。「荷物をおろしてお城に運びましょう。ここにも使用人はいないんでしょう、マクダフ？」

マクダフはうなずいた。「あとでジョックとテントやキャンプ用品を運ぶ。クインから電話があって、きみたちを連れていくと決まったとき、他人を入れないのがいちばんだと思ったんだ。もちろん、宝探しにもそのほうがいい」

「それはわかるけれど」イヴが言った。「荷物を持ってあの丘をのぼるのはきつそう」バックパックを取り上げた。「やるしかないわね」

「わたしも手伝う」カーラがジェーンのバックパックを持とうとした。張りきって、てきぱきと行動するカーラを見て、イヴはほっとした。つらい経験を乗り越えるには、しなければいけないことがあって、自分は役立つ存在だと感じられるのが何よりだから。

「ケイレブよ」近づいてくる車を見てジェーンが言った。

さっきまでと声の調子が違うことにイヴは気づいた。ケイレブが現れたとたん、警戒した硬い口調になった。

イヴの視線に気づいて、ジェーンが振り返った。「どうかした？」

「なんでもない。カーラに発掘作業を教えるのは、あなたにも気晴らしになるんじゃないかと思っていただけ」イヴは丘をのぼり始めた。荒涼とした一帯を進みながら、かすんだ大地と青い空を眺めていると、なぜかここが自分の居場所のような気がした。

ここですることがある。

それだけで気がまぎれる。

誰にとっても今はそれがいちばんだ。

ちくしょう！

「そんなはずはない」フランコは込み上げる怒りを抑えようと歯を食いしばった。「嘘だろ」電話を切っても、動悸がおさまらない。だが、ジェサップが嘘をつくはずがない。あの鑑識課員は欲の深いやつだが、自分の役目は知っている。偽情報なんか流したら、どうなるかは心得ているはずだ。

それなら、どうすればいい？

選択の余地はなかった。

サラザールに電話した。「困ったことになりました。あのトヨタからは遺体の切れ端すら見つからなかったそうです」

沈黙があった。やがてサラザールの罵声が聞こえた。

「馬鹿野郎。なんでこんなミスをしでかした？」

「どならないでください、おれは馬鹿じゃない」

「もっとタチが悪い。ウォルシュより無能じゃないか。まんまとクインにはめられて、子どもとダンカンに逃げられるなんて」

なんと言われてもフランコには返す言葉がなかった。クインにしてやられた。それでも、サラザールに罵られると、殺してやりたくなった。「時間をください。クインから二人をどこに逃がしたか、必ず聞き出します。おれをこけにして、ただですむと思ったら大間違いだ」

「おまえがいくらわめいたって、負け犬の遠吠えにしか聞こえない」サラザールの声はとげとげしかった。「クインの尾行は続けているんだろうな？」

「もちろん。あいつを始末するチャンスをうかがっているところで」

「まだ始末してなくてよかったよ。子どもの居所を知っているのはクインだけだからな。まだ湖畔の家にいるのか？」

「警察署に出勤しました。署までつけたが、出てこなかった。たぶん、夕方には帰ってくるでしょう」

「たぶんだと？　ちゃんと確かめろ。あいつにまで逃げられたら、おまえの心臓を抉り出してやる」電話が切れた。

ただの脅しじゃない。フランコは確信した。この爆破騒ぎの失敗のせいで、これまで築いてきた地位も危うくなりそうだ。このままではサラザールに見捨てられるかもしれない。早くクインを始末して信用を取り戻したいが、最悪のシナリオにも備えておかなければならない。サラザールがおれに見切りをつけて、代わりに殺し屋を送り込んでくる可能性もある。

先手をとることだ。おれはサラザールなんかより頭がいいんだ。とにかく、クインからダンカンと子どもの居所を聞き出そう。それから、サラザールに報告するか、その前に二人を始末するか決めればいい。

クインにとどめを刺すのはそのあとだ。考えられるかぎり残忍なやり方で血祭りにあげてやる。

それがすんだら、サラザールを始末してやる。カルテルのメンバーから合意なんか得なくたっていい。うまくいったら、今より出世できる。

こっちには切り札があるんだから。

きっと、何もかもうまくいく。行動あるのみだ。まずは、イヴ・ダンカンとカスティーノの娘の居所を突き止めよう。

「話がある。今夜十時に」サラザールはそれだけ言うと、電話を切った。

こんなことはしたくなかった。あいつと会うのはリスクが高い。それでなくても、ぎりぎりの状況だというのに。

だが、ほかに方法はないのだ。フランコのやつがしくじったりするからだ。こうなったら、助けを借りるしかない。

思ったとおりに事が進んだら、万事うまくおさまる。

だから、どんなに屈辱的でも、やってみなくては。

サラザールは立ち上がると、窓際に行って中庭(パティオ)を眺めた。子どもたちがプールで遊んでいる。いい子ばかりだ。猛スピードで泳ぐカルロスを見て、満足そうにつぶやいた。おれには健康な息子が三人もいる。

それに引き換え、カスティーノは息子には恵まれず、娘が二人だけだ。しかも、この数年、娘たちの問題でやつは苦しみ続けている。

だが、もうすぐ決着がつく。娘たちのうちひとりは死んで、もうひとりももうじきこの世から消える。そうなったら、おれに運が向いてくる。

だから、リスクを覚悟のうえで、今夜はあいつに会わなければ。

メキシコシティ

エル・カミーノ・ロード一四五番地には、錬鉄のフェンスの奥に淡い黄褐色の漆喰(しっくい)づくりの瀟洒(しょうしゃ)な屋敷が建っていて、周囲を木々に囲まれていた。

ありがたいことに、フェンスに電気は通っていなかった。ジョーはそれを確かめると、車をおりてフェンスを乗り越えた。無事に着地すると、木々の間を通って屋敷に近づいた。

屋敷の奥の窓から光が漏れてくる。サラザールがいるのだろうか？

今夜ここにサラザールが来るという保証はないが、マネスの言うとおりだとすれば、その可能性はかなり高い。だから、鑑識から報告を受けたあと、飛行機に飛び乗ってここに来たのだ。

私道のそばの茂みに身を隠して、五感を研ぎ澄ませた。

じっくり構えることだと自分に言い聞かせる。

勘に従うなら、うまくいかない場合にも備えなければならない。

だが、今夜は勘がいつにもまして冴(さ)えている気がする。これが突破口になるだろう。

あたりは静まり返っている。私道には車はとまっていない。

ひょっとしたら、裏口から入ったのだろうか。鬱蒼(うっそう)と木々が茂っていて、近くに行かないと裏口の様子は見通せない。

屋敷を見張っているしかなさそうだ。

焦らずに事が始まるのを待とう。

黒いベンツのヘッドライトが見えたのは、それからずいぶん経ってからだった。ジョーが思っていたように人目を忍ぶ様子はなく、堂々と入ってきた。

門を抜けても速度を落とさず私道を進んだ。

ブレーキがきしる音がして車がとまると、運転席のドアが開いた。

いよいよ来たか。ジョーは身構えた。早く顔を見せろ。マネスの話は本当だったのか？

運転していた人間がおりてきた。早足で屋敷に向かっていく。遠目に見ても、今にも怒りを爆発させそうなほどいきり立っているのがわかった。

ジョーの肩に力が入った。やっぱり、本当だったのか。

月明かりがつややかな黒髪を照らし出した。

そして、美しい顔を。弓形の眉は娘のカーラにそっくりだ。

ナタリー・カスティーノだった。

7

ナタリーが荒々しく玄関のドアを閉める音を聞いて、サラザールはぎくりとした。

「ずいぶん威勢がいいじゃないか」寝室から出ながら声をかけた。「それに、車を木陰にとめないで家のすぐ前にとめただろう。きみにしては軽率だな、ナタリー。今まで続けられたのは、慎重に慎重を重ねてきたからだ。きみだって殺されたいわけじゃないだろう？」

「殺されるのはあなただけよ」ナタリーはハンドバッグをソファの上に投げた。「わたしは、〝誘拐された娘たちのことで情報を提供する、とおびき出された〟と言うわ。母親は子どものこととなると必死で、なんだってすると世間は思っているもの。わたしがあなたを撃ち殺したら、もっとそれらしく見えるんでしょうけど」怒りに燃える目を向けながら近づいてくる。「わたしは別に必死じゃないけど、すごく怒っている。また思いがけない誤算があったんでしょう？　そうなのね」

「ダンカンとカーラはあの車に乗っていなかった。フランコも二人の居所を知らない」

「聞いたわ」ナタリーは歯を食いしばった。「ダンカンがカーラをアトランタに連れていったとあなたから聞いたときから、こんなことになるんじゃないかと思っていた。それで、どうする気？　あの役立たずのフランコに二人を捜させようというんじゃないでしょうね」

「あいつはまだ使える」

「どうする気なの？」ナタリーはまた訊いた。

「アトランタの代理人のドミンゴに連絡をとって、この二日間の民間航空会社の乗客名簿を調べさせている。列車やバスも調べさせているが、こっちの線は弱いだろう。ジョー・クインはダンカンと子どもをできるだけ遠い安全な場所に送ったはずだ。今のところ、それらしい記録は出てこないから、ドミンゴはプライベートジェットやチャーター機も当たると言っている」

「どれぐらいでわかる？」

「二、三日中には。へたにドミンゴを急かすわけにはいかない。あいつは有力な人脈を持っているが、派手に動いてアトランタ市警に目をつけられるのを何より恐れている。機嫌を損ねて、別のカルテルにすり寄られたら元も子もない」

「だったら、さっさとクインをつかまえたら？」ナタリーがいらだった声で言った。

「ちゃんとやっているじゃないか。鑑識の報告を聞いたあと、この数時間は所在がつかめないが、フランコが突き止めるはずだ」

「ダンカンとカーラのところに行ったのかもしれない」

「それはないだろう。二人が爆死したと見せかけるためにあれだけの工作をしたくらいだから。尾行されているのも、つかまったら二人の居所を追及されるのも知っている。もうじきフランコが捜し出すだろう。また先手を打たれないかぎり」サラザールは手を上げて、なにか言いかけたナタリーを制した。「わかっている。あんな役立たずに任せる気かと言いたいんだろう?」

「もっとましな人間はいないの? ウォルシュにしてもフランコにしても、しくじってばかりじゃないの。ちゃんと約束したはずよ。だから、あなたを信用したのに」ナタリーは両手でこぶしを握った。「わたしは娘たちを提供したのよ。すぐけりがつくし、誰にも気づかれないと言ったくせに」

「その話なら前にもしただろう。計画どおりいかなかったんだ」ヒステリックに責め立てられるのはほとほとうんざりだが、それでもナタリーとは別れられない。最初は、いずれ飽きるだろうから、うまく手を切って、身の安全をはかるつもりでいた。だが、そうならなかった。危険を冒してでも会って、触れて、自分のものにしたかった。今でもナタリーのことを考えただけで、体が反応する。彼女がほしくてたまらない。「きみだって、娘たちに死んでもらいたかったんだろう。その望みをかなえてやったんだ」

「誘拐を頼んだだけよ。殺してほしいなんて言った覚えはない」

「秘密を守るにはそれしか方法がないのはわかっているはずだ。素直に認めたらいいだろう。そうじゃなかったら、カーラがシッターと行方をくらませたと教えたとき、あれほど怒り狂うはずがない」

「あのときは、どうしていいかわからなかったから。とにかく、後戻りはできない。前に進むしかないわ」

サラザールはゆっくり首を振った。「いや、これはきみが望んだことだ」そう言うと、ナタリーに近づいた。バニラとエキゾチックなロシアの香水が混じり合った匂いがする。初めて会ったときから、ナタリーはずっとこの香水をつけている。父親が毎年ロシアから送ってくれるのだと言っていた。ナタリーと会った日は、ベッドを共にしなかったとしても、必ずシャワーを浴びて匂いを落としてから家に帰ることにしている。妻のマヌエラは夫に女がいることは知っているが、ナタリーとの関係には気づいていない。だが、こんな特徴のある香水から足がつかないともかぎらない。それに、きみはおれがほしかった。今だってそうだろう？」

「今は違うわ」

「ほんとかな？」サラザールはナタリーの胸に手を当てた。「カスティーノとはもう寝ていないんだろう。それなら、ほしいはずだ。ほら、乳首が固くなっている」シルクのシャツブラウスの上から感じやすい乳首に触れた。「子どもたちのことはきみの望みどおりにする。もう少しの辛抱だ」ブラウスのボタンをはずした。「これだけ尽くしたんだ。ご褒美がほしい」乳首に舌を当てた。「いいだろう?」

「いやよ」ナタリーの呼吸が荒くなった。「男ならほかにいくらでもいるわ」

「男といっしょにいるところを見つけたら、そいつを殺してやる」乳首を強く噛むと、ナタリーの体に震えが走った。「いかがわしいパーティに送り迎えするために雇った運転手を、ベッドに誘ったと聞いたときみたいに。あいつがどうなったか覚えているだろう?」

「まさか、あんなひどいことをするなんて……」

「まんざらでもなかったんじゃないか? 自分にそれだけの力があると実感できて。きみとの仲をカスティーノに疑われないようにあの運転手を始末するのは、けっこう大変だったんだぞ」サラザールはナタリーを押し倒して、ブラウスとブラをはぎ取った。「結局、国境近くで政府の制圧に巻き込まれたことにした。それもこれもきみを守るためだ」

「自分の身を守りたかったんでしょ」

「同じことだ」

ナタリーは挑むようにサラザールを見た。「わたしがカスティーノの妻じゃなかったら、あなたはわたしに手を出さなかったはずよ」

「それだけじゃないのはきみにもわかっているはずだ。たしかに、きっかけはカスティーノだったかもしれないが、すぐ惹かれ合った」

「あなたといっしょにしないで」ナタリーは鋭い目でサラザールを見つめた。「あなたとつき合うのは楽しませてくれる間だけよ。飽きたら会わない」

「ということは、まだ飽きてはいないわけだな」サラザールは両手で乳房をつかんだ。「ベッドに入れ」

ナタリーは動かなかった。「そのために来たんじゃないわ」

「おれはそのために来た。きみは誰かに見られるのを恐れながら、それでも今夜も来た」

「放して」

「ベッドに入れと言っただろう。お互い、そのために来たんだ。ほら、こんなに燃えているじゃないか」サラザールは喉にからんだ声で続けた。「満足させてやるよ、ナタリー。思いきり叫ばせてやる」

ナタリーは笑みを浮かべた。「どうかしら」

「おれをからかってるのか？　言葉に気をつけたほうがいいぞ」

「からかってなんかいないわ」ナタリーは身に着けていたものを全部脱いだ。「ただ、約束してほしいの」シニヨンをほどくと、つややかな黒髪が肩に広がった。「あなたのために叫んであげるわ」サラザールに近づいた。「それとも、わたしがあなたを叫ばせてあげてもいい。でも、今夜来たのは、あなたから約束を取りつけるためよ」

「ちゃんとやっていると言ってるじゃないか。ただ慎重にやらないと」

ナタリーは猫のようにすり寄ってきた。「慎重に慎重を重ねて？　もう聞き飽きたわ。約束は守って」手を伸ばしてサラザールを愛撫した。「そうすれば、ご褒美をあげる」

ナタリーがサラザールの胸に乳房を押し当てると、バニラと香水の入り混じった匂いが強くなった。

「早く実行して。さっさとやらないのなら、ほかの人間を探す」

「そんなことをしたら殺してやる」

「ダンカンとカーラをわたしに渡して。二、三日なんて言っていないで、すぐにでも。明日には居所を突き止めて。アトランタの代理人がどうなろうと、わたしの知ったことじゃない。さっさとやるべきことをやって」ナタリーはベッドに横たわった。「どんな手を使ってでも、二人の居所をわたしに教えると約束してちょうだい」

「居所を教えろというのか」サラザールははぎ取るように服を脱ぎながら、ナタリーに覆いかぶさった。

「そう。もうあなたに任せておけない」サラザールが入ってくると、ナタリーは彼を見上げた。「ちゃんとこの目で見届けないと」ささやきながら、体を動かし始めた。「さあ、約束して……」

午前三時十五分

「戻ってこいよ」服を着ているナタリーを見つめながら、サラザールがかすれた声で言った。「まだ終わりじゃない」

「わたしは終わり」ナタリーは靴を履くと、部屋の隅の鏡の前に立って髪を整えようとした。「あなたの言うとおりだった。けっこう楽しませてもらったわ。これなら、もう少し頻繁に会ってもいい。あなただってまんざらじゃなかったでしょう」

「まあな」サラザールは皮肉な声で応じた。「だが、これ以上頻繁に会うのは危険だ。おれはまだ死にたくない」

「わたしもそう思っていたけど、最近、考えが変わったの。ほかの可能性も探ったほうがいいと思うようになった。わたしたち、変化が必要よ」ナタリーは口紅を塗り直した。「まだわたしとつき合いたいと思っているのなら、あなたも考えたほうがいい」

「思わせぶりなことばかり言っていないで、こっちに来いよ」

「いつまでもそんなことを言っていないで、早くフランコに電話したら?」ナタリーは輝くような笑みを浮かべてから背を向けた。「わたしもしなければいけないことがあるの。変化のためにね」そう言うと、ドアに向かった。「わくわくするわ」

ドアが閉まるのを見ながら、サラザールは低い声で悪態をついた。最近のナタリーは要求が多くなってきた。わがままな女なのは最初からわかっていたが、この調子ではいずれ手に負えなくなりそうだ。

サイドテーブルにのせた携帯電話に目を向けた。ナタリーは早く電話しろと言っていたが、早まった行動はリスクが高い。何もせずに身を潜めていれば、政府や警察の注意を引くこともないだろう。だが、それではナタリーに何を言われるかわからない。

どうしたらいいんだ？　たしかに、おれにも変化が必要かもしれない。安全第一でやるのはもう飽き飽きした。昔は、おれもフランコのような向こう見ずな若者だった。自分のやりたいようにやって周囲を震え上がらせていたのは、何年前までだろう。あの頃の高揚感をもう一度味わってみたい。

電話を取ってフランコにかけた。

「明日の夜までにダンカンと子どもの居場所が知りたい。やれるか？」

フランコはためらっていた。「あなたの代理人のドミンゴによると、民間の航空会社は全部調べて、あとはプライベートジェットの会社、四、五社に絞ったとか。過去九年間にクインが使った会社が三社あるそうで、当たってみようと思っていたところです。だいじょうぶ、慎重にやります。ドミンゴからも釘を刺されているし」

「明日の夜までに知りたいんだ。この際、慎重なんて言葉は忘れろ」サラザールはそう言うと、電話を切った。

午前三時三十五分

ナタリーの車が門から出ていくのを見届けてから、ジョーは十五分待った。だが、サラザールは家から出てこない。また五分ほど経(た)つと、寝室の灯(あか)りが消えた。ナタリーといっしょでなければ、ここにいても安全だと思って眠ってしまったのだろう。

「あいにくだな」

まだ安全じゃないんだ。

すばやく錬鉄のフェンスに近づくと、二分後にはフェンスを乗り越えて芝生に着地した。左側の藪(やぶ)に人影が見える。

ジョーは振り返りざま、男の喉めがけて回し蹴りを入れた。相手が倒れると、とどめを刺そうと近づいた。

「やめろ！」マネスが藪から飛び出してきた。「なんてこった(マドレ・デ・ディオス)！　ほんとに厄介なやつだな、クイン。部下を殺すんじゃない」

ジョーは荒い息をしながら気を静めようとした。「それなら、もっとましな部下を送り込め。すぐ見つかるようなやつじゃなくて」

「ペトロは優秀な部下だ」マネスは手を貸して男を立ち上がらせた。「どうやら、きみほどじゃなかったようだが。車に戻ってろ、ペトロ。あとはぼくがやる」

ペトロは憎々しげにジョーをにらみつけてから、その場を離れた。

「張り込ませていると教えてくれていたら、こんなことにならなかったのに」ペトロを見送りながらジョーは言った。「あの男はこの家のことをどこまで知っているんだ？」

「なぜそんなことを訊く？　追いかけてけりをつけるつもりか？」マネスが皮肉な声で言った。「あいつは何も知らない。この家のことを知っているのは、きみとぼくと情報提供者の囚人だけだ。あいつは援護に連れてきた」

「ぼくから身を守るために？」

「サラザールからだ。こんなところで見つかったら、これまで以上に狙われるからな。きみが飛び込んできて、面倒なことになると思わないでもなかったんだが」マネスは門のほうに体を向けた。「とにかく、ここから出ていってくれ。車まで送ろう」

「家に入る前に周辺の様子は確かめた。保護してもらう必要はない」

「唯一の手がかりをだいなしにされたくないだけだ。そんなことになったら――」

「そんなまねはしない」ジョーはさえぎって言った。「あの情報の裏をとって、次にどうするか決めたかっただけだ。それには自分の目で確かめないと」

「それはぼくの仕事だ。盗聴器を仕掛けるつもりだった」

「サラザールは何年も前からここで女に会っている。二人ともばれたらどうなるか、よく知っているはずだ。それなりの用心をしていないわけがないだろう。ぼくも盗聴器を用意してきた。ガラス窓越しに二人のやりとりを聞こうとしたが、だめだった」

「収穫はなかったわけか?」

「来たときは遠目にも怒り狂っていた女が、すっきりした満ち足りた顔で帰っていった。どういう心境の変化か知らないが、あの二人が愛人なのは疑問の余地がない」ジョーはレンタカーの前で足を止めた。「きみの情報源によると、長いつき合いらしい。問題はあの女が共犯者かどうかだが、まず間違いないな」

「いや……そう決めつけるのは早い。母親は子どもを殺したりしないものだ」

「どの母親もそうとはかぎらないと知っているはずだ。動機や母親の性格による」ジョーは一呼吸おいた。「それにしても、信じられないほど極悪非道な犯行だ。よほどゆがんだ性格の持ち主にちがいない」

「ひょっとしたら……何も知らないのかも」

ジョーはあきれたようにマネスを見つめた。

マネスは肩をすくめた。「考えたくないんだよ、母親が関わっているなんて」

「ナタリー・カスティーノに関する情報ができるだけほしい。彼女が来たとき写真を撮ったんだろう?」ジョーはマネスに確かめた。

「ああ、何かの役に立つかもしれないと思って」

「サラザールとカスティーノを敵対させて、カルテル連合を崩壊の危機に陥れるために?それはちょっと待ってくれ、マネス」

「決めるのはぼくだ」

「イヴとカーラの安全を確保するまで待ってほしい」ジョーは口元を引き締めた。「サラザールのことだから、尻尾をつかまれるようなまねはしないはずだ。ナタリーの写真があってもなくても同じことだ。それに、カスティーノがサラザールを始末したとしたら、それはそれで困る。フランコをはじめ、イヴを追っている連中を止める人間がいなくなるわけだから。ここはぼくに任せてほしい」

マネスは首を振った。

「時間をくれると言ったじゃないか」

「あれはナタリー・カスティーノが関わっているのを知らなかったときのことだ。あの女を利用しない手はないだろう」

「頼む、あと五日だけ」

マネスは肩をすくめた。「わかった。だが、ぼくが必要と判断したら変更するという条件つきだぞ」

ジョーは車に乗った。「変更が必要になることはまずないだろう。当面、サラザールの関心がカルテルに向けられることはないだろうから。イヴとカーラを見つけるのに全力を尽くすはずだ」

「これからどうするつもりだ?」

ジョーは車を発進させた。「アトランタに帰って、あいつの動きを阻止する」

「これ、面白い」中庭の石の多い地面をスプーンで掘りながら、カーラがイヴに笑いかけた。「冗談かと思っていたのに、ジェーンは本当にスプーンをくれたわ」

イヴは笑い出した。「ジェーンは必要に迫られて根気強くなったの。ヘルクラネウムで発掘作業をしていたときには、じれったがっていたのに。いい勉強になったようね」

「マクダフは根気強くならなかったみたいだけど」カーラはジョックと作業をしているマクダフに目を向けた。「伯爵でも袖をまくり上げたり汗をかいたりするのね。シャベルを使っているわ」

「妥協したつもりなのよ。わたしたちにはスプーンで掘らせておいて、自分は大物を狙っている。マクダフは宝の箱が地下牢にあると思っているみたい。そこまで掘るにはスプーンじゃとても間に合わない。わたしたちが探しているのは、鍵とか箱とか巻物とか、一族の書き残した文書とか、なんらかの手がかりだけど。あの二人は宝の箱を探しているの」

イヴはスプーンを地面に置いた。「しばらく、ジェーンと二人になるけれど、だいじょうぶね？　お城の周囲を見てまわって、どういうところか知っておきたいの」

カーラはうなずいた。「初めての場所だもの。エレナも引っ越すと必ず近所を見てまわっていた。様子がわかっていたほうが安全だと言って」

イヴはうなずいて立ち上がった。カーラはこれぐらいのことでは驚かない。物心ついたときから、ずっと逃亡生活を続けてきたから、警戒することが第二の天性になっているのだろう。「ジェーンのそばを離れないでね」

「ひとりで行くの？」

「ジョックがいっしょに行ってくれるはずだったけれど、忙しそうだから。ひとりでだいじょうぶ」

「きみならだいじょうぶだろうね」いつのまにかケイレブがそばに来ていた。「だが、連れがいたほうが安心だとジョックが言っていた。代わりに行ってほしいと頼まれたんだ」ケイレブは顔をしかめた。「マクダフ以外の人間を信用しない彼に頼まれるなんて、光栄だよ。おれを信用しているわけじゃないが、ちゃんと役目を果たすとわかっているし、いざとなったら、いつでもおれをつかまえられると思っているんだ」

カーラが笑い出した。「ジョックにひどい目に遭わされると思ってるの？　そんな人じゃないわ」

「役に立つうちは何もしないだろうが」ケイレブはカーラに笑いかけた。「彼が好きなんだね？」

カーラはうなずいた。「彼は誰にも意地悪なんかしないわ」

ケイレブはイヴに顔を向けた。「じゃあ、行こうか」イヴの肘を取って車に向かった。

「イヴのことは心配ないからね、カーラ」

カーラはうなずくと、また地面を掘り始めた。

「ジョックはすっかりあの子を手なずけてしまったようだね」ケイレブが小声で言った。

「白馬の騎士みたいに思っている。いずれジョックのことを教えるつもりなのか？」

「必要がないかぎり教えないわ」

「相手が子どもだから？」

イヴは首を振った。「あの子は普通の子どもじゃない。それに、あの子の言うことは半分当たっているわ。ジョックはむやみに人をひどい目に遭わせたりしない。あの子を手なずけようとしたわけでもないわ。それに、周囲の人間がみんな脅威になりうる存在だとあの子に思わせたくない」

「どうやら、おれは対象外らしいな」ケイレブはイヴのために車のドアを開けた。「気づいているかもしれないが、あの子はみんなと同じようにおれを警戒している。よくきみと二人きりにしてくれたものだ」

「ジョックに頼まれたと言ったからよ」イヴはからかうような目を向けた。「それで、信用されたわけ」

ケイレブは車を出した。「おれがどんな人間か知ったら、そうはいかないだろうな。そうなったら、また厄介な問題を抱えることになる」ケイレブは、岩の上に座って、箱に入った書類を調べているジェーンにちらりと目を向けた。「どう思う、イヴ?」

「そうなるでしょうね」イヴはそっけない口調で言った。「でも、ジェーンだって、わたしがあなたと二人きりで出かけることに反対しなかったはずよ。わたしを信用しているのか、あなたがあの子の信頼をうまく勝ち取ったのか」

「どっちだと思う?」

「わからない。あなたは人から信頼されてもされなくても気にしない人なのに。でも、ジェーンは別のようね」イヴはケイレブを見つめた。「あなたにとって特別な存在だから?」

「ジェーンは美しい女性だ」

「答えになっていないわ」

「きみはあくまでジェーンを守りたいわけだね」

「それはこれからも変わらない」

「彼女は……特別な存在だ。傷つけたくない……できるかぎり」

「できるかぎりという条件つき?」

ケイレブは不敵な笑みを浮かべた。「おれとしてはそうとしか言えない。こんなことを口にしたのは初めてだ。彼女は何かというと突っかかってくるし……つい腹を立ててしまって」

「ごまかしてもだめよ」イヴはケイレブから目をそらさなかった。「結局、傷つけることになると思っているんでしょう?」

「彼女を傷つける?」ケイレブはからかうような口調になった。「そんな卑劣な人間と思われているなら心外だよ」

「あなたが認めるはずがないのはわかっていたのに。どうして訊いたりしたのかしら?」

「なぜだろうね?」そう言うと、ケイレブはポケットから折りたたんだ紙を取り出して、イヴに渡した。「ジョックが地図をくれた。参考になるだろうと言って。きみを湖に案内するように言われている。北側から接近できる唯一の場所が湖なんだ。南から接近しようとすると、簡単に見つかってしまう」

イヴは地図を開いて眺めた。「ええ、湖に行ってみたい」


ゲールカール湖は青く澄んだ大きな湖で、岩の多い丘陵地に囲まれていた。北側には濃い霧が立ち込め、湖面だけでなく周囲の丘もこちらからは見えなかった。

道路際に立って霧に煙る青い湖面を眺めていると、イヴは急に自分がちっぽけな存在になったような気がした。「どうしたのかしら? アルプスに行ったときにも、こんな気持ちにはならなかったのに」

ケイレブがうなずいた。「濃い霧のせいじゃないかな。マクダフの話では、いつもこんな感じだそうだ。霧が晴れることはほとんどない。だから、圧倒されるんだ。こんな霧の中では、どんなことが起こっても不思議じゃないという気になる。実際、いろんな伝説があるらしいよ。地元の住人は、世界はここで始まって、ここで終わると信じているそうだ」そう言うと、肩をすくめた。「といっても、誰もが信じているわけではないだろうがね。ここでは想像力を刺激されるのは確かだ。ハイランド地方では、昔から激しい戦闘が繰り返されてきた。シーラもそんな戦闘に巻き込まれたんだろう」

「この独特の威圧感をあなたも感じる？　ここで生まれたわけじゃないでしょう？」

「ああ、先祖は何世紀も前にイタリアに移住した」ケイレブは顔をしかめた。「先住者の村人たちにとっては脅威だったようだ。先祖はおれなんかよりずっと強い力を持っていたが、村人たちは一族に伝わる力が理解できなかった」

「想像できるような気がする」

「ハイランド地方の手つかずの自然には魅力を感じるよ」ケイレブは笑みを浮かべた。

「ここに来ると、シーラとなんらかのつながりがあればよかったと思う」

「そうでしょうね」イヴはまた湖に目を向けた。「マクダフはジェーンがシーラの末裔(まつえい)だと信じているわ」

　ケイレブはうなずいた。「だが、それはどうだっていいことだ。おれが求めているのはありのままのジェーンだから」そう言うと、小首を傾(かし)げてイヴを見た。「きみが育て上げたジェーンだ」笑みが消えた。「ここに来たのは個人的な理由もいろいろあるが、きみの力になりたかったからだ。きみとカーラを守ってみせる」また笑みを浮かべた。「そうしないと、ジェーンにどんな目に遭わされるかわからないからね。もっとも、ある意味、ジェーンにならいたぶられるのは本望だが」

食えない男だとイヴは苦笑した。「ジェーンのことはともかく、そう言ってくれてありがとう。ここにいる間、万事順調に進んでくれないと困るから」

「万事順調に？　ずいぶん回りくどい言い方をするんだね」ケイレブは探るようにイヴの顔を見た。「いつもはっきり物を言うきみらしくないな」

「そうかしら」そう返したものの、イヴはあんな言い方をしなければよかったと思った。それでも、全力を尽くしてカーラの命を守らなければならない。勘のいいケイレブは、きっとそれに気づいているだろう。「深読みするのはやめて。わたしはただ――」携帯電話が鳴り出して、イヴはほっとため息をついた。だが、ポケットから電話機を取り出したとたん、不安になった。

ジョーからだ。

「電話に出なくちゃ」ケイレブから離れながら応答した。「どうかした、ジョー？」

「昨日、鑑識から報告書が出た。サラザールはきみとカーラが車に乗っていなかったのを知っている」

イヴは息を呑んだ。「いずれこうなると覚悟はしていたけれど。昨日？　なぜすぐ知らせてくれなかったの？」

「それどころじゃなかったんだ」

イヴはぎくりとした。「どういうこと？　フランコに追われているの？」

「いや、そっちはだいじょうぶだ。耳寄りな情報が入って、調べに行っていた」

「じらさないで」

「今、言うよ。そのために電話したんだから。うまくいったら、カーラを帰国させずにすむかもしれない。マネス刑事が情報提供者のひとりから聞き出した手がかりを調べにメキシコシティに行ってきた」ジョーはちょっと間をおいてから続けた。「少なくともこの六年、ナタリー・カスティーノはサラザールの愛人だった。もっと長いつき合いかもしれないが、マネスの情報提供者が確かだと言っているのが六年前からだ」

「なんですって？」イヴはあっけにとられた。「何かの間違いじゃないの？」

「メキシコシティの郊外にある二人の愛の巣に行ってきた。ナタリーも目撃した。サラザールに腹を立てている様子だったから、おそらく鑑識結果を知っているんだろう」

「でも、ジョー、話がおかしいわ。サラザールと関係を持つなんて危険すぎる。夫のカスティーノにばれたら、命はないわ」

「それでも、つき合う価値があると思ったのかもしれない」また一呼吸おいた。「あるいは、罠にはまって抜け出せなくなったのか」

「ナタリーはサラザールに協力して娘たちを誘拐させたというの？」ささやくような声になった。口にするのもおぞましかった。本来、保護してくれるはずの親が加害者になったら、子どもはどうすることもできない。「どうしてそんなことを？」

「マネスが調べているところだ。ナタリーに関する情報を集めている」ジョーは無念そうに続けた。「マネスは半信半疑だ。タフなやつだが、おふくろさんを大切にしているんだろう。そんな母親がいるなんて信じられないようだ」

「マネスじゃなくても信じられない」イヴは言った。「長年、子どもの復顔を手がけてきて、親に殺されたと判明する場合も何件かあったが、衝動的に暴力をふるった場合が多かった。さもなければ、性的虐待を隠そうとした父親の犯行だった。覚えているかぎりでは、母親の犯行は二件だけで、いずれも裁判で心神耗弱と裁定された。「わからないわ。もともと娘たちに関心がなかったんでしょう？　ジェニーもカーラもシッター任せで、夫婦ともに子どもと顔を合わせることはあまりなかったと聞いたわ。あの子たちが両親といっしょに写っている写真を見たことがある……あんなに可愛い子どもたちなのに」声が震えた。「どうしてそんなことをしたの？　愛欲に溺れたから？　それで、サラザールの言いなりになったの？」

「その可能性もゼロではないが、たぶん、そうじゃないだろう。ゆうべちらりと見かけただけだが、ナタリーは弱い女じゃない。血の気の多いタイプだ。サラザールとのことは自分の意思で決めたことだろう。子どもたちの誘拐に関わったとしたら、それも自分で決めたことにちがいない」

「マネスからほかに何か聞いてる？」

「アトランタに帰る途中、ナタリーに関する最小限の情報を送ってくれた。あとで転送するよ。ごく短い報告書だ。十八歳でカスティーノと結婚して、翌年にはジェニーが生まれている。ロシアにいたときは、父親の秘蔵っ子で、プリンセスのような暮らしをしていたらしい。父のセルゲイ・カスコフはマフィアのボスで、娘のほしがるものはなんでも与えていた。だが、ナタリーはプリンセスでは飽き足らず女王さまになりたかったようだ。カスティーノがモスクワに来たとき、強大なカルテルのボスと聞いて、彼に白羽の矢を立てたんだろう。結婚して二、三年はメキシコでの生活は理想的だった。カスティーノは妻に夢中だったし、自由にブランド物に身を包んで、パーティ三昧の日々を送っていた。モスクワでは持つことのできなかった権力も手に入れた」

「でも、長続きしなかったの？」

「表面上は変わらなかった。ジェニーを生んで六年後に二人目の子どもが生まれた。それがカーラだ。噂では、ナタリーは二人目を望まなかったが、カスティーノがどうしてもほしかったそうだ。息子がほしかったんだ」

「でも、また女の子だったわけね」

「ああ。カスティーノはまた子どもをつくろうとした。だが、ナタリーが突然具合が悪いと言って、モスクワの父親のところに帰ってしまった。八カ月後に戻ってきたときは、美貌に磨きがかかっていた。マネスの話では、その頃のカスティーノ夫妻を知っている連中は、ナタリーはまたカスティーノを虜（とりこ）にしたと言っているそうだ。カスティーノは妻が実家に帰ったのが気に入らなくて、愛人をつくったが、妻が帰国するとすぐ追い出した。ナタリーはまた女王さまに舞い戻ったわけだ。ナタリーに言いくるめられたのか、カスティーノはすぐ子どもをつくろうとせっつくことはなかったらしい」

「そんな生活をしていたら、サラザールとあんな仲になる隙なんかなかったはずよ」

「何がきっかけだったのか、そのあたりはわからない。マネスからはその時期のナタリーの情報はもらっていない」

「二人の娘のことは？　ナタリーには誘拐に手を貸すチャンスはあったの？」

「ジェニーとカーラが姿を消した日の午後、ナタリーはジェニーを郊外の友人の家で開かれた音楽会に連れていった。カーラは家にいて、エレナが世話していた。ナタリーは、午後六時頃家に帰って、九時頃二人をナイトガウンに着替えさせて寝かせたと証言している。翌朝まで誰も二人がいなくなったことに気づかなかった」

「九時に二人を寝かせた」イヴは繰り返した。「二人をナイトガウンに着替えさせて？」

「ああ」

「でも、ジェニーは遺体で見つかったときナイトガウンは着ていなかった。透かし模様の白いドレスを着て、髪に白いリボンを結んでいた」イヴは唇をなめた。「パーティに行くようなかっこうだった」

「ジェニーが音楽会から戻ってすぐ二人は誘拐されたと言うのか？」

「もしそうだったら、捜索が始まるまで十二時間ほどあったわけだから、サラザールは二人を国外に連れ出せたはずよ」イヴは気分が悪くなった。「ナタリーがその時間を与えたことになる」

「だが、まだ信じたくないんだろう？」ジョーは疲れた声で言った。「ぼくだってそうだ」

「なぜそんなことをしたのか想像もつかなくて――」

「いずれわかるだろう。彼女が関与していたことはほぼ間違いない」短い沈黙があった。

「あの女には気をつけるんだよ」

「どういうこと？」

「マネスの話では、ナタリーは今朝モスクワに発ったそうだ。病気の父親を見舞うと言って。話ができすぎだろう？」

「せっぱつまって父親の保護を求めたのかしら」

「行き先はモスクワじゃない可能性もある。くれぐれも用心してほしい」ジョーは一呼吸おいた。「体の調子はどうだ？　カーラはどうしている？」

「お城で中庭の土を掘り返してるわ。よく笑うようになったし、宝探しを楽しんでいる」イヴは震えながら息を吸い込んだ。「あの子にどうやって伝えればいいの？　ジェニーとエレナが殺されたのは母親のせいだなんて教えられない」

「教えなくていいんだ。なりゆきを見て、また考えればいい。それより、きみはどうなんだ？」

「わたしも土を掘り返している。今はケイレブと湖を眺めているところ。地元の人は世界はここで始まって、ここで終わると信じているそうよ」

「ケイレブと？　あいつと湖を眺めているなら、世界は終わりに近づいたわけだな」

「どうかしら。彼のことはよくわからない。でも、今回はいつもより人当たりがいいの」イヴは話題を変えた。「そんなことより、あなたはどうなの？」

「フランコとサラザールがきみたちの居所を突き止めないように精いっぱいやっている。メキシコに行っていたから遅くなってしまったが、ゲインズビルのジェフ・ブランデルに会いに行くところだ。きみたちをスコットランドに連れていってくれたパイロットだよ。しばらくアメリカを離れていられるだけのお金を渡してくるつもりだ。もうゲインズビルに戻っているはずだから」ジョーは一度言葉を切ってから続けた。「ナタリー・カスティーノが我が子を殺したと考えるだけでもぞっとするが、それが事実なら明るい一面もある。カーラの姉の殺害容疑のかかっている母親のもとへ、移民局もカーラを帰したりしないだろう」

「でも、ナタリーの犯行を証明するには時間がかかるわ。誰も信じないかもしれないし、ナタリーは自分が被害者のふりをするだろうし」

「やけに悲観的だね」

「カーラのためには明るい一面だけを見たいわ。でも、うかつなまねはできない。あの子のためにも、あなたのためにも。愛してるわ」声が震えそうになった。「くれぐれも気をつけて」そう言うと、イヴは電話を切った。

さっきまであれほど興味を惹かれた湖をぼんやりと眺めた。世界はここで始まって、ここで終わる。濃い霧が湖面に渦巻いている。あの霧の中で何が起こっているか誰にもわからない。

ナタリー・カスティーノのゆがんだ心の中で何が起こったか、なぜ愛していつくしむはずの我が子を亡き者にしようとしたのか、誰にもわからない。

「悪い知らせ？」ケイレブがイヴの表情を見て訊いた。「クインからだね」

イヴはうなずいた。「サラザールが動き出したらしい。それ自体は悪い知らせじゃないけれど。いずれそうなるとわかっていたから」

ケイレブは肩をすくめた。「それにしてはショックを受けた顔をしているよ」

「ジェニーとカーラの母親が二人の誘拐に関わっていたとジョーから聞いたの」イヴは顔

をしかめた。「ショックというか、気分が悪くなった。わたしには理解できない。子どもは授かりものなのに、どうしてそんなことができるのかわからない」

「誘拐だけじゃなくて殺害にも関わっていたんだね」

「ジェニーとカーラのことを考えると、殺害という言葉は使いたくなかった。でも、誘拐に関与した時点で、ナタリー・カスティーノにもわかっていたはずよ」

「はっきり口にしたほうがすっきりする場合もあるよ」ケイレブは薄い笑みを浮かべた。

「まだショックから立ち直れないみたいだ」

「ええ。わたしも母親だから、子どもの命となると平静ではいられない。子どもを傷つけるような人間は罰してやりたくなる」

「母性本能に目覚めるんだね。立場は違うが、その気持ちはおれにもわかる」ケイレブは湖に目を向けた。「ここはもういい？　ほかに行きたいところがあるかな？」

「いいえ、もうお城に帰ったほうがよさそう」湖岸を離れようとして、イヴはケイレブがまだ見つめているのに気づいた。娘たちを誘拐させたナタリー・カスティーノに対する反感をまともにぶつけたわたしにあきれているのだろうか？　それにしては、共感を覚えたようなことも言っていたけれど。

ケイレブはいつも人の心を読もうとする。そして、たいていの場合、その読みは正確だ。イヴは落ち着かなくなった。はっきり訊いてみたほうがいい。ケイレブに顔を向けた。

「どうかした？　なぜわたしを見てるの？」

「見ていたいんだ。きみが好きだよ、イヴ」ケイレブはイヴの腕を取って車に向かった。「ジェーンと仲がいい理由がわかったよ。二人ともどうしようもないほど正直だ……基本的には。きみたちを見ていると、はればれした気持ちになるよ」車の前に着くと、腕から手を離して、イヴの手を握った。「おれらしくないことを言ってしまった。だが、これでも自分の立場は心得ている」そう言うと、イヴと目を合わせた。「それに、きみの立場もわかっている。心配しなくていい。きみの安全は必ず守る。ジョックとマクダフもいるが、あの二人のように勇敢で気高くなくても、おれだって役に立つこともある」笑顔でイヴのために車のドアを開けた。「いざとなったら、怪しげな手段をいくらでも使えるからね。きみのためなら出し惜しみはしない」

イヴは驚いてケイレブを見つめた。「どういう風の吹き回しかしら」

ケイレブは肩をすくめた。「感じるところがあって、それに応えたくなることもあるんだ」運転席に着いた。「今日のきみに対してがそうだ」そう言うと、エンジンをかけた。「ジェーンには言わないほうがいい。おれに騙されていると言うだろうから」

「そんなこと言わないわ。あなたが思っている以上にあの子はあなたのことを知っているもの」

ケイレブはうなずいた。「それにしては、バリアを張って近寄らせてくれない。おれが怪しげな力を使わないで役に立とうとしていると知ったら、ジェーンはどう受け止めたらいいか迷うと思う」

「わたしも迷っている」イヴは一呼吸おいて続けた。「感じるところがあったと言ったけれど、それはなんだったの？」

ケイレブはいたずらっぽい笑みを浮かべた。「それは秘密。おれのユニークな人格の秘密を探るにはそれなりの代償が必要だよ。きみは代償を払う気はなさそうだ」

ジェーンは代償を払ったのだろうかとイヴは思った。

「いずれわかるさ」イヴの心の中を読んだようにケイレブが言った。「おれがその気になったら」そして話題を変えた。「カーラの話をしよう。この前の晩はあの子が奏でる音色に引き寄せられてしまったよ。今回のことにけりがついたら、あの子をどうするつもりなんだ？」

応答がない。

ジョージア州　ゲインズビル

ジョーは眉をひそめて電話を切った。

今日、ゲインズビルに向かい始めてから、電話したのはこれが三回目だ。最初の二回は留守番電話だったが、今回はつながらない。

いやな予感がした。
あと十五分で空港に着く。
何もないはずだ。
だが、不安は消えなかった。

8

ゲインズビル空港

「ブランデルに会いたいんだ」オフィスのような狭い空港ターミナルに入ると、ジョーはカウンターにいた女性に声をかけた。「どこにいる?」

「12E格納庫です」チェックのシャツにジーンズ姿の茶色い髪の女性が、書類から目を上げて教えてくれた。「今朝から機体の整備をしています。電話しましょうか?」

「ずっと電話しているんだ」ターミナルを出て滑走路に向かった。

12E格納庫。

近づくと、金属製のドアがおりていた。

いい天気なのに、なぜドアをおろしているのだろう?

三分後にその答えがわかった。

血だ。

ジョーはその場に突っ立って、椅子に縛られた男を見つめた。ジェフ・ブランデルにちがいないが、顔を切りつけられたうえ焼かれ、片目が抉(えぐ)り出されているので見分けがつかない。口はダクトテープでふさがれていた。

「なんてことだ」

近づくと、椅子のそばにドリルが転がっていて、体も傷だらけだ。致命傷は胸に突き立てられたマチェットナイフで、傷口からまだ血が流れている。残忍な拷問を受け、それに耐えようとしたのは明らかだ。ブランデルは気のいい男だったから、口を割ってイヴとカーラを危ない目に遭わせたくなかったにちがいない。

だが、こんな残忍な犯行をしでかした張本人の姿はないから、おそらく、ブランデルを殺す前に聞きたいことは聞き出したのだろう。

ジョーは怒りが込み上げてくるのを感じながら、もう一度パイロットを眺めた。怒りに恐怖が加わった。

「ちくしょう」携帯電話を取り出してイヴにかけた。「ブランデルが死んだ。遺体の様子からすると、知っていることは何もかも白状させられたらしい」

「どうしてそんなことに……」イヴは感情を抑えようとした。「奥さんがいるのに。新婚二カ月だと言っていたわ。あの人……好きだった」

「ぼくも好きだった」ジョーはブランデルから離れて、格納庫の外に出た。「だが、今はその話をしている余裕はない。ブランデルは口を割った。彼はどこまで知っていたんだ？

ぼくは行き先を告げただけで、それ以外のことは教えなかった。きみは何か話したか？」

「いいえ。彼がカーラを利口だとほめて、こんな子どもに恵まれるといいと言ったの」

「きみとカーラが話していても彼には聞こえなかっただろうね」

「ええ。コックピットのドアは閉まっていた」イヴは少し考えた。「でも、ジェーンが出迎えに来ていたのは見たはずだわ。まだ離陸前で滑走路にいたから」

ジョーは舌打ちした。「彼がジェーンのことを知らなくても、ぼくたちのことを調べたら、連中は簡単にジェーンを割り出すだろう」

「でも、それ以外のことはわからないはずよ。マクダフが宝探しのことを触れ回るとは思えないし、ジェーンが誰かに話すはずもない。わたしたちはスコットランドの山奥の飛行場に着いた。そこで消息を絶った。それほど悪くないでしょう？」

「そんな呑気なことを言っている場合じゃない。ぼくの思惑に反して、連中はいまだにきみたちの近くにいる可能性がある」

「でも、近づけないはずよ。特殊部隊に警備されているようなものだとあなたも言っていたでしょう」

「それでも安心できない。現に、起きてはならないことが起こった」ジョーはブランデルに視線を戻した。善良な人間がさんざん苦しんで死ぬようなことは、決して起きてはならなかったのだ。「これからマクダフに電話して、よく警告しておくよ。先にきみに知らせたかった」

「彼にはわたしから話す。もうすぐ帰るところだから」

「じゃあ、そうしてくれ。ぼくもあとで電話しておく。その前に所轄署にブランデルのことを知らせなければ」ジョーは一呼吸おいた。「そして、奥さんにも」

「つらい役目ね」

「ああ、これぱかりは何度経験しても慣れることができない」苦い口調だった。「こんなところでぐずぐずしていないで、できることならすぐにでもそっちに飛んでいきたいよ。尾行されていなかったら、そうするところだ。だが、危険な連中をきみに近づけるわけにいかない」

「サラザールとフランコね。じれったい気持ちはわかるけれど、二人を見つけて始末するチャンスはまだあるわ。短期間のうちにナタリー・カスティーノのことをそこまで調べ上げたんだもの。わたしたちは今のところ安全だし」

「今のところは」ジョーは繰り返すと、ブランデルの血まみれの顔を見おろした。「とりあえず、こっちでやれることを精いっぱいやるよ。だが、いつ何もかも投げ出して、そっちに飛んでいくかわからない。くれぐれも用心するんだよ。じゃあ」電話を切った。

　イヴのそばにいて守ることができたら。ジョーはいらだちを抑えられなかった。こんなに離れたところにいるなんて。いつまで耐えられるか自分でもよくわからなかった。

だが、耐えるしかない。

所轄の警察署の電話番号を入力した。「ジョー・クインだ。至急、鑑識と検視官に来てもらいたい。住所は……」

「ひどいな。あそこまでするとは」ピート・ジャルコーン刑事は、覆いをかけたストレッチャーが格納庫から出ていくのを見送りながら首を振った。「被害者とは知り合いだったのか?」

「知り合いというほどでもない。ときどき仕事を頼んでいただけだ」

「イヴに関連したことじゃないだろうな。実は、署長があの爆破事件にやけに興味を持っていてね。イヴが車に乗っていなかったのは幸いだったが、何か裏がありそうだと言っている」

「推理力を働かせてもらうしかないな。説明できるときがきたら、署長にすぐ話す」

「きみじゃなかったら、取り調べを受けていたところだぞ、クイン」ピートは検視官のバンにちらりと目を向けた。「厄介なことになったな、連続殺人事件となると、マスコミが押し寄せて、署長は対応に頭を悩ませることになる」

「連続殺人事件?」

「おそらく。三時間ほど前に〈トラベルライト・チャーター・サービス〉から通報があった。同社のパイロット、ジーク・ダークウェイがターミナルビルの裏手で見つかった。ブランデルよりもっとひどい状態だった」

「拷問されたのか？」

「指が四本なくなっていて、長時間、攻め立てられたあげく殺されたようだった」

相手がほしがっている情報をブランデルのように提供できなかったからだろう。ジョーはやりきれない思いになった。

「署長はやる気満々だよ」ピートが言った。「あからさまで、残忍きわまる事件だ。牡牛（おうし）の前で赤い旗を振るようなものだ。スマートなやり口じゃない」

スマートでもないし、慎重でもない。サラザールもやる気満々なのだろう。これまでとはやり方が違う。八年間、忍耐強くカーラを捜し続けて、ついに忍耐の限界に達したということか。目的のためには手段を選ばない段階に入ったようだ。

サラザールのやり方が変わったのは、激怒したナタリー・カスティーノと一夜を過ごしたあとだ。ということは、ナタリーと会ったことと関係があるのだろうか？

陰惨きわまる流血事件。

イヴとカーラを逃がすためにチャーター機を利用したばかりに二人のパイロットが無残に殺された。もう待てない。対決を避けるために入念な計画を立てている余裕はない。突然、やり口を変えた。

やっぱり、あのナタリーとの密会に関係があるにちがいない。

「わかりました！」サラザールが電話に出るとすぐフランコは言った。「今夜中にと言われていたが、数時間早く突き止めましたよ」

「二人はどこにいる？」

「スコットランドです。エディンバラ郊外のアードランド空港まで送ったとパイロットが言っていた」

「そこからどこへ行ったんだ？」

「パイロットは知らなかった。知っていたら、ぜったい口を割ったはずだ」

「そうだろうとも」サラザールは言った。「だが、おまえの情報は不充分だ。国と都市はわかったが、住所がわからない。二人の居所が知りたい」

「格納庫の前で待っていたという女の人相を聞き出した。ジェーン・マグワイアらしい。ダンカンの養女で、ロンドンに住んでいる。ダンカンとは仲がいい」

「住所が知りたい」

「これから調べる。いちばん早いフライトでスコットランドに行く。必ず見つけてみせる」

「おれに先を越されるかもしれんぞ。スコットランドで会おう、フランコ」

　短い沈黙があった。「あなたもスコットランドに行くんですか？　わざわざ行かなくても、おれに任せてくれれば……」

「任せてうまくいったためしがないからな。もう一度チャンスをやろう。期待を裏切るんじゃないぞ」そう言うと、サラザールは冷ややかな声でつけ足した。「とにかく、向こうに行って、そんなことにならないように見張っている」


　音楽が聞こえる。イヴは夢うつつで耳を澄ませた。かすかな音色が遠くから……きれいな曲。

　カーラだ。

　はっと目を開けた。

　隣で寝ているはずのカーラの寝袋はからっぽだ。

　落ち着いて。バイオリンを弾いているということは安全なのだから。

　大きく息をついた。胸の動悸が少しずつおさまってきた。とにかく、捜しに行こう。

　テントから這い出ると、音のする方向を眺めた。

　廃墟となった城の上に石垣がある。

　カーラはバイオリンを顎の下にはさんで石垣に腰かけていた。

　息を呑むほど美しい音が流れ出てくる。

テントに戻るように言わなければ。ひとりで外に出てはいけないと注意しないと。くれぐれも用心するとジョーに約束したのだから。あの魔法のような音楽を止めさせて、カーラをテントに連れ戻そう。

でも、もう少しだけ。

石垣をよじのぼっていく人影が見えた。月明かりが金髪としなやかな体を照らし出す。ジョックだ。

イヴはほっと胸をなでおろすと、テントに戻って、そばの地面に座った。

ジョックに任せよう。

ジョックといっしょなら、カーラは安全だ。

闇の中に誰かいる。カーラはぼんやりと感じた。誰かが石垣をのぼってくる。知っている人だ。ぬくもりや親密さが漂ってくる。

イヴかしら?

うしろめたさが込み上げてきた。

勝手に出てきたりしてはいけなかった。テントから離れたところなら、誰も起こさずにすむと思ったのだ。でも、イヴが迎えに来たのなら、やっぱり起こしてしまったらしい。

カーラはため息をついて弾くのをやめた。「ごめんなさい。起こすつもりはなかったんだけど。すぐ帰るから――」

「ぼくが知るかぎりでは、誰も起こしていないよ。ここに来たのは、きみも仲間がほしいんじゃないかと思ったからだ」石垣をのぼってきたのはジョック・ギャヴィンだった。カーラのそばに腰をおろした。「眠れなかったの？」

カーラは思わず彼を見つめた。話をしたのは数えるほどしかなかったが、ジョックのことはいつも意識していた。たいていそばで、マクダフやジェーンやケイレブとしゃべりながら発掘作業に取り組んでいた。音楽みたいな人だと思っていた。美しくて、温かくて、軽やかで、シンプルなのに複雑で……何よりも刺激的だ。目の前にいなくても、どこで、何をしているか、いつも感じ取れるような気がする。

「どうかした？」

ジョックが不思議そうに見つめていた。何を訊かれたんだっけ？

そうだ、眠れなかったのかと言っていた。

「ふだんはこんなことないけど」カーラは周囲を見回した。「でも、前に言ったでしょ、ここには音楽があふれているって。それで、目が覚めるときがあって……」

「音楽に溶け込みたくなるんだね？」

カーラはうなずいた。「おかしいかしら？」

「そんなことはない。きみが羨ましいよ。音楽に溶け込むって、どんな気分？」

「なんていうか……満たされた感じ。何か悪いことが起こっても、音楽があったらやっていけそうな気になる」

「悪いことって？」

ジェニー。エレナ。カーラは人差し指でバイオリンの弦を押した。「姉さんと大切な友達が……殺されたの。もうだめだと思った。でも、音楽が残っていたの」カーラは唇をなめた。「そして、不思議なことだけど……音楽が二人をわたしのところに連れてきてくれた」

「それは素晴らしい」

カーラはうなずいた。「それまではすごく腹が立っていた。犯人を捜してかたき討ちしたかった。今でもそう思ってる。教会で祈っても、穏やかな気持ちになれなかった。だけど、音楽はわたしを助けてくれるの。イヴもそう」カーラはジョックを見た。「あなたもそうよ、ジョック」

「ぼくが？」ジョックは驚いた顔になった。「役に立ちたいとは思っているよ。だが、どうすればいいかわからない」

「あなたはきれいよ。さっき弾いていたチャイコフスキーの曲のように」

ジョックは頭をのけぞらせて笑い出した。「とんでもないことを言い出すんだね」

「あなたはすてきだもの。みんなにそう言われたはずよ」カーラは顔をしかめた。「あなたに目がくらんでいるって、マクダフはわたしをからかうけど。あなたがディズニー映画の王子さまみたいだからじゃないの。あなたには何かあるわ——あなたの中には輝くものがある」

「そうかな?」ジョックは黙って考えていた。「そうだったらうれしいけれど、いまいちぴんとこないな。それに、もしぼくに輝くものがあったとしても、今夜きみが奏でていた音楽とはくらべものにならないよ」

「そんなことはないわ」そう言ったものの、カーラにはなぜジョックにこんなことを言ったのか、自分でもよくわからなかった。それでも、口にしたことは後悔しなかったし、相手がジョックなら決まりが悪いとも思わなかった。「世の中には、人を殺したり、ひどいことをしたりする人がいくらでもいる。でも、あなたはそんなことはしない。心が澄みきっていて、温かい。イヴと同じよ。音楽に似ている」

ジョックは身動きもしなかった。「ぼくはイヴのような人間じゃないよ。それに、音楽は大好きだが、音楽に似たところなんかない。ぼくはきみが思っているような人間じゃないんだ」

「そんなことないわ」カーラは手にしたバイオリンに目を戻した。「セス・ケイレブはあなたのことをいろいろ言っていたけど、わたしは信じないから」

「ケイレブの言うとおりだ」ジョックは穏やかな声で言った。「カーラ、ぼくを見てごらん」

カーラはジョックの顔を見上げた。笑みが消えて、こわばった真剣な顔をしている。

「きみはどう思っているかわからないが、ぼくはきみが望むような男じゃない。これまでにきみをひどい目に遭わせた連中と同じぐらい乱暴な悪人だ。弁解の余地はあるし、ぼく自身、被害者だった」ジョックは唇をゆがめた。「だが、結局、人間は自分の犯した罪は償わなければならないし、現実を受け入れて、自分を変えていくしかない。ぼくにはきれいなものなんか何もない」

カーラはしばらく無言でジョックを見つめてから、首を振った。「そんなことはないわ」

「ぼくの言うことを聞いていなかったのか?」

「あなたが悪人だったら、怖いと思うはずよ。見た目はそうじゃなくても、世の中に悪い人はいっぱいいる。経験してわかったから、自分の勘を信じるようになったの。あなたは怖くないもの、ジョック」

「よかった。きみに悪いことなんかするつもりはないからね。だが、きみは子どもだから、まだよくわからないんだ。ぼくはさんざんひどいことをしてきた人間だよ、カーラ」

「でも、今はそうじゃないわ」

ジョックはため息をついた。「どう言ったらわかってもらえるんだろうな。これからだってそういうことをしないとはかぎらない。ああいうことは一度覚えると忘れられないんだ。だが、力をふるうのは誰かを守るときだけにしたいと思っているよ。といっても、ぜったいとは言いきれないが」

「誰かを守るって、警察やＦＢＩや軍隊のように？　昔このお城に住んでいた騎士もそうだったんでしょうね。敵を攻撃するけど、それには理由がある。そういう意味？」

「ぼくはきみが言っているようなヒーローなんかじゃない。もしなれるとしたら、きみのヒーローになりたいよ。お兄さんでもいいな。それとも、きみにかしずく騎士とか、きみの望むものになってみたい」ジョックは穏やかな声で続けた。「その資格があったらよかったのに。この世にはイヴと音楽のほかにも頼りになるものがあるときみに教えたかったよ」そう言うと、ほほ笑んだ。「マクダフなら頼りにできるかもしれないよ。ヒーローの資質があるから」

カーラは首を振った。

「だめか。ケイレブはヒーローと呼ぶには抵抗があるし」ジョックはパチンと指を鳴らした。「そうだ、ジョー・クインがいる。彼ならうってつけだ」

「わたしはヒーローを探しているわけじゃないわ。あなたは悪い人じゃないと言いたいだけ」

「輝くものがあるわけだ」

カーラはにっこりした。「今度はわたしをからかってる」

ジョックはほほ笑み返した。「きみにはびっくりさせられたから、少しは反撃しないと」そう言うと、膝を抱えて座り直した。「心がなごむような音楽が聴きたいな。ぼくのようだというチャイコフスキーの曲を聴かせてくれないか」

「テントに帰れと言いに来たのかと思ってた」

「演奏をやめて現実に戻りたい？」

「いいえ」

「じゃあ、チャイコフスキーのあの曲を弾いてほしい」ジョックは石垣に寄りかかった。

「気がすんだら、テントに戻ろう」

カーラは体勢を整えたが、思いついたように手を止めた。「わたしを守るためにいっしょにいてくれるわけじゃないでしょう？」

「言っただろう、ぼくはきみのヒーローなんかじゃないって」ジョックはひらひらと手を振った。「こうしているのは、きみの演奏が聴きたいという利己的な理由からだよ。だから、聴かせてほしい」

カーラはジョックを見つめながら、ゆっくり弓を取り上げた。ジョックはああ言うけど、やっぱり彼はヒーローだ。でも、もう反論しないことにした。わたしのお兄さんになりたいと言ってくれた。わたしにかしずく騎士でもいいと。たぶん、彼はその両方なのだろう。友達ということだ。

カーラはバイオリンを弾き始めた。

「起きてたの？」一時間後、そっと寝袋にもぐり込みながら、カーラは小声で訊いた。

「わたしのせいなの、イヴ？　聞こえた？」

「ええ。黙って出ていってはだめでしょ。何かあったらどうするの？　あの狩猟小屋でひとりにしてあげられたのは、安全だとわかっていたからよ。でも、ここは本当に安全かどうかわからない。捜しに行ったのよ。でも、ジョックが石垣をのぼっていくのが見えたから、彼といっしょならだいじょうぶだと思って」

「ここは安全みたいだけど」カーラは言った。「まわりは誰もいなかった。ここはきれいなところね。山のほうを眺めていると、何か見えるときがあるの。岩とか木とか……でも、一時間ぐらいあとで見ると、ないの。何かの影だったんだと思うけど、とても不思議。あの石垣の上に行くと、いつまでも眺めていられそう」

「でも、演奏しながら景色を眺めていたわけじゃないでしょう？　さっき見に行ったときは音楽に夢中で、まわりのことなんか目に入らないようだった」

「そう」カーラは闇を見つめた。「馬鹿なことしちゃった。心配させてごめんなさい。二度としないわ」

「黙って行かなければいいの。それに、心配していたわけじゃない。ジョックといっしょだとわかっていたと言ったでしょう」イヴは一呼吸おいた。「眠れなかった？　夢でも見たの？」

「そうじゃない。ただ弾きたかった。ときどき頭の中がいっぱいになって、そのままにしておくと爆発しそうになるの」

「頭はすっきりした？　ずいぶん長く弾いていたわね」

「うん、もっと早く帰るつもりだったけど、ジョックがあのチャイコフスキーの曲をもう一度聴きたいと言ってくれて」カーラは笑みを浮かべた。「ほんとは聴きたいわけじゃなかったのかもしれない。わたしに時間をくれるために言っただけで。ジョックは……わかってくれたのね」

「そうでしょうね。ジョックは人の心がよくわかるから。それに、あなたが大好きみたい」

「わたしも彼が好きよ」

「言わなくてもわかるわ」イヴは皮肉な声になった。「ケイレブがジョックのことを話したとき、むきになってかばっていたわね」

「だって、本当じゃないもの。ジョックを信じてないの？」

イヴはためらった。「彼が信用できない人間だと言うつもりはないのよ。でも、彼は今のあなたよりほんの少し年上だったとき、トマス・ライリーという男の手にかかって、心理療法や薬物を使ったマインドコントロールの実験対象にされてしまった。ライリーはありとあらゆる犯罪やテロ行為に関わっていて、一番弟子になったジョックは……いろいろな犯罪に手を染めるようになったの」

「知ってるわ。彼が話してくれた」

「ジョックが?」

「マインドコントロールのことは言わなかったけど、さんざん悪いことをしてきたって。だから、いい人だなんて思っちゃいけないって」カーラはしばらく黙っていた。「でも、彼はいい人よ。彼の責任じゃないし、昔のことでしょ。今の彼はそんな人じゃない。そうよね?」

「ええ、ずいぶん時間がかかったけれど、ジェーンやマクダフのおかげで立ち直った」

「ジェーンが助けてあげたの?」

イヴはうなずいた。「ジョックがまた悪の道に逆戻りしないように支え続けた」

「そうだったの」カーラはまたしばらく黙っていた。「それで、今あんなふうに反省しているのね」

「昔の自分に戻ることはできなくても、やっていくしかないときもあるわ」イヴは穏やかな声で言った。「だいじょうぶよ、カーラ、今のジョックはちゃんとやっているから」

「ジョックは素晴らしい人よ」カーラは言葉に熱を込めた。「そんな目に遭ったなんてかわいそう。そんなことさえなかったら、あんなふうに——」カーラははっとした。「どうして笑うの、イヴ？」

「あなたもそんな年ごろなのかと思って。これが初恋？　すっかりジョックに夢中ね」

「初恋だなんて。ヘザーはしょっちゅう映画スターやロック歌手に夢中になっていたけど、これはそういうのとは違う」

「どう違うの？」

カーラは眉をひそめた。「悪い人がいつも勝つのがいやなの。エレナも……ジェニーも……」息をついて、先を続けようとした。「ジョックは自分がいい人だと信じられないでいる。輝くものを持っているのに気づいてないの」

「輝くもの？」

「気にしないで。あの人、今も傷ついているわ」

「そのうち乗り越えられる。時間はかかるかもしれないけれど」イヴはつけ加えた。「あなたにはどうしてあげることもできないわ」

カーラは黙っていた。

これ以上どう言えばいいのかしら。イヴは迷った。カーラは幼い頃から喪失感と向き合ってきた。普通なら何事にも心を動かされなくなっても不思議はないのに、カーラの場合は他人の悲しみに敏感になったのだろう。誰よりも愛する二人は救えなかったけれど、せめてジョックの苦しみをやわらげてあげたい。きっと、そう思っているのだ。すっかりジョックの虜になっている。最初に二人きりにしたとき、こうなることを予想しておくべきだった。「ジョックは生き方をとやかく言われたくないと思うけれど」

「やってみないとわからない」カーラは動じなかった。

「そんなことを言ったって……」

「前にジェーンが立ち直るのを助けてあげたんでしょ。でも、ジェーンは忙しそうだし」

「ジョックは大人で、あなたはまだ十一歳なのよ。立場が逆よ。助けてあげたいなんて思うほうがおかしいわ」

「おかしくてもかまわない」カーラは横向きになって寝袋にもぐり込んだ。「わたしがあなたの面倒を見ると言っても、ジェニーはおかしいと思わなかったわ」

「面倒を見る人がひとり増えたからって同じだということ？　ジョック・ギャヴィンの保護者になるつもりなの？」

「そう」カーラは枕に頬を当てながら眠そうな声で答えた。「ジョックのことはわたしが……」

スコットランド　エディンバラ

サラザールが空港を出ようとしたとき、フランコから電話があった。

「ロンドンにいます」フランコが言った。「ジェーン・マグワイアのマンションとギャラリーを調べてきました。こっちにいないのは間違いありません。エージェントにも行き先を教えていなかった。マンションの大家の話では、スコットランドの飛行場にチャーター機が着く少し前にジェーンの車が出ていったそうです」

「ロンドンにいないと突き止めたわけか。それで、今どこにいるんだ？」

「まだわかりませんが、ダンカンと子どもを空港で出迎えた女はジェーンと確認できました。ジェーン・マグワイアの身元を徹底的に調査して、ロンドンとスコットランドの友人・知人関係を探っているところです。近いうちに報告できるでしょう」

「今度はちゃんとやれよ。おれの忍耐も限界だ。早くけりをつけたい」そう言うと、サラザールは電話を切った。

いらだっているのはほかにも理由があった。ダンカンがスコットランドに逃亡したとナタリーにメールしたのに、まだ返信がない。だが、そのうちきっと連絡してくるだろう。

こんなに気が昂（たかぶ）ったのは何年ぶりだろうとサラザールは思った。アドレナリンが湧き出てくるのを感じる。血の匂いをかぎつけて獲物を追うサメの気分だ。

ターミナルビルを出て、タクシー乗り場に向かった。

黒塗りのベンツがすっと近づいてくると、運転手がおりてきて助手席のドアを開けた。

「どうぞ、サラザールさま」

車に近づいたとたん、懐かしい匂いに包まれた。バニラとロシアの香水の入り混じった匂いが後部座席から漂ってくる。

ナタリーだ。

こんなに早く会えるとは思っていなかった。

彼女も血の匂いをかぎつけたらしい。

サラザールは車に乗り込んだ。

ゲールカール城跡
午前二時二十四分

その午後の出土品を記録すると、ジェーンは台帳を閉じた。そろそろ寝よう。事務所代わりのテントに遅くまで残って作業していたのは、疲れたら眠くなるだろうと思ったからだ。でも、効果があったかどうか。眠れないのは、イヴから聞いた話が原因だった。サラザール側に居所を突き止められたとジョーが知らせてきたという。人里離れた古城で穏やかな日々を送るはずだったのに、一気に現実の世界に引き戻された。こんなところにまで魔の手が迫っている。

トレヴァーが襲われたように。

イヴとカーラが危ない。

「遅くまでがんばっているね」

振り向くと、ケイレブがテントの入り口に立っていた。黒いジーンズに、白いシャツの袖を肘までまくり上げている。黒髪を夜風になびかせ、いつものように、からかうような薄い笑みを浮かべている。

闇の中の炎みたいな人。謎めいていてセクシーで。

ジェーンは思わず台帳を持つ手に力を込めた。

こんなときに心を乱されるような思いはしたくない。

「ちょうど終わったところ」台帳から手を離して押しやった。「今日はこのへんにしておくわ。そこで何をしてるの？　びっくりしたわ」ジェーンは唇をゆがめた。「わたしたち、どこにいても互いを感じ合えるなんて嘘ね」

ケイレブはほほ笑んだ。「おれにはきみを感じることができると言ったんだよ。きみはときどきおれの言ったことを聞き間違えるね。おれもきみを誤解することがあるが」そう言うと、テントに入ってきた。「どうしてこんなに遅くまで？　何か見つかりそう？」

「まだ始めたばかりよ。マクダフは地下牢（ちかろう）の下に穴を見つけたと言っているけど、どこかに通じているとはかぎらないし。何もかもまだ推測の域を出ない」ジェーンは立ち上がった。「そもそも、雲をつかむような話よ。もし宝があるとしても、ここにはないと思う」

「どうして？」

「マクダフの一族がこの一帯の廃墟を調べたのはこれが初めてじゃないの。最初は一九二七年に、次は一九六九年に調査隊を送り込んでいる。本当にあるなら、これまでに手がかりくらい――」

「マクダフだってそれは承知しているだろう。なぜここに来たと思う？」

ジェーンは肩をすくめた。「マクダフはああいう人だし、運命を感じたんじゃないかしら。夢中になってシーラのことを調べているわ、昔のわたしの比じゃないほど熱心に。だから、わたしを連れてきたのよ。わたしが自分の運命の一ピースだと思い込んでいる。くだらない話だけど」

「きみは何かの拍子にシーラとつながってしまったことはない？」

「一度もないわ。あなたまでわたしをからかわないで」

「からかってなんかいない。ただ、ここに来てからずっときみを観察しているが、何か感じるものがあるような気がして」そう言うと、ケイレブは急に笑い出した。「なんといっても、ここはハイランド地方だからね。きみもカーラにここでは音楽を感じると言っていたじゃないか。そういえば、さっきの演奏を聴いた？」

「ええ、テントの外に出てしばらく聴いていた。カーラが心配だったけれど、ジョックがいっしょだったから、だいじょうぶだと思って」

「あの男には後ろ暗い過去があるのに、ずいぶん信頼しているんだね」ケイレブは一息ついて続けた。「トレヴァーと同じだ」

「トレヴァーとは違うわ。トレヴァーも安穏な人生を送ったわけじゃないけど、ジョックほど辛酸をなめてはいない」ジェーンはケイレブの目を見つめた。「トレヴァーは信頼できる人だったわ。あなただって知っているでしょう」

「ああ、おれも彼が好きだったよ、邪魔されないかぎりはね。トレヴァーが亡くなって、もう邪魔されることはないのに、生きていたとき以上に彼の存在を感じる」ケイレブはジェーンの顔を見つめた。「きみもそうじゃないかな。きみと二人きりになると、必ずそのことを考えるよ」

ケイレブの顔を見ているだけで、鼓動が速くなって、彼の形のいい唇につい目がいってしまう。だめ、こんなことでは。ジェーンは無理やり目をそらした。「テントに戻るわ。これから寝ても数時間しか眠れない」ランタンを消して、テントを出ようとした。「あなたには関係ないでしょうけど。ほかの人たちのように汗を流して土を掘ったりしないから」

「大変なのはわかるが、わざわざ重労働に参加しなければいけない理由を思いつかなくてね。そのために来たわけじゃないから。おれの仕事は、周囲を観察し、耳を澄ませ、いざとなったら行動することだ」ケイレブは脇に寄って、ジェーンを通した。「そのほうが能力を発揮できる」

「こんな時間にうろついているのも、周囲を観察して、耳を澄ませるためなの？」

「常にアンテナを張っているんだ。時間は関係ない。どちらかというと夜型だから、夜のほうが能力を発揮しやすい。だが、灯(あか)りが漏れているのに気づいてここに来たのはそのためじゃない。今日一日、きみに話したほうがいいかどうかずっと迷っていた。おれらしくないだろう」ケイレブは並んだテントのいちばん奥にあるジェーンのテントまでついてきた。「きみも知っているとおり、おれはめったに迷ったりしない。それでも、これは微妙な話題だから、黙っていたほうがいいかと思ったんだ」そう言うと、肩をすくめた。「だが、それもおれらしくないと思ってね。思いきって言うことにした」

「あなたが迷いのない人なのは知ってるわ」ジェーンは皮肉な声で言った。テントの前で足を止めて、振り返った。月光がケイレブを照らし出している。このままいっしょにテントに入っても不自然ではないような気がした。

こんなことを考えているなんて気づかれたら大変。

冷静になって、早くテントに入ろう。

「何が言いたいの、ケイレブ？」ジェーンはいらだった口調になった。「今日は大変な一日だった。早く終わりにしたいわ」

「ああ、知ってる。イヴがスコットランドにいるのをサラザールに気づかれたそうだね」

「そう。あなたは平気なの？」

「きみほど動揺はしていない。こうなるのはわかっていた。時間の問題だよ。気持ちを立て直すことはできる」

「わたしはそこまで割り切れない。イヴを愛しているから」

「おれがそれを知らないと思う？　だが、愛しているからこそ、事態が面倒になる場合もあるからね。それで話そうかどうか迷っていたんだ」

ジェーンはぎくりとした。「イヴから聞いたよりもっと危険な事態になっているの？」

「おれが知るかぎりではそんなことはない。たぶん、イヴはきみに心配をかけたくないんだろう。きみも受け入れるまでに時間がかかるだろうし」

「いつまでもぐずぐず言っているだけなら、十秒以内にテントに入るわ」

「十秒あれば充分だ」ケイレブはジェーンに笑いかけた。「サラザールとナタリーのことをジョーから聞いて、イヴは取り乱していた。ふだんの彼女からは考えられないくらいに。とりわけ、ナタリーが我が子を殺そうとしたと知って」

「当然でしょう。誰だって平静でなんかいられないわ」

「イヴもそう言っていた。母親が自分の娘にそんなまねをするなんて考えられないと言っていた。涙さえ浮かべていたよ。反応が少々過敏だと思わないか？」

「だからどうだと言うの？」

「そう言いながら、イヴは手を伸ばして……」ケイレブは手を伸ばしてジェーンのお腹に当てた。「こんなふうに。ほんの一瞬だったが」そう言いながら手を離した。「無意識の行動だったと思う。イヴも気づいていなかっただろう」

ジェーンは体をこわばらせた。「いったい、何が言いたいの？」

「ちょっと気になっただけだよ。なんでもないことかもしれない。あるいは、とても重大なことなのかも」

「答えになってないわ」

「気になっただけだと言っただろう。それで、車に案内したとき、車の前で立ち止まって話をしながら彼女の両手を取ってみたんだ。こんなふうに」ケイレブはジェーンの両手を握って、手首に親指を当てた。「血液には重要な働きがあって、いろいろなものをコントロールしている。体中に血がめぐっているのを感じるだろう？」

「ええ」ジェーンは浅い息をしながら答えた。ケイレブの親指が当たっているだけで、脈拍がどんどん速くなるのがわかった。触れられた手首がかっと熱くなった。「離して……手を離して……ケイレブ」

「もう少しだけ。これは実験だよ、イヴが不快な思いをしなかったか確認するための。どう、そんなに不快じゃないだろう？」

「離してったら」

「しかたないな」ケイレブはしぶしぶ手を離した。「おれは血に関してほかの人間にはできないことができることを思い出してほしかっただけだよ」ケイレブは顔をしかめた。

「いや、それだけじゃないな。きみに触れたかった。実験は口実だ」

「びっくりさせないで」ジェーンは呼吸を整えようとした。「どうしてイヴの手を取ったりしたの？」

「もう想像がつくだろう。血流は命をつかさどるから、たくさんのことがわかる」ケイレブはまた手を伸ばして、ジェーンの左手首の静脈を人差し指でなぞった。「そして、血流はある時期、ふだんより強くてはっきりしたものになる。信じられないほど強力になるんだ」

「ある時期って？」ジェーンはまた浅い息をしながら訊いた。

ケイレブがジェーンの手首を持ち上げて、脈打っているところに唇をつけた。「イヴは妊娠しているよ」

「まさか！」ジェーンはさっと手を引っ込めた。「そんなはずないわ」

ケイレブはため息をついた。「ショックを受けると思っていたよ」

「手に触れただけでそうと決まったわけじゃないでしょ」

「きみの手にも触れたが、血はちゃんと反応してくれた。もちろん、何を調べたいかによって反応も違ってくるが、イヴの場合は血流を解析した。もう少し時間があったら、妊娠して何カ月くらいか突き止められたが、それはどうだっていいだろう。きみが本人に訊けばすむことだ」

「もちろん、訊いてみるわ」ジェーンは力なく言うと、首を振って頭をすっきりさせようとした。「あなたの話を信じるとしたらだけど。今は信じる気になんかなれない」

「信じるかどうかはきみ次第だ。選択の余地を提供したほうがいいと思っただけだよ。きみが全力でイヴを守ろうとしているのがわかっているから、きみが思っている以上に責任を負うことになると知らせておきたかった」

「イヴは教えてくれればよかったのに」

「きみがイヴだったら教えた？」

きっと黙っているだろうとジェーンは思った。イヴとわたしは同じような考え方をする。へたに知らせて、相手にますます負担をかけるようなことはしないはずだ。「何かの間違いという可能性もあるでしょう。あなたは医者じゃないんだから」

ケイレブは返事をしなかった。

病院中の医者がとうてい助けられないと危ぶんでいたジェーンの命をケイレブが救ったのは、まだ数週間前のことだ。

「本当に確かなのね？」

「間違いない。彼女の血液は一定量、普通は流れないところに流れている。きわめて興味深い」

「興味深い？」ジェーンはこめかみを揉んだ。「あなたはそれですむかもしれないけど、わたしはとてもそんな気になれない。なんだか……怖くなってきた」

「怖いもの知らずのきみらしくないよ。怖がる理由なんかないじゃないか」

「あなたに言われたくない。イヴのことなんだから、わたしにはとても大きな問題よ。イヴはどう思っているのかしら。それでなくても……やっぱり、わたしにはわからない」

「だから、きみに教えたんだ、イヴがどうするか静観するという方法もあった。だが、それではきみに悪いと思ったんだ」ケイレブは口元を引き締めた。「イヴに悪気がないのはわかっているが、結局、きみをないがしろにしたことになるからね。たとえ相手がイヴでも黙っていられなかった」

「あなたがどうこう言う問題じゃないでしょ。あなたには関係のないことだから」

「いや、関係がなくはないと思うよ。もとはといえば、頼まれないのになんにでも首を突っ込みたがるせいだが」ケイレブは手を伸ばすと、ジェーンの頬を撫でた。「ほかにどうすることもできなかったんだ。さあ、もう横になって休んだほうがいい。よけいに眠れなくなったかもしれないが」

「それは確かね」ジェーンはぎこちなく応えた。

「これだけは覚えておいてほしい。何も怖がることはない。イヴにも言ったが、おれはいつもきみたちのそばにいる。約束する」ケイレブは顔をしかめた。「なんだかヒーローぶっているみたいだな。今の言葉は取り消すよ。おれが負けず嫌いなのは知っているだろう。今度も負けたくないんだ」そう言うと、背を向けてその場を離れた。

ジェーンは両手でこぶしを握って、ケイレブの後ろ姿を見送った。彼をここに来させたりするから、面倒なことになってしまった。

それでも、ジェーンはケイレブを責めることはできなかった。伝え方は彼らしく刺激的で、どぎまぎさせられたが、教えてもらってよかった。乗せられて妙にエロティックな気分になったのは癪だけど。

ジェーンはテントに入って寝袋の上に座った。まだ眠る気にはなれない。それよりも、この信じられないような事態を自分なりに考えてみたかった。イヴに子どもが生まれたら、これまでとは状況が一変する。そもそも、イヴ自身、どう考えているのだろう。

それがわからないままでは力になることができない。

カーラを保護しようとしているのとは違う。我が子が生まれたら、ボニーのときと同じように、イヴの人生が変わるかもしれない。

ということは、ボニーを失ったときのような痛手をこうむる可能性だってある。

そんな目に遭わせたくない！　ジェーンは反射的にそう思った。

何よりもイヴには幸せでいてほしい。

ため息をつくと、ジェーンは寝袋に入った。とにかく、イヴと話す前にわたし自身の気持ちを整理しておかなければ。

「本当にこれでいいのか、シーラ」アントーニオが背後に立った。そっと肩を抱きながら、耳元でささやいた。「ここでお別れを言わなくてもいいんだよ。城に連れて帰って、司祭に神の祝福を与えてもらって、われわれのそばに埋葬しよう」

「いいの」シーラは念入りにつくらせた小さな棺(ひつぎ)を見おろした。「この湖のそばで眠らせてあげたい。マルクスはここが好きだったから」涙が盛り上がってきた。「いつかあの霧の中に入っていって、わたしのために女王にふさわしい黄金や宝石を見つけてくると言っていた。もう望めるかぎりの富を手に入れたから、そんなことはしなくていいと言ったけれど」シーラはアントーニオを振り返った。「本当よ。ここはこんな荒れ地だけど、わたしたちはここに王国を築いた。わたしはヘルクラネウムで奴隷だった頃に夢見たものを全部手に入れたわ。愛する夫、そして、丈夫な五人の息子と、それ以上に丈夫な二人の娘を」

「そう思ってくれているならいいが」アントーニオはシーラのこめかみにキスした。

「産みの苦しみに耐えているときは、わたしを愛しているのを忘れていたんじゃないか?」

「あの苦しみに女性だけが耐えなければいけないのは不公平だと思ったけれど。でも、今はなぜ神さまが子どもを産むという仕事を男性に任せなかったのかわかる気がする。女性のほうがずっとうまくやれるからよ」

「そういうものなのだろうね」

アントーニオの涙がシーラのこめかみを濡らした。彼もマルクスを失った悲しみに耐えているのだ。マルクスは太陽のように明るい八歳の子どもだったが、熱病に罹って黄泉の国に旅立った。

シーラはこれ以上小さな棺を見ていられなくなった。そろそろ別れを告げて、息子を旅立たせたほうがいい。

アントーニオから離れて、シーラは深い霧を見つめた。「わたしたちは運がいいわね。この子とこんなに長くいっしょにいられたし、ほかの子どもたちは神さまに召されなかったし」

「わたしには運がいいとは思えないがね」

「ええ、わたしも最初はどうしてこんなことになったのかと怒りが込み上げてきた。でも、マルクスが大好きだった場所にいられると思うと、ほんの少し心が慰められた。ここに来れば、あの子が洞窟でかくれんぼをしていたと言って霧の中から出てくるところが見えるような気がするの。いろんな冒険をしていたと話してくれそうな気がするの」シーラの頬に涙が伝った。「それに、そろそろあの子をあの霧の中に帰らせて、また冒険ができるようにしてあげたほうがいい。そうすれば、お城に戻って、ほかの子どもたちに嘆いてばかりいないで前を向きなさいと言える。いい考えだと思わない？」

「そうだね」アントーニオは喉にからんだ声で言うと、涙に濡れたシーラの頬に触れた。「とてもいい考えだよ、シーラ……」

夢だった。ジェーンは深い霧のような眠りから覚めて、ぼんやりと考えた。霧？　どうしてこの言葉が浮かんだのかしら？　ただの夢だったのに。

もう何年もシーラの夢を見なかったのに、どうして今になって？　どうして今夜？

突然、はっきり目が覚めた。目を見開いて闇を見つめた。

不思議がることなどないのだ。シーラが建てた城の跡に来ているし、マクダフはなぜかわたしがシーラの末裔だと信じていて、しょっちゅうそのことを口にする。だから、連想が働いたにちがいない。それだけのことだ。十七歳の頃、取りつかれたようにシーラの夢を見たときとは違う。

それに、亡くなった子どもが夢に出てきたのは、イヴのお腹の赤ちゃんのことが気になっていたせいだろう。頭の片隅で、カーラのことも心配していたのかもしれない。どっちにしても、シーラと直接関係はない。また昔のようにシーラの夢に悩まされることはないはずだ。

もう一度眠ろう。空が白み始めているから、少しでも眠っておかなければ。

シーラのこともアントーニオのことも考えないようにして。

霧の中で息子の棺を埋葬した二人の悲しみを思い浮かべないようにして。

何もかも夢なのだから。

それでも、ジェーンは涙が頬をつたうのを感じた。

9

「思ったとおりだった」ジョーが電話に出ると、マネスが言った。「ナタリー・カスティーノはモスクワで飛行機をおりたが、またすぐパリ行きのフライトに乗った。その後の足取りはつかめない。どこに行ったんだろう」

「スコットランドだ」ジョーは苦い口調で言った。「間違いない」

「イヴとカーラはスコットランドに送ったのか？　それならそうと、早く教えてくれたらよかったのに」

「きみに教えたら、どこの麻薬カルテルに漏れるかわからないからな。だが、これだけ用心しても漏れてしまった。車の爆破事件の鑑識結果が出るまでは、まさかこんなことになるとは思っていなかったよ」ジョーは一呼吸おいて続けた。「今はまだスコットランドのどことは言えない。サラザールとフランコもそれ以上のことを探り出していないのを祈るばかりだ。今ごろ、必死になってイヴとカーラの居所を捜しているだろう」そう言うと、また続けた。「スコットランドヤードの知り合いに頼んで、あの二人を捜してもらっているが、これまでのところ収穫がない。きみもあっちに知り合いがいるんだろう、マネス?」

「ああ、二、三、コネがある」

「噂は聞いているよ。ファーストネームで呼び合う間柄の麻薬捜査官がヨーロッパ中にいるそうじゃないか。去年、きみが開いたカルテルに関するセミナーで、そのうちの何人かに会った。サラザールの動きを探ってくれる捜査官を紹介してくれないか?」

「そいつに借りをつくることになるな」

「ぼくもきみに借りをつくることになる」

「そうだな。やってみて損はなさそうだ」マネスは言った。「きみは今何をしているんだ、クイン?」

「すぐにでもスコットランドに行って、サラザールの動きを止めたいところだが、四六時中、監視されている身だからな」

「サラザールが送り込んできた連中に?」

「ああ、ひとり突き止めた。ポーリー・ロマルトという男で、サラザールの代理人だ。もうひとりいるが、こっちは身元がわからない。ロマルトよりは優秀なやつらしい」

電話の向こうで沈黙があった。「ひょっとしたら、サラザールの部下じゃないかもしれない」

マネスの口調にただならぬものを感じて、ジョーはぎくりとした。「それはどういう意味だ？　何か知っているのか？」

「知っているというほどじゃないが、疑ってかかるのが仕事だからな」マネスは一息ついた。「耳に入れておいたほうがいいだろう。数日前、アメリカ司法省からメキシコの政府機関に、カスティーノの二人の子どもの誘拐事件に関する問い合わせがあった」

「司法省から？」

「特に、姉のジェニーに関して。アメリカで発見された遺体がジェニーの可能性はあるか、それに関する情報を入手していないか、と。公式な問い合わせではないが。不思議なのは、ぼくのところにはなんの連絡もないことだ。さっき情報漏洩（ろうえい）があったと言っていたが、ひょっとしたら、保安官事務所から漏れた可能性もある。ジェニー・カスティーノの遺体を発見したのは、カリフォルニアの保安官事務所だったんだろう？」

「なぜ黙っていたんだ？」

「今のところ噂にすぎないからだ」

「だから、知らせなくていいと思ったわけか。まさか、きみが漏らしたんじゃないだろうな？」

「言っていいことと悪いことがあるぞ、クイン。きみを思いどおりにできるような情報をよそに漏らすわけがないだろう。そんなことより、司法省の調査を甘く見ないほうがいい。

遺体のことだけでなくて、イヴ・ダンカンがカーラ・カスティーノを児童保護施設から連れ出したことも突き止めている」

たしかにマネスの言うとおりだ。「それなら、イヴとカーラが車で爆死したと見せかけて国外に逃げたことも知られているんだろう。どれも違法行為だ」ジョーは低い声で悪態をついた。「証拠が固まったら、介入してくる気だろうな」

「どこから漏れたか心当たりはあるか?」

「ナルチェク保安官の可能性もあるが、そう思いたくない。おそらく、保安官事務所の関係者だろう」ジョーは電話を持つ手に力を込めた。「とにかく、対応策を考えないと。その噂とやらでは、調査の責任者は誰だ?」

「ジェイソン・トラー調査官だ。どうする気なんだ?」

「先手を打ってトラーに接触する」ジョーは電話を切った。大きく息をついて考えた。直接ぶつかるか、それとも、状況がわかるまで待つか?

思い立ったときに行動しよう。

感情に流されて焦っているのは自分でもわかっていた。だが、こうするしかない。電話に手を伸ばすと、FBIクアンティコ本部にかけた。

三十分後、電話を切ると、椅子に深く座り直して待った。

玄関のドアをノックする音が聞こえたのは、三時間近く経ってからだった。

「クイン刑事ですね」痩せた長身の男が立っていた。白髪交じりの髪を短く刈り込んで、南部訛りがある。「調査官のジェイソン・トラーです。お話があるそうで」予想したより愛想のいい口調だった。「わざわざFBIを通して呼び出したのは気に入りませんね。直接電話してくれればすんだのに」

「FBIを通したほうが手っ取り早いと思ってね。あとどれくらい時間が残っているかわからないから」ジョーは中に入るようトラーに合図した。「まず立場をはっきりさせておきたい。きみはぼくの行動を阻止しようとしているのか?」

「場合によっては」トラーはコテージの内部を見回した。「いいお住まいですね」イヴの仕事場に目を向けた。「ミズ・ダンカンはあそこで仕事をしているんですか? その方面では第一人者ですからね。あなたが爆死させたと思ったときは動転しましたよ」

「何が言いたいんだ?」

「まさかとは思ったが、わたしは疑い深いほうでしてね。そうじゃないとはっきりするまでは最悪の事態を想定することにしているんです」トラーはにやりとした。「事実確認はまだですが、あなたが殺人者でないとわかってうれしいですよ。さしつかえなければ、イヴ・ダンカンとカーラ・カスティーノが今どこにいるか教えてもらえますか?」

「さしつかえがある」

トラーは眉を上げた。「理由を訊いていいですか？」

「カーラをどうするつもりだ？」

「児童保護施設で保護します。それから、メキシコ政府と交渉することになるでしょう。父親があういう人物ですから、状況はきわめて微妙です」

「手続きに手間取っている間に殺されるかもしれない」

トラーはうなずいた。「その可能性は否定しません。しかし、判断を下すのはわたしの仕事ではありませんから。わたしとしては職務を果たして、リタイア後の年金を確保したいわけで」

「くだらない」

トラーは肩をすくめた。「気持ちはわかりますよ。だが、もう少し寛大になれませんか？　もっと面倒な目に遭わせることもできたんですよ。実は、あなた個人を調査する前はそのつもりだった」そう言うと、かすかな笑みを浮かべた。「あなたは署長からも同僚からも敬愛されている。他人に恩恵を施しても、見返りを求めない。ＦＢＩでも海軍特殊部隊でもそうだった。しかも、ＦＢＩでは上層部から一目も二目もおかれていたそうじゃありませんか。アトランタ市警で働くようになってからも、ＦＢＩとは太いパイプがある」トラーは顔をしかめた。「今日に限ってＦＢＩ長官に見返りを求めたようですね。光栄ですよ。そこまでしてわたしに会おうとしてもらって」

「邪魔されたくなかったからだ」

「それはしかたありませんよ」トラーは小首を傾げた。「あなたが正直な人間で、正しいことをしようとしているのはわかるが、あいにく、世間は正しいことだけで回っているわけじゃありませんからね。この先どうなるか知りたいですか？」

「聞かせてもらおうじゃないか」

「あなたがカーラ・デラニーを見つける鍵なのは確かだから、監視は続けます。居所の手がかりが得られたら、即行動する。その時点で、さきほど説明したように進めます。裏で手を回して邪魔したりしないでくださいよ。いいですね？」

「わかった」

「人望が厚くて影響力のあるジョー・クイン刑事を逮捕するわけにはいきませんからね。まあ、そうなったらなったで、わたしは別にかまわないが」トラーは玄関に向かった。

「話ができてよかった。いずれにしても、一度話し合おうと思っていたんです。あなたにも満足していただけましたか？」

「満足とはいかないが、もっと強硬に出てくると思っていた。どうしてだ？」

「わかりませんか。わたしの仕事は調査ですが、できることなら、トラブルを解決したいわけです。それが専門でしてね。このままにしておいて、カーラ・カスティーノが殺されるようなことがあったら、アメリカ政府は向こう十年、頭痛の種を抱えることになる。国際問題になって、いろんな過激派グループがからんでくるでしょう」

「ぼくはトラブルの元凶というわけか」

「その可能性はあります。とりわけ、わたしが上司から無能呼ばわりされるような行動をとった場合は。われわれは状況を把握しておかなければならないのです。監視を逃れようなんて思わないでくださいよ」

ジョーは返事をしなかった。

トラーは肩をすくめた。「それでは、これで」

次の瞬間、彼の姿は消えていた。

いまいましいやつだ。

ジョーはこぶしを握り締めた。トラーが立場を明らかにした以上、監視を避けることはできない。逮捕されるわけにもいかないし、かといって、トラーにイヴとカーラの居所を教えるのもリスクが高すぎる。ということは、サラザールだけでなくトラーとも渡り合わなければならないわけだ。

すぐマネスに電話した。「しばらく動けなくなった。じれったくて気が変になりそうだよ。動ける時期が来たら、迅速に行動できるよう準備だけは進めておきたいんだ。サラザールを捜すのに力を貸してくれないか」

「ずいぶんいらだっているじゃないか。トラーと何かあったのか？」

「ぼくを逮捕する理由を探している。感じの悪いやつだが、調査官としては優秀だから、へたに刺激しないように気をつけないと。だから、今すぐイヴのところには行けない。だが、サラザールがイヴの居所を突き止めたとわかったら、どんな結果になろうが、すぐ飛んでいく。そのために力を貸してほしいんだ」

「警察官が法を破るわけか」マネスは穏やかな声で言った。「きみが大切なものを守るために全力を尽くすのはわかるが、違法行為に手は貸せない」

「手を貸してほしいわけじゃない。スコットランドヤードの知り合いに当たってもらいたいだけだ」

マネスはしばらく黙っていた。「ヤードのバーバンクに訊いてみよう。何かわかったら知らせる」そう言うと、電話を切った。

ちょっと強引だったが、マネスを説得することができてジョーはほっとした。マネスはどんな手段をとってでもカルテルを壊滅させたいという執念と、身にしみついた法令遵守の精神の間で揺れ動いている。ぼくだって強いて法にそむきたいわけではない。だが、それ以上に善なるものを守りたい気持ちのほうが強いだけだ。

そして、ぼくにとって善なるものの象徴はイヴだ。

だから、いつでも動けるように態勢を整えておかなければ。

サラザール、フランコ、そして、ナタリー・カスティーノ。

今ごろ、三人はイヴと対決するのを手ぐすね引いて待ち構えているだろう。こちらもマネスから情報をもらったらすぐ行動しなければ。

ゲールカール城跡

「今日はおとなしいのね」土をふるいにかけていたイヴは目を上げて、水のボトルを差し出してくれたジェーンを見た。「それに、目の下にクマができている。ゆうべは眠れなかったの？」

「あんまり」ジェーンは言った。「遅くまで出土品を記録していたら、ケイレブがやってきて。彼が来るとろくなことはないから」ボトルを開けて水を飲んだ。「まあ、彼が来るとわかったときから覚悟していたけど」

「それだけ？」イヴはジェーンを見つめた。「カーラのバイオリンを聴いた？」

「ええ」

「みんな、聴いていたみたいね。マクダフとは顔を合わせなかったけれど」イヴは顔をしかめた。「二度と夜中に弾かないようによく言い聞かせておいたわ。あなたが眠れなかったと知ったら、気にするでしょうね」

「眠れなかったわけじゃない」ジェーンはイヴから目をそらした。「素晴らしい演奏だった。ひとりで外にいたから心配しただけ。でも、ジョックが見えたから、それなら安心だと思って」

「わたしもそう」イヴは、ジョックやマクダフのそばで発掘しているカーラに目を向けた。「でも、安心ばかりしていられないの。カーラはジョックの保護者になる気でいるから」

「保護者？　どういうこと？」

「ジョックの面倒を見なくてはいけないと思い込んでいるの」イヴはいたずらっぽく目を輝かせた。「あなたは忙しくてそれどころじゃないだろうからって」

ジェーンはカーラを眺めた。「ほんとに変わった子ね。でも、ジョックがおとなしくそうさせるかしら？」

「わたしもそう思ったけれど、何も言わないことにした。二人でなんとかするでしょう。そのほうがいいわ」イヴは水を一口飲んだ。「おいしい。生き返るわね。このあたりは夜は涼しいのに、日中の暑さは耐えられないほどだわ。さっきから、昨日ケイレブが連れていってくれた湖のことを考えていたの。霧に包まれていて涼しかった」

ジェーンははっとした。「湖？　昨日は湖のことは言わなかったわ」

「それどころじゃなかったもの」イヴは皮肉な声で言った。「ナタリー・カスティーノとサラザールがわたしたちを狙っているとジョーに知らされて、ほかのことは頭から吹っ飛んでしまった」

「それはわたしも同じ。本当にショックだった」ジェーンはそう言うと、城壁の向こうに広がる丘に目を向けた。「その湖のことだけど、どこにあるの?」

「ここから北に車で十分くらいのところ。北側からこの城に入るには湖のそばを通るしかないと、ケイレブは言っていた」イヴはまた水を飲んだ。「きれいなところよ。濃い霧が立ち込めていて神秘的で。地元の人は、世界はそこで始まって、そこで終わると信じているそうだけど、ケイレブもわたしもその場に立っているとそれが納得できた」

「見てみたいわ」ジェーンはイヴを見た。「わたしも行きたい」

「今日、作業を終えたら行ってみましょう」

「今すぐ行きたい」

イヴはボトルを持った手を止めてジェーンを見つめた。「急にどうしたの?」

「手と顔を洗ってきて」ジェーンはこわばった笑みを浮かべた。「マクダフにカーラのことは頼んでおくわ。五分後にランドローバーで待っているから」

中庭を横切っていくジェーンを、イヴは眉をひそめながら見送った。作り笑いを浮かべたりしてジェーンらしくない。湖を見たいと言うけれど、それよりも二人きりになるチャンスをつくろうとしているのかもしれない。

だが、二人きりにはなれなかった。イヴとジェーンがランドローバーのところに行くと、運転席にケイレブが座っていたのだ。

「待っていたよ」ケイレブはジェーンに笑いかけた。「昨日、きみも誘えばよかったね。

そうしていれば、わざわざまた行かなくてすんだのに」

「昨日は忙しかったの」ジェーンはそっけなく言った。「それに、あなたに来てもらわなくていいわ。イヴと二人でだいじょうぶ」

「それはわかっているが」ケイレブはジェーンと目を合わせた。「きみたちの邪魔はしないから。向こうに着いたら、車からきみたちを見守っている。きみがイヴと湖に行くとマクダフに言いに行ったあとすぐ、彼から電話があった。発掘現場にいてもどうせ役に立たないから、番犬代わりについていけって」そう言うと、肩をすくめた。「きれいなところだから、今日はおれも愛想よくするとマクダフに返事した。さあ、乗って」

「まあ、いいわ」ジェーンは後部座席に乗り込んだ。「乗って、イヴ。わたしたちも愛想よくすることにしましょう。マクダフなら海兵隊の一団を護衛につけかねないと予測しておくべきだった」

「番犬より海兵隊と同列に扱われたほうが光栄だが」ケイレブが車を発進させた。「おれはああいう団体行動は苦手だよ」

「気づかなかった」イヴはつぶやいた。「でも、最近のあなたは変わったみたい。ここの空気のせいかしら」

「着いたよ」ケイレブがランドローバーをとめた。「約束どおり、おれはここで自然観察でもしている」

「ここなら観察するものはいくらでもあるわね」イヴは車をおりて湖に向かった。「どう思う、ジェーン？　ここはこの世の始まりだと思う、それとも終わり？」ジェーンを振り返った。返事はない。「どうかした？」

同じだ。

霧が立ち込めていて。

丘のふもとに深い青い湖がある。北岸は霧の中に煙っている。

霧の中。

〝あの子が洞窟でかくれんぼをしていたと言って霧の中から出てくるところが見えるような気がするの……〟

「ジェーン」

イヴが呼んでいる。心配そうな声で。ジェーンはぼんやりと考えた。返事をしなければいけないけど、何を訊かれたんだっけ？　なんでもいいから、とにかく答えなくちゃ。

「きれいなところだというのは本当ね」ジェーンはイヴのあとに続いて湖岸に向かった。

「マクダフからこの一帯の地形図を見せられたときには景色のことまで考えていなかった。マクダフは湖のことを言っていたかしら？　地図に載っているの？」

「覚えてないわ」イヴはジェーンの顔を見つめていた。「それがどうかした？」

「ただ、なぜここに湖があるのに気づかなかったのかと思って。マクダフから聞いたのに忘れていただけかも」

「あなたは一度聞いたら簡単に忘れるような人じゃないわ」

「でも、あの日は長時間車を運転して疲れていたから、ぼんやりしていたんじゃないかしら」

「湖のことはそんなに大きな問題じゃないでしょう。なぜそんなにこだわるの？」

ジェーンにとっては大きな問題だったが、このままではイヴに何かあったと勘づかれてしまう。

とにかく、何か答えなくては。

ジェーンは笑みを浮かべて湖を振り返った。「この世の始まりか、それとも終わりかって？　それはここに来たときの状況によるんじゃないかしら。あるいは、ここにどれだけ溶け込むことができるか――」そこで言葉を切ってランドローバーのほうを向いた。「これで気がすんだわ。帰りましょう」

「もう少し待って」イヴが穏やかに言い返した。「さっきから様子がおかしいわ。この場所と何か関係があるんじゃないの？」

「この湖と？　ここに来たのは今が初めてなのに」

「前にもこんなやりとりをしたことがあるわ。遠い昔にまったく同じことがあったというようなことを言っていた。よく覚えているわ、あなたが十七歳だった頃よ。シーラの夢をよく見るのは、インターネットで検索したり、何かで読んだりしたことが、夢に現れただけだと自分に言い聞かせようとしていた。でも、結局、そうじゃなかったでしょう?」

「あれは一時の気の迷いだったのよ」

「それがよみがえってきたわけ?」

イヴにはどう言っても言い逃れられないだろう。それでも、ジェーンはまだ打ち明ける気になれなかった。「湖を見てみたかっただけよ」

「なぜ見たかったの?」

ジェーンは深いため息をついた。やっぱり、打ち明けるしかなさそうだ。「ゆうべ夢を見たの。シーラがこの湖の北岸に立っていた」

イヴははっとした。「またシーラの夢を見たの?」

「そう。何年も見なかったのに。もう見ずにすむと思っていた」

「でも、見たのね?」

「そう。マクダフがシーラのことや財宝のことをあれこれ言うからだと思ったの。シーラが何世紀も前に建てたお城の跡にいるわけだし。シーラのことが頭に引っかかっているから夢を見たんだと自分に言い聞かせようとしたわ」振り向いたジェーンの目に涙が浮かんでいた。「誰かの夢を見たり、誰かの苦しみを味わったりするのはもうたくさん。このところ自分のことだけでもつらい思いをしているのに。現実の世界で現実の悩みと向き合うだけで精いっぱいよ。そうやって、やっとの思いで生きている」

「自分を低く見すぎよ、ジェーン。あなたは強い人だもの。なんだって手に入れられるし、どんなことでもできる」イヴは一歩近づいた。「あの頃、なぜあなたの人生にシーラが入り込んできたのかわからないけれど、あれはあれで悪い経験じゃなかった。それ以前より強くなったし、思いやりのある人になったもの。夢を見なくなったのはよかったと思う。でも、また見るようになったのなら、受け入れて役立てたらいい」そう言うと、ほほ笑みかけた。「たとえば、信頼できる人に話すとか。わたしでよければ、いつでも聞かせてもらうわ」

「そうね」ジェーンは胸がいっぱいになった。「昔からずっとそうしてくれていたわね」イヴに近づいて抱き寄せた。「わたしもそう言ってあげられたらいいんだけど。いつも言葉が足りなくて」

「口に出さなくてもわかっているから」イヴはジェーンを抱き締めてから体を離した。「わたしたち二人とも、今日はなんだか変ね、しんみりして」地面に腰をおろした。「座ってゆっくり話しましょう。あなたが子どもだったときのように」そう言うと、霧に包まれた湖を指した。「ここはアトランタのコテージじゃないし、あの湖じゃないけれど。どう?」

「いいわね」ジェーンはイヴのそばに座ると、膝を抱えた。「あなたはこの湖を薄気味悪いと思っているようだけど、わたしはそう思わない。この霧はやさしい感じがする。愛にあふれているようで」

「どういう意味?」

ジェーンはちょっとためらった。「夢にシーラと夫のアントーニオが現れたの。それに、シーラの息子のマルクスも」一面の霧を眺めながら続けた。「シーラは息子を心から愛していたし、息子も母親が大好きだった。きっと素晴らしい子だったんでしょうね」

「それを言うなら、シーラだって。自分の世界を切り開いたくらいだもの」

二人はしばらく無言で霧を見つめていた。

やがてジェーンは穏やかな声で話し始めた。「あんな夢を見たのは現実の出来事が頭に引っかかっているせいだ、と思った理由はもうひとつあるの」

「理由?」

「あの夢には子どもが出てきた」

「カーラのことが気がかりだったというわけ?」

ジェーンはイヴの目を見つめた。「カーラじゃないわ」

イヴは目を見開いて、何か言いかけたが、やめた。それから、深いため息をついた。

「ばれちゃったか」

ジェーンは苦笑した。「やっぱりそうなのね」

「なぜわかったの？　ジョーに聞いたの？」

「ジョーじゃない。そんな大切なことをジョーがあなたに黙ってしゃべるわけがないでしょう」車に残っているケイレブを身振りで指した。「あなたがケイレブに秘密を漏らしたの」

「わたしがそんなことをするはずない」イヴは言い返した。「ケイレブはなぜわかったの？」

「なんとなく興味を惹かれて、あなたの手を取ったそうよ。そうしたら、血が普通なら流れない場所に流れていたって」

「油断も隙もないんだから」イヴは笑い出した。「秘密さえまともに守れないわけね」

「ケイレブがそばにいたらそうかもしれない。彼から聞いたときは信じられなかった」

「わたしだって」短い沈黙があった。「わたしが黙っていたことで怒ったり傷ついたりしていない？」

「だいじょうぶよ。どうしてだろうと考えてみたから。わたしにこれ以上心配をかけたくなかったんでしょう？　立場が逆なら、わたしもそうしたと思う。だから、教えてくれればいいのにと思ったけど、気持ちはよくわかった。今、何週目？」

「まだ一カ月にもならないくらい。脳震盪で入院したとき、ジョーにうるさく言われて徹底的な健康診断を受けなかったら気づかなかったはずよ」

「妊娠がわかってどんな気持ち？」

「自分でもよくわからない。不安で、うれしくて、まだとまどっていて……とても幸せな気分。お腹の子のことを考えるたびに違うの」

「でも、産みたいんでしょう？」

「もちろんよ。それは考えるまでもない」イヴは輝くような笑顔になった。「早く生まれてきてほしい。今でも、この子の存在がちゃんとわかるの。ありがたいことだわ」笑みが消えた。「でも、ちゃんと産めるかどうか。というか、とんでもない事態が起こって、この子がお腹の中で亡くなるようなことにならないか心配でたまらない」

「なんとかなるわ」ジェーンは言った。「わたしのときだってちゃんとやれたもの」

「あなたは自立心の強い子だったから。ちょっと手を貸しただけ」イヴは首を振った。

「それに、わたしはボニーを失っているし」

「あなたのせいじゃないわ」ジェーンは手を伸ばしてイヴの手を握った。「赤ちゃんが生まれたら、わたしがそばにいて、あなたがそのことを忘れないようにしてあげる」そう言うと、ほっとしたようにため息をついた。「でも、心構えをする余裕があってよかった。ちょっと時間が必要」

「わたしも。こんなに経ってから二人目ができるなんて……」イヴは湖に目を向けた。

「ねえ、ジェーン、これは失敗だと思う？」

「わたしがそう言ったって気にも留めないんじゃないの？」

イヴはジェーンに視線を戻した。「リスクがあるのはわかっている。ボニーを産んだときのようにもう若くはないし。臨月まで気をつけて過ごさなければいけないでしょうね。仕事もあるし、生活パターンもできている。あなたはいい母親だったと言ってくれるけれど、うまくいかなかったことばかり思い出してしまって」

「わたしは愛された記憶しかないわ」ジェーンは言った。「うまくいかなかったこともあったかもしれないけど、今度はきっとうまくいくから。ボニーのことでわたしが寂しい思いをしているんじゃないかと気にしていたのは知ってるわ。でも、わたしなりに理解していたつもり。ボニーはこの世にいなくても、あなたの心から消えるわけじゃない。わたしたちは最高の友達になれたわ。いっしょにいると楽しかった。でも、あなたの世界にまたひとり加わることになった」声が震えた。「これはすごいことよ、イヴ。新しい世界が開けるわ。わたしともボニーとも違う誰かが新たな夜明けを運んできてくれる。無事に輝かしい朝を迎えられるようにわたしも全力を尽くすわ」

イヴは胸が熱くなった。「さすがアーティストね。夜明けの光が目に見えるようだわ」そう言うと、咳払い（せきばら）いした。「でも、それはまだ何カ月も先のことよ。無事にその日を迎えられるようにがんばらないと」

「手伝うわ」ジェーンは笑みを浮かべて腰を上げると、イヴに手を差し伸べて立ち上がるのを助けた。「サラザールから逃げることになったら、くれぐれも気をつけてね。発掘作業でも、膝をついて土を掘ったりしないほうがいいんじゃないかしら」

「ジョーみたいなことを言わないで」イヴは笑った。「体を動かしたほうがいいのよ。もともとわたしは丈夫なほうだし。妊婦だからといって甘やかさないで」

「だったら、妊婦だということを忘れて、マクダフとシーラのためにせっせと働いてもらう」ジェーンは車に向かった。「マクダフとジョックには言わないでおくわ。ケイレブは話したりしないでしょう。あなたの様子に興味があっただけだから」

「それでいいわ」イヴは言った。「ジョーのように、いざとなったら守ってくれる男性がそばにいてくれるだけでいい」

「守ってもらわなくても、あなたはひとりでやっていけそうだけど」

「ひとりでやろうと努力はしてる」

「その努力が実を結んでいるのは確かね」ジェーンは笑みを浮かべた。「でも、何もかもひとりでやろうとしないで。これまでさんざん助けてもらったんだから、少しは恩返しさせて」

「恩返しだなんて」イヴは、車からおりて二人を待っているケイレブに手を振った。「あなたがよく言ってるでしょう、家族なんだからあたりまえだって。でも、あなたの気持ちはうれしいわ」

ゲールカール城跡

夕食を終えて、みんながそれぞれのテントに引き上げるのを待ってから、ジェーンはマクダフに会いに行った。

「入っていいかしら?」テントの入り口で声をかける。

「遠慮はいらないよ」マクダフがいそいそと答えた。「さあ、入って。何年も前から言っているだろう。わたしのいるところがきみの居場所だと」

「クモみたいに巣を張っていても、わたしはハエじゃないんだから。どうせならチョウがいいわ。アーティスティックな感じだし」ジェーンはテントに入った。「訊きたいことがあるの」

「そのためにわざわざテントに? それはうれしいな。個人的な質問かな?」

「今あなたが最大の関心を寄せていることに関する質問よ」ジェーンはテントの中を見回して、巻物や古文書が山積みになっているポータブルデスクを見た。「あの中にこの一帯の地形に関する資料はあるかしら?」

マクダフはけげんな顔になった。「なぜそんなことを訊くんだ?」

「あるの?」

「ひとつある。目下の関心は城だから、あまり注意を払っていなかったが」

「見せてもらえる？」

「なぜそんなものを？　そういえば、今日の午後、イヴと二人で発掘現場を離れて、ケイレブが昨日イヴを案内した湖に行ったね。イヴは自分とカーラに危害が及ぶ可能性があるから、この一帯を偵察しておきたいと言っていたが。今日もそのために行ったのか？」

「わたしはイヴの安全を確保したいの」

「答えになっていないな。それだけではなさそうだ」マクダフは笑みを浮かべた。「だが、さしあたり、それでいいことにしておこう」そう言うと、デスクに近づいて、巻物や地図の中から青い縁取りのある薄い紙を一枚捜し出した。「この一帯の簡単な地図だ」

期待していたものではなかったが、ジェーンはそれを見せてもらうことにした。道路や小道、丘陵地帯に目を走らせてから、大きな湖を見た。霧に包まれた青い湖や周辺の森や丘が、地図の上では簡単な線だけになっているのを見ると不思議な気がした。

「また湖が見たかったのか」マクダフはジェーンの顔を探るように見た。「よほど気に入ったんだね」

「ええ。いつか描いてみたいわ」ジェーンは地図に目を向けたまま答えた。「あなたも見たことがあるでしょう？」

「もちろん。この城に来たのはこれが初めてじゃないからね。この城の周囲のものは何もかも素晴らしい。付近の伝説や神話は全部知っているし、先祖がいた土地だから、わたしの一族のルーツだ。ここには特別な思い入れがある」

　ここはこの世の始まり？　それとも終わり？

「でも、それを表には出さないのね」

「スコットランド人だからね」マクダフはにやりとした。「感情を表に出さないようにしている。わたしは地主だから、人の目も気にしなければいけない。いつも気を許せないんだ」そこで一呼吸おいた。「だが、きみには気を許しているよ、ジェーン。きみは一族の人間だからね。シーラともわたしともつながっている」

「くだらないことを言わないで」

　マクダフは笑い出した。「この話をすると、いつも機嫌が悪くなるね」地図を見おろした。「きみの知りたいものはあったかな？　地図にないことも多少は知っているよ」

「あなたはここの地主さんだものね」

「そういうことだ」

　ジェーンは城から湖に続いている曲がった線を指さした。「これは何？」

「湖に続く小道だ。ここに城が建てられたときからあるそうだ。そこに至る道路は十年ほど前にわたしがつくらせた。車で来られるようにしておいたほうがいいと思ったんでね」

「なぜ？」ジェーンは小首を傾げた。「ここにまたお城を建てるつもりじゃないでしょう？」

「宝の箱を見つけたら、どんなことだってできる」マクダフはにやりとした。

「宝の箱を見つけたら、世界は自分のものというわけね」ジェーンはまた地図を見た。

「湖のことだけど。あの湖はとても……ユニークね」

「霧のせいかな」マクダフはうなずいた。「ずっと前から、あちこちの大学の森林学や環境学の専門家が調査をしたいと言ってくる。霧が晴れない理由を知りたいそうだ。よく晴れていても嵐でも、霧は消えることがない。いろいろ学説を立てて現地調査に来るが、確証が得られないままだ」

「あなたは原因が知りたいと思わないの？」

「別に」マクダフはジェーンを見つめた。「きみは知りたいのか？」

「わたしには関係のないことよ」

「そうかな？」

〝あの子が洞窟でかくれんぼをしていたと言って霧の中から出てくるところが見えるような気がするの〟

「昔、あなたの一族の誰かが湖の北岸を探検したことはない？」

「本格的な探検をしたことはないはずだ。霧が濃すぎて、一メートル先も見えないくらいだからね。祖父が霧の中に入ったことがあったが、土手が崩れて脚を骨折した。もう少しで溺れるところだったが、なんとか南岸にたどり着いた」

「ほかに誰か試みた人はいない？」

「やけに興味を持つんだね」マクダフは湖の北岸を指でなぞった。「実は、オックスフォードの教授が優秀な学生の一団を強引に送り込んできたことがある。まさか訴えられはしないだろうと高をくくって。管理人のネッド・コリンが車に気づいて追いかけた」

マクダフが海兵隊時代の知り合いを〝管理人〟として雇っているのをジェーンは知っていた。一瞬、その学生たちが気の毒になった。「その人は霧の中に入るのを恐れなかったの？」

「コリンは一メートルほど入ったところで、出てこいと呼びかけた。学生たちはほっとしたように出てきたそうだ。カメラやメモを押収して、学生たちを帰らせた」

ジェーンははっとした。「写真を撮っていたの？」

「興味があるようだね。わたしも興味を惹かれた。だが、がっかりするだけだよ。白くぼやけていて、何も見えない。スケッチもたいしたことはなかった」

「スケッチって？」

「学生のひとりがスケッチブックを持参していてね。だが、今言ったように、写真と大差なかった」

「メモはどうかしら？」

「メモをとる時間はなかっただろう。せいぜい四、五時間いただけだから。これといったことは書いていないはずだ」

ジェーンは地図に視線を戻した。「地形についての記述はなかった？　岩とか洞窟とか泥沼とか、陥没したところや開けた場所があったとか」

「霧で見えなかったし、照明器具を設置する時間もなかったからね」そう言ってから、マクダフはつけ加えた。「言うまでもないが、わたしはその種のデータ分析の専門家ではない。なんなら、きみが調べてみたらどうだ？」

「そうする」

「ずいぶんはっきり答えるんだね。何を探しているか知らないが、わたしに気づかれたくないらしいな。教えてくれる気はないのかな？」

「それは……」マクダフに嘘はつきたくないが、夢のことを話したら、即座になんらかの行動をとろうとするだろう。「根拠があるわけじゃないし」

「きみにここに来てもらった理由とは直接関係はないんだね？」

「ええ、それとは関係ない」

それに、そろそろあの子をあの霧の中に帰らせて、また冒険ができるようにしてあげたほうがいい。

夢に出てきた情景を探しているなんて、マクダフには打ち明けられない。

ジェーンはマクダフの目を見つめた。「その話はしたくない。話さないと、資料を見せてもらえないの?」

「聞いてみたい気はするがね」マクダフは言った。「まあ、いいだろう。アシスタントのマクタヴィッシュに連絡して、できるだけ早く資料を整理してメールで送らせよう。明日中には届くだろう」

「助かるわ」ジェーンは出ていこうとした。

「だが、見当をつけたり、想像力を働かせたりするのはかまわないだろう?」

「あなたはそういう人だもの」

「話は変わるが、発掘のほうは進展がありそうかな?」

いずれ訊かれるだろうと覚悟していた。「今のところ進展はないわ。でも、いつ何が起こるかわからないから。あなたはどう思う?」

「あと二日ほど地下牢(ちかろう)を調べてみて、それから計画を見直すつもりだ」マクダフはジェーンに笑いかけた。「わざわざ来てくれたきみの時間を無駄にしたくないからね」

「そう言ってもらえると、来たかいがあるわ」

テントを出ると、ジェーンは冷たい夜の空気を胸いっぱい吸い込んだ。マクダフから情報を引き出すことができたが、それと同じくらい彼に情報を提供したような気がする。マクダフは人の何倍も気が回るから、わたしの言葉の端々から全体像を読み取ろうとするだろう。そして、納得するまで諦めない。彼が知りたいのは、わたしがまたシーラの夢を見るようになったかどうかだ。見たなどと言ったら、わたしがシーラの末裔だという信念を強めて、ますますプレッシャーをかけてくるにちがいない。

マクダフにはいらいらさせられるが、いいところもある。危険を顧みずイヴとカーラを受け入れてくれたのだから。その点では感謝しなければ――

「マクダフのテントで何をしていたんだ？」

振り向くと、ケイレブが少し離れたところに立っていた。さりげない感じを装っているが、肩から胸にかけて力が入っているのがわかる。反射的にジェーンは体をこわばらせた。

「あなたには関係のないことでしょ」

ケイレブはしばらく黙っていた。体の力が抜けて、笑顔になった。「たしかにそうだ。気にしないでほしい。自分が性的なものに引きずられるから、ついそっちに気持ちが向いてしまうんだ。口に出して訊かないと、わだかまりが残るタイプなんでね」

「だからって、闇に潜んで、のぞき見していいわけじゃないわ」

「闇に潜んでいたわけじゃない。その気になったら、身を潜めるのは得意だが。マクダフのテントに入るのを見かけたから、話をしておきたかったんだ。すぐ出てきてくれて安心したよ」

「どれだけ中にいようと、あなたには関係のないことよ」

「問題はそこだよ。おれは自分に関係がないこととは思えない。マクダフはきみと必ずしもうまくいっているわけじゃないが、なかなかいいやつだよ。トレヴァーほどではないが、彼と同じタイプだ。きみはああいうタイプに弱いからね」

ジェーンはケイレブを無視して、自分のテントに戻ろうとした。

ケイレブはどこまでもついてくる。「きみがいらだっているのは、おれだけが原因じゃなさそうだ。マクダフとはおれが勘繰るようなことは何もなかったようだね」

「この話はもうやめましょう」

「あとちょっとだけ」ケイレブはジェーンのテントの前で立ち止まった。「これだけは言っておきたい。イヴにお腹の赤ちゃんのことを知っていると言ったんだろう？　うまくおさまってよかった」

「その点は心配していなかった。あなたが想像するようなことにはならないとわかっていたもの。イヴとわたしは愛と信頼で結ばれているから、何があってもだいじょうぶ」

「すごいな、そこまで言いきれるのは」ケイレブは一呼吸おいた。「きみたちがいっしょにいるところを見るのが好きだ。なんというか、心が温かくなる」

ジェーンはケイレブを見つめた。ケイレブからこんな言葉を聞くとは思わなかった。これまでだってケイレブという人間が理解できたためしはないけれど。「あなたはイヴを守ると言ったんですってね。イヴからそれを聞いて、わたしも心が温かくなった」

ケイレブはほほ笑んだ。「たまにはきみに喜んでもらえることもあるんだね。どうやればいいかわからないが、チャンスさえくれたら、がんばってみるよ」

もうこのへんでいいだろう。ジェーンはテントの入り口に向かった。「おやすみ、ケイレブ」

ケイレブの笑い声を聞きながら、テントに入り、ランタンの灯りをつけた。

ケイレブと話すときはいつものことだが、いらだちと同時に彼の性的魅力を意識せずにいられなかった。それに、今夜の彼はどこか弱気だった。

そう思ってから、ジェーンは自分でも驚いた。ケイレブのどこが弱気なのだろう？　あれだけタフで周囲に影響されない人間も珍しいというのに。彼に同情したりしたら、たちまち餌食にされてしまうだろう。

ケイレブのことは忘れよう。それよりも、久しぶりに見たシーラの夢のことを考えよう。ずっと、現実となんらかの関連のある夢だとは思っていなかった。だが、今になってみると、遠い祖先の記憶とつながりがあるという可能性を否定できなくなった。

あの霧の立ち込める湖は、夢で見た湖だった。あの夢が現実と関係がないことを証明するには、夢に出てきたことが事実ではないとはっきりさせるしかない。

赤い天然石をはめ込んだ銅製の棺など存在しない――マルクスを新たな冒険に旅立たせるために掘った墓穴などないことをはっきりさせればいいのだ。もしも現実の出来事だとしたら、マルクスが亡くなったのは何世紀も前だから遺体は土に還ってしまっただろうが、棺(ひつぎ)の一部は残っているはずだ。

でも、探すといっても、気の遠くなるような作業だ。見つからない確率のほうがはるかに高い。

それでも、また夢を見たのは、シーラが何か伝えようとしているからではないかと思えてならなかった。

そして、イヴが妊娠中で、カーラが常に危険と隣り合わせでいるという状況で、亡くなった子どもの夢を見たことにジェーンは胸騒ぎを感じずにいられなかった。

10

スコットランド　エディンバラ

「まだか?」サラザールはホテルの寝室の入り口に突っ立って、ナタリーが裸体にバニラのボディオイルを塗っているのを見守っていた。「もう一時間もそんなことばかりやっているじゃないか。マヌエラはそんなにかからないぞ」

「だから、わたしのほうが奥さんより魅力的なのよ」ナタリーはサラザールにあらわな乳房を持ち上げてみせた。「わたしは何事にも時間をかけるの。知らなかった?」

「知ってる」サラザールは喉にからんだ声で言うと、豊かな乳房を見つめた。「不思議だな。何度見ても見飽きない。むらむらしてきた。どうだ、ベッドに戻ってもう一度?」

「そんなことをしている暇はないの」ナタリーは赤いシルクのローブをまとって近づいてきた。「あなたにもすることがあるはずよ。ここを出る前にこの問題を解決しておかなくちゃ」サラザールにキスすると、居間に入った。「あとで話し合いましょう」ソファに腰かけて携帯電話に手を伸ばした。「まずは父に電話して、ちゃんと準備しておいてもらわないと」

「カスティーノがきみの父親に電話して、本当に父親に会いに行ったか確かめるとでも思っているのか？」

「あの男のことだから、たぶん確かめるでしょうね。でも、父に電話するのはそのためじゃないの。なんなら、あなたにも聞かせてあげましょうか」ナタリーは電話をかけた。

「ルームサービスに朝食を頼んでくれない？」

サラザールは肩をすくめて備え付けの電話を取った。「今は食欲よりほかの欲求のほうが強いんだがね」

「あとでとびきりすごいのを――」父親が電話に出たので、ナタリーは話し始めた。「ナタリーよ、お父さま。話があるの。今だいじょうぶ？　忙しいようなら――」

「いいから」父親がじれったそうに言った。「おまえと話せないほど忙しかったことなんかあったか？　用はなんだ？」

「別に。声を聞いて話したかっただけ。ずっと寂しい思いをしているから……娘たちがいなくなって」ナタリーは咳払(せきばら)いした。「もうすぐカーラの誕生日よ。でも、あの子が生きているかどうかさえわからなくて……。つらくて、どうしようもないときがある」

「こっちに帰ってきたらいい」

「夫をひとりにはできないもの。わたしたち、ずっと四人いっしょだったから。ジェニーとカーラと……夫はわたしにとてもよくしてくれるわ」

「当然だろう。おまえは子どもたちの母親だ。おまえのために子どもを守るのはあの男の義務だったんだ。二人がいなくなる前の年の夏、モスクワに連れてきたときのことをよく思い出すよ」声がかすれた。「小さい頃のおまえにまた会えたようで……」

「あの夏は楽しかったわね」ナタリーは震える声で言った。「娘たちがあんなことになるなんて夢にも思っていなかった。お父さまと語り合えなかったら、どうなっていたかわからない」一呼吸おいた。「知らせたいことがあるの。たぶん、気に入らないでしょうけど、わたし、もうどうしていいか……」

「ナタリー」

「聞いて。ある男から電話があって、娘たちを預かっていると言うの。お金を出したら、無事に帰すと約束するって」

悪態をつく声が聞こえた。「詐欺に決まっている。これだけ時間が経っているんだ。それで、いくら要求してきたんだ？」

「四百万ドル」

「カスティーノはなんと言っているんだ？」

「お金は出さないって。お父さまと同じで、詐欺だと言って。それでも、もし本当だったら？　娘たちを取り戻せるとしたら？」ナタリーは声を潜めた。「それに、お金を出さなかったせいで二人が殺されるようなことになったら……」

「わたしが相手を突き止めて八つ裂きにしてやる」

「そんなことをしても手遅れよ」

「金は出してやるから、ナタリー」

「出してもらえるのはわかっていたわ」ナタリーは声を震わせた。「でも、まだいいの。その前に本当に娘たちが無事でいるか確かめないと。こういうことになっていると知らせておきたかっただけなの。また向こうから連絡があったら、電話するわ。じゃあね、お父さま」ナタリーは電話を切った。

「たいした演技力だな」サラザールが言った。「パパの秘蔵っ子というわけだ。いつからあんなふうに父親を手玉にとっている？」

「お父さまを侮辱するようなことを言わないで」

「いつからなんだ？」

「わたしが十代の頃から理解し合っているわ」

「嘘がばれたことはないのか？」

「お父さまは深読みしない人だから。周囲のみんなが嘘をつくから、わたしだけは例外だと信じたいんでしょうね」ナタリーは笑みを浮かべた。「ご機嫌さえとっておけば、わたしがほしがるものはなんでも与えてくれた」

「あの身の代金の話はどういうことだ？」

「準備だけしておいてもらうと言ったでしょ。身の代金を払わなかったら、子どもたちは死ぬことになる。でも、そうなってもわたしに疑いがかかることはない」

「よく考えたものだ」

「どうなるとしても準備はしておきたいの。うまくいくような気がする」ナタリーは立ち上がると、テーブルに近づいてトレイの上からトーストを取り上げた。「ここまでよくやったと思わない？」

「おれがいたからだ」

ナタリーはうなずいた。「たしかに、二人でやってきたわ」腰をおろすと、皿にかぶせてあるドーム型のカバーを取った。「でも、あなたにはがっかりさせられっぱなし」そう言うと、卵料理を食べ始めた。「やりやすいように道筋をつけてあげたのはわたしよ。それでも、計画どおりにできないんだから」

「ウォルシュがしくじったからだ」

「今さら言ったってしかたないわ」ナタリーは晴れやかな笑顔を向けた。「終わりよければすべてよしと言うでしょう」

サラザールは、旺盛な食欲を示しながら優雅な手つきで朝食をとるナタリーを眺めていた。「そのために父親に電話したんだな」

「それだけじゃない。わたしの計画の中で父は重要な役割を果たすことになるわ。お金も権力も持っているから。いざというとき、わたしを信じてもらわなくては困るの」

「きみを疑うようなやつはいないだろう」サラザールはナタリーと向かい合って座った。

「母親が子どもたちの死を画策したなんて、誰も夢にも思わない」

「誘拐を計画しただけよ。何度も言い直させないで」

「カスティーノに一泡吹かせてやりたいとおれに相談しに来たときは、誘拐なんて言葉は使っていなかったぞ。子どもたちを追い払いたいと言った。方法はなんでもいいからと」

「言わなくてもわかってくれると思っていたのよ。でも、あなたに任せたのは確か」ナタリーはしおらしくほほ笑んでみせた。「所詮、わたしは女ですもの」

この言葉を聞くのはこれが初めてではなかった。だが、方法を選ばないと言った時点で、結果はわかっていたはずだ。「マヌエラには思いもつかないだろうな」

「マヌエラはファン・カスティーノと結婚しているわけじゃないもの。状況がまったく違う」ナタリーはサラザールを見上げた。「それに、意気地なしだから、あなたに言い返したり、自分を向上させる方法を探したりしないわ」

「自分を向上させる？　そのためにこんなことをしたのか？」

「自分を守るためよ」ナタリーの口調が急にきつくなった。「娘を二人産んだのに、ファンは息子をほしがった。そのことでわたしを責めた。そして、愛人を囲うようになって。

その誰かが男の子を産むのは時間の問題よ。今の愛人のグラシアにはほかの男との間に息子がいるし」

「そうなったら？」

「わたしを捨てるわ。そして、あのグラシアを後釜に据える。そんなことはぜったいさせないから。わたしはカスティーノの妻として、誰からも一目おかれたいの。あなたのマヌエラからも。彼女、パーティでジェニーがピアノを披露したら、とても褒めてくれたわ」

ナタリーは口元を引き締めた。「そして、息子の話を始めた。写真まで見せて。自慢したくてたまらなかったようね」そう言うと、カップにコーヒーを注いだ。「あなたに会おうと決めたのはあのときよ」

「あのとき、きみは娘たちが邪魔だから追い払ってほしいと言った。だが、子どもがいなかったら、カスティーノはきみを捨てて別の女に乗り換えやすくなるだろうに」

「うまくやればそんなことにはならない。わたしにはうまくやれる自信があるの」ナタリーは椅子にもたれかかってサラザールに笑いかけた。「わたしは母親になる気なんかなかった。子どもなんて邪魔なだけ。でも、フアンがどうしても子どもがほしいと言って。息子ができなかったのはわたしのせいじゃないわ。それなのに、あいつはわたしを責めた。わたしは子どもを産む機械じゃない。グラシアを愛人にした時点で、あの男には見切りをつけたの」

「それでも、メキシコシティの女王さまの座には執着があるわけか」

「そういうこと」ナタリーはコーヒーを一口飲んだ。「それに、ここまでがんばってきたのに、今さら諦められない。だから、方法を考えたの」

「それが子どもを消すことだったのか？」

ナタリーはうなずいた。「子どもを失ったわたしは、悲劇の母になれる」そう言うと、にっこりした。「ファンがわたしと離婚して別の女と再婚したりしたら、世間から血も涙もない男だと非難される。何よりも、わたしの父が黙っていないわ。父が重要な役割を果たすと言ったのはそういう意味よ」ナタリーはまたコーヒーを一口飲んだ。「父がジェニーとカーラをとても可愛がってくれたことは前に話したかしら。父はファンのように息子を持つことにこだわっていなかった。そういえば、わたしに兄がいたって知ってた？」

「いや、初耳だ」

「兄のアレックスは父の悩みの種だったの。最終的には、ドラッグ取り引きで父を裏切って処分せざるをえなくなって。父はとても悲しんだわ」ナタリーはサラザールと目を合わせた。「わたしが慰めてあげたの。父は持つべきものは娘だと改めて思ったようよ」

「兄さんが〝悩みの種〟だったのは、きみが陰で糸を引いていたからじゃないのか？」サラザールは皮肉な声で訊いた。

「よく思いついたわね？　でも、父はまったくわたしを疑っていなかった」ナタリーは椅子に寄りかかった。「完璧な娘だと思っているの。父は基本的に正しい判断をする人だけど、ファンはわたしにやさしくしておかないと、ロシアン・マフィアと取り引きできなくなると思っているらしい。父の機嫌をとるために娘たちを溺愛しているふりまでしていたわ」唇をゆがめて続けた。「それでも、跡取り息子がほしいという執念は強くなる一方。そのうちわたしを捨てたっていいと思ったはずよ」

「そうなったら、お父さんはどうしていただろう？」

「ファンとの取り引きを停止したでしょうね。でも、父は現実的な人だし、ファンのアメリカでのつながりで大儲け(おおもう)けしているから、最終的には取り引きを再開して、わたしには別の形で償いをしようとしたんじゃないかしら」ナタリーの美しい顔の中で目がぎらぎら輝いていた。「だけど、わたしは別の形では満足できない。でも、正面からぶつかっていったら、父にもファンにも愛想を尽かされかねない」

「それで、子どもを使う気になったのか？」

「いけない？　わたしの子どもよ。わたしが産んだから、好きなようにしたっていいでしょう」

「子どもたちがいなくなったあとで離婚したりしたら、きみの父親がカスティーノを見る目ががらりと違ってくるわけだ」

「そう、わたしは人生が変わるような経験をした悲劇の母というわけ。打ちひしがれたわたしに追い打ちをかけるようなまねをしたら、父は許さないでしょうね」ナタリーはカップを持ったままサラザールを見た。「父の復讐の仕方が知りたい？　まず、取り引きを中止する。そして、カルテルの弱体化をはかる。ファンも馬鹿じゃないから、いきなりファンを残酷なやり方で始末する。それから相応の時間をおいて、そんなことにならないようにしようとしている。だから、とても物分かりのいい夫の隣で、わたしは妻の座を確保している。このままずっとそうするつもり。だから、作戦は多少変更するとしても、あなたの杜撰なやり方で計画をだいなしにされたくない」

　サラザールはしばらく無言でナタリーを見つめていた。「なぜ何もかも話す気になった？」

「訊かれたから」

「前にも訊いたが、はぐらかされた」サラザールはにやりとした。「いつもセックスでごまかされて」

「大いに楽しんだんじゃなかった？」

「なぜ今になって話す気になったんだ？」

「岐路に立たされたからよ。あなたはわたしと寝るのが好きだし、共犯者だと思っているくせに、わたしに敬意を払ってくれない」

「払っているさ」

「わたしをちゃんと評価してほしい。どこまで考えているか話したら、あなたも考え直すと思ったの。わたしがいないと、この計画はうまくいかないわけだから」

「必ずしもそうじゃないだろう。きみの計画どおりにいったら、カスティーノはますます強くなる。それは困る。おれとしては、きみの亭主をカルテルもろとも引きずりおろしたい」

「作戦を変更する可能性はあると言ったでしょう」ナタリーは肩をすくめた。「あなたが勝ったら、ファンはおしまいよ。そうなったら、わたしにとって何が最善か考えなくちゃ」カップを置いて、テーブルに腕をのせると、サラザールにほほ笑みかけた。「可愛いマヌエラを始末してもらうことになるかも」

サラザールはぎくりとした。「おれは今の生活も家族も失いたくない。おれたちの関係と個人の生活は別だ」

ナタリーは笑い出した。「あなたもやっぱり男ね。何もかも手に入れたがる。まあ、いずれわかるわ。はっきりしているのは、トップに立つのはわたしだということ。あなたが協力してくれてもくれなくても」そう言うと、立ち上がった。「着替えをするわ。フランコに電話して、ジェーン・マグワイアの調査がすんだか訊いてみたら？」寝室に向かいながら、つけ加えた。「念のため、ね」寝室に入ってドアを閉めた。

二十四時間後
エディンバラ

「起きてくれ、ナタリー」サラザールは寝室に入ると、着替え始めた。「やっとフランコから電話があった」

「ずいぶんかかったのね」昨日、サラザールが電話したとき、フランコは応答しなかったのだ。ナタリーは待たされるのが大嫌いだ。「もう一口このホテルにいるはめになってたら、どうなったか……」掛け布団をはねのけてベッドからおりた。「だから、もっと信頼できる人間に調べさせたほうがいいと……」そこでやめた。だから言ったのにと追及されると、男はすぐ怒り出す。「何か動きがあったの？」

「おそらく。フランコはギャラリーに的を絞って、マグワイアのエージェントやほかの職員から話を聞いたそうだ。マグワイアはあまり人づき合いのいいほうではなくて、ギャラリーを訪ねてくるような友人はほとんどいなかった」サラザールは携帯電話の画面を見ながら続けた。「セス・ケイレブ、ジョン・マクダフ――この男は伯爵で、〈マクダフの走路〉という城に住んでいる――そして、マイケル・トレヴァー。いや、トレヴァーは除外していい。少し前に亡くなっている。つまり、マグワイアが助けを求めるとしたら、ケイレブとマクダフだろう」

「フランコは住所を突き止めたの？」

「おれが調べた。フランコはすでに〈マクダフの走路〉に向かっている。マクダフは一年の大半をそこで過ごすらしい。だが、ギャラリーで聞き出した電話番号にいくらかけても出なかったそうだ」

「会って話を聞いたほうが効率的なのは、パイロットのときで検証済みよ。相手が伯爵なら、同じ手は使えないでしょうけど。わたしたちも行ったほうがいいんじゃないかしら。わたしなら、うまく聞き出せるかもしれない」

サラザールは首を振った。「それより、ケイレブに当たってみよう。マクダフのほうは時間の無駄かもしれないし、リスクは分散したほうがいい」そう言うと、立ち上がった。

「フランコには報告を入れるよう言ってある。いざとなったら、行けばいい」

「あなたがそう言うのなら」ナタリーも立ち上がってバスルームに向かった。「わたしは助手みたいな存在だから」

「そう言いながら、自分の思いどおりにする気だろう。そうはさせないぞ」

ナタリーはほほ笑んだ。「いやに警戒するのね」そう言うと、バスルームのドアを開けた。「わたしは喜んで協力するわ。そのためにいっしょに来たんだから」

翌朝
ゲールカール湖

マクダフが、イヴと並んで発掘作業をしているジェーンのそばに来て言った。「マクタヴィッシュに大至急メモと写真を送るように頼んでおいた。すぐ取りかかると言っていたが、少し時間がかかるかもしれない。今、フィルムをプリントしているそうだ」

「ありがとう」ジェーンは地面に座ってマクダフを見上げた。「あなたも見てみたいでしょう。もう一度写真を見たら、何か思い出せそう?」

マクダフは首を振った。「どうかな。最初に見たときも特に何かを探していたわけじゃないから。きみはどう?」

「あなたが知っている以上のことは知らないもの」

「作業に戻るよ」マクダフはその場を離れようとした。「正直なところ、これ以上ここで発掘を続けても無駄なような気がしてきた。計画を見直そうかと思っているんだ」

マクダフが立ち去るのを見届けてから、イヴはジェーンに顔を向けた。「なんの話だったの?」

「昨日いっしょに行った湖を大学生のグループが探検したことがあって、そのとき撮った写真とメモをマクダフがアシスタントに頼んで送ってもらうことになったの」

「なぜわざわざそんなことを?」

「ちょっと見てみたくて」ジェーンは視線をそらせた。「あなたから湖のことを聞いて興味を持ったのよ。あなたもあの湖には惹かれるものがあるんでしょう?」

イヴはうなずいた。「でも、あなたほどではなさそう。最初に湖に行ったとき、ジョーから電話があって、それどころではなくなったから」そう言うと、しばらく黙っていた。「でも、昨日のあなたには少し驚いた。まるで異次元に行ってしまったみたいだった」

ジェーンはイヴと目を合わせた。「何か言いたそうね」

「話してくれるでしょう?」

「シーラの夢を見たと言ったでしょう」ジェーンは話し始めた。「夢に湖が出てきたの。昨日も言ったけど、現実のいろんなことが引き金になって夢を見たのかもしれない。だから、夢と現実とは違うという証拠がほしかっただけ」一呼吸おいて続けた。「隠すつもりはなかったの。でも、よけいな心配をさせたくなかったから」

「あなたが何年もシーラの夢に悩まされていたときもそばにいたわ。今さらわたしが心配すると思う?」

亡くなった子どもの夢だったから。ジェーンは心の中でつぶやいた。それで、不吉な予感を抱かせたくなかった。

「それはそうだけど。妊娠中は神経過敏になるというから」

「神経過敏って、わたしが?」

「あなたに限ってその心配はなさそうね」ジェーンは作業に戻った。「よかったら、送ってもらった写真を見せるわ」

「ええ、そうして。ケイレブによると、湖の一帯は外からの攻撃を受けやすいそうだから、わかるかぎりのことは知っておきたい」

「わかった。ただ、写真やスケッチが役に立つかどうかは疑問だけど」

イヴは肩をすくめた。「でも、見てみないとわからないでしょう」そう言うと、しばらく無言で土を掘っていた。それから、意を決したように話し出した。「なんだか、この頃……これまでと違うの。自分でもわたしらしくないと思う。昨日だってそう。シーラの夢のことをもっと訊けばよかったのに、妊娠しているのをあなたに知られたと気づいたとたん、ほかのことは何も考えられなくなって」

「それが普通なんじゃないかしら」

「そう思う？　何事にも集中しきれないというか、まわりが見えないわけじゃないのに」

イヴは遠くの丘を眺めた。「ここは本当にきれいなところだと思う。でも……今でも待っているような気がする」

「どういうこと？」

「遠い昔からずっと変わらないままなのに、でも、まだ何かを待っている。そんな感じがしない？」

「言われてみれば……」ジェーンはイヴの視線を追った。そして、はっとしたように首を振った。「どうしたの、イヴ？　わたしをシーラ一族の末裔だと信じ込んでいるマクダフに引きずられないように、現実につなぎ止めてくれるのがあなたの役割なのに」

「そうだったわね」イヴは苦笑した。「わたし自身、いろんなことを待っているから、そんな気になっただけかもしれない」まだぺたんこのお腹を見おろした。「赤ちゃんがどんどん育つのを待っている。ジョーがここに来て、またいっしょにいられるのを待っている」石垣の上に座って水筒から水を飲んでいるカーラに目を向けた。ジョックが地下牢(ちかろう)をシャベルで掘り起こす様子を眺めている。「あの子が安全な場所に落ち着けるのを待っている」

「ゆうべジョーから電話はあった？」

イヴはうなずいた。「早くこっちに来たくてじりじりしているわ。もう限界だと言って」そう言うと、眉をひそめた。「ジョーとわたしたちの安全を第一に考えなければいけないのはわかっているけど、わたしももう限界かもしれない。ジョーにそばにいてほしくてたまらない」ため息をついた。「こんなスプーンで土を掘るのはうんざり。せめてシャベルを使いたい」

「同感。時間の無駄じゃないかと思えてきた」ジェーンは笑いながら作業に戻った。「もう少しの辛抱よ。ジョックもマクダフも同じ気持ちになっているようだから」

イヴはうなずいた。「そうでしょうね」霧と影に包まれた緑の丘にまた目を向けた。

やっぱり待っている。

何かを待っている。

そして、その何かがもう少しでやってきそうな気配が……。

「この暑さだから、喉が渇いただろう」マクダフが作業中のジェーンのそばで立ち止まった。「こんなに働かせて悪いね」

「どうしたの、マクダフ?」ジェーンは言い返した。「あなたがそんな殊勝なことを言うなんて」

「きみも皮肉屋だな」マクダフは苦笑した。「わたしのテントで一休みして水でもどうかと思っただけだよ」

ジェーンは無言で見つめた。

「ついさっきマクタヴィッシュからメールが届いた。きみも見たいかもしれないと思って、プリントアウトしておいた」

ジェーンは腰を浮かすと、手についた土を落とした。「もっと時間がかかると思っていたわ。重要なことだと言って急かしてくれたのね」

「何が重要なのかはわからなかったが、きみを喜ばせたくてね」

「ちゃんと見返りを期待しているんでしょうね」

「まあね」マクダフはその場を離れかけた。「その前に手を洗ったりしたいだろう。十分後でどうだ?」

「あなたさえよければ、イヴにも見せたいんだけど」

「いや、それは遠慮してほしい。きみだけに特別に見せるわけだから」そう言うと、マクダフは足早に遠ざかっていった。

ジェーンは首を振って、額にかかった髪を払った。わたしだけに特別に見せると言っていた。あまり見せたくないものが写っていたのだろうか? わたしを喜ばせるためだと言っていたけれど、急がせたのはそれだけが理由ではなさそうだ。でも、それはどうだっていい。わたしは写真さえ見せてもらえばいいのだから。

五分後にはマクダフのテントに行った。

「早いな。よっぽど見たかったんだね」マクダフは水筒を差し出した。「ほら、深呼吸して、気持ちを落ち着けるんだ」

「早く見せて」

「見せないとは言わないが、その前に訊きたいことがある。きみだって薄々気づいていたはずだよ」

やっぱり、こう来たか。たしかにこの反応は予想していた。「それは脅し?」

「人聞きの悪いことを言わないでくれ。同じ目標を持つ二人の人間の情報交換だよ」マクダフの口調が厳しくなった。「情報を提供するからには、きみにも求めたいものがある。

なぜあのメモや写真を見たいんだ？　その理由が知りたい」

　ジェーンは答えなかった。

「受け取るだけでは話がうますぎると思わないか？」

　できることなら、シーラの夢のことは打ち明けたくなかった。自分の胸におさめておくことで、夢は夢にすぎず、現実とは関係がないと自分に言い聞かせることができたからだ。でも、このままではマクダフを納得させることはできないだろう。

「わかったわ。夢を見たのよ」ジェーンは感情を押し殺した声で言った。「夢の中でシーラは湖のそばにいた」

　マクダフははっとした顔になった。「そんなことだろうと思っていたよ」そう言うと、笑みを浮かべた。「いや、そうだといいと思っていた」

「期待しないで。ただの夢だし、あんな夢を見た理由はいくらでも考えられるんだから」

「そう言われても、期待せずにいられないよ」マクダフは興奮を抑えきれないようだ。

「その夢のことを聞かせてほしい」

　ジェーンはしばらく無言でマクダフを見つめてから、簡単に夢の内容を説明した。

「わたしはただ――」

「きみの言いたいことはわかる」マクダフがさえぎって言った。「こんなことだろうと思っていた。いつ打ち明けてくれるかと待っていたんだ。だが、もうあまり時間がない。写真とスケッチを見て、メモに目を通してくれないか。何かひらめくものがあるかもしれない」

「だといいけれど」ジェーンは写真を見た。「どれもぼやけているわね。何も見えないわ」

「よく見てごらん。何か特定のものを探しているんだろう?」

「実際にあるかどうかわからないし」ジェーンはメモにざっと目を通した。「ここにも何も書いてないわ」

「何を探しているんだ?」

「洞窟」ジェーンは学生が描いた三枚のスケッチを手に取った。「写真よりこっちのほうが期待できそうね。洞窟があるとしたら、湖の北岸だと思うの」

「夢の中でカーラが何度も洞窟のことを言ったんだね。息子がよく洞窟で遊んでいて、そこから出てくるのを見た、と」

「でも、実際にあるとはかぎらない」一枚目のスケッチを眺めて脇に置くと、二枚目を取り上げた。「ほら、これにも何も――」はっとして言葉を切った。スケッチの上の隅に目を引くものがあった。「これは何かしら? 走り書きしたような線が何本かある。きっと急いで描いたのね。ひょっとしたら……」ジェーンは唇をなめた。「でも、証拠にはならないわ」

マクダフもスケッチを見おろしていた。ジェーンが言ったように、何本か線が描かれている。茂みか、岩か、何かそんなものが入り口をふさいでいるように見える。「だが、ひょっとしたら、これが洞窟かもしれない」

ジェーンは三枚目のスケッチを見た。「ここには何もないわ」スケッチをデスクの上に投げた。「やっぱり、洞窟があったという証拠にはならない」

「可能性を否定することばかり考えるのはよそう」マクダフが穏やかな声で言った。「証拠はなくても、あの霧の中を探検する価値はあるんじゃないかな」

「あなたはあの夢を信じたいんでしょうね。ずっと夢の暗示を信じてきたから」

「ああ、必死だったからね。シーラの黄金を探すのは、それ自体、見果てぬ夢だった。ありとあらゆる方法を試みたが、どれもうまくいかなかった。そんなとき、きみに出会ったんだ。そして、いつかきみが手がかりを与えてくれると信じていた」

ジェーンは首を振った。「わたしにそんな力はないわ」

「きみも頑固だね。あの洞窟が手がかりになるのはわかっているだろう。わたしだってすぐぴんときたくらいだ」

「わたしは……シーラが洞窟のどれかに息子を埋葬したんじゃないかと」

「その可能性はある」マクダフはジェーンと目を合わせた。「そして、金貨の箱をいっしょに埋めた可能性も。金貨の箱はもともとヘルクラネウムの洞窟に隠してあったんだ。それをヴェスヴィオ火山から逃れてスコットランドに渡ってきたとき、シーラが携えてきた。

こっちでも洞窟に隠すのが安全だと思ったとしても不思議はない」

「息子が箱を守ってくれると信じていたのかもしれないわね」ジェーンは小声で言った。「そうすることで、息子をいつまでも一族の人間として記憶にとどめようとしたんじゃないかしら」

「そんなことを考えていたのか」マクダフが言った。「自分のことは一族の人間と認めようとしなくても、シーラの一族には関心があったんだね」

言われてみれば、そのとおりだ。それを認めたくなかっただけだった。「それで、どうするつもり？」

「きみはどう思う？」マクダフは不敵な笑みを浮かべた。「湖に行って、シーラが霧の中に隠したものを探す。それしかないだろう」

「粛々と。敬意を払いながら」

「シーラはわたしの祖先だからね。一族の人間だ。敬意を表するに決まっているだろう」

「そうね」ジェーンはかすかな笑みを浮かべた。「それにしても、シーラの黄金探しを始めてずいぶんになるわね」

「シーラはわたしに受け継がせたがっている。そうじゃなかったら、きみがあんな夢を見るわけがないだろう」マクダフはそう言うと肩をすくめた。「それに、この城跡をいくら探しても無駄じゃないかという気がしてきたんだ」

「まだほんの数日なのに」

「きみだって時間の無駄だと思っているんだろう?」

「そんなこと言った覚えはないわ」

「口に出さないようにしているだけだ。シーラと彼女の息子につながる場所からわたしを遠ざけたくなかったから」マクダフはジェーンの目を見つめた。「その一方で、シーラが遺したものが永遠にうずもれてしまわないように、わたしたちを助ける大きなヒントをくれた」

「わたしたち? それで助かるのはあなただけでしょう」

「それはないだろう。きみも一族の人間だ。家族のようなものじゃないか」

家族。ジェーンはぎくりとした。ここ何日か、家族という言葉を何度も使った。ジェーン自身も、イヴも口にした。そして、今、マクダフから家族と呼ばれている。

あの夢の中でシーラは息子の死に打ちひしがれながら、家族としての務めを果たそうとしていた。

「否定できないだろう?」マクダフがジェーンの顔を見つめながら言った。「なんのためにわたしがずっとがんばってきたか、きみも知っているはずだ。お金のためじゃない。シーラが築いたものを守るためだ」一呼吸おいてから、強い口調で続けた。「いっしょに守ろう、ジェーン」

「しつこいようだけど、ただの夢かもしれない」

「それを確かめに行くんじゃないか」マクダフは譲らなかった。「やってみよう」

言われてみれば、そのとおりだとジェーンは思った。マクダフにはただの夢かもしれないと言ったけれど、心のどこかで、シーラが何か伝えようとしているのではないかという思いが捨てきれなかった。はっきりさせるには、湖を調べるしかない。

「あなたに押しきられたかっこうね」ジェーンは苦笑した。「わたしもとても心惹かれる。いつ行くつもり？」

「それでこそきみだよ」マクダフは頭をのけぞらせて笑った。「そうと決まったら、すぐ行こう。早いほどいい」

「数時間後には出発ということ？　湖のそばにキャンプするの？」

「そういうことになるね。テントに戻って荷物をまとめておいで。ケイレブとジョックにはわたしから伝える」マクダフはデスクの上の写真やスケッチをかたづけ始めた。「マクタヴィッシュに電話して、濃い霧の中でも使える特殊カメラと強力なフラッドライトを用意させよう」

「あの学生たちはそういうライトを持ってきていなかったの？」

「許可を得たうえで探検したわけじゃないからね。霧の中で何に出くわすか知らなかったんだろう」マクダフはにやりとした。「その点はわれわれも同じだがね。わくわくするだろう?」

わくわくしてなんかいないときっぱり否定したかったけれど、ジェーンは興奮を抑えきれなかった。まだ小さかった頃、冒険に憧れて、道を曲がったら何が待ち受けているだろうと心を躍らせたことを思い出した。「ちゃんと役に立つ装備を用意するようにマクタヴィッシュによく言っておいてね」

「ああ、きみがそう言っていたと伝えるよ」マクダフはさっそく電話をかけ始めた。「イヴとカーラに急いで支度するように言ってくれ。日が暮れるまでにベースキャンプを設営したい」

「わかったわ」ジェーンは出口に向かった。「領主さまの命令には従わなくちゃ」

「そのとおり」マクダフは満足そうに笑った。「やっとわたしの立場を理解してもらってうれしいよ」

「冗談よ」ジェーンは振り返った。「わたしがしたいからするだけ。命令するのはわたしよ。そうじゃなかったら、湖を調べたりしない」そう言うと、マクダフに笑いかけた。

「あなたを利用させてもらったの」

面白そうに笑うマクダフの声を聞きながらテントを出た。高揚感は今も変わらないが、喜んでばかりもいられなかった。マクダフにとってシーラの黄金探しは新たな段階に入ったことになる。適当にごまかすこともできただろうし、夢のことなど教えなくてもよかったのに、マクダフの熱意が伝染したのだろうか。突然、キャンプ地を変更する理由をイヴにどう説明すればいいだろう？

　本当のことを話すしかない。夢のことを何もかも打ち明けよう。そして、シーラが過去からよみがえってきたから、最後にもう一度だけついていかなければならないと言ってみよう。


「なぜもっと早く言ってくれなかったの？」イヴは穏やかな声で訊いた。「夢を見たとは聞いたけれど、くわしいことは知らなかった。わざと黙っていたの？」

「特に意味のない夢だと思いたかったからよ。その気持ちは今も同じ」

「でも、心のどこかに信じたい気持ちもあるみたい」イヴはジェーンの顔を見つめた。「こんな表情をしたあなたを見るのは久しぶりよ。このところ、いろいろあって……あなたもつらい思いをしてきたわ。でも、最愛の人を亡くしても、なんとか生きていけることにも気づいた。シーラの夢を見たくないのは、トレヴァーと出会ったときのことを思い出すからでしょう？　つらい思い出がよみがえるから」

「トレヴァーのことでつらい思い出なんかないわ。最後に彼が撃たれたときは別だけど」ジェーンは口元を引き締めた。「シーラは彼といっしょに追いかけた壮大な冒険のほんの一部。彼もマクダフのようにシーラの黄金を探していた」

「その冒険を再開するわけね。やれるところまでやってみたくなったのね。シーラに託されたことを実現したくなった。そうでしょう？」

ジェーンは少し考えていた。「そうかもしれない」

「だとしても、夢のことをくわしく話してくれなかった理由がまだわからない」イヴはしばらく考え込んでいたが、やがてはっとした顔になった。「子どものことでしょう？　夢の中に亡くなった子どもが出てきたから」そう言うと、首を振った。「でも、あれは家族愛にあふれた夢で、未来への希望も感じられたわ。それに、シーラは自分で思っていたよりずっと遠い子孫に一族の財宝を遺すことができたのかもしれない。わたしが亡くなった男の子のことを気にするとでも思ったの？」

「たしかに、あのときはそれが心配だった」

「あなたらしいわ。わたしが傷つくようなことはぜったいに口にしない」

「あたりまえでしょう」

「シーラが空想の産物だとしたら、あなたが見た夢だってそうよ。シーラが夢を通して何か伝えたいのだとしたら、子どもは死ぬこともあるとわたしに警告するためだとは思えない」イヴはきっぱりした口調で続けた。「それに、シーラとわたしはよく似ているの。どちらも自分の子どもは自分で守る。わたしはお腹の子どもが無事に生まれるように最善を尽くすし、その子のためにできるかぎり戦うつもり。シーラに励まされなくても、その覚悟はできているわ。だから、シーラが何か伝えようとしたなら、相手はわたしじゃなくてあなたよ、ジェーン」

「取り越し苦労するなんて、わたしも馬鹿ね」

「そんなことないわ」イヴはそばに寄ってジェーンを抱き締めた。「それだけ私を心配してくれている証拠よ」そう言うと、体を離した。「さあ、カーラをジョックのそばから引き離して、荷物をまとめさせなくちゃ。日が暮れるまでに湖のそばにテントを張るとマクダフが本気で考えているのなら、急いだほうがよさそう」

「彼は本気よ」ジェーンはカーラに視線を向けた。

「あなたには黙っていたけれど」イヴは薄い笑みを浮かべた。「実は、カーラも不思議な夢を見た経験があるそうよ。シーラの夢のことも、楽しいおとぎ話のようだと思っているんじゃないかしら」そう言うと、ジョックに目を向けた。「あの子にとっては、ジョックもおとぎ話の登場人物かもしれない。本当はそうじゃないと言い聞かせなくちゃいけないでしょうけど、あの子の夢をこわす勇気がないの。おとぎ話には野獣やモンスターもたくさん出てくるってカーラにはわかっているかしら。シーラの人生は苦労の連続だった。でも、最後は幸せになれたわ」ジョックを身振りで指した。「でも、彼はどうかしら？　まあ、昔にくらべるとずいぶん落ち着いてきたし、カーラがハッピーエンドのおとぎ話しか信じていなくても、今はそれでいいとしなくちゃ」

「そうね」ジェーンはそう言うと、自分のテントに向かい始めた。「シーラもジョックも、野獣やモンスターと戦って、最後には勝利をおさめた。だから、きっとお姫さまを守ってくれるわ」

11

「今、〈マクダフの走路〉です」その日の午後遅く、フランコがサラザールに電話してきた。「今のところ、城主は不在ということしかわかりません。居所を突き止めるのはけっこう大変で。ひょっとしたら、城の衛兵が嘘をついているのかもしれないし。だとしたら、ダンカンと子どももここにいる可能性もある。どうやったら情報が引き出せるか考えているところですよ。城の周辺には歩哨がいるし、村の連中はやたらに口が堅い。村のばあさんに最近城に誰か来なかったかと訊いただけで、ぎょっとした顔をされましたよ。城で訊けと言うなり逃げるように行ってしまった。村中でマクダフをかばっているみたいです」

「自慢の魅力を振りまいたらいいじゃないか」サラザールは言った。「袖の下が通用しないときだってある」

「それはそうですが、まだ二、三日かかるかもしれないと伝えておきたかっただけです。なにせガードが堅いから。そっちはどうです？　セス・ケイレブのことは何かわかりましたか？　マクダフほど大変だとは思えませんが」

「それがそうでもなくてね」サラザールは苦い口調になった。「自宅は戸締まりされているが、衛兵がいるわけじゃない。だが、町の連中に何か訊こうとしても、すっといなくなってしまうんだ」

「町の連中もケイレブをかばっているんでしょうか」

「いや、恐れているらしい。何があったかわからないが、ショックを引きずっている感じだった。要するに、ケイレブの場合は、衛兵なんかいなくても、情報が漏れる恐れはないわけだ。とにかく、マクダフのことを大至急調べてくれ」

「わかりました」フランコは電話を切った。

「何か手がかりは見つかったの？」ナタリーがじれったそうに訊いた。

「いや、具体的なことはまだわからない」

「イヴ・ダンカンはどうかしら？」ナタリーが言った。「ずっと考えていたのよ、今回の件で鍵を握っているのはあの女じゃないかって。情にもろいところがあるから、やり方次第で誘導できると思う。カーラの安全を守るために自宅に連れていったくらいだから。わたしに任せてくれたら、あの女から情報を引き出してみせるわ」

「忘れているなら言っておくが、今、そのダンカンとカーラを捜しているところだ」

「だったら、ジョー・クインに当たってみれば？　あの男にもっとプレッシャーをかければばいい。ダンカンはカーラを守ろうとしたぐらいだから、クインを餌にすれば、なんだってするはずよ」

「クインのことはおれがやる。言われなくても、やるべきことはわかっている」サラザールはナタリーに目を向けた。「どうだ、パブに行って探りを入れてくれないか？　きみが魅力を発揮したら、町の連中もあっさり口を割って、セス・ケイレブのことを話してくれるだろう」

「いいわ」ナタリーはにっこりした。「あなたよりうまくやってみせる。セス・ケイレブという男が知りたくなってきたし。どうしてそんなに恐れられるのか、とても興味がある。きっと魅力的な男でしょうね」そう言うと、抜け目なくつけ加えた。「あなたもケイレブみたいに周囲から恐れられる存在になれるといいわね、サラザール」

太陽が沈みかけた頃、ジェーンは湖のそばの道路にランドローバーをとめた。「着いたわ」車からおりると、荷物をおろし始めた。「どう、ここは気に入った、カーラ？」一面に立ち込めた霧が残照を浴びて赤く輝いている。どこか現実離れしていて、異次元の世界に迷い込んだようだ。

「別の惑星に来たみたい」カーラが言った。「地球以外の惑星に移住する人をいっぱい乗せた宇宙船の映画を見たことがあるけど、こんな感じだった。その惑星がとてもきれいなのは話ができすぎだってエレナが言っていた。いかにもハリウッド映画らしいって」ランドローバーから飛びおりると、その場に立って湖を見おろした。「でも、ここはハリウッドじゃないわ」

イヴも車をおりてそばに立った。「ちょっと変わったところだと言ったでしょう。わたしも日暮れにここに来たのは初めてよ」

「すてき」カーラは湖におりる坂に近づいた。「ここ、気に入ったわ」深く息を吸い込んだ。「あの霧の中を探すの？」

「まだわからない。霧の中をどれだけ照らし出せるか次第よ。濃い霧の中で足を踏みはずして湖に落ちたら大変だもの」

「洞窟に迷い込むかもしれないしね」カーラは霧を見つめたまま言った。「また洞窟のあるところに来たなんて、なんだか変な感じ。あのときイヴとジョーが助けに来てくれなかったら、わたしは洞窟で死んでいたわ。なのに、また洞窟だなんて」

「あの洞窟は海のそばにあったし、大きくてとても奥が深かったわ」イヴは言った。「マクダフはここにも洞窟があると考えているようだけど、あったとしても、もっと小さな洞窟でしょうね。ひょっとしたら、洞窟なんかないかもしれないし」

「でも、ジェーンも洞窟があると思っているみたい」

「ジェーンはちょっと混乱しているみたいね」

「でも、生き生きしている。見ただけでわかるわ」

「そうね」イヴは答えた。「どんな結果になるとしても、ジェーンが元気を取り戻してくれてよかった。わたしもあんなに生き生きしたジェーンを見たのは久しぶりよ」

「それに、ジェーンはここを怖がってないわ」カーラはまだ霧を見つめていた。「ここに来てなんだか……安心したみたい」

イヴははっとしてカーラを見つめた。「どういうこと？　あなたにはここを怖がる理由があるの？　さっきここが気に入ったと言ったけれど、それでも怖いの？」

「ちょっと怖い。気に入ったのは本当よ。でも、ここはなんだか不気味で。わたしが助けてもらった洞窟では、怖いこともあったけど、まわりがちゃんと見えた。でも、ここは霧で何も見えない」

「霧の中に入らなければ怖がることはないわ。湖の南側でキャンプするだけだから」

「怖いけど、霧の中に入ってみたい」カーラは笑みを浮かべた。「わたしもジェーンと同じ気持ちよ。霧の中に何があるか見てみたい」

イヴはうなずいた。「この霧を見るとなんともいえない気持ちになるのはあなただけじゃないわ。ケイレブから聞いたけれど、地元ではここはこの世の始まりか、それとも、この世の終わりのどちらかだと言われているそうよ。でも、別の惑星に来たみたいというあなたの言い方のほうが、わたしはずっと好きだわ」そう言うと、ランドローバーを振り返った。「さあ、ぼんやりしていないで、ジェーンが荷物をおろすのを手伝いましょう」ジョックを乗せたケイレブの車が近づいてきた。その後ろにはマクダフが運転する、機材を積んだトラックも見える。「まあ、あとはマクダフとジョックに任せてもいいわね。突然、ここにキャンプすると言い出したのはマクダフだから」

「手伝ってくる」カーラは車に向かって走り出した。「どうせジョックが何もかもやるんだもの。マクダフは恩人だから、自分が働かなくちゃいけないと思っているみたい」

イヴは首を振りながらランドローバーの反対側に回って、〈コールマン〉のランタンをおろそうとしていたジェーンに手を貸した。カーラはジョックのこととなると夢中になる。でも、今そのことでカーラをたしなめても、聞く耳を持たないだろう。ジョックに相談したところで、軽くかわされるのがおちだ。今はそんなことよりも、誰もが自分にできることを精いっぱいやるしかなさそうだ。

「おれが運ぶよ」ケイレブはジェーンが運ぼうとしていた寝袋を肩にかつぐと、二灯のランタンを受け取った。「きみは手術してからまだ数週間しか経っていないんだからね。重いものを持ち上げたり運んだりしてはいけないよ」

「もうだいじょうぶよ」ジェーンはランタンを取り戻そうとしたが、諦めた。「急にせっせと働き出すなんて、どういう風の吹き回し？　お城の発掘作業には加わらなかったのに」

「きみだってそれほど重労働したわけじゃないだろう。マクダフはきみが愛想を尽かして帰ってしまわないように気をつかっているからね」ケイレブはランドローバーからスケッチブックとノートパソコン用バッグを取り出して、ジェーンに渡した。「これならそれほど重くないから」そう言うと、にっこりした。「ぐずぐず言っても時間の無駄だよ。これでも、みんなが湖のほうに行くまで待っていたんだ。きみがおれに荷物を運ばせて責任のがれしているなんて思われないように」

「これを運んだら、もう一度戻ってきて、残りの機材を運ぶのを手伝うわ」

ケイレブは首を振った。「それよりイヴやカーラを手伝ってテントを張ったほうがいい。きみたち三人で張れるなら、おれはなにも貴重な時間とエネルギーを費やして、マクダフとジョックがベースキャンプを設営するのに手を貸さなくていいわけだ」そう言うと、坂をくだり始めた。「急いだほうがいい。日が沈んだら、もっと大変になる」

ジェーンは少しためらってから、ケイレブのあとに続いた。「これこそあなたの貴重な時間とエネルギーの無駄遣いよ。わたしはもう元気になったから」

「完全に回復したわけじゃない。この前イヴとここに来たとき、坂をのぼるのに息を切らしていた。頬が紅潮して、血流がこめかみで脈打っていたはずだ。きみはまだ元通りじゃないんだよ」

言われてみれば、そのとおりだった。「でも、あのときは何も言わなかったのに」

「言ってもしかたがなかったから。それに、今ちゃんと言っているだろう」

「自分の体のことは自分で気をつけるわ。あなたは自分のことだけ考えて」

「そうできたらいいが、そういうわけにいかないんだ。どうしても、きみのことが気になって」ケイレブは湖岸にいるマクダフとジョック、イヴとカーラに目を向けた。太陽はほとんど沈んでしまったが、まだ寝袋や機材の仕分けをしている。「おれは彼らとまったく違うのに、きみといると、彼らのようになりたいと思うときがあるよ。トレヴァーといるときもそう感じた。これは危険な兆候だ」

「それなら、自分の身を守ることを考えたら？　あなたに変わってほしいなんて思ってないわ。わたしには関係のないことだもの」

ケイレブは急に笑い出した。「きみを変える方法を見つけないかぎり、自分を守るのは無理だと思う。ずっとそのためにがんばってきたような気がするよ。どうだい、ジェーン、暗黒の世界に足を踏み入れてみないか？　きっと面白いよ」

「そんなことを言われたって」ケイレブを見ていると、言葉が続かなくなった。薄闇と霧に包まれているのに、ケイレブから強烈な熱気が伝わってくる。

そして、あの目。まるで吸い込まれてしまいそう……。

ジェーンは息ができなくなった。鼓動が速くなるのがわかった。

「やっと乗り気になってくれたみたいだね」ケイレブが喉にからんだような声で言った。「でも、タイミングが悪い。おれの両手は機材でふさがっているし、みんなに見られる恐れがある。おれは見られたってかまわないが、きみはあとでおれを責めるに決まっている」突然、彼は不敵に目を輝かせた。「いや、そんなことはどうだっていい」ランタンをおろすと、ジェーンに近づいた。「どっちにしたって、きみはおれのせいにするだろうし」

ケイレブは両手の親指をジェーンの喉の窪みに当てて顔を上げさせると、唇を重ねた。

胸がますます高鳴って、ジェーンは陶然となった。こんなことをしてはいけないと頭でわかっていても、どうすることもできなかった。

自分から身を寄せて、彼を受け入れようとした。

「車に戻ろう」ケイレブがささやいた。「おれたちはいつかこうなる運命だったんだ。きみはどうしたい？」

やめることは考えられなかった。今さらやめられない。彼を受け入れる気でいるのに。

熱に浮かされたようにケイレブを求めていることに気づいて、ジェーンはショックを受けた。わたしはどうかしてしまったのかしら。

「どうした？」ケイレブがつぶやいた。「急に体をこわばらせたりして。気が変わったのか？」そう言うと、体を離した。「だったら、さっさとおれから離れてくれ。そうじゃないと、きみを突き放さなくてはいけない」そう言うと、身をかがめて、さっき地面におろしたランタンを取り上げた。「おれはトレヴァーでもジョックでもマクダフでもない。きみをずっと求め続けてきて、もう少しでそれが実現するところだったのに」荒々しい口調で言うと、坂をおり始めた。「きみもおれを求めていた。きみもおれと同じようにずっと求め続けてきたんだ」

ジェーンはケイレブを見つめながら、呼吸を整えようとした。「わたしはそんなつもりでは……わたしたちに惹(ひ)かれ合うものがないとは言わないけれど――」

「惹かれ合うなんて生やさしいものじゃないよ。本気でぶつかり合ったら吹っ飛んでしまう。きみが用心深く、そうならないようにしているだけだ。いずれそうなる運命なんだ。今夜のきみはいつになく警戒をゆるめてくれた。ただ思いがけないことだったから、おれの心の準備ができていなかった」

「警戒をゆるめたつもりはないわ」ジェーンは言い返した。「あなたに腹を立てていたのに、なんだか急に――」肩をすくめた。「本当にどうかしていた。いつものわたしらしくないわ」

「そうかな？　案外、こっちが本当のきみかもしれないよ。おれといると、頭で考えるのをやめて、全身で感じるようになるだろう？」

たしかに、五感が研ぎ澄まされていた。今でも、喉に彼の指が当たっているような気がするし、乳房が痛いほど張っている。

そんなことを考えてはだめ。

本当にどうかしていたのだし、こんなことを二度と繰り返してはいけない。「わたしはこんなこと望んでいなかった。これからはこうならないように気をつける」ジェーンは唇をなめた。「わたしが悪かったのよ。あなたのせいにしたいところだけど、それはできない。どうしてかわからないけど、心に隙ができて、それで……。二度とこんなことはしないわ」

「いや、きっとまたこうなる」ケイレブはジェーンの視線を受け止めた。「なぜ急におれがほしくなったかわからないか、ジェーン？　おれにはよくわかるよ。きみが元気を取り戻したからだ。ずっとその時が来るのを待っていた。せっかくのチャンスを逃すなんてもったいない話だが」そう言うと、にやりとした。「この調子では、最終的にベッドに入るまでどれぐらいかかるか気が遠くなってきた」

「変なことを言わないで」

「これがおれのやり方なんでね」ケイレブは湖を見おろした。「これだけ暗いと、ここで何をしているか下からは見えなかったはずだ。だが、念のために気持ちを静めてからおりていったほうがいい。熱気をむんむんさせていたら勘づかれてしまう」

ジェーン自身、それはわかっていたが、言葉にされるとむっとした。「どうしろというの？」

「おれはしばらく消えたほうがよさそうだね。このままでは、何かあったと気づかれてしまう」

たしかに、ケイレブはまだ全身から強烈な魅力を発散していた。そんな彼を見ていると、さっきの興奮がよみがえってきた。

「何もなかったような顔をしたほうがいいよ」ケイレブの口調から怒りが消えた。「きみといるとき、おれがどう感じているか、これでわかってもらえたはずだ。元気を取り戻したからには、これからは油断しないほうがいい」

「あなたに近づかないようにする口実ができたわ」

「近づかないでいられるかな？　おれは急にこの湖に惹かれ始めた。マクダフにはできるかぎり協力するつもりだ」野営地に近づくと、ケイレブはイヴに手を振った。「きっと、おれが心を入れ替えて働くようになったとみんな喜んでくれるだろう」

「マクダフが望みの物を手に入れるためにはわたしもがんばらないとね」

「きみならそう言うと思ったよ」ケイレブは薄闇の中で、湖の対岸に影のように漂っている霧を見つめながら言った。「それにしても、ここは神秘的だね。時が止まったみたいだ。初めて見たときもそう思った。きみが夢に見てしまうのもあたりまえのように思えるよ」

そう言うと、穏やかな声でつけ加えた。「きみは向こう岸まで行ける？」

「行けるわけないでしょ」

ケイレブは笑い出した。「ロマンチックな気分になっているのに、ぶちこわさないでほしいな。きみが湖に落ちたら引き上げてあげるよ。霧の中で誰かが落ちたりしないように気をつけないとね。きみのためには尽くしすぎるほど尽くしてきたつもりだが、一瞬だけでもきみを自分のものにできたから、これでよしとするか」

「おおげさなことを言わないで」ジェーンは一笑に付した。この濃い霧と夜の雰囲気に呑まれただけだ。「あなたは気晴らしがほしかっただけよ」

ジェーンはケイレブの前を通り過ぎて湖岸におりると、マクダフに呼びかけた。「遅くなってごめんなさい。ケイレブがぐずぐずしていて。でも、これから心を入れ替えて、あなたとジョックに協力すると言っていたわ。何もしないでいるのも退屈だからって。今も残りの機材は全部運ぶと申し出てくれた」そう言うと、振り返ってケイレブを見た。「そうよね、ケイレブ?」

「ああ、任せてほしい」ケイレブは荷物を地面に置いた。「そうそう、忘れるところだった」マクダフに笑いかけた。「せいぜいこき使ってくれ。きみが言ったとおりにする。きみとみんなのために働くよ」ジェーンに視線は向けなかったが、明らかにジェーンを意識してつけ加えた。「肩を寄せ合って働くのは、きっと楽しいだろう」

翌朝、イヴが目を覚ますと、枕元にカーラが座っていた。着替えをすませ、湯気の立つカップを笑顔で持っている。「おはよう。キャンプファイヤーに行ってコーヒーをもらってきた」そっとカップを差し出すので、イヴは寝袋に入ったまま起き上がった。「ジョックがベーコンを炒めていた。いい匂いがするでしょ？」

「ええ、おいしそう」イヴはコーヒーを飲んだ。「このコーヒーもおいしいわ。ありがとう」

「お礼なんかいいの。顔を洗って歯を磨きたいなら、水をもらってくるけど」

「自分でやれるわ」

「でも、わたしに任せて。あなたの面倒を見なくちゃいけないから」

イヴはそれとなくカーラを見つめた。「ジェーンから何か聞いたの？」

「えっ？」カーラはとまどった顔をした。

「なんでもない」考えてみれば、ジェーンがお腹の赤ちゃんのことをカーラに話すわけがなかった。かえって心配させるだけだ。「またジェニーの夢を見たんじゃないでしょうね？」

「そうじゃないけど、あなたの面倒を見るとジェニーと約束したのに、ずっとその約束を守れなかったから。この前の晩はバイオリンに夢中になったし、たいていジョックのそばにいて自分のことばかり考えていた。あなたの役に立たなくちゃいけないのに」

「そんなことしなくていいの。あれこれ世話を焼かれたりしたら、息がつまってしまうわ。

バイオリンのことは話し合ったでしょう。決めたとおりの時間に弾いていれば何も問題はない。それに、ジョックだって、あなたが邪魔だったら追い払うはずよ」

「どうかしら」カーラは深刻な口調で言った。「あの人……わたしが好きだから。わたしを傷つけるようなことはしないわ。だから、わたしも彼のためにならないようなことをしないように気をつけなくちゃいけないの」

「何もかもひとりで背負い込もうとしないで」イヴは言い聞かせようとした。「あなたはまだ子どもだから、子どもらしくすればいいの。したいことをしていればいい。といっても、ここではできることが限られているけれど。わたしもできるかぎり協力する。わたしに借りがあるなんて思わないでちょうだい」

「だって、実際あなたには借りがあるもの」カーラは急に笑顔になった。「でも、息がつまるなら、あんまり世話を焼いたりしない。でも、コーヒーを運んでくるくらいはいいでしょう？」

「もちろん」イヴはまたコーヒーをすすると、満足そうにため息をついた。「お返しに何かさせてくれるなら」

「でも、してもらいたいことなんか――」カーラははっとしたように言葉を切った。「ひとつだけあるけど――」

「バイオリンが弾きたいの？　好きなだけ弾いていいのよ。時間さえ考えてくれれば」

「それはわかってる」カーラは唇をなめた。「そのことじゃなくて、できたらいいなと思っているることがあるの。ゆうべ眠れなくて、ドアを開けて湖を眺めていたら」そう言うと、あわててつけ加えた。「外に出たりしてないわ。テントの中から見ているうちに、向こう岸に行けたらいいなって――」

「カーラ」

「霧の中に入って向こう岸に行こうなんて考えちゃだめと言われたけど」カーラは意気込んで続けた。「でも、どうしても行ってみたいの」

「行ってはいけないわけじゃないわ。マクダフが頼んだライトが届いたら、いくらか見通しもきくだろうし」

カーラは首を振った。「今、行きたいの。さっきキャンプファイヤーのところに行ったとき、マクダフとジョックが話していたけど、ライトは午後には着くみたい。着く前に行っちゃいけない?」

「それまで待てないの?」イヴは不思議そうに訊いた。

カーラがまた首を振った。「ゆうべ湖を眺めていたら、だんだん怖くなってきた。最初は……なんてきれいなんだろうと思った。あの霧の向こうに何があるかわからないけど、きっと向こう側もきれいなんだろうなって。でも、急に、ジェニーが死んだ森を思い出したの。あそこもきれいなところだったけど、醜いものを隠していた」

「きれいなものと醜いものが同時に存在することもあるわ。あの森でジェニーはあなたのために命を捧げてくれたんでしょう。それはとても気高い行為よ」

「うん」カーラはつぶやいた。「それはわかるけど、思い出すとつらい。ジェニーがエレナとわたしを置いて走り出したとき、どんなに怖かったか今でも覚えている。ゆうべ湖を眺めていたとき、あのときと同じ気持ちになったの。霧のせいで、頭の中で湖と森がごっちゃになっていたのかもしれない」そう言うと、また首を振った。「いつまでも怖がっていられないわ。ずっと何かに怯えて暮らしてきたのに、子どもらしくすればいいと言われたって――」手を伸ばしてイヴの手を取った。「もう逃げたくない。いつまでも怖がっていないで、ちゃんと向き合いたい。助けてくれるでしょう、イヴ?」

イヴは胸がいっぱいになった。カーラは物心ついたときから、死の恐怖に怯えながら生きてきたのだ。できることなら、恐怖の連鎖を断ち切って、つらい記憶を代わりに引き受けたい。だが、カーラはそれを望んでいるわけではなかった。堂々と恐怖に立ち向かう方法を知りたがっているのだ。生半可な覚悟でできることではない。「わかったわ。わたしにできることはなんでもする」

「ほんと?」カーラはイヴに飛びついてぎゅっと抱き締めた。「よかった」

イヴは驚いた。カーラはこんなふうに体全体で喜びを表す子ではない。この種の愛情表現ができるようになるまでには相当時間がかかるだろうと覚悟していた。

今は何も訊かないことにしよう。

黙って受け入れよう。

イヴは慎重にコーヒーカップを置くと、カーラを抱き締めた。反射的に体をこわばらせるのがわかったが、気づかないふりをした。カーラは最初の一歩を踏み出したのだから。

「喜んでくれてわたしもうれしい」カーラのこめかみにキスした。「家族だから当然だけど。でも、わたしは何をすればいいの？　さっきの話ではよくわからなかった」

焦らないで。問いつめてはいけない。ここはカーラの出方を待ったほうがいい。

イヴはカーラの体を離すと、コーヒーカップを取り上げた。「湖の北岸に行きたいのね？　最新式のライトが届いてからではだめなの？」

「あそこにあるものが変わってしまうから。ライトで照らすのは、防弾チョッキを着ていくみたいなものよ。怖いものにちゃんと向き合っているとは言えない。わたしの言いたいこと、わかる？」

「わかるような気がする。防弾チョッキを着ていくのは悪くないアイデアだと思うけど」

突然、ジェーンならカーラの言いたいことがわかるのではないかと思った。「つまり、霧がなかったら湖は……本来の姿ではないということ？」

カーラは大きくうなずいた。「マクダフが探しているものを見つけるためにライトを使うのはわかるけど、何かを失うことになると思う」笑みが消えた。「今、あそこには音楽がある。でも、ライトをつけたら音楽も消えるわ」

イヴにはどう応じていいかわからなかった。もともとカーラの言う〝音楽〟は聞こえないのだ。「わたしにはよくわからないわ」

「それでもいいの。今、向き合ってみたい」カーラは一呼吸おいた。「イヴ、あなたといっしょに。ほかの人といっしょではだめなの」

恐ろしいものが待ち構えているとしても、この美しい湖に堂々と正面からぶつかっていきたい。遠い昔、この地で新たな人生を歩み始めたシーラも、そう思ったのではないだろうか。

「イヴ？」カーラがけげんそうに見つめていた。

イヴはうなずいた。「わかった。防弾チョッキはなしね」ぶっきらぼうに言った。「でも、簡単にいきそうにないわね」コーヒーを飲み終えて立ち上がった。「それに、急がないと、マクタヴィッシュがトラックいっぱいにライトやバッテリーを積んでやってくるわ」

カーラははじかれたように立ち上がった。「これからどうするの？」

「着替えて、朝食をすませたら、マクダフとジョックとケイレブに話しに行く」

「ケイレブは見かけなかった」

「いつものことよ。ひとりでいたい人だから。ジェーンは？」

「まだテントにいた」イヴがスーツケースから38口径リボルバーを取り出すのを見て、カーラは目を丸くした。「なぜそんなものを持っていくの？　防弾チョッキはただのたとえで、なにもそんな――」

「わかってるわ」イヴは銃を上着のポケットにしまった。「でも、二人だけで霧の中に入ることをマクダフに承知させるとしたら、できるだけ防御策を講じておかないと。マクダフの話では、海兵隊時代の仲間五人が丘陵地から北岸を見張っているそうだけれど、当てにするわけにいかないし」そう言うと、カーラに笑いかけた。「それに、霧の中で道に迷ったら、発砲して遭難信号にできる。そうならないことを祈っているわ。みっともないものね」

カーラはまだ、イヴが銃をしまったポケットに視線を向けていた。「騒ぎを起こしたくない。そんなこと、できるわけないと思う？」

「いいえ、わたしたちがどこにいるか知っている人はいないはずだし、マクダフも警備を強化させてくれるだろうから。危険なのは霧だけだけれど、用心すれば、なんとかなるわ」イヴは歯ブラシと櫛を持って、壁際の折り畳み式テーブルに向かった。「その前に顔を洗って歯を磨くわ。ジョックがつくったベーコン料理と、ほかに何かあったら持ってきてくれる？」

「いいわ」カーラは期待に頬を紅潮させて、目を輝かせている。「マクダフにはわたしが――」

「いいえ、わたしから言う」カーラひとりでマクダフの猛反対に立ち向かわせるわけにいかない。「出かける前に栄養をとっておかなくちゃね。体力勝負だから。でも、その前にジェーンのテントに行って、出かけることを伝えておいて。ここに来ることになったのはジェーンのおかげだし、ある意味この湖は彼女のテリトリーだから、知る権利があるわ」

カーラが駆け出していくと、イヴはやれやれという顔で首を振った。はっきり目に見える危険はないといっても、ほとんど誰も足を踏み入れたことのない霧の中に入っていくのだから、何が待ち構えているかわからない。それでも、カーラのことを考えると、今さらやめようとは言えなかった。カーラはこれまでの短い人生の大半で、常に警戒し、後ろを振り返って安全を確かめる生活を送ってきた。恐怖から逃げず、正面からぶつかっていきたいと決心したなら、その気持ちを大切にしたかった。

霧の中で何が待ち構えているかわからないなら、それを逆手にとって楽しめばいい。運がよければ、ネス湖のネッシーのような珍しい生き物がいるかもしれない。

十五分後、イヴとカーラがテントを出ると、空き地でジェーンがひとりで待っていた。キャンプファイヤーの残り火がちらちら揺らめいている。

「行きましょう」ジェーンは小声で言った。「あまり時間がないわ。マクダフとジョックを説得するのは大変だった。九十分だけ認めてくれたわ。それを過ぎたら、捜しに来る。

ぐずぐずしているうちに強力なライトを積んだトラックが到着したら、九十分もないかもしれない」イヴとカーラに懐中電灯を渡すと、湖のほうを向いた。「さあ、カーラ、あなたが言い出したんだから、先頭を行って」

「わかった」カーラは小走りで湖岸を進み始めた。

イヴはジェーンと歩調を合わせてカーラに続いた。「いっしょに来てほしいと言った覚えはないのに。ただ知らせておいたほうがいいと思って」

「知らせてくれてよかった」ジェーンはかすかな笑みを浮かべた。「それに、わたしは自分の意思で来たのよ。マルクスがよく遊んでいた湖岸を探検してどうなるかわからないけど、カーラがこの土地に執着したのは理由があるからだと思う」

「カーラにとっては、シーラもマルクスも黄金もどうだっていいの。あの子は自分の恐怖に立ち向かおうとしているのよ」

「まだ小さいのに」ジェーンは言った。「それに、あの子が思っている以上にここにはシーラやマルクスが残したものがあるかもしれない。夢のことはあの子にくわしく話した？」

「ええ。マルクスが亡くなったと聞いて、お姉さんのジェニーのことを思い出したらしいわ。ジェニーが亡くなったのもきれいな森の中だったと言っていた」イヴはジェーンに目を向けた。「それに、あなただってあれぐらいの年齢のときにひとりで世間と闘っていたわ。カーラだっていつまでも子どもじゃない」

「若いだけに足が速いわね。どんどん間があいてきた」ジェーンは歩調を速めた。「もうすぐ霧の中に入ってしまうわ」

「カーラ」イヴは呼びかけた。「待って」霧に包まれてろくに姿は見えなかったが、カーラは立ち止まって懐中電灯をつけた。といっても、あまり役に立たなかった。まだ濃霧の層の入り口なのに、懐中電灯の光はほとんど届かなかった。

それでも、二人が追いつくと、カーラは興奮に顔を輝かせていた。「すごいところね」腕を伸ばして霧を抱き締めようとした。「なんだか飛べそうな気がする」そう言うと、霧の中に向かった。「ついてきて」

「離れないで」イヴは言った。「懐中電灯を落としちゃだめよ」

「わかってる」カーラははしゃいだ声で言うと、息苦しいほどの灰色の霧の中にいそいそと進んでいった。「勘違いだったみたいよ、イヴ。ここには怖いものなんかないわ。あ、大変」笑い声がした。「もうちょっとで湖に落ちるところだった。岸がぬかるんでいて。気をつけなさいって言われたのに」

「ええ。ここはほとんど日が差さないから、泥が乾くことがないのよ。奥に行くほど霧が濃くなるから気をつけて。懐中電灯もあまり役に立たない。三十センチ前も見えないくらいよ」

「わたしも見えないけど、だいじょうぶ」カーラが言った。「岸から目を離さなければ落ちないから。ねえ、すごくない？　地球上にわたしたちしかいないみたい」そこで足を止めた。「この先に大きな岩がある」

「岩があるってどうしてわかるの？」

「さざなみが何かに当たる音がするでしょう？　それに、霧があそこだけ違う感じに吹きつけているみたい……」

「何も聞こえないわ」イヴが言った。「ここに無断で入った学生たちもこれ以上奥には行かなかったんじゃないかしら。これだけ濃い霧は初めてよ。こんな中でよくスケッチができたものね、ジェーン」

「ほんとに。わたしも何も聞こえないけど、怖くはないわ」ジェーンは穏やかな声で続けた。「ここにいると……気持ちが落ち着く。もう少し奥まで行ってもだいじょうぶよ」

イヴはためらったが、結局、進むことにした。

カーラが言ったとおり、前方にいくつか岩があって、手探りで岩のまわりを通り抜けると、湖のまわりの道をさらに進んだ。

周囲は灰色の霧に閉ざされ、どこからも光は差さず、懐中電灯はまったく役に立たなかった。

「この先で丘がまっすぐ湖につながっている」カーラが言った。「でも、湖のまわりの道は広くなっているわ」

「どうしてわかるの？」

「そんな感じがする」ジェーンが代わりに答えた。「そうでしょう、カーラ？」

カーラはジェーンを振り返った。「うん」

「どういうこと？」イヴが訊いた。

「言葉では言えない」ジェーンは言った。「説明できる、カーラ？」

「音楽なの。ここでは音楽がはっきり聞こえる。でも、この先ではもっとはっきり聞こえるの」カーラはジェーンを見た。「あなたにも聞こえるでしょう？」

「あなたのようには聞こえない。でも、感じる。音楽ではなく言葉を。シーラが何か語っている」ジェーンは感じるままに口にした。「お城から馬でここに来ると、あの子が霧の中から駆け出してくるような気がする。洞窟でかくれんぼをして、楽しい冒険をしたから、わたしに教えてあげると言って。ねえ、これも一種の音楽じゃないかしら」

カーラはゆっくりとうなずいた。

「このまま進んで音楽の正体を突き止めたい？」イヴは訊いた。「そうしてもいいのよ。それとも、ここに来た目的はもう達したかしら」

カーラは少し考えてから答えた。「もっと先まで行ってみたい」

「今から？」

カーラはまたしばらく黙っていた。「今じゃなくていい。今日はもういいの」そう言うと、岩のほうに戻り始めた。「帰りましょう」

「全部消えてしまったの?」ジェーンが訊いた。

「うん」霧の中から声が聞こえた。「全部消えてしまって……」


強力なフラッドライトとバッテリーを積んだトラックが着いたのは、午後遅くなってからだった。積み荷をおろしてベースキャンプに運んだときには、もう日が暮れかかっていた。

イヴはジョックと並んで焚き火の前に座って、マクダフとケイレブが巨大な電球を調べているのを見守っていた。「これから行くつもりかしら」

「そりゃそうだろう」ジョックはコーヒーカップを口に近づけた。「届いた機器を使ってみないと。役に立たないようなら、別のものを取り寄せなければならないし。マクタヴィッシュのことだから、そんなことはないだろうが」

「本当のところ、どう思っているの?」

ジョックは肩をすくめた。「ぼくはその方面の専門家じゃないからね。マクタヴィッシュに任せるしかない」

「でも、マクタヴィッシュはあの霧の中に入ったことはないんでしょう? あなたと違って」

　ジョックはイヴの顔を見つめてから苦笑した。「ああ、そのとおりだよ。なぜさっきぼくがきみたちの跡をつけたとわかった？」

「ブーツで。キャンプに戻ってきたとき、あなたのブーツは泥だらけだった。でも、あなたはすぐ姿を消して、戻ってきたときブーツはきれいになっていた」

「観察力が鋭いね」

「マクダフとコインを投げて、どっちが跡をつけるか決めたの？」

「いや、ぼくが行くと決まっていた。議論の余地はなかったよ」ジョックはまた一口コーヒーを飲んだ。「失敗だったようだがね。ふだん失敗なんかしないのに」

「失敗というわけじゃないでしょう。近くにいたはずなのにぜんぜん気づかなかったもの」イヴは眉をひそめた。「どっちにしても、あの霧では何も見えなかったでしょうけど」

「たしかに、あの霧は……あんな濃い霧は初めてだ。きみたちを追いかけるのに苦労した」

「よく見失わなかったわね」

「あらゆる状況や天候の中で追跡する訓練を受けたことがあるから」ジョックは唇をゆがめた。「一級の暗殺者になる訓練の一部として。だから、跡をつけるのは当然ぼくだったわけだ。霧くらいなんてことはないからね」

「わざわざついてこなくてよかったのに。わたしたちだけでやれたから」

「それは違うよ。ついていってよかったんだ。カーラははめをはずしそうだったし、危険なまねをしないように見張る必要があったからね」

「カーラのためだったの？」

「馬鹿なことを言わないでくれ。きみとジェーンのためだ。ただカーラは……まだ子どもだから――誰かが見守っていないと大変なことになる恐れがある」

「ジェーンとわたしだけでもちゃんと連れて帰ったわ」イヴは言い返した。

「怒らせるつもりはなかったんだ」ジョックはあわてて言った。「きみたちはよくやったよ」

「それならいいの。でも、念のために見張っていたわけね」イヴは肩をすくめた。「あなたらしいわ。カーラも、自分があなたを守らなくちゃいけないと思っているみたい」そう言うと、立ち上がった。「カーラの様子を見てくるわ。湖から戻ってから、少し元気がないの」

ジョックは視線を下げてコーヒーカップを見た。「ああ、気づいていた」

「そうでしょうね」イヴは少しためらってから続けた。「あなたはどう思っているかわからないけど、霧の中を探検したのはあの子にとってはいいことだった。何か……学んだと思う」

「そのことをとやかく言うつもりはないよ」ジョックも立ち上がると、カップに残っていたコーヒーを焚き火の中に投げた。「学ぶのはいいことだよ。みんなそうやって成長していく」ケイレブとマクダフに目を向けた。「二人を手伝ってくるかな。マクタヴィッシュが送ってくれた機器が役に立つといいが」

「そういえば、まだ答えてもらっていなかった。本当に役に立つと思う？」

「いや」ジョックはイヴのほうは見ずに言った。「あれほど濃い霧は見たことがない。ライトを当てても、壁に打ちつけたボールみたいに跳ね返されるだろう。もっと強力な機器が必要だ。マクダフは一応使ってみるだろうが」

ジョックが二人に近づいていくと、イヴはカーラのテントに向かった。

あれこれ訊かないこと。

無理やり本心を聞き出そうとしないこと。

黙ってその場にいて、カーラが話す気になったら、いつでも聞く準備があると伝えられればいい。

あの霧の中でカーラとジェーンの間になんらかのやりとりがあったのだろうか。カーラはジェーンの夢をどこまで知っているのかもわからない。だから、カーラが話す気になるのを黙って待つしかない。

「カーラ。ジョックと話してきたわ」寝袋に入って丸くなっているカーラを見おろしながら、イヴは笑顔で言った。「さっき届いた強力なライトをこれから使ってみるそうよ。焚き火のそばで、みんなが戻ってくるのを待っていたらどうかしら？」

その夜、キャンプが静かになり、カーラが眠ったのを見届けてから、イヴはジョーに電話をかけた。疲れて、何をどう考えていいかわからなくて、確かなものがほしかったのだろう。無性にジョーの声が聞きたかった。

「こっちはけっこう大変」ジョーが電話に出ると、イヴはすぐ言った。「でも心配しないで。みんな無事よ。超常現象の世界に初めて足を踏み入れて、頭が混乱しているだけ」

ジョーは笑い出した。「きみはその方面のエキスパートだと聞いた覚えがあるよ。要するに、霧の中に行ったということだね。収穫はあったのか？」

「いいえ。カーラは音楽が聞こえて、ジェーンはシーラの夢がよみがえってきたそうよ。わたしは霧の中でよろよろしながら、誰も湖に落ちないように見張っていただけ。三人とも懐中電灯を持っていたけど、ぜんぜん役に立たなかった。あれほど濃い霧は初めてよ」

短い沈黙があった。「三人？　三人だけで行ったのか？」

そう言われるのは覚悟していたが、隠しておくわけにもいかなかった。「カーラがそうしたいと言ったの。あの子にとっては、恐怖を克服する通過儀礼のようなものだったんじゃないかしら。それはそれでいいことよ」

「いいこととは思えないな」

「やってみる価値はあると思って、わたしが決断した。それでよかったと思っているわ」

話題を変えることにした。「といっても、わたしたちだけじゃなかったの。あとでわかったことだけど、湖の北岸を探検している間中ジョックが尾行していた。すぐ目の前も見えない霧の中で、いったいどうやって尾行したのかしら」

「二度とそんなまねをするんじゃないぞ」ジョーが厳しい口調で言った。

その言い方がかちんときた。「マクダフはこの一帯の丘に衛兵を配置しているけれど、今のところ近くにサラザールの一味が侵入したという報告はない。わたしは自分が正しいと思ったことはする。あなたに電話したのは、いちいちおうかがいを立てるためじゃないわ」

「それなら、なぜ電話してきた？」

「なぜだか忘れた。寂しくて、愛していると伝えたかったのかも。子どもをどこの大学に入れるか相談したかったのかしら。あの頃はとても大事なことに思えたわね」

また沈黙があった。「今でも大事なことだ」

「だったら、お説教はそのくらいにして、その話をしない？」

「その前に訊きたいことがある」ジョーはきつい声で続けた。「何があったか知りたい。きみがどうなっているかわからないと気が変になりそうだ。こんなに離れたところにいて、何もできないなんて――」

「ちゃんと報告するわ。毎日、特に変わったこともなくて退屈している。今のところ、サラザールやフランコの影も形もない。わたしたち三人で霧の中に散歩に行った。そのあと、マクダフとケイレブとジョックも霧の中の散歩に行った。強力なライトを実験しに行ったけれど、完全な失敗に終わった。マクダフは赤外線照明なら使えるかもしれないと言って、ロンドンの研究所に発注したところ。明日中には届くから、もう一度――」

「わかったよ」ジョーがさえぎった。「霧の話が聞きたいわけじゃない。ひとりで霧の中に入らないでほしいだけだ。ジョックがすぐ後ろにいても気づかなかったんだろう。危険なことこのうえない」

「次は気をつけるわ」イヴは言った。「ねえ、ジョー、気が立っているみたい。そうじゃなかったら、こんなにくどくど言う人じゃないもの。何かあったの?」

「何もないから、いらだっているんだ。司法省のトップ調査官に連絡しても、部下が慇懃無礼な応対をするだけだ。今朝、署に行くとき、サラザールが送り込んできた見張りがつけてきたよ」ジョーはいらだちをあらわにした。「柩に閉じ込められているみたいだ。外に出て自由に動き回りたい」そう言うと、荒い息を吐いた。「マネスの知り合いだというスコットランドヤードのバーバンクに連絡をとった。サラザールはスコットランドで地元のマフィアを動員しているそうだ」そこで一呼吸おいた。「きみとカーラの居所がわかったら、すぐ行動することになっている。ここで手をこまぬいていられないよ」

「いちばんいいと思ったようにすればいいわ。わたしもそうするから」イヴはそう言うと、笑いにまぎらそうとした。「でも、あなたの保釈金を払うためにそっちに戻ることになったら、ちょっと困るわ。そうなったら、カーラの身元を隠しておけなくなるから」

「言ってみただけだよ。なるべく慎重に行動する。軽はずみなまねはしない。ただ……今にも何か起こりそうな状況だから」ジョーは突然、話題を変えた。「ハーバードはどうだろう?」

「えっ?」

「子どもをどこの大学に入れるか相談したかったんじゃなかったか。ハーバードならいいだろう」

イヴはジョーが頭を切り替えてくれたのがうれしかった。あのまま深刻な話を続けたくなかった。「プライドが高すぎる感じがする」

「ぼくはハーバードの卒業生だよ」

「本人次第というわけね。あなたのご両親はプライドが高かったようだけど、幸い、あなたはそれほどでもない。わたしのようにスラムで育ったら、教育というものがよく見えてくるの。そういえばジェーンにもハーバードを勧めたわね」

「勧めたわけじゃない。ジェーンが行きたいと言ったんだ」ジョーは一呼吸おいた。「こんな話をしている暇はないんじゃないか?　これからどうするか決めなければ。きみはどうしたらいいと思う?」

イヴはため息をついた。「ずっとシーラの幼い息子のことを考えていたの。夢を追うチャンスに恵まれなかった男の子のことを。未来のことを考えるのは、たとえその未来が来なかったとしても、大切なことだと思う。カーラのためにも、生まれてくる子どものためにも、計画を立てておかなくては。これは巣作り本能かもしれないわね」

「シーラの息子だって?」ジョーは何か考えているようだった。「ぼくは息子の親になるような気がしないんだ。どういうわけか、女の子じゃないかと思う」

「なぜかしら?」

「きみはそう思わないか? ボニーを亡くしているから、天の配剤というか……」

「わたしは男の子か女の子かとか、天の配剤とか、そんなことを考えている余裕はないわ」

「男の子か女の子か知りたいと思わないか?」

「別に。知りたいの?」

「知りたい気もする」

「だったら、そのうち調べてもらいましょう。そうだわ、この話がいい。わたしたちの子どもの話をしましょう」

「そうだね」ジョーはしばらく黙っていた。「とにかく、この子の安全を確保するのを最優先しなければ。体を大事にするんだよ、イヴ。霧の中をうろついて湖に落ちたりしないでくれ。子どものことを考えてほしい」

「そのとおりね。忘れないようにする」

「くれぐれも気をつけるんだよ。今は鳴りを潜めているが、もうすぐ何もかも爆発する。そんな予感がするんだ」

「あなたも含めて？」イヴはからかった。

「そうかもしれない」ジョーは一拍おいた。「そばにいられたらいいのに。そばにいてきみと、ぼくたちの子どもを守ることができたら、どんなにいいだろう。愛してるよ、イヴ」

「わたしも」イヴは咳払い(せきばらい)した。「また明日、電話するわ。霧の中をさまよっていたと報告したりしないと約束する」そう言うと、電話を切った。

〝もうすぐ何もかも爆発する〟

ジョーの言葉がよみがえってきて、思わず身震いした。単なる予感かもしれないけれど、ジョーはとても勘がいい。彼の勘はたいてい当たるのだ。

12

〈マクダフの走路〉

喉をナイフで切り裂いたとたん、血が噴き出してフランコの手首が赤く染まった。この男はただの警備員じゃなさそうだ。軍人あがりの護衛らしい。フランコは男のシャツで手をぬぐいながら思った。だから、あんなに根性があったんだ。両手の親指を切り落とされるまで、頑として口を割ろうとしなかった。

フランコは男の遺体を藪まで引きずっていくと、用心深く隠した。それから、中庭を突っきって、海に面した小さな通用口に向かった。マクダフの城は海の近くにあって、海側にも護衛がいるのは確認済みだ。それでも、目にも留まらぬスピードで動いたら、気づかれずにすむ可能性はある。あとはさっさと中に入って、ターゲットを捜せばいいだけだ。

これ以上ぐずぐずできない。思った以上に時間がかかったから、サラザールはじりじりしている。マクダフの息のかかった連中はみんな口が堅かった。村のパブで粘ったあげく、やっと話が聞けそうな相手を見つけたのだった。

観光客のふりをして何時間もパブの従業員と無駄話をして、あの城が見たくてわざわざやってきたと言った。それでも、なかなかうまくいかなかったが、やっと若いウェートレスから城の話が聞けた。

今マクダフが城にいないという情報は正しかった。長年マクダフの助手を務めていて信任の厚いロブ・マクタヴィッシュが留守を預かっているという。

そいつを締め上げれば用は足りる。評判どおり、マクダフから信用されているといいが。マクタヴィッシュに近づくのはわけなかった。ここに来た日に護衛の配置は調べてあったから、護衛のひとりを利用すればすむ。

万事うまくいった。護衛からセキュリティシステムのアラームコードを聞き出して城に侵入した。

マクタヴィッシュがどこにいるかも聞き出した。

十分後、フランコは足音を忍ばせて廊下を書斎に向かった。いつかこんな城に住んでみたいものだ。高いアーチ型の天井を見上げながら思った。内装をモダンにリフォームして、プールサイドには美女をはべらせて――

書斎の前で立ち止まって、オーク材の扉越しに様子をうかがった。どっしりした扉からは光は漏れてこないが、音楽が聞こえた。マクタヴィッシュはマドンナが好きらしい。

フランコは気を引き締めた。さっさとかたづけよう。相手はひとりとはいえ、油断は禁物だ。

勢いよく扉を開けた。数秒後には奥に進んでいた。

マクタヴィッシュははじかれたように立ち上がると、細いメタルフレームの眼鏡の奥で青い目を見開いた。「誰だ――」体の向きを変えてデスクのいちばん上の引き出しに手を伸ばした。

マクタヴィッシュが銃を取り出したのとフランコが投げたマチェットナイフが手に食い込んだのは、ほとんど同時だった。

マクタヴィッシュは悲鳴をあげた。

よし。これでいい。

フランコはマクタヴィッシュの背後に回ると、彼の手からマチェットナイフを抜いて、腹部に押しつけた。「動くんじゃない。言われたとおりにしろ」肩を押して座らせた。「いいな？　訊かれたことに答えるんだ」

「おまえは誰だ？」

マチェットナイフを肩に突き立てた。

マクタヴィッシュがまた悲鳴をあげた。

「おれの言ったことを聞いてなかったのか？　質問するのはおまえじゃない。黙っておれの質問に答えるんだ」突き立てたマチェットナイフを回転させた。「痛いか？」マクタヴイッシュが苦悶(くもん)の声をあげて唇を噛(か)む。いつもながら、その様子を見ていると、フランコは快感が湧き上がり、力がみなぎるのを感じた。「まだ序の口だ。マクダフとジェーン・マグワイアのことを話そうじゃないか」

「ジェーン・マグワイアの居所を突き止めました」五時間後、フランコは意気揚々とサラザールに電話で告げた。「マクダフとは話せませんでした。城にいなくて。代わりに助手のロブ・マクタヴィッシュから話を聞き出しました。こいつが万事心得ていたんで」

「何を聞き出したんだ?」サラザールはナタリーにも聞こえるようにスピーカーに切り替えると、レンタカーを路肩にとめた。

「マグワイアはマクダフと友人のジョック・ギャヴィンというやつといっしょです」

「イヴ・ダンカンは?」

「マクタヴィッシュはダンカンのことは知らなかった。マクダフから聞いていないらしい」

「万事心得ていたんじゃなかったのか?」サラザールは皮肉な声で言った。

「だいたいのところは知っていましたよ。少し前からマクダフは隠された財宝を探す計画を立てていて、ジェーン・マグワイアを誘ったそうです。マクタヴィッシュは宝探しに必要な機器を発注したり、マクダフの領地の管理人との連絡役を務めたりしていた」

「ジェーン・マグワイアがその宝探しに加わったのは事実なのか？」

「間違いありません。ゆうべ、マクダフからマクタヴィッシュにメールが入って、ジェーンが見たがっているから写真とメモを送るようにと指示してきたんです」

「なんのメモだ？」

「マクダフの領地にある湖のことを書いたメモです。今、そこで宝を探しているらしい」

フランコはちょっと言葉を切った。「マクタヴィッシュによると、マクダフは長年その宝に関する情報を集めていて、今度こそ見つけると張りきっていたそうです」

「そんなことより、おれたちの狙いはイヴ・ダンカンだ」サラザールはじれったそうに言った。

「それは承知しています。ダンカンはきっとジェーン・マグワイアといっしょだ」フランコは早口で続けた。「まあ、聞いてください。マクタヴィッシュから聞き出したところでは、宝というのは古代の黄金で、天文学的な価値があるとか」

「たかが宝探しじゃないか」サラザールは一笑に付した。「子どもの遊びにつき合っていられない」

「おれも最初はそう思っていましたよ。だが、古代ローマのヘルクラネウムから運ばれてきた、金貨のつまった箱ですからね」フランコは呼吸おいた。「しかも、そのうちの一枚はユダがキリストを売って手に入れた銀貨だそうです。すごくないですか？」

「今は宝探しなんかしている暇はない。イヴ・ダンカンと子どもを見つけるのが先だ」

「そんなに焦ることないでしょう」ナタリーが割り込んできた。「フランコの言うとおりよ。それだけの大金を手に入れるチャンスをみすみす逃す手はないわ。よくやったわね、フランコ」

電話の向こうで沈黙があった。「女がいるのか？」フランコは警戒した口調になった。「たとえあなたの奥さんだろうと、この話には――」

「奥さんじゃないわ」ナタリーが答えた。「ナタリー・カスティーノよ。わたしのこと、知っているわね？」

フランコは一瞬ぎくりとしたようだった。「見かけたことはあります」

「あなたがよくやってくれていて感謝していると伝えたかったの。会うのを楽しみにしている。わたしたちが知恵を出し合ったら、マクダフの鼻先からその金貨の箱を盗めるかもしれないわね」

「そんなことをしてる暇はないと言っただろう」サラザールがつっぱねた。

「あら、一石二鳥じゃないの」ナタリーはサラザールに笑いかけた。「あなたはケイマン諸島の銀行に大金を隠しているけど、フランコとわたしは将来のことを考えなくちゃいけないの。そうよね、フランコ？」

「金貨の箱が見つかったらの話ですが」

「もちろんそうだけど、マクダフは今度こそ見つけると張りきっているんでしょ。それとも、マクタヴィッシュの出まかせかしら」

「その可能性は考えられません」

ナタリーは含み笑いをした。「どんな手を使ってでも相手から事実を引き出すことにかけては、あなたは定評があるものね。夫も噂を聞いて感心していたわ」

「ほんとですか？」

「わたしも出まかせは言わない。それで、どこで宝探しをしているの？」

「ゲールカールというところです、ハイランド地方の」

「それなら、ダンカンとカーラもそこで見つかるはずね。あなたがすぐそっちを出たら、途中で落ち合って相談できるわ」

「ボス？」フランコは許可を求めるように呼びかけた。

「すぐ出発しろ」サラザールはぶっきらぼうに言った。「あとで連絡する」そう言うと、電話を切って、ナタリーをにらみつけた。「どういうつもりだ？」

「可能性があるならやってみなくちゃ。必要なものを手に入れるためにあなたや夫を利用するという方法もあるわ。でも、二人とも自分を優先する。いざというときのために自分の財産があると心強いわ」

「財宝を独り占めする気じゃないだろうな」

「噂どおりなら、山分けしたって相当の金額になるはずよ」ナタリーはノートパソコンを開いた。「あなたはGPSでゲールカールを検索して。わたしはグーグルでマクダフと金貨の箱のことを調べてみる」

「何かあったみたいね」マクダフが急ぎ足で土手をおりてくるのを見て、イヴはジェーンにささやいた。マクダフは見たこともないような厳しい顔つきをしている。「この厄介な霧の心配をしているわけじゃなさそう」

「わたしのテントに来てくれないか」マクダフは二人の前で足を止めると、そっけない口調で言った。「二人とも。今すぐ」

「靴の泥を落として、手を洗ってからでいいでしょう?」イヴが言った。「ここは泥だらけで――」

「今すぐと言っただろう」マクダフはもう戻りかけていた。「泥なんかどうだっていい」そう言うなり、土手をのぼり始めた。「話を聞いたら、きみも納得するはずだ」

イヴはぎくりとして反射的にカーラに目を向けた。いつものようにカーラはジョックのそばにいる。何があったにせよ、カーラに関わることではないらしい。それでも、何か悪い知らせなのは間違いない。

イヴは急いでジェーンのあとから土手をのぼった。

カーラのことでないとしたら、ジョーに何かあったとか？

あり得ない話ではない。ジョーは常に危険と背中合わせだ。

でも、取り越し苦労をしたってしかたがない。もうすぐわかることなのだから。それにしても、なぜマクダフはあんな怖い顔をしているのだろう。

二人がテントに入ると、マクダフは暗澹たる顔でショットグラスにウイスキーを注いで口元に運んだ。「こんなざまを見せて申し訳ない。きみたちも一杯どうだ？　飲まずにいられないんだ」

「何があったの？」ジェーンがデスクに近づきながら訊いた。

「これは旧友への献杯だ」マクダフはグラスを少し持ち上げた。「マクタヴィッシュは長年わたしのために働いてくれた。それ以前はわたしの父のために尽くしてくれた。本当にいい男でね。そろそろ引退を考えていて、跡を継がせるために孫息子を仕込んでいるところだったんだ」

「何があったの？」ジェーンがまた訊いた。

「〈マクダフの走路〉の警備責任者のショーン・ドンラチェンから電話があった。平謝りに謝って」マクダフはまたウイスキーをあおった。「義務を果たせなかったと悔やんでいた。昨夜、城の警備に当たっていた護衛が襲われて、拷問されたあげく殺害された。犯人は護衛を殺す前にアラームコードを聞き出して、城に侵入した。今朝早く、その護衛とマクタヴィッシュの遺体が発見された。マクタヴィッシュは護衛以上に残忍な仕打ちをされたらしい」マクダフは唇を噛んだ。「律儀で芯の強い老人だったから、最後の最後まで抵抗したにちがいない」

「なんてひどいことを……」ジェーンは声を震わせた。「わたしが見たいと言ったスケッチや写真を送ってくれたのはマクタヴィッシュだったわね。そのことと関係があるの？」

「違うと思うわ」イヴも体の震えが止まらなかった。「シーラの財宝とは関係がないと思う。アトランタの飛行場で二人のパイロットが殺害されたときと状況がよく似ている。ジェーンとカーラとわたしの居所を突き止めようとして、あなたにたどり着いたんじゃないかしら、マクダフ。そう思わない？」

「ああ、おそらく」マクダフは言った。「だとしたら、犯人はクインが言っていたフランコというやつだな。罪もない老人から無理やりわたしの居所を聞き出したんだ」そう言うと、ウイスキーを一気に飲んだ。「そのうえで虐殺した」

「カーラとわたしはここにいないほうがいいんじゃないかしら」イヴは言った。「わたしたちさえいなければ、サラザールとフランコがここに来たとしても、誰にも危害を加えないかもしれない」

「ああ、きみたちにはここを出てもらうしかない。居所を突き止められたからには、このままでは危険だ。だが、その前に安全な隠れ家を見つけなければ」マクダフは唇をゆがめた。「おそらく、その頃には連中はすぐそばまで迫っているだろう」そう言うと、ジェーンに顔を向けた。「来るとしたら、北側から、丘を越えて湖岸を回ってくる。それがいちばん安全なルートだ。そして、無謀にも、あの濃い霧の中を突っきろうとするはずだ」一呼吸おいて続けた。「わたしが安全だと言うまで、誰も湖の北側に近づかないでもらいたい」

「まさか、あなたひとりで霧の中に入る気じゃないでしょうね?」ジェーンが訊いた。

「先手を打って脅威を取り除いたほうがいい」マクダフはグラスにウイスキーを注いだ。

「霧の中でフランコとサラザールを狙い撃ちしてしまえば、イヴとカーラから遠ざけるための工作をするより話が早い。マクタヴィッシュも喜んでくれるだろう」

「でも、霧の中を突っきろうとしないかもしれない」イヴが言った。「丘を越えたあと、北西から襲ってくる可能性もある」

「たしかに。だが、やつらの狙いはきみたちだけじゃないんだ」マクダフはまた唇をゆがめた。「マクタヴィッシュを殺されたうえ、シーラの黄金まで奪われてなるものか」

「あの連中が財宝を狙っているというの?」イヴは訊いた。

「オフィスが荒らされて、写真のファイルが持ち去られていた。マクタヴィッシュはわたしたちの居所だけではなく、宝探しのこともしゃべらされたんだろう。よほどひどい目に遭わされたにちがいない。マクタヴィッシュには、あと一息でシーラの黄金が見つかると言った。それでサラザールが興味を持った可能性も考えられる」マクダフは歯を食いしばった。「それならそれでいい。サラザールと対決して、マクタヴィッシュのためにささやかな復讐をしてやるまでだ」

「あなたの気持ちはわかるわ」イヴは言った。「でも、マクタヴィッシュのために復讐するなら、わたしがカーラの安全を確保してからにしてほしいの。今はそれ以外のことは考えられない」そう言うと、出口に向かった。「ジョーに電話して、サラザールがわたしたちの居所を突き止めたと伝えるわ」振り返って、つけ加えた。「お願い、早くカーラのために安全な隠れ家を見つけて。あなたに余裕がないなら、わたしが探す」

イヴはテントを出た。

そこで立ち止まって、込み上げる怒りと動揺を抑えようとした。また罪もない二人の人間が殺害された。会ったこともない二人の男が、わたしとカーラのせいで命を落とした。この一件にけりがつくまでに、あと何人犠牲になるのだろう。

しっかりしなくては。フランコとサラザールがいつ襲ってくるかわからないのだ。イヴは深呼吸すると、肩をそびやかした。とにかく、カーラに話さなくては。

土手に戻ると、カーラはすぐ見つかった。まだジョックといっしょにいて、ジョックがやさしく笑いかけている。気のせいか、以前にもまして親しげで、二人の絆が強くなったように見える。でも、追っ手から逃げるためにカーラをジョックから引き離したら、たぶん絆は切れてしまうだろう。カーラがこれまでの短い人生のうちに何度そうやって友情を失ってきたかと思うと、胸が痛くなった。

でも、しかたがない。イヴは歩調を速めてカーラに近づいた。カーラをテントに呼んで、覚悟を決めさせなければ。

ジョーに電話するのはそのあとにしよう。

「先に行って、イヴ。すぐ行くから」カーラは笑みを浮かべようとした。ショックを受けた顔をしてはだめ。それでなくてもイヴはうろたえているのに、これ以上困らせてはいけない。「急いで用意するから。その間にジョーに電話して」

「カーラ……」イヴはカーラに向けた視線をジョックに移した。そして、うなずいた。

「できるだけ急いでね。マクダフが安全な場所を見つけて連れていってくれることになっているけれど、どれくらいかかるかわからないから」そう言うと、自分のテントに向かった。

カーラは両手でこぶしを握り締めてイヴを見送った。「あなたにお別れを言う時間をくれたのね。イヴはいつも自分より人のことを考えている。ねえ、イヴに命を助けてもらった話はしたかしら？　イヴはわたしに会ったこともなかったのに――」

「その話はいいよ」ジョックがさえぎった。さっとそばに来て、カーラの顔を上げさせた。

「なんでもないふりなんかするなよ。きみの気持ちはよくわかっている。これまでにこんなことが何度あった？　イヴもぼくと同じ思いをしているはずだ。やっと落ち着いたと思ったとたん、また逃げるはめになったきみのことを思うと、つらくてたまらないだろう」そう言うと、カーラの肩に両手をのせて目をのぞき込んだ。「ぼくもつらい。だから、なんでもないふりなんかしないでほしい。寂しくなるから」

「どうして寂しくなるの？」

「バイオリンを弾いているきみが好きだから」ジョックは笑みを浮かべた。「きみの笑顔が好きだから。ぼくには妹はいないが、きみが妹みたいに思えるから。まだほかにも理由が訊きたい？」

「いいえ」カーラは咳払い（せきばら）した。「わたしも……あなたといると、ひとりじゃないって思える。だから、別れたくない」

「だいじょうぶ。なんとかなるから」

カーラは首を振った。「あなたにはわたしがいなくちゃだめだと思うの。ときどき……とってもつらそうなときがある。そんなときそばについていたい」

「ぼくのことは心配しないで」

ジョックの輝くような笑顔を見ると、カーラは手を伸ばして彼の顔に触れたくなった。

「ずっといっしょにいられたらいいのに」

ジョックはしばらく無言でカーラを見おろしていた。「たしかに、ぼくはきみがいないとだめかもしれないな。だけど、いつもいっしょにいなければいけないわけじゃないよ。友達は遠く離れていても友達だからね」

カーラは首を振った。「でも、離れていたら、いつそばについていたらいいのかわからないもの」そう言ってから、あまりしがみついてはいけないと気づいた。「あなたの言うとおりね」あとずさりして、文字どおりジョックと距離をおこうとした。「あなたとジェーンはそういう友達よね。でも、わたしはそうじゃない。ジェーンみたいになるようにするわ」カーラは唇をなめた。「もう行かなくちゃ。イヴに急いでって言われて――」

「それは違う」ジョックがまたさえぎった。「ジェーンは素晴らしい友達だが、きみはきみでいいんだ。それで充分だよ。充分すぎるほどだ」

「どういう意味？」

「今はそのことは話したくない。ぼくがきみを離すなんて思ってないだろうね？　そんなことはぜったいないから」

「友達だから？」カーラは小声で訊いた。「ほんとの友達だから？」

「決まってるじゃないか」ジョックは真剣な声で言った。「だから、きみが別れたいと言わないかぎり、きみを離したりしない。エレナよりも、イヴよりも、きみにとって身近な存在になりたい。でも、きみはまだ先が長いから、いつもいっしょにいられるとはかぎらない。きみがそばにいなくてもやっていけるようにしないとね」

「それって……冗談じゃないよね？」

「冗談なわけないだろ。さあ、もうイヴのところに戻ったほうがいい。ぼくはマクダフのところに行くよ。マクタヴィッシュのことを知っている人間と話がしたいだろうから」

カーラはうなずいた。「イヴにエレナのことを話そうとしたことがあるの。でも、言葉が出てこなかった」

「マクダフも何も言わないかもしれない。そのときは、いっしょに飲むだけにするよ。ぼくがそばにいるとわかってくれたら、それだけでいい」ジョックはテントを指した。「さあ。テントまで送っていくよ」

「すぐそこだから」カーラはジョックに笑いかけると、その場を離れた。「心配しないで。ひとりでだいじょうぶ」

「ああ、ぼくが見守っているかぎり、だいじょうぶだよ」ジョックは笑い返した。「もういちいち後ろを振り返って安全を確かめなくていいんだ。誰もきみを傷つけたりしない。ぼくがいつもついているから」笑みを浮かべていても口調は真剣だった。

「わたしはずっと守られてきたわ。エレナやイヴやジョーやジェーンに。そして、今はあなたやマクダフに。でも、エレナには、自分の身は自分で守りなさいっていつも言われていた。だから、今度はわたしが誰かを守る番よ」

「その話はまたにしよう。ほら、もう行って。イヴもジョーとの電話を終えているよ」

それでもカーラはその場に突っ立ってジョックを見つめていた。

「どうした?」

「もうちょっとだけあなたを見ていたかったの」カーラは答えた。「これから何が起こるかわからない。最後に見た朝のエレナを思い出そうとしても、思い出せなかった」

「カーラ」ジョックは複雑な表情になった。「なんと言ったらいいかわからないよ」近づいて、カーラの顔を両手ではさんだ。「何も怖がらなくていいからね。何も起こらないと約束する。イヴにもジェーンにも……もっと名前を出したほうがいいかな?」

「ほんとに約束する?」

ジョックはうなずいた。「ぼくを信じて」カーラの鼻筋にそっと唇をつけた。「ひとりで行けるね?」

「うん」カーラはほほ笑んだ。「もちろんよ」そう言うと、テントに向かって土手を走り出した。気づいたらエレナのことを口にしていた。ジョックはあんな約束をしてくれたけれど、彼も今ここにいる人たちも、明日も生きているという保証はない。姉さんのジェニーもエレナも死んでしまった。二人ともまだ若くて、人生はこれからというときに。死は突然やってくる。どんなにがんばっても、死はいつもすぐ近くにある。

あの約束をすることで、ジョックはそう自分に言い聞かせていたのかもしれない。

「すぐそこを出るんだ」ジョーは厳しい口調で言った。「ぐずぐずしている暇はない」

「今その準備をしているところ」イヴは答えた。「マクダフはこれぞと思える隠れ家を探させているの」

「スコットランドヤードのバーバンクに電話してみる。彼ならその一帯にもくわしいはずだ。ひょっとしたら、町に戻ったほうが安全かもしれないな。紛れ込める場所が多いから」

「ここだって紛れ込める場所はあるわ。あなたはあの霧を見ていないから」

「霧の中に入るんじゃない。前にも言ったじゃないか」

「ちょっと言ってみただけよ。マクダフが見つけてくれたところに行くわ。カーラの安全が守れるならどこだっていい。一応状況を説明しておこうと思って」

「マクダフにはぼくから電話してみる。バーバンクと話がついたら、すぐ知らせるよ」

「そのあとはどうするの?」イヴは訊いた。「前に言っていたように、何もかも爆発してしまうの?　わたしの心配ばかりしないで。あなたはどうするつもりなの、ジョー」

「わかっているはずだ。もう考えてある。この電話を切ったら、すぐ行動に移る。じゃあ、近いうちに会おう」ジョーは電話を切った。

ジョーは本気だ。イヴは電話を切りながら思った。完全に戦闘モードに入っている。サラザールが送り込んだ尾行者と司法省のトラー調査官からうまく逃れて、こっちにやってくる気でいる。それも、もうすぐ。

ジョーがどんな危険や困難を乗り越えなければならないか、それはできるだけ考えないことにしよう。それよりも、ジョーを信じるのだ。

そして、わたしはカーラを守るために全力を尽くそう。

イヴとの電話を切るとすぐ、ジョーはスコットランドヤードのバーバンクに電話した。

「サラザールが動き出したという知らせが入った。くわしい情報を調べてもらえないだろうか」

「そのことなら知っている」バーバンクは答えた。「少し前にこっちの情報提供者が知らせてきた。リバプールのメートランド・カルテルから、サラザールの要請で八人駆り出されて、北に向かった。しかも、普通の殺し屋じゃないらしい。サラザールの注文はスペシャリストだそうだ」

「なんのスペシャリストだろう?」

「わからない。調べているところだ」

「悠長なことは言っていられないんだ」

「わかったら知らせる。行き先もな。サラザールはその八人には、グラスゴーで彼とフランコに落ち合うようにという指示を出しただけだ」

「わかり次第知らせてほしい」ジョーは一息ついて続けた。「安全な隠れ家を見つけてもらえたら、イヴとカーラを送りたいんだが、それは可能だろうか？」

「わかった。当たってみる」バーバンクは電話を切った。

よし。サラザールがハイランド地方に向かっていることが確認できた。

あとは一刻も早くここを出るだけだ。

だが、その前にもう一本電話しなければならない。

それを終えたら、コテージを出て空港に向かおう。

空港は込み合っていたが、ジョーは機内持ち込み手荷物しか持っていなかったので、あっさりセキュリティチェックを通過した。ターミナルEから国際線コンコースに向かう列車に乗った。

サラザールの手下のロモトという男が、車両のいちばん前に乗っている。

トラーが送り込んだ尾行者は、ドアのそばのポールにしがみついていた。

二人そろって同じ列車に乗り込んできたのを見ると、ジョーは思わず苦笑した。笑っている場合でないのはわかっていても、なんとなくおかしい。

列車をおりてエスカレーターに乗ると、搭乗カウンターの上のフライト案内を眺めた。

〝スイスのジュネーブ経由、イタリアのローマ行き〟

搭乗手続きをして、ターミナルの窓際に行くと、眼下の滑走路にとまっているジェット機周辺のあわただしい動きを見守った。

電話が鳴った。トラーからだ。

「やあ、トラー。かかってくると思ったよ」

「ちょっとスイスに旅行しようと思ってね。きみの部下の調査官もぼくとスキーをする気かな？」

「いったいどういう気だ、クイン？」

「何をたくらんでいるんだ？　せっかく行くなら楽しんだほうがいい」

「向こうに着いても、調査官が待ち構えていることぐらいわかっているだろう」

「ということは、こっちの調査官の仕事は、ぼくがこの飛行機に乗るのを見届けるところまでか。見送ってくれるのはありがたいが、あまり効率的な仕事とは言えないな。ちなみに、あの調査官の名前は？」

「ディクソンだ」

「なかなか感じのいい若者だな。調査官には見えない。クルーカットで、しゃれたスーツにネクタイ。きみが送り込んできそうな男だ。サラザールの手下のロモトとは大違いだよ。あいつはジーンズに赤いジャケットをはおっている。セキュリティチェックを通過するために銃は置いてきたんだろう」

「どうなっているんだ、クイン？」

「きみの予想どおりだ。だが、指示に従ったし、尾行をまいたりしなかっただろう。あの若いディクソンと仲よくなってもよかったんだが、サラザールの殺し屋に妬まれると厄介だからな。ロモトはぴりぴりしている。ぼくをここから連れ出したほうがいいのか、サラザールの指示を待ったほうがいいか、迷っているんだろう」

「そんな目に遭いたくなかったら、わたしのところに出頭して、カーラ・カスティーノの件を話し合えばいい」

「ああ、それも悪くないな」ジョーは搭乗デスクに目をやった。「ぼくの乗るフライトの案内が始まったようだ。話せてよかったよ、トラー」そう言うと、電話を切った。

次はロモトを追い払う番だ。

搭乗ゲートの反対側にあるトイレに向かった。

数秒おいてロモトがついてくる。

ちょうどいい。いちばん奥の個室は使用中だったが、それ以外は誰もいない。

ジョーは入ってすぐの壁際にもたれた。

あとは待つだけだ。

ジーンズと赤いジャケットが視界に入った。

今だ！

ロモトの首に腕を回して、小便器の列の前に引きずっていった。足を踏ん張って、ロモトの体を床に押し倒す。

そして、頸動脈（けいどうみゃく）に強烈な一撃を加えた。

ロモトはうめき声をあげてくずおれた。

いちばん近い個室まで引きずっていった。そして、便器に寄りかからせ、ドアをロックして、耳を澄ませた。いちばん奥の個室で水を流す音がした。それ以外に誰か入ってくる気配はない。ジョーは便器の上に立つと、ロックしたドアを乗り越えて外の床に飛びおりた。運のいいことに、邪魔は入らなかった。万事計画どおり進んで、ロモトを始末することができた。あとはトラーの部下をかたづければいい。だが、こっちはそう簡単にはいかないだろう。ジョーは服の乱れを直してトイレから出た。

ちょうど間に合った。

トラーの部下の調査官は、監視するだけでは飽き足らず、調査に乗り出すことにしたらしい。トイレに向かってきた。

ジョーは笑顔で会釈した。「ぼくのことを気遣ってくれるのはうれしいが、乗り遅れるわけにいかないんだ」そう言うと、搭乗者の列に並んだ。

トラーの部下のディクソン調査官はちょっとためらってから、後戻りして、ジョーが搭乗券を係員に手渡すのを見守っていた。

突然姿を消したロモトを捜しにトイレに入っていくようなまねはしないだろうとジョーは思った。サラザールの手下がどうなろうとディクソンには関係のないことだ。彼の関心はジョーを見失わないようにすることだけなのだから。

ジョーはディクソン調査官に手を振ってみせると、係員から搭乗券を受け取って搭乗ブリッジに通じるドアに向かった。おそらく、ディクソンはそこにとどまって飛行機が離陸するのを見届ける気だろう。

湾曲した搭乗ブリッジをゆっくり進み、わざと手間取って、大半の乗客が乗り込むまで待った。離陸時間が近づくと、フライトアテンダントが手荷物の置き場を確保したり、飲み物を配ったりするために忙しく走り回る。今なら気づかれないだろう。

「遅かったじゃないか」ジョーが搭乗ブリッジの最後のカーブを曲がると、荷物係の緑色の制服を着たリック・ステイシーが言った。青ざめた顔をして、神経質に唇をなめている。

「荷物室のドアが閉まるまで五分しかない」

「じゃあ、急ごう」ジョーはステイシーが差し出した荷物係の制服をはおった。「五分あれば充分だ」同色のキャップをかぶる。「車を準備しておいてくれただろうな」

「ああ。〈ハーツ〉のレンタカーだ」ステイシーは搭乗ブリッジから滑走路に出るドアを開けた。「あのトラックに乗って、目立たないように伏せてろ。すぐに駐車場に着く。残りの金はいつくれる?」

「約束どおりやってくれたとわかってからだ。裏切ったりしないのはわかっているよ、ステイシー。きみは正直な男だ」ジョーはトラックまで走ると、助手席側のドアを開けて乗り込んだ。ちょうど飛行機の反対側に出たので、ひょっとしたらジョーが戻ってくるのではないかと搭乗ゲートでディクソンが見張っていたとしても、こちらからは見えなかった。

荷台の扉が閉まる音がして、ステイシーが運転席に着いた。

「伏せろ!」低い声で言った。

ジョーはシートにうずくまった。

トラックは数分後、通常の乗客用駐車場に隣接した、ワイヤーをはりめぐらせた航空会社専用駐車場に入った。

「速度を落としてくれ」ジョーは言った。「飛びおりて、あの機械の陰に隠れるから、そのまま走れ」

「金は払ってくれよ」ステイシーは念を押した。

「きみの銀行口座に振り込む。これはまだ最初の一歩だからな」

だが、大きな一歩だ。アトランタ空港を無事に脱出できたら、車でバーミンガムに行って、そこからプライベートジェットでエディンバラに向かう。

あと七時間辛抱すればイヴに会える。

ゲールカールの丘

「イヴ・ダンカンと話してみたいの」ナタリーはサラザールに言った。「やってみて損はないと思う。十分くれればいい。向こうはわたしが子どもたちの誘拐に関わっているなんて知らないんだから。ダンカンから見たら、わたしは世間で思われているように子どもを失って悲しんでいる母親よ。ダンカンとカーラをおびき出す罠を仕掛けられるかもしれない。居場所を突き止めて襲うより確実よ」

「誰もがきみの正体を見破れないほど馬鹿じゃないんだぞ、ナタリー」サラザールが言った。

「いいえ、きっと話に乗ってくるはずよ。わたしにはわかるの」ナタリーはフランコに顔を向けた。「いいアイデアだと思わない？」

「どうでしょう」フランコは慎重な言い方をした。「向こうとしては必ずしも――」

「いいのよ」ナタリーが手を振ってさえぎった。「サラザールを怒らせたくないから、わたしの肩を持てないんでしょ。わたしは気にしてないから」そう言うと、眼下に広がる霧に包まれた湖を見つめた。「でも、わたしたちが本気だと知らせるためになんらかの見せしめが必要ね。この山を苦労してのぼってきたとき見かけた護衛はどうかしら？」フランコに笑いかけた。「わたしのためにやってくれる、フランコ？」

「お望みなら」フランコはにやりとした。「見せしめか……それはいい」

「フランコ」サラザールがやんわり警告した。

「もちろん、あなたの許可があればですが」

一応フランコも分をわきまえているようだが、甘い顔を見せると、すぐつけ上がる。サラザールは苦々しい思いになった。それに、ナタリーに会った瞬間、彼女の魅力にころりとまいってしまったらしい。ナタリーはそれを利用しないような女ではない。目的のためなら悪魔だって利用するだろう。「見せしめは効果的かもしれないな。おれたちがすぐそばまで迫っていることを思い知らせられる。偵察して、自分に何ができるか考えろ」

「ねえ、イヴ・ダンカンのことは？」ナタリーがサラザールに言った。「わたしにもできることをさせてくれたっていいでしょ」


「ジョーがこっちに向かっているって」電話を切ると、イヴはすぐマクダフに知らせた。「バーミンガムで飛行機に乗ったところ。こっちに着くまでにわたしを安全な場所に避難させたいと言っている」

「きみはどうしたい？」

「カーラの安全を守りたい」イヴは湖に目を向けた。今日は霧に煙っているのは湖だけではない。その向こうの丘陵地もすっぽり霧に包まれていて、威圧するように刻々と迫ってくる。「もちろん、自分の安全も守りたいわ。今はそれだけ」イヴはマクダフに視線を戻した。「よさそうな場所は見つかった？」

「だいたいは。複数の選択肢を考慮している。エディンバラの旧市街にあるフラットなら、安全だろう」

「サラザールに関する情報は入っていない？」

「入っていたら教えているよ」マクダフは仏頂面で続けた。「きみの耳にも入っているはずだ。知らないうちに誰かがきみに近づくことなど決してないと約束する。警備隊長のネッド・コリンは優秀な男だし、付近の丘を見張らせるために少なくとも八人か九人増やして、パトロールを強化している。今、四人がこの野営地を見張っているよ」マクダフは背を向けた。「ロンドン近郊の隠れ家も検討中だ。二時間以内に出発できるはずだ」そう言ってから、眉をひそめた。「とはいえ、天気予報によると、この霧はあと数時間晴れないらしい。これ以上濃くなったら、車を出せない。できるだけ早く出発しよう」

これ以上マクダフと話していてもどうにもならないと判断して、イヴはテントに戻った。

カーラが待っていた。

「もうすぐジョーが来るわ」周囲を見回すと、荷造りはすっかりできていた。「手際がいいのね」

「そんなに荷物がないもの。エレナとしょっちゅう引っ越していたときは大変だった」カしない?」

ーラはテントの入り口に立って、霧に包まれた戸外を眺めた。「なんだか……変な感じがする」

「ここまで霧が広がったのは見たことがないから。いつもと感じが違うわね」

「ちょっと外に出てもいい？　遠くには行かない。焚き火のところに座っていたいの。ここにいると……閉じ込められているみたいで」

「行ってらっしゃい。ここにもちゃんと見張りがついているとマクダフが言っていた。いっしょに行ったほうがいい?」

カーラは首を振った。「ひとりでだいじょうぶ」

ここを離れるのが悲しくて、ちょっと怯えているのだろう。それとも、もう一度ジョックと話がしたいのかしら。「出発するとマクダフが言ってきたら呼ぶわ」

カーラは霧の中に消えていった。早くここを出たい。イヴもカーラに劣らず落ち着かない気分だった。

ジョーが来てくれたら、落ち着くだろう。

ジョーがそばにいてくれさえしたら、ずっと気が楽になる。

六時間で着くと言っていた。短いようで、すごく長く感じられて――

電話が鳴った。

発信者の表示はない。

ちょっとためらってから出た。「もしもし」

「イヴ・ダンカンね？」せっぱつまった感じの女性の声がした。「わたしの娘はあなたといっしょにいるんでしょう？　嘘はつかないで」

イヴはぎくりとした。「イヴ・ダンカンよ。あなたは？」

「ナタリー・カスティーノ。カーラはあなたといるのね？」

ショックが全身を貫いた。「なんのことだかわからない」

「お願いだから、あの子は無事だと言って。あの恐ろしい男たちに痛めつけられたりしていないわね」すすり泣く声がした。「ジェニーは殺したけど、カーラはまだ生きていると言っていたわ。でも、言われたとおりにしないと、いつまで生かしておけるかわからないって。あの子を助けたいの」

「恐ろしい男たちって誰のこと？」イヴはそれとなく訊いた。

「あの子を誘拐した連中。わたしの夫に恨みを持っているライバルのカルテルのボスが、裏で糸を引いているらしいの。でも、罪もない子どもにどうしてそんなことができるの？」

たいした演技力だとイヴは思った。我が子を救いたい一心の母親としか思えない。ナタリーがサラザールと密会を重ねているとジョーから聞いていなかったら、信じてしまったかもしれない。ナタリーは何をたくらんでいるのだろう？　慎重に相手をしなければ。

「くわしいことはわからないけれど、ジェニーが殺害されたのは確か。それで、カーラも同じ目に遭わせると脅されたのね。向こうから連絡があったの?」

「二、三日前に」ナタリーは声を震わせた。「ジェニーはもう殺した、ケイマン諸島の銀行口座に四百万ドル振り込まないと、カーラも同じ目に遭わせるって。夫はどうせ詐欺だと言ってお金を出してくれなかったけど、カーラが生きている証拠を送らせたうえで無事に取り戻せるなら、父は送金すると言ってくれた」声が途切れがちになった。「でも……お金を出しても、結局、殺されてしまうと父は思っているみたいで……。そのあと、あの子が聖歌隊か何かで歌っている写真が送られてきた……わたしによく似てるわ。いつのまにかあんなに大きくなって……わたしの赤ちゃんはもうすっかり少女よ。父は写真なんかどうだってできるから、あの子がまだ生きている証拠にはならないと言うの。今のあの子の写真を送らせて、釈放条件を決めようと持ちかけるようにと」そう言うと、また声を震わせた。「そうしたら、あの子はもういっしょにいない、あなたにさらわれたと言われた」

「そのとおりだとしたら、安心したはずだけど」

「でも、あの連中はどこまでも追いかけて、あの子を殺すと言っている。あなたはあの子をスコットランドに連れていったそうね。だから、わたしもスコットランドに行って、身の代金を払う方法を考えろと言われた。面倒なことになったからと言って金額をつり上げてきたわ。あなたは昔の財宝を見つけたんですって? 本当なの? 連中はそれも狙っているわ」

イヴはすぐには答えなかった。「情報収集力は高そうね。身の代金を出さないと言ったら、どうなるの？」

「すぐにでもカーラを取り戻して撃ち殺すと言っていた。お願いだから、そんなことさせないで」ナタリーは早口で続けた。「父はあなたのことを調べて、あなたが一味のはずはないと言ってるわ。彫刻家か何かなんですって？　私の娘が傷つけられたり殺されたりするのを黙って見ている人じゃないって。父の言うとおりだといいけれど」

「お父さんの言うとおりよ」

「それなら、助けて」ナタリーは言った。「お願いだから。わたしの夫がどんなにひどい男か聞いているでしょう。わたしだってそれは認めるわ。家族にも冷たいところがあって、娘たちをわたしのように可愛（かわい）がってくれない。でも、父親がどんなにひどい人間だからって、カーラにその罪を背負わせるなんてあんまりよ。ジェニーがあんなことになって、わたしにはもうカーラしかいないのに」

女優顔負けだ。イヴは感心した。しかも、押さえるべきところを押さえている。「これまでのところカーラは無事よ。どうしてそんなに心配するの？」

「あの連中はわたしの夫に復讐したがっている。お金を出さないかぎり、カーラをどこまでも追いかけるに決まっているわ」

「そして、つかまえたら、身の代金を手に入れても殺すというの?」

「最悪のことばかり考えてしまって……。だから、あなたに電話したの。サラザールと取り引きしてくれない? 父がお金を出したら、カーラを父に渡してほしいとサラザールに伝えてちょうだい。なんなら、昔の財宝とやらも渡すと。父は腹心の部下二人にヘリコプターでカーラを迎えに行かせる」

「あなたは?」

「もちろん、行くわ。一刻も早くあの子に会いたい。もうすぐあの子の誕生日なのよ。知ってた?」

「知らなかったわ」

「この八年間、涙なしでその日を迎えられなかった。あの子、わたしについて話したことがある?」

「まだ小さかったから記憶に残っていないようね。覚えているのは、お姉さんとシッターのエレナだけ」

「そうだろうと覚悟はしていたけど。エレナはあの子をわたしに返してくれればよかったのに。そのことでは今でもエレナを恨んでいるわ」

「恨むだなんて。エレナはカーラを助けようとして命を落としたのよ」

「そのことは感謝しているけど、わたしに相談してくれたら、みんなを守る方法だってあったのに」ナタリーは一息ついた。「でも、やっとそのチャンスがめぐってきた。わたしにはカーラを助けられる。あなたが助けてくれたら。ねえ、助けてくれるでしょう？」

なんと答えればいいかしら。イヴは頭の中でめまぐるしく正解を探した。「あなたに運命を賭けるのが正しいかどうか、決断がつかない。サンディエゴの児童保護施設からカーラを連れ出したのは、メキシコに送還されて、あらゆる方面からの危険にさらしたくなかったからよ。その思いは今でも変わらない。あなたはカーラを愛していると言うけれど、誘拐を防げなかったんでしょう。また同じようなことにならないとはかぎらないわ」

「今度は父が関わっているから、だいじょうぶ。父は孫が可愛くてならないの。カーラに危険が及ぶようなことはさせない」

イヴは少し黙っていた。「それで、具体的にどうするつもり？」

「サラザールに連絡をとって、〝父が身の代金を用意して、ヘリコプターでカーラを引き取りに行かせる〟と伝える。ヘリコプターであの子を無事に連れていくのはあなたの役割だけど、あとは父の部下に任せればいい。あの子を安全な場所に移すわ。あなたもいっしょに行ってもいいのよ。サラザールの邪魔をして、命を狙われているんですってね」

「まあね」イヴは皮肉な声で続けた。「ヘリコプターで飛び立ったら、あとはいつまでも幸せに暮らすわけ？」

「大切なのは生き残ることよ」ナタリーは静かな口調で言った。「この八年、その言葉の重みを感じてきた。娘が無事に戻ってきたら、あなたに親子関係をとやかく言われたくない。母親なら、あなたの娘のことは自分のほうがよく知っているとよその女に言われて、黙って引き下がれるわけないでしょう。あの子を取り戻したかったら、わたしと戦うことね」

「それは思い違いよ。カーラはわたしといるんだもの。決めるのはわたしよ」

「でも、できることなら、死なせたくないはずよ。あなたはあの子を愛しているようだから……わたしのように」ナタリーは電話番号を告げた。「正しい選択をしてちょうだい。決まったら知らせて」そう言うと、電話を切った。

ナタリー・カスティーノは見くびれない相手だ。ゆっくり電話を置きながらイヴはそう思った。最初から最後まで会話をリードし、話のツボを押さえ、口調を変え、自分の役割を演じ分けていた。

あの女性が犯罪に関わっているとしたら、抜け目なく立ち回ったにちがいない。逆に、本当に娘を取り戻すために戦っているのなら、それを実行するための計画を考えついたのだろうか。でも、ナタリーはサラザールに手を貸して娘たちを誘拐させたとジョーが言っていたし、ジョーからの情報が間違っていることはまずない。

とはいえ、ナタリーが関与した証拠はない。埋葬されていたジェニーが、ナタリーが証言したようにナイトガウン姿ではなく、透かし模様の白いドレスを着ていたということしか。それに、マクタヴィッシュの殺害にナタリーが関係している証拠もない。あのすすり泣きや悲痛な声は真に迫っていた。でも、結局、判断を下すのはわたしなのだ。

そして、その判断が、カーラとわたしだけでなく、この野営地にいる全員に関わってくる。

イヴは立ち上がってテントから出た。とたんに濃い霧が迫ってきた。焚き火のそばでカーラがジョックと並んで座っているのがぼんやり見える。今あなたのお母さんと話をしたと言ったら、カーラはどんな顔をするかしら？

今はまだ言わないことにしよう。そう決めると、イヴはジェーンのテントに向かった。

「向こうは真に受けたか？」ナタリーがイヴ・ダンカンとの電話を終えると、サラザールが声をかけた。「どうせ時間の無駄だと言っただろう。きみが口をはさむことじゃない」

「時間の無駄なんかじゃないわ」ナタリーは笑顔を向けた。「これでも演技はうまいほうだから。一考させることはできたはずよ。あなたが自分の役目を果たして、あの女を怯えさせたら、おれたちに、わたしに泣きついてくるかもしれない」

「ああ、そうだったわね」

「おれたちに、だろう」

「わかっていればいいんだ。マクダフが探している財宝のことまでしゃべっていたな」

「イヴ・ダンカンがそのことをどう思っているか探りたかっただけ。笑い飛ばしもしなかったから、やっぱりマクタヴィッシュの言ったとおりみたい」ナタリーはフランコに目を向けた。「よく聞き出してくれたわね」

フランコは笑顔でうなずいた。

「時間の無駄だ」サラザールがまた言った。

「今にわかるわ。それより、いつまでこんなところで、あなたが呼び寄せた野蛮な男たちといっしょにいなくちゃいけないの？」ナタリーは野営地を見回した。焚き火の向こう側に縛られて猿ぐつわを噛まされた男がうずくまっていて、救いを求めるようにナタリーを見つめていた。顔も喉も血まみれだ。二時間ほど前にフランコがつかまえてきて痛めつけたのだ。ナタリーは視線をそらして肩をすくめた。「とにかく、わたしはやることはやったわ。今度はあなたの番よ、サラザール」そう言うと、立ち上がった。「せいぜいがんばってちょうだい。わたしは父に電話して、あれ以来、犯人側から身の代金要求の電話がなくて、やきもきしていると伝えてくる」

「ゆうべは二度電話していたな」

「疑い深い人ね。父と夫にかけたのよ。父には作り話を吹き込んで、夫には寂しいから早く帰りたいと言っておいた。嘘は一度ついただけではだめよ、ついたからには押し通さなくちゃ」ナタリーは小首を傾げた。「あなたなら言われなくたって知ってるでしょうけど。

ゆうべわたしが寝たあとで電話をチェックしたのね。一本はモスクワ、もう一本はメキシコシティ。なぜ電話したか知りたかったの？　わたしを信頼していない証拠よ」

「今さらなんだ？　おれたちの関係は信頼の上に成り立っているとでも言いたいのか？」

ナタリーは頭をのけぞらせて笑い出した。「たしかに」焚き火のそばを離れた。「わたしたちの関係が続いているのは、わたしの可愛い娘を取り戻すため。そして、ついでにお宝を手に入れるためよ」

13

「本当にナタリー・カスティーノが電話してきたと信じているの？」ジェーンが静かな口調で訊いた。

「先入観にとらわれたくないの」イヴは答えた。「ナタリー・カスティーノのことは、噂以上のことは知らないし。なんといっても母親だもの。子どものためならどんなことでもするわ」

「そういう母親ばかりじゃない」ジェーンは言わずにいられなかった。「母と子の絆となると、あなたはまともに考えられなくなる傾向がある」そう言うと、首を振った。「罠かもしれないでしょう」

「わたしもまずそれを考えた」イヴは顔をしかめた。「ジョーからナタリーとサラザールの関係を聞いているから、なおさらナタリーの母性愛を信じる気にはなれない。でも、罠だとしても、利用する方法はあると思うの。カーラをロシアのおじいさんのところに返すために協力するとわたしが決心したら、ナタリーに電話することになっている。それを逆手にとれないかしら」

「いずれにしても、あなたひとりでは無理。助けが必要よ。マクダフに相談するしかないわ」

イヴはうなずいた。「ええ、わかってる。まずあなたに話して、考えを整理しておきたかったの。マクダフはやると決めたら、徹底的にやるだろうから」

「たしかに」ジェーンは応じた。「頼りになるのは確かだし、こういうことに対処できるのは彼しかいない。わたしから話してみてもいいけど」

「いいえ、わたしが話す」イヴはジェーンを抱き締めた。「いずれにせよ、隠れ家が見つかったか訊きに行かなくちゃいけないから。見つかったとしても、この霧の中をすぐ発てるとは思えないけれど。こんな原野にカーラを置いておいていいのか、どんどん不安になってきた」そう言うと、出口に向かった。「わかったら知らせるわ」

ジェーンはイヴの姿がマクダフのテントに消えるまで見送った。周囲に立ち込める霧はますます濃くなって、晴れる兆しはいっこうにない。湖に視線を向けた。

この世が始まった場所。

今日の湖は初めて見た日よりも不吉な感じがする。

「どうした、怖い顔をして。それほど心配することはないよ」

振り返って、セス・ケイレブが近づいてくるのを見ると、ジェーンは反射的に体をこわばらせた。「そんな気楽なことを言っていられないの。あなたとは立場が違うから」そう言ってから、ケイレブの様子がいつもと少し違うことに気づいた。張りつめた全身からエネルギーがあふれている。なんらかの脅威が迫ったとき、こんなふうになるのを見たことが何度かあるが、そのたびに不安を覚えずにいられなかった。「ひょっとしたら、サラザールがこっちに向かっているってまだ知らなかった？　このところ、あまり野営地にいなかったから」

「きみの感情に敏感に反応しているだけだよ」ケイレブは不敵な笑みを浮かべて近づいてきた。「最後に会ったとき、きみはやけに腰が引けていたから、気持ちを立て直す時間があったほうがいいと思ったんだ。サラザールがこっちに向かっていることは知っている。きみより先に知ったんじゃないかな」

「どうやって？」

「勘や本能で。その気になったら、特殊な能力が発揮できる」

「発揮するのを楽しんでいるみたいね」

「まあね」ケイレブはあっさり認めた。「きみに嘘をついてもしかたがない。この焚き火のそばで見張っていたってなんにもならないからね。丘陵地に入って探していたんだ」

ジェーンははっとした。「それで？」

「サラザールの野営地は突き止められなかった。三、四時間ごとに移動しているらしい。

だが、彼らにできることは限られているよ。あの一帯の地形も調べてきたから、どこから攻撃すればいいかわかった」

「それよりも早くイヴとカーラを逃がさないと」

「それはそうだ」ケイレブは唇をゆがめた。「イヴはおれが守ると約束したからね。これまではただ退屈な務めだと思っていたが、こうなると事情が違ってくる」

「あいにくね」ジェーンは言い返した。「イヴを守るのはわたしよ」そして向きを変え、テントに戻り始めた。「イヴがここを出るときは、いっしょに行くわ」

「ということは、おれもついていくわけか」ケイレブは肩をすくめた。「いっしょなら楽しい逃避行になるぞ。出発するまで、もう一度丘を調べに行ってくるか。何か見つかるかもしれないから」

ジェーンは突然振り向いた。「なぜみすみす危険なまねをするの？　だいたいのところはもうわかったのに。サラザールたちはただチャンスをうかがっているだけじゃないかもしれないし——」そこでやめた。答えがわかっているのにわざわざ訊くことなんかなかった。「好きにするといい。わがままな子どもの心配をしたってしかたないわ」

「それでも心配なんだろう？」ケイレブはジェーンを見つめた。「そうなんだね、ジェーン？　おれを無視しようとがんばっても、どうしても気になるんだ。どうしてだと思う？」

ジェーンは両手でこぶしを握った。「知らないわ、そんなこと」

「いや、自分でも気づいているはずだよ」ケイレブは笑いかけた。「おれもがんばってきたからね。いっしょにいるたびに、きみに一歩近づいた気がする。前よりきみがわかるようになった」

「わたしはあなたをちっとも理解できないけど」

ケイレブの顔から笑みが消えた。「そうだろうね。慎重に接してきたから。だが、きみが安心できるというなら、少しずつありのままの自分をさらしてもいい」

「それでわたしが安心できると思う?」

「わからない。一種の賭けかな」ケイレブはまた満面の笑みを浮かべた。「リスクを冒すのは嫌いじゃない。きみもそういうのが好きになるかもしれないよ」そう言うと、丘に続く小道に向かった。「だが、イヴに関するかぎり、リスクを冒してはいけない」

振り向いたケイレブは、また全身からエネルギーを発散させ、抑えきれない興奮に顔を輝かせていた。眺めていると、彼の大胆さが伝染してくるような気がする。彼について霧の中に入っていきたくなった。危険な冒険がもたらすスリルを味わってみたかった。

そんな内心に気づいたのだろうか。ケイレブがまた言った。「イヴに関するかぎり、それはだめだ。守らなければならない大切な人のことを第一に考えろ。おれも危険は冒さないと約束する」

そう言うと、彼は霧の中に消えた。

でも、ケイレブは誰が守ってくれるのだろう。そもそも、誰かに守ってもらったことなどあるのかしら。

今さらながらにジェーンはケイレブのことを何も知らないと気づかされた。

なぜ彼のことが心配になるのだろう？　助けられるわけでもないのに。

結局、考えないのがいちばんだと思った。

テントに戻って荷造りをしよう。それから、イヴを捜そう。

ケイレブの言うとおり、今はカーラとイヴと彼女の赤ちゃんを守ることだけを考えよう。

大西洋上
サウス・アトランティック・チャンター1257機
午後二時四十分

あと三時間。ジョーは時計に目をやって自分に言い聞かせた。二時間でエディンバラに着陸して、そこからヘリコプターでゲールカールに向かう。

あと三時間。

長い。大西洋の上で機内に閉じ込められて何もできないなんて耐えられない。早くイヴのそばに行きたい。

電話が鳴った。マネス刑事からだ。

「今ごろ大西洋の上を飛んでいるんだろう」ジョーが出るとすぐマネスが言った。「こっちは大騒ぎだったぞ。トラーは送り込んだ調査官がまんまときみにまかれてヘソを曲げている。きみがいないとわかったのは、ジュネーブに着く寸前にフライトアテンダントが搭乗者をチェックしたときだった」

「きみはどうしてわかった?」

「きみから目を離さないようにしているからな……トラーからも。イヴを助けに駆けつけるくらいだから事態は深刻だな。サラザールが動き出したのか?」

「ああ、イヴとカーラの居所を突き止めた」

「あいつもやるじゃないか。だが、トラーもしつこいぞ。妨害されたのが許せないらしい。きみを見つけたら、逮捕する気でいる」

「きみに言われなくてもそれぐらいわかっている」ジョーは一呼吸おいた。「ぼくの行き先を教える気か?」

「しかたないだろう。よその国の捜査機関には協力しないわけにいかない」

「じゃあ、教えるんだな?」

「教えたくても、行き先を知らないからな。スコットランドに行くとは聞いたが、それ以上くわしいことは知らない」マネスは少し黙っていた。「正直なところ、トラーのやり方は気に食わない。前にも言ったが、ジェニー・カスティーノの遺体が発見されたときは捜査に加わらせてもらえなかった。もとはといえば、ぼくの地元の事件なのに。カルテルのボスのことなら、カスティーノも含めて、誰よりもぼくがよく知っている。要するに、トラーは何もかもひとりでやりたいんだろう。ちょっと興味を惹かれてね、あいつにジェニーがカスティーノの娘だと知らせた情報源を探ってみたんだ」

「それで、わかったのか？」

「ああ。ナルチェク保安官、あるいは保安官事務所の人間だった」

「ナルチェクが知らせたとは思えないが」

「だが、保安官事務所の別の人間と決まったわけでもないだろう？」

「ほかも調べたわけか？」

「少しでも可能性のありそうなところは。トラーの部下に口の軽い男がいてね。うちのチームには優秀なハッカーもいるし。トラーに情報提供したのは誰だと思う？」

「じらさないでくれ、マネス」

「じらしているわけじゃない。ぼくはトラーみたいなまねはしない」マネスは不機嫌な声で言った。「合衆国政府のすることはぼくには関係ないからな」一息ついて続けた。「ジェームズ・ウォルシュだよ、遺体がジェニー・カスティーノだとトラーに知らせたのは」

「まさか」ジョーは思わず電話機を握り締めた。「ジェニーを殺したのはウォルシュだ。

あいつが知らせるわけがない」

「自衛手段だったんじゃないかな。サラザールがしびれを切らして、ウォルシュを始末しようとしていたのかもしれない。それで、トラーと取り引きしようとした」マネスは続けた。「そういうことはこっちじゃ日常茶飯事だ。こっちのカルテルなんて食うか食われるかの世界だからな。最近、街が騒がしいんだ。近いうちに何か起こるぞ。そんな予感がする」

「悪いが、今はトラーのことにもきみの計画にも集中できない。きみには借りがあるから、イヴとカーラの安全を確かめたら、協力するよ。少し待ってほしい」

「助けがほしくて電話したんじゃない。自分のことは自分でできる。見かけだけで判断するのは危険だと注意しておこうと思ったんだ」マネスは一息ついた。「五、六時間のうちにトラーはきみがどこにいるか突き止めるだろう。あいつはそういうことに手際がいい。だが、ぼくほどじゃないのに、それを認めようとしない。そうじゃなかったら、ぼくを無視するなんて間違いは犯さなかったはずだ。じゃあ、幸運を祈っている、クイン」電話が切れた。

幸運を祈ってもらうしかなさそうだ。ジョーは苦々しく思った。マネスの言うとおり、見かけだけで判断することはできない。ウォルシュが情報を売ったという話には驚いたが、彼に言ったとおり、今はイヴのそばに行って、サラザールとフランコを始末することしか考えられなかった。

あと三時間。

ゲールカール湖
午後四時四十五分

「三十分後にエディンバラに向かう」マクダフがだしぬけにテントの入り口から、そっけない口調で告げた。「準備しておいてほしい」

イヴはあわてて立ち上がった。「霧が晴れるまで待つと思っていた。この霧では運転は無理だと言っていたでしょう」

「これ以上待てないんだ。ケイレブから報告があったが、事態は切迫している。サラザール一味が丘陵地で活動している形跡があった。やつらの正確な居場所を突き止められないのに、これ以上きみとカーラをここにとどめておけない」

「わかったぞ」突然、ケイレブがマクダフの背後に現れた。「あいつは丘にいるが、ひとりじゃない。しょっちゅう移動していて、少なくとも九人か十人部下を連れている。濃霧のせいで正確な数はわからないが。護衛に甘く見ないよう警告しておいたほうがいい」そう言うと、にやりとした。「追跡したほうがいいかな?」

「とっくに追跡してきただろう」マクダフは言い返した。「わたしは今のところ動けない。

イヴとカーラを送り出すのが先決だ。天候を調べたら、ゲールカール渓谷さえ抜けたら、霧はそれほどでもないらしい。渓谷を抜けたところにヘリコプターを待機させてあるから、そこまで十キロほど歩くことになる。カーラは?」

「焚き火のそばにジョックといるわ、いつものように。呼んでくる」ジェーンがテントを出て、焚き火に向かった。

「みんなで行こう。イヴに約束したんだ」ケイレブが穏やかな声で言った。「ほんとはここに残って、サラザールの手下をやっつけたいところだが。ジョックと二人がかりでやったら、勝算はかなり高い。マクダフ、きみだってなかなかのものらしいし」

「きみに認めてもらって光栄だが」マクダフは皮肉な声で言った。「ネッド・コリンに部下を数人連れてこさせて、この霧を抜けるまで護衛させる。きみの能力を過小評価する気はないが――」

銃声が炸裂した。

「あれはなんだ?」マクダフはイヴを地面に押し倒して、ランタンを消した。

ケイレブはすでにテントから飛び出して、焚き火に向かってジグザグに進んでいた。

ジョックはカーラを組み伏せて覆いかぶさっていた。

二発目の銃声が響いた。

悲鳴があがる。

子どもの声ではなさそうだったが、甲高い悲鳴だった。

「ここにいるんだぞ」マクダフは立ち上がると、姿勢を低くしてテントから駆け出した。イヴも地面を転がって入り口まで這っていった。あの悲鳴がカーラでありませんように。

ダ・ダ・ダ・ダ・ダ。

連射音がとどろいた。

また悲鳴があがる。

近くではない。前方の灰色の霧の中からだ。

イヴは焚き火に向かって地面を這い始めた。少し進むと、マクダフに追いついて立ち上がった。

「テントから出るなと言っただろう」マクダフは前方に目を向けたまま言った。「きみもジェーンと同じで、わたしの言うことを聞かない」周囲の地形に目を凝らす。「この霧さえなかったら」携帯電話を取り出した。「心配するな。コリンをこっちに来させる」

心配するなと言われたって。イヴは不安を押し殺した。「カーラとジェーンはどこ?」

「無事だ」マクダフは電話をかけながら答えた。「ジョックが焚き火のそばから湖のそばの茂みに連れていった」耳を澄ませた。「出ないな。何かあったのか——」

「マクダフか?」そばにいるイヴにも聞こえるほどはっきりした声が電話から聞こえてきた。「アルフレード・サラザールだ。あいにく、あんたの部下のコリンはもう使い物にならない。イヴ・ダンカンは近くにいるんだろう？　あんたたち二人と話がしたい」

　マクダフがスピーカーに切り替えた。「コリンと話させてくれ。彼に何をした？」

「見せしめを探していたら、フランコがうってつけの男を見つけた。協力しようとしないんで、言い聞かせざるをえなかった。フランコはその方面の才能があるからな。聞いているか、イヴ・ダンカン？　何もかもあんたとあの面倒な子どものせいだぞ」

「聞いてるわ」

「そうか。それなら言っておくが、これから起こることは全部あんたのせいだ。悲鳴があがり、ばたばた人が死ぬのは、あんたがここにいて、おれに迷惑をかけているからだ。聞こえただろう、マクダフ。その女と子どもを引き渡したら、これ以上手出ししない」

「お断りだ」

「そんなことを言っていられるのは今のうちだけだぞ」サラザールは言った。「イヴ、あんたはどうだ？　あんたはやさしい人間だろう。マクダフやほかの友達を死なせたくないはずだ。ジェーン・マグワイアはどうなる？　そもそも、自分に関係のないことに手を出すから、みんなをこんな目に遭わせることになったんだ」

「カーラを渡したら、もう誰も殺さないなんて信じると思う？」イヴは言い返した。「証人は必ず消す主義なんでしょ、サラザール」

「まあな。代償が高くつきそうなときは。話は変わるが、あんたたちはマクダフの湖から値打ちのあるものを引き上げられそうだというじゃないか。おれにも一枚噛ませてくれないか？」

「受け入れられるわけがないでしょう？」

「まあ、いい。話を戻そう。見せしめの件だ、マクダフ。あんたの護衛のコリンは、そっちの野営地から数百メートル離れた森に連れてきた。まだ生きているが、いつまでもつかわからない。取り返しに来い」そう言うと、サラザールは電話を切った。

また銃声がした。

霧の中から苦悶の声が聞こえる。

「罠よ」イヴは言った。「行ってはだめ。見つける前にやられてしまう」

「コリンを見殺しにはできない」マクダフは言った。「そう簡単にはやられない。先にジョックとケイレブに偵察させてから、コリンを助けに行く。カーラやジェーンといっしょにいろ。警備の連中に連絡しておく」

イヴがまだ何も言わないうちにマクダフの姿は消えた。

エディンバラ空港

あと一時間。

ジョーは急ぎ足で滑走路を進んで、待ち受けているヘリコプターに向かった。すべては、この濃く立ち込めた霧の中を飛行できればの話だが。大気予報によると、この一帯の霧が消えるまではまだ八時間ないし十時間かかるということだった。飛ぶのに適した天気でないのは確かだ。

やれやれ。なんとかたどり着く方法を考えなければ。だが、その前にマクダフがイヴとカーラをここエディンバラの安全な場所に移動させたか確かめておこう。

携帯電話が鳴った。スコットランドヤードのバーバンクからだ。そういえば、バーバンクにも隠れ家を探してほしいと頼んであった。

ジョーは電話に出た。「何かあったのか?」

「いや」バーバンクは言った。「今のところ動きはまったくない。霧のせいだ」

「ああ、そうだろうな。それで、電話をくれたのは?」

「メートランド・カルテルからサラザールが借りたスペシャリストのことを調べてほしいと言っていただろう。八人のうち四人はアフガニスタン軍に所属していて、タリバンから訓練を受けていた。専門は火薬と即席爆弾(IED)だ」

「なんてことだ!」

「向こうの魂胆は見え透いている」

「早く気づくべきだった。フランコは爆弾の扱いが得意で、何かというと使いたがる」それに、この霧だ。素人が仕掛けた地雷でも、見つけるのは無理だろう。「知らせてもらって助かったよ、バーバンク」ジョーは電話を切るとすぐ、イヴにかけた。

出ない。

いったん切ってまたかけてみた。

今度は三度目の呼び出し音で出た。「ジョー？　今は話していられない。大変なことになって。サラザールがマクダフの部下をひどい目に遭わせて、マクダフが助けに——」

「即席爆弾だ」ジョーはさえぎって言った。「マクダフに即席爆弾に注意するよう言うんだ。サラザールはその方面の専門家を呼び寄せた」

「わかった。今すぐ——」

電話が切れた。

ジョーはもう一度かけた。

出ない。

敵が即席爆弾を仕掛けているというのに、この霧の中にイヴが飛び出していったらと思うと、血が凍りそうになった。

とにかく、そばに行こう。

ジョーはヘリコプターに向かって走った。

イヴはマクダフが進んだ方向に走りながら、電話をかけた。

応答はない。

たぶん、出ないと思っていた。

サラザールに撃たれた部下を助けに行く途中で、電話に出るとは思えない。

ジョックならどうかしら？

ジョックにかけると、出るには出た。「今はだめだ、イヴ」

「即席爆弾。ジョーが即席爆弾に注意するようにって。マクダフに伝えて」

ジョックが悪態をつく声が聞こえた。「今のところそれらしいものはないな。ケイレブと二人で一帯を徹底的に調べている。マクダフはぼくの前を進んでいる。銃声がしたとき、サラザールがコリンをここに連れてきていると初めてわかった。とりあえず、物陰から狙撃されないように気をつけている」

「それだけじゃだめよ」イヴは震える声で言った。「ジョーが言うには、サラザールはタリバンの訓練を受けたスペシャリストを呼び寄せたそうだから――」

「タリバン？」ジョックの声が鋭くなった。「だったら、即席爆弾じゃない。やつらには別のやり方がある。タリバンのトレーニングキャンプに送られたことがあるから知ってるんだ。もう切るよ。マクダフには伝える。ちくしょう！　急がないと。マクダフはもうコリンの近くまで行っているだろう」電話を切る余裕もなかったのだろう。激しい息遣いに交じって叫ぶ声が聞こえた。「マクダフ！　止まれ！　マクダフ、そっちに行くな。そっちは危ない――」

爆音がとどろいて、イヴは地面に投げ出された。

前方の白い濃霧を炎が輝かせる。

片肘をついて上半身を起こした。

イヴは立ち上がると炎に向かって走った。

だが、数メートルほど進むと、どこからともなくケイレブがそばに来た。「だめだ」イヴの腕をつかんだ。「そっちに行くんじゃない」

「サラザールはコリンの体に爆弾を巻きつけたんでしょう?」体の震えが止まらなかった。

「マクダフをおびき寄せる罠にするために」

「ああ、そうすれば、自身が近づいてマクダフの部下に攻撃される恐れもない。マクダフがコリンに近づいて赤外線センサーが作動したら、安全な場所からボタンを押せばいいだけだ」

聞いているだけで気分が悪くなってきた。イヴはケイレブの手を振りほどこうとした。

「放して」

ケイレブは腕をつかんだ手に力を込めた。「だめだ。今、きみが駆けつけたところでなんとかなるわけじゃない。野営地に戻ったほうがいい」

「いやよ。マクダフを連れて帰る」

「無理だ」

イヴははっとしてケイレブの顔を見つめた。「どういう意味？　死んだの？」

「どうかな。爆発に巻き込まれたのは間違いないが、負傷の具合はわからない。さっき見たときは、ジョックが調べていた。野営地はちゃんと警備させているから安全だと言っていた」

「でも、ジョックの手伝いに行ったほうが……」

「だめだ。きみに約束しただろう。ジェーンにも、ジョックにも、きみを守ると約束した。誰にも手を触れさせない。野営地に帰ろう」

ケイレブを説得するのは無理だとイヴは悟った。

「それなら、力ずくで連れて帰ったら？　わたしはマクダフを置いていかない」

「置いていかずにすむさ」ジョックが霧の中から現れた。ぐったりとしたマクダフを抱きかかえている。マクダフは長身のがっしりした体格なのに、まるで子どものように軽々と抱えられていた。「ちょうど連れて帰るところだ」

「彼は――」

「死んだかって？　死んではいないが、生かしておけるかどうか……。まだ負傷の程度がわからない」ジョックの目に涙が光っていた。ショックに打ちひしがれ、苦痛に顔をゆがめていても、彼ははっとするほど美しかった。「動かさないほうがよかったのかもしれないが、置いてこられなくて」

「置いてこられるはずがないわ」イヴはなだめた。「連れて帰れば、看病できる」

「そうだね。マクダフに罠を仕掛けるなんて、あいつらはとんでもない間違いを犯した。彼はぼくにとって大切な友人で、兄のような存在だ。ぼくが黙って引き下がるとでも思っているのか?」ジョックは野営地に向かいかけたが、ケイレブを振り返って言った。「マクダフのそばにいたとき、近くの茂みに誰かいた。狙撃銃を持っていた。マクダフが生きているのを確かめてから、そいつに思い知らせておくことにしたんだ。殺さない程度に痛めつけておいたよ。そいつから何か情報を引き出せるかもしれない」

「あとでやってみる」

「急ぐことはない。たっぷり苦しませてやろう」ジョックは表情を変えずに続けた。「しゃべらないなら、放っておけばいい。どうせ死ぬんだ。あいつらはひとり残らず死ぬことになる」

そう言うと、霧の中に消えた。

ケイレブは感心したように低い口笛を吹いた。「ジョックは本気だな。サラザールはとんでもない間違いを犯したようだ」

マクダフをテントに運び入れて一息つくと、イヴはすぐジョーに電話した。

「よかった」イヴの声を聞いたとたんジョーが言った。「無事だったんだね」

「無事と言えるかどうか。サラザールがすぐ近くまで来ていて、マクダフの部下がひとり吹き飛ばされた。マクダフも爆発に巻き込まれて、助かるかどうか予断を許さない。でも、今のところ、無事といえば無事。サラザールは脅しをかけてくるけれど、まだ戦闘モードには入っていないらしいわ」

「話を聞くかぎり、すでに戦闘モードに入っているようだが」

「今、どこ?」

「そっちに向かっている。だが、ゲールカールの近くには着陸できない。霧が立ち込めていて。きみは出てこられそう?」

「マクダフを置いていく気にはなれないし、どうしたらいいか——」別の電話が入った音がした。表示を見てイヴはぎくりとした。「割り込み電話に出るわ。サラザールからよ」ジョーとの通話を保留にしたまま電話に出た。「しくじったわね、サラザール。がっかりでしょう。マクダフを殺せなくて」

「あんたの言うことは信じられないからな。あいつはかなりコリンに近づいたはずだ。そうじゃなかったら、フランコはボタンを押さなかった。あんたに見せたかったよ、ダンカン。コリンの体がばらばらに飛び散っていくのを」

「よくもそんなことを」

「あいつはどうだっていい。本命はマクダフだ。あんたがおとなしく子どもといっしょにこっちに来たら、もう誰も吹っ飛ばずにすむ。どっちにしても逃げられない。丘陵地を抜けようとしても、つかまるだけだ。あの道路を使おうとしたら、コリンの二の舞になるぞ」

「そんなはったり、信じない」

「いいのかな、そんなことを言って」サラザールは背後にいる誰かに指示を出して、また話し出した。「道路を見ていろ。三つ数えるんだ。一、二」そこで一息ついてから、ゆっくり続けた。「三」

銃声が響いた。

続いて、丘の上の道路で爆発が起こった。

「はったりなんかじゃない。あれは即席爆弾だ。救える命を無駄にしないことだな」サラザールは電話を切った。

イヴは大きく息をつきながら、道路際の草が燃え上がるのを見つめていた。それから、ジョーとの通話に戻った。「どうやら答えは出たようね。ここから出ることはできない。サラザールは、ゲールカールに通じる道路に即席爆弾を仕掛けた」

ジョーは悪態をついた。「サラザールが動き出すまであとどれぐらい時間があると思う？」

イヴはすばやく考えた。「こっちにはジョックがいるし、ケイレブもいる。丘にはまだマクダフの部下が待機している。でも、みんなを標的にさせるわけにはいかない。サラザールが脅しをかけてくるだけで行動に出ないのは、安全を確保するだけの人数がいないからじゃないかしら」

「それなら、道路から爆弾を除去すればいいわけか」ジョーが言った。「ヘリコプターで近づけるところまで行って、あとは歩く。できるだけ早くそっちに行く」

「ジョー……」

「ほかに方法はないだろう」

「それはそうだけど」それでも、一メートル先も見えない濃霧の中で、ジョーを即席爆弾の除去に取り組ませたくなかった。考えただけでもぞっとする。「この霧さえなかったら」

「嘆くのは早いかもしれないよ。この霧が味方になってくれるかもしれない」急にジョーの声が途切れがちになった。「くれぐれも気をつけるんだよ。湖の近くまで行ったら電話する」

「どう?」二時間後、マクダフのテントを訪れたジェーンは小声でジョックに訊いた。「意識は戻った?」

ジョックは首を振った。「まだだ。左前腕と、肋骨を少なくとも二本骨折している。内臓をどれだけ損傷しているかはわからない。爆発に巻き込まれたわけだから――」そこで言葉を切った。「何があっても不思議はない。ぼくが動かしてダメージを与えた可能性もあるし」

「そうするしかなかったもの。あのまま動かさないわけにいかない。安全な場所に連れてきたわけだし、あのままでは彼も爆弾をくくりつけられていたかもしれない」

「そんなことはぜったいにさせない」ジョックはマクダフのこめかみをそっと撫でた。

「彼は何があってもぼくを見捨てなかった。ぼくが何をしても、ぼくのために戦ってくれた。自殺未遂を繰り返して病院に入ったときも、ぼくを捜し出して家に連れて帰ってくれた。そして、治るまでそばにいてくれた」そう言うと、首を振った。「いや、完全に治ることはなかったが、体力を回復して、自分のしてきたことに向き合って生きていけるようになるまでついていてくれた」

「あなたが悪いんじゃないわ」ジェーンは慰めた。「犠牲者なんだもの。まだ二十歳にもならない子どものときに薬品で洗脳されて、まともに考えられなくなってしまった。自分が何をしているのかわからなかったのよ。マクダフと二人で何度もそう言ったでしょう」

「ぼくが犠牲者？　ぼくを訓練したライリーは、ぼくが殺した相手が二十二人を超えたと喜んでいた。それだけの人間をこの世から消したんだ。ぼくは暗殺者としては優秀だった。犠牲者がいるなら、それはぼくに殺された人間のことだ」

「マクダフが聞いたら悲しむでしょうね」

「マクダフに聞かせたりしないよ。彼をがっかりさせたくないから、自分の胸にとどめておく」ジョックは唇をゆがめた。「彼にはがっかりさせられたことがないんだ。そういえば、きみもそうだ。だが、これだけは自分でなんとかするしかないな」そう言うと、マクダフに視線を戻した。「彼は恩人だ。彼のためならなんでもする。命だって投げ出す。ぼくに正気と人間性が少しでも残っているとしたら、それは彼のおかげだから」

「いいえ。あなたは魂を持って生まれてきたけれど、途中で魂を奪われた。でも、マクダフがいなかったとしても、生き抜けたと思う」

「それはないだろう」ジョックは苦笑した。「今のところは、マクダフがいなかったら、ぼくの魂なんかあっというまに消えてしまうと思いたい。それもあるから、彼には生きていてもらわないと」

「少し交替しましょうか?」ジェーンは申し出た。「彼の意識が戻ったら、すぐ知らせるわ」

ジョックは首を振った。「きみを信頼していないわけじゃないけど、意識が戻らなかったらと思うと怖いんだ。馬鹿げていると思うだろうけど、そばについてさえいたら、彼の意識が遠のいていっても、引き戻せそうな気がする」

「馬鹿げてなんかいないわ」ジェーンは喉に込み上げてきた固い塊を飲み下そうと咳払い

した。死に瀕したトレヴァーのそばで、自分も同じことを考えた。そばにいてほしいと強く望んでいれば、彼が逝ってしまうことはないと信じていた。「外にいるから。用があったらいつでも呼んで」

「ああ」ジョックはまたマクダフに視線を向けた。「ありがとう、ジェーン」

ジェーンはもう一度マクダフを眺めてから、テントを出た。

しばらくその場にとどまって、やるせない悲しみと絶望感に耐えようとした。マクダフとは長いつき合いだし、ジョックも同じくらい前から知っている。二人とも過去の一時期を共にし、人生の一部のようなものだから、こんな目に遭うなんてつらくてたまらない。でも、わたしには何もしてあげられない。

「まだ生きている?」

声がしたほうを見ると、カーラがテントに寄りかかって地面に座っていた。霧の中でも顔が青ざめているのがわかる。「こんなところで何をしてるの? イヴといっしょにいると思っていた」

「イヴはわたしがここにいるって知ってる。行ってもいいと言ってくれた。イヴは言わないけど、今はわたしのことまで気が回らないの。ジョーが心配で」カーラは一息ついた。

「ねえ、まだ生きているよね?」

「ええ」

「でも、ジョックは彼が死ぬと思っているみたい」

「どうしてそれがわかるの？」

「彼をテントに運んできたとき、顔を見たから。かわいそうでたまらなかった」

「それからずっとここに座っていたの？」

「あなたがそばにいたから。ジョックにはわたしは必要ないわ」

「今のジョックは誰も必要じゃなさそうよ」ジェーンは疲れた顔でうなじをこすった。

「わたしもそばにいる必要はないと言われた」

「だったら、わたしが入っていっしょにいてもいい？」

「今はやめたほうがいいわ、カーラ。あなたにもいてほしくないと思う」

「訊いてみるだけでも」

ジェーンはカーラを見つめた。どう答えればいいかしら。カーラはジョックに劣らず深刻な顔をしている。「ジョックはあなたが聞きたくないようなことを言うかもしれないわ。苦しんでいるから」

カーラはうなずいた。「わたしさえいなかったら、サラザールとフランコはここに来なかった。マクダフは怪我（けが）することもなかっただろうし、ジョックだって……わたしのせいよ」

「馬鹿なことを言わないで」ジェーンはきっぱり言いきろうとした。「こんなことをしたのはサラザールとフランコよ。マクダフにもジョックにも選択肢はあった。無理やり押しつけられたわけじゃない。イヴもそうだし、わたしだってそう。自分で決めたことよ。たまたま悪人に出くわして、戦わなければいけないときもある。世の中そんなものよ。あなたのせいなんかじゃないわ」

カーラはしばらく黙っていた。「やっぱりジョックのところに行っていい？」

思いは通じなかったかもしれないが、このままカーラをひとりで座らせておきたくなかった。「ええ。わたしは自分のテントかイヴのテントにいるから、何かあったら呼んで」

カーラはうなずくと、さっと立ち上がってマクダフのテントに入っていった。

ジェーンは首を振りながらイヴを捜しに行った。きっとこの二人に劣らずイヴもつらい思いをしているだろう。

「ここで何をしてるんだ？」ジョックはマクダフに視線を向けたままカーラに訊いた。

「きみの来るところじゃない。ここにいてはいけない」

「ここにいなくちゃいけないの」カーラはジョックが座っているキャンプチェアに近づいて、足元にうずくまった。「あなたといっしょにいなくちゃ」

ジョックは首を振った。「どうして？　彼が死ぬのを見たいのか？　そうなってしまうかもしれないよ。ほら、早く出ていくんだ」

「行かない。あなたにはわたしが必要だから」

「ぼくはもう誰も必要としてない」ジョックはマクダフから視線をはずしてカーラを見おろした。「きみはまだ子どもじゃないか。なぜぼくにきみが必要なんだ?」

「わからないけど、あなたが前に言っていたから……そう思ったの」カーラは唇をなめた。「だから、わたしはそばにいなくちゃ」

「あのとき、きみはちょっと落ち込んでいたからね。元気を出してほしかったんだ」

「今だってそう。あなたのそばにいられたら元気になれる」カーラは一息ついた。「マクタヴィッシュが殺されたとき、マクダフのそばについていたいと言っていたわね。マクタヴィッシュのことを知っている人間がそばにいる必要があるから。いっしょにお別れのお酒を飲んでもいいし、ただ黙ってそばにいるだけでもいいって」カーラはほほ笑もうとした。「そばにいるだけなら、わたしにもできる。お酒を飲んだっていいけど、それよりもマクダフのために祈りたい」

ジョックは長い間無言でカーラを見つめていた。「ぼくも、祈ってもらったほうがいい」ぶっきらぼうに言った。「未成年に酒を飲ませたりしたら、イヴに合わせる顔がない」

「ここにいていいの?」

「ああ」ジョックは一瞬目を閉じると、また目を開いてマクダフに視線を戻した。「ぼくにはきみが必要なのかもしれないな」手を伸ばして、ほんの一瞬、カーラの頭に触れた。

「ぼくの人生には思いがけないことがよく起こる。思ったようにならなくても、ぼくを責めないでほしい」

「あなたのせいじゃないもの」カーラは小声で言った。「何もかもわたしのせいだとジェーンにも言ったけど――」そこでやめた。ジョックはここにいていいと言ってくれたのだ。それに、いくら説明しても、ジョックもジェーンと同じことを言うだろう。誰もわかってくれない。ジェニーもエレナも死んでしまった。サラザールはいつ襲ってくるかわからないというのに。「もう何も言わないわ。おとなしくしていたほうがいいでしょ」カーラはキャンプチェアにもたれかかった。「ここにいさせてくれるだけでいいの」

14

「ジョー？」電話が鳴ったとたんにイヴは出た。三時間前から胃がきりきり痛くなるほど待ち続けていた。「今どこ？」

「湖から東に二キロほどの道路までたどり着いた。即席爆弾を二発見つけて除去したところだ。この二発は大急ぎで仕掛けたようだった。残りもそうだといいが。それなら除去するのも比較的簡単だからね。といっても、油断は禁物だ」ジョーは一息ついた。「ジョックかケイレブに手伝ってもらえると助かるんだが。今のところサラザールの部下の姿は見えないが、誰かが見張っていてくれたら安心だ」

「ええ、誰かに行ってもらうわ」

「来るときは、坂でいったん止まって、道路際は避けるように言ってほしい。近くまで来たら電話するようにと。爆弾を除去した安全なルートを教えるから」

「わかった。くれぐれも気をつけてね」イヴは電話を切ると、深呼吸して気を静めようとした。胸がどきどきして、手のひらがじっとり汗ばんでいる。テントを走り出て、道路に通じる長く険しい坂を眺めた。何も見えないけれど、あの灰色の濃い霧の中のどこかにジョーがいる。そう思うと、希望と喜びとともに言い知れない恐怖が湧き上がってきた。

ジョーはたったひとりで助けを求めている。

いてもたってもいられなくなって、ジェーンのテントに駆け込んだ。「ジョーが来たわ。爆弾を除去するのに手伝いがほしいと言っている。ケイレブはどこ？」

「マクダフの三人の護衛といっしょに偵察に行った」ジェーンは電話に手を伸ばした。「すぐ電話する」

「待って」イヴは止めた。マクダフは瀕死で床についている。ジョックがそばについていなかったら、いつあの世に行ってしまうかわからない。ケイレブはカーラとジェーンを守ってくれているのだし、マクダフの安全も確保しなければならない。ケイレブにジョーの手伝いはさせられない。「ケイレブに電話して」ジェーンに言った。「偵察が終わったら、ここに戻って、わたしたちが爆弾を除去してしまうまで、見張りをしてほしいと言って」

「わたしたちって？」ジェーンはぎょっとした。「まさか、イヴ、自分で行くつもりじゃないでしょうね」

「しかたないのよ、人手が足りないから。ジョーには助手が必要だし」

「それなら、わたしが行く」

イヴは首を振った。「ジョーとわたしはワンチームよ。彼はときどきそれを忘れるけれど、ひとりにさせるわけにいかないわ。別に特殊な技術が必要なわけじゃない。ジョーが言ったとおりにすればいいだけよ。ジョーはフランコがわたしたちの車に仕掛けた爆弾の設定を変更して、カーラとわたしが爆死したと見せかけようとしたけれど、あのときは何も教えてくれなかった。今度はのけ者にされたくないの」そう言うと、懐中電灯と銃をつかんだ。「任せて。でも、カーラはジョックのそばを離れないだろうから、わたしの出番はないかもしれない」

「カーラをお願い」

「ジョックといっしょなら安心よ。できるだけ早く戻ってくる。そうしたら、みんなでここを脱出しましょう」イヴはさっとジェーンを抱き締めると、道路に向かって坂を駆け出した。

「コリン……」

ほとんど聞こえないほどかすかな声だった。

それでもジョックには聞こえた。反射的に全身をピクンと震わせて、マクダフに顔を寄せた。「無理にしゃべらなくていい。この状態では——」

「コリンは……」声が少し力強くなった。「コリンはどうなった？」

「亡くなった。爆弾を巻きつけられて吹っ飛ばされたんだ」

「なんてやつらだ」マクダフはうなった。「それで……つかまえたのか？」

「いや、まだそこまで手が回らなくて」

「そうか。いいんだ。わたしが必ず……」

「それはまたあとで。気分はどうだ？」

「全身が痛い」マクダフはしばらく考えてから言った。「ひどい頭痛がする。わたしも吹き飛ばされたのか？」

「ああ、骨が二、三本折れている。内臓もやられたようだから、早く病院に行かないと」

「心配しなくていい」マクダフはカーラに目を向けた。「なぜあの子がここにいるんだ？何をしている？」

「祈っているの」カーラはにっこりした。「ジョックがわたしとはお酒を飲めないって言うから。あなたがこっちの世界に戻ってきてくれてうれしいわ」

「わたしもうれしい。なぜきみが酒を飲みたいのかわからないが……今は考える気力がない」マクダフは目を閉じた。「どうだ、ジョック、ここを出られそうか？」

「万事予定どおり進んでいる。もうすぐクインが到着するから、きみの意識が戻るのを待って出発するつもりだった。出発するまで少し眠ったほうがいい」

「やけに……上から目線だな」マクダフは薄目を開けた。「きみに言っておきたいことが……」

「言いたいことはわかってる」ジョックはぐっと息を呑んだ。「話はあとにしよう」

しばらくしてマクダフが規則的な寝息を立て始めると、ジョックは深く椅子に座り直した。

「もうだいじょうぶ?」カーラが小声で訊いた。

「たぶん。まだしばらく目は離せないが」ジョックは晴れやかな笑みを浮かべた。「ぼくの態度が気に入らないと文句をつけていただろう。あれはいい兆候だ」

「そうだといいけど」カーラはうっとりとジョックの笑顔を見つめた。「でも、目を覚ましたら、何もかも予定どおりだなんて嘘だと怒るんじゃないかしら?」

「目を覚ます頃には、嘘じゃなくなっているかもしれないよ」ジョックは手を貸してカーラを立ち上がらせた。「さあ、マクダフの意識が戻ったとジェーンに知らせてきて。きっと自分の目で確かめたがるだろう」

カーラはうなずいた。「行ってくる」小走りで出ていきかけて、振り返った。「すぐ戻るわ」

「ああ、わかってるよ、ここにいたいんだろう。きみは思い込んだら、いくらだめだと言っても押し通すからね」ジョックは穏やかな声で続けた。「そういう性格はときとして厄介だが、きみの場合は強みになるよ」

ジョーは道路に出る前に、坂で止まって電話するようにと言っていた。イヴは思い出した。まさかわたしが来るとは思っていなかっただろうけど、来てしまったものはしかたがない。

ジョーに電話した。「坂を一メートルほどのぼったところの、道路の西側にいる。どこから道路におりたらいいの？」

電話の向こうで沈黙が続いた。「イヴか？」悪態をつく声がした。「さっさと野営地に帰れ」

「おりていくから安全な場所を教えて」イヴは言った。「見張りをする人間が必要なんでしょう。わたしならうってつけよ。いつもあなたのために周囲に目を配っているんだから。今、野営地は大変なことになっていて、わたししか来られなかったの」

「それなら、ひとりでやる。ぼくはただ――」

「あなたが即席爆弾を除去している間、撃たれないように見張っている人間がいればいいわけでしょう。それならわたしにもできる。銃も使えるし、あなたが殺されずに役目を果たすのを誰よりも願っているから」

「イヴ、頼むから、お腹の子どものことも考えてほしい。自分のことを考える余裕はないとしても、子どものことを」

「子どものことを考えてないと思う？　ここに来てからずっとそればかり考えているわ」

声が震えた。「いいえ、違う。あなたのことも考えていた。あなたに生きていてもらいたい。子どもには父親が必要よ。ちゃんと生きていて、子どもを守ってくれなくちゃ。あなたがいなくなったら、どうすればいいの？　捨て身の努力をして野営地のみんなを守ろうとしているように、わたしたちの子どもを守ってくれなくちゃ」イヴは坂をのぼり始めた。

「今、行くわ、ジョー。どこに行ったらいいか教えて」

また沈黙があった。「電話は切っていい。直接声が聞こえるくらい近くまで来ている」

ジョーは荒い息を吐いた。「きみはぼくから三メートルほど離れた左側にいると思う。そっちの道路はまだ爆弾を除去していない。いいか、イヴ、一から十まで声に出して数えるんだ。きみの声のするほうに進むから」

「一、二、三、四」イヴは声を出して数えながら、できるだけ正確に一メートルずつ進もうとしたが、どこに向かって進んでいるのかさえわからない状況では簡単なことではなかった。手元もろくに見えないなかで爆弾を除去するのはさぞ骨が折れたにちがいない。吹っ飛ばされないように神経を集中しなければならないから、援護してくれる味方がほしいのは当然だ。「五、六、七」サラザールが威力を見せつけるために爆弾を使い、焼かれた草の匂いがする。わたしたちは負けない。イヴは心の中で誓った。ぜったい乗りきってみせる。「八、九——」

「もういい」突然、ジョーが目の前に現れて、イヴの手首をつかんで道路際に連れていった。「動かないで。バランスを崩すなよ。今つまずいたら大変なことになる」そう言うと、イヴを抱き寄せて、髪に顔をうずめた。「なんてことをするんだ、イヴ。無謀にもほどがある」

「何も言わないで」イヴはジョーを引き寄せた。鼓動と温かさが伝わってくる。彼の匂いを胸いっぱい吸い込んだ。「心配してくれる気持ちはわかるけど、〝さっさと帰れ〟はないわ。わたしだって役に立てる」そう言うと、イヴはジョーの体を押し返した。もっと抱き合っていたいけれど、今はほかにすることがある。「さあ、取りかかりましょう」一歩後ろに下がった。「サラザールが送り込んだ男たちはまだ姿を見せないそうだけど」

「ああ。だが、誰かが即席爆弾を破壊しに来ないか物陰から見張っているかもしれない。だから、へたに爆発させられないんだ。即席爆弾の火力に対抗するために、バーバンクに頼んで、軍用のウォーターブレード装置をヘリコプターまで運んでもらった」

イヴはうなずいた。「それはよかった。まあ、わたしにはなんのことだかよくわからないけど。サラザールの狙いは、野営地にいるわたしたちを脅すことだと思う。マクダフを負傷させたことも、ケイレブが偵察に出ていることも知っているけれど、あなたのことは知らないはずよ。わたしたちを包囲して、攻撃を仕掛ける気でいる」イヴは道路に目を向けた。「でも、本当に包囲したのかしら？　道路のどのあたりまで爆弾を仕掛けたかわかる？」

「わかるはずがないだろう。ぼくにできるのは、野営地から車が二台出られるように道路から爆弾を除去することだけだ。マクダフが負傷しているから、車は二台いる」ジョーは唇をゆがめた。「それだって簡単なことじゃない。少なくともあと二時間はかかるだろう」

「そうでしょうね」

「霧が晴れるのを待って、サラザールを攻撃するという方法もある。だが、ぼくとしては、その前にきみとジェーンとカーラをどこか安全な場所に移したい。だから、できるだけ急いでやる」

「でも、安全第一よ」イヴは言った。「焦らないで」笑みを浮かべようとした。「じっくりやって。わたしという強力な応援が来たことだし」

「そうだね」ジョーは道路に目を向けた。「ぼくのすぐ後ろを離れるんじゃないよ。跳べと言ったら、聞き返したりせずに、すぐ道路際に跳んで、坂を転がれ。いいね」

「わかった。ほかには？」

「基本的に、よく耳を澄ませること。視界がきかないから」

「どうやって即席爆弾を見つけたの？」

「慎重にやったよ」ジョーはＬＥＤの懐中電灯を取り出した。「地面だけを照らし、自分の体を使って光を遮断した。あとは霧が助けてくれるのを祈るだけだ」

「この霧は味方になってくれるかもしれないと言っていたわね」

「今のところは役に立ってくれている。ずっと悩みの種だったが」

ジョーは姿勢を低くして、地面を見つめながら、じりじりと動き始めた。除去作業に取りかかったのだ。

わたしも役目を果たさなくては。イヴは自分に言い聞かせた。

ジョーのすぐ後ろについていること。

耳を澄ませること。

ジョーが作業に集中できるように、周囲を警戒するのがわたしの役目だ。

かすかな音も聞き逃さないように……。

「マクダフが目を覚ました」カーラが目をきらきらさせてジェーンのテントに駆け込んできた。「ほんのちょっと前。目を開けてジョックと話していた。わたしにも声をかけてくれたけど、ちゃんと答えられなかった。だって――」

「落ち着いて」ジェーンははじかれたように立ち上がった。「もしかして」聞き違いでないことを祈った。「マクダフの意識が戻ったの？」

「それが言いたかったの」カーラは深呼吸した。「目を覚まして、ジョックに話しかけたの。コリンのことを訊いていた。コリンは死んだとジョックが言ったら、サラザールをやっつけたのかって。まだだってジョックが言うと、マクダフは自分でやっつけるからいいって」

「マクダフらしいわ」ジェーンは言った。「それを聞くかぎり、よくなったようね」

「ジョックはもうだいじょうぶだと思うと言ってた」カーラは顔を輝かせた。「でも、マクダフはまた眠ってしまって、ジョックがあなたに知らせてきてと言ったの。きっと、あなたが自分で見に来るだろうって」

「もちろん、すぐに行くわ」ジェーンは肩の荷がおりたような気がした。マクダフは助かったのだ。

「わたしもいっしょに行く」カーラは出口に向かったが、そこで立ち止まった。「その前にイヴに知らせてくる。知りたがっているだろうから」

ジェーンはそう言われて、イヴがジョーの援護に行ったのをカーラが知らないことを思い出した。マクダフの意識が戻って喜んでいるときに、また心配させるようなことを言いたくなかった。「それより、いっしょにマクダフの様子を見に行きましょう。あなたがジョックのところに行っている間にジョーが来たの。ジョーはわたしたちをここから連れ出すためにがんばってくれていて、イヴも手伝いに行ったわ」

「ジョーが来たの?」カーラは笑顔になった。「何もかもうまくいきそうね」

「いい方向に向かっているのは確かよ」ジェーンはカーラの腕を取った。「さあ、早くジョックのところに戻りましょう」

テントを出ると、また暗がりから霧が立ち込めてきた。

もう少しでマクダフのテントに着くというとき、ジェーンははっとして背筋が寒くなった。

不安のあまり足がすくんだ。

ひょっとしたら、ジョックは……。まさか、そんな無鉄砲なまねはしないはずだけど。

「ジェーン？」

ジェーンの様子がおかしいのに気づいて、カーラが呼びかけた。

「行きましょう」ジェーンは歩き出した。

やっとの思いでマクダフのテントに入った。

「ジェーンを連れてきたよ、ジョック」カーラが言った。「やっぱり、マクダフの顔が見たいって――」言葉が途切れた。

ジョックはいなかった。

マクダフは静かに眠っていたが、ジョックの姿はどこにも見当たらない。

「ジョックはどこ？」カーラがつぶやいた。

ジェーンもそれが知りたかったが、カーラを怯(おび)えさせたくなかった。「一休みしているのかもしれない。マクダフを連れて帰ってからずっとついていたから。きっとすぐ戻ってくるわ」

「ジェーン」マクダフが目を開けた。「何もかも大変なことになった。イヴとその子をここから連れ出してほしい」

「心配しないで」ジェーンはそばに行って手を握った。「その準備をしているところ。ジョーも着いたから、もう心配しないで。わたしたちに任せて、できるだけ体を休めてちょうだい」そう言って笑いかけた。「いくら領主さまでも、今は命令できる立場じゃないわ」

「それなら、祈るしかないな」マクダフはまた目を閉じかけた。「あとはきみに託そう。不可能なんといっても一族の人間だから、シーラが手を差し伸べてくれるかもしれない。と決まったわけでは……」また眠りに落ちた。

ジェーンは握った手にぎゅっと力を込めてから放した。マクダフはもうだいじょうぶだろう。よかった。きっと、ジョックもそれを見届けて……。

ジョック。

また不安が込み上げてきて、マクダフから視線をはずした。「ジョックのテントに行って様子を見て来るわ。カーラ、あなたはここにいて――」

カーラの姿がない。

どういうこと？

「まさか、そんな！」

急いでテントから出た。

あたりは霧と闇に包まれている。恐怖にとらわれた。

「カーラ！」

落ち着こう。ジョックを捜しにテントに行ったのかもしれない。

ジェーンは走り出した。

ジョックのテントは真っ暗だ。

ジョックはいない。

そして、カーラも。

心臓がバクバクしてきた。

そのとき、テントの入り口のそばに張り紙がしてあるのに気づいた。

〝すぐ戻るよ、ジェーン〟

やっぱり、ジョックはひとりで行ったのだ。ジェーンは彼の携帯に電話した。

出ない。

深呼吸して、ケイレブにかけた。「すぐ野営地に戻ってきて。大変なことになって助けが必要なの」

「今、向かっているところだ」ケイレブが答えた。「ジョックから電話があって、戻るように言われた。もうすぐ着く」

「ジョックが電話したって？　いつ？」

「十分ほど前だ。マクダフの意識は戻ったが、きみのそばにいてほしいと言って」

「きっと、カーラにわたしを呼びに行かせたあとすぐ電話したのね」ジェーンは電話を握り締めた。「マクダフが助かって有頂天になっていて気づかなかった。でも、よく考えたら、わざわざカーラを呼びに行かせることはないわ。わたしに電話すればすむことだもの」

「ああ。カーラを追い払いたかったんだろうな。ジョックは野営地にいないんだね？」

「あなたは驚かないのね。彼に聞いたの？」

「聞いたわけじゃないが、予想はしていた。ジョックはマクダフを見つけたあと、すぐにでもサラザールを追いかけたかったんだ。命の恩人のマクダフをあんな目に遭わせた人間をそのままにしておくわけにいかない。マクダフが助かったのを見届けて、追跡する決心をしたんだ。それで、おれに電話してきた」ケイレブは一呼吸おいた。「ジョックならだいじょうぶだ。彼の評判を聞いたかぎりでは、心配しなければいけないのはむしろサラザールのほうだろう」

「心配しているわけじゃないの。ジョックの能力はよく知っている。でも、彼にまた人を殺させたくない」ジェーンは声を震わせた。「それに、カーラはどうなるの？」

「カーラがどうかしたのか？」

「わたしがマクダフと話している間にいなくなった。ジョックを捜しに行ったんだと思う。

闇と霧の中をたったひとりで。あの子はジョックを守らなければいけないと思い込んでいるけど、サラザールやフランコに見つかったらどうなるの？」

「ジョックに電話して、カーラを連れ戻してもらおう」

「わたしも電話したけど、出なかった。きっと邪魔されたくないのよ。だったら、カーラがいくら捜しても見つからないわ。あの子はたったひとりで……」

「おれが見つける。きみとマクダフに警護を手配したらすぐ捜しに行く」

「わたしも行くわ。マクダフには誰か付き添ってくれる人をつけてちょうだい。カーラが行方不明なのに、じっとしてなんかいられない」

「おれひとりのほうが速く行動できる」

「邪魔はしないから。イヴがジョーのところに行く前に頼まれたのよ。カーラをお願いって。約束は守らなくちゃ」

「わかった、そうむきになるなよ。それに、もう始まっているんだし」

「始まっているって何が？」

「コリンが爆破されたとき、ジョックは近くにいた狙撃兵をつかまえたんだ。殺さない程度に痛めつけた。マクダフの看病をしている間に、ぼくに狙撃兵から情報を引き出させたというわけだ」

「そんなこと、聞いていなかった」

「聞いて楽しい話じゃないからね。引き出した情報も悲惨な内容だから、きみの繊細な神経を刺激したくなかった」

「情報は手に入れたわけね。役に立ちそう？」

「おそらく」ケイレブは電話を切った。

近くにいる。森の中を進みながらジョックは気づいた。前方にサラザールの部下の気配を感じる。声は聞こえない。湿った枯れ葉を踏む足音がするだけだ。ケイレブがこの一帯を偵察しているから、極力音を出さないようにしているのだろう。

といっても、あいつらはしろうとだ。サラザールやフランコにしても、かつて自分を訓練したライリーの手にかかったら、あっというまにやられてしまうにちがいない。

ジョックは歩調を速めた。さっさとすませてしまおう。サラザールの野営地に何人配備されているかはわからない。場合によったら、いったん戻ってケイレブに応援を頼んだほうがいいかもしれない。

ジョックは立ち止まって耳をそばだてた。少なくとも八人が一列縦隊で森を進んでいるようだ。

一列ならやりやすい。

後ろからひとりずつかたづけていって、最後に先頭のやつを始末すればいい。

それがサラザールだといいんだが。

だが、八人全員が男ではなさそうだ。軽くて、歩幅が短く、リズムの違う足取りが交じっている。ほかの七人と違って、ブーツを履いているらしい。

女か。

ナタリー・カスティーノだろうか？

それでもかまわない。女を殺したことがないわけじゃない。それに、クインがイヴに教えたところによると、あの女は自分の娘のカーラを殺そうとしたというじゃないか。

それなら、何もためらうことなんかない。ライリーに仕込まれた暗殺者を徹底して演じればいいだけだ。だいじょうぶ。何年経っても、身に着いたテクニックは錆びついたりしない。

達成感も喜びもない。この仕事に喜びは無縁だ。必要なのは、鋼のような強さとぶれることのない決意だけ。

いや、今回はそれだけではない。狙う対象がいつもと少し違うのだ。

これはリベンジだから。

「終わった」

ジョーはイヴに顔を向けた。「これだけかたづければ車が通れる。早くこんなところから出よう」

イヴはほっとしてため息をついた。即席爆弾を除去するのは覚悟していたほど長くかからなかったが、一瞬、一瞬が極度の緊張の連続だった。「そうね」湖を見おろすと、暗がりの中で波打ち際がかすかに見えた。「ぎりぎり間に合ったみたい。霧が少し消えてきたわ。この調子だと、わたしたちが何をしているか気づかれそう」

「逆に、こっちも向こうの動きが見やすくなるわけだ。また爆弾を仕掛けたら、すぐわかる」ジョーはイヴの腕を取って道路を渡ると、滑りやすい坂をおりるのに手を貸した。

「野営地に戻って、荷物をまとめたら、ここを出よう」

「荷物はもうまとめてある。マクダフのことがあって出発が遅れたの。あのあとだいじょうぶだったかしら」電話を取り出してジェーンにかけた。「わたしが出てきたときは、まだどっちとも言えない状態で。ジェーンはわたしたちが何をしているか知っているから、わざわざ知らせてこないでしょうし。こっちから訊くにも――」ジェーンが出たので話をやめた。「こっちは終わったわ。ジョーがちゃんとやってくれた。今、そっちに向かっている」

「よかった」ジェーンが言った。「少なくともひとつ明るい話があって」

「マクダフの件?」

「ええ、回復に向かっている。それを見届けて、ジョックはサラザールを捜しに行った」

ジェーンは一息ついた。「そして、カーラが何を思ったのか、ジョックを捜しに行ってしまって」

「なんですって?」

「ええ、わたしもすごく心配よ。今、ケイレブと二人で、森を捜しているところ。でも、どこにもいなくて。誰かに見つかる前にカーラがジョックを見つけるといいんだけど」

「そうね」イヴは力なく答えた。「まだ希望がないわけじゃない。戻ったら、ジョーと二人で捜しに行くわ。手分けすれば効率がいい」電話を切ると、ジョーに伝えた。「カーラがいなくなった。サラザールを捜しに行ったジョックの後を追ったらしい」

ジョーが舌打ちした。「どうしてそんなことを――」

「気持ちはわからなくはないわ」イヴは言った。「あの子を助けようとして次々と人が死んでいったから、自分のせいだと思い込んでいる。あの子はジョックが大好きで、彼が危険な目に遭ったらと思うと、いてもたってもいられなくなるの」イヴは小走りに坂をくだりながら息を整えようとした。「とにかく、見つけなくちゃ。きっと何か方法が……」

ジョックがひねり上げると、男の首がポキッと音を立てて折れた。

膝から崩れ落ちるのに手を添えて、そっと地面に横たえる。

これで三人だ。

あとは男が四人。

そして、女がひとり。

女のほうがやりにくいうえに、仲間が助けようと手を貸したりする。

だが、今のところ、万事うまくいっている。

もう少しでかたをつけられるだろう。

また電話が震えている。野営地を出てから何度も震えていたが、ずっと無視していた。ミッション遂行中は電話に出ないことにしていた。特にこのミッション中は。自分にとって大切な人たちが口をはさもうとするからだ。

今度も無視することにした。音を立てないようにして進みながら、耳を澄ませた。前方で小道が湾曲していた。そこを曲がろうとして藪(やぶ)をかきわける音がする。左側の木陰に身を潜めたら、連中が曲がりきらないうちに次の獲物を倒せるだろう。

さっと木陰に走った。

電話がまた震えた。

無視しよう。ずっとそうしてきたんだ。電源を切っておけばよかった。だが、マクダフの容体が心配で切れなかった。

また震えた。

いらいらしながら画面を見た。

メールだ。

〝どこにいるの？　わたしは湖にいちばん近い丘。どうして電話に出てくれないの？　黙って行くなんてひどい。どこにいるの、ジョック？〟

なんてことだ。

カーラからだった。

今いるのは湖にいちばん近い丘の上だ。

そして、サラザールの手下を三人殺したところ。

カーラに電話するわけにいかない。音を立てたりすれば、カーラがこの近くにいるのを気づかれるかもしれない。ジョックはすばやく指を動かした。

〝電話をバイブモードにして。動かないで。そこでじっとしてて〟

〝もうバイブにしてる。バイブにしないなんて馬鹿よ。わたしを騙すなんて、あなたも馬鹿。信用してたのに。戻ってきて。やられてしまう。わたしがどう思ったってかまわないのなら、マクダフのことを考えて。いえ、やっぱりだめかも。彼もみんなで殺し合うのが好きかもしれないから。そんなことしたってしょうがないのに。わたしの言うこと、聞いてる？　どこであなたを見つけられるの？〟

〝カーラ、なぜついてきたりしたんだ？〟

〝あなたがひとりだったから。ひとりぼっちにさせたくなかった〟

たったそれだけのことだったのか。それだけのためにこんな危険を冒したとは。だが、考えてみれば、今夜マクダフのテントを出たときに、こうなることは予想していたような気がする。

〝丘のどこにいる？　目印になるものはない？　何が見える？〟

〝霧だけ。前ほどひどくなくなってきた。あとは木だけ〟

これではわからない。

〝カーラ、よく聞いて。ぼくを捜すのをやめて、どこか隠れられる場所を見つけるんだ。サラザールはすぐ近くにいるかもしれない〟

〝あなたはどこにいるの？〟

〝近くだ。でも、捜さないで。言うとおりにして。すぐ迎えに行くから。待ってるんだよ〟

返事はなかった。

〝待ってる〟

やれやれ。ジョックはほっとした。これで時間が稼げる。さっさと行動して、カーラが危ない目に遭わないようにしなくては。サラザールの一行の気配はしない。カーラにメールしている間に先に進んだのだろう。ジョックは急いでケイレブにメールした。

〝カーラが丘にいる。湖にいちばん近い丘だ〟

電話をポケットにしまうと、最後にサラザールの一行が向かった方向に森を進み始めた。

〝隠れられる場所を見つけるんだ〟ジョックはそう言ってきた。

でも、そんな場所はどこにもない。ジョックに言ったとおり、小道のまわりには木があるだけで、岩も覆いにできるようなものもない。何か使えそうなものはないかと探すと、大きな枝が何本か落ちていたので、引きずって森の奥に進んだ。茂みの中に入って、枝をバリケード代わりにした。

隠れられた。

バリケードの奥でもぞもぞした。

次の瞬間、はっとして動きを止めた。

物音がする。

足音も。

ジョックかしら？

油断してはだめ。

ジョックを守らなければいけないんだから。

文字に指を走らせた。

〝じっとしていれば――〟

そこまで打ったとき、携帯電話を叩き落とされた。

喉に腕を回されて、息ができない。

「また会えてうれしいよ、カーラ」耳元でラモン・フランコの声がしたと思うと、鼻と口に布を押し当てられた。「この時が来るのをずっと待ってたんだ。きみのおかげで、とんだ悪者にされてしまったよ」

クロロホルムだ。

何もわからなくなった。

〝じっとしていれば――〟

ジョックはカーラの携帯電話を拾い上げて茫然と見つめた。ここまで打ったとき、カーラは――

襲われてもまだぼくに警告しようとしたのだろうか。メールしていなかったら、逃げられたのではないだろうか?

考えても答えが出るわけではない。ジョックは画面を見つめた。

もともとカーラは狙われていた。いつまで生きていられるだろう? ひょっとしたら、もう殺されてしまった可能性もある。カーラが築いたバリケードのすぐそばで遺体が見つかるかもしれない。

胸をえぐられるようだ。こんなつらい思いには耐えられない。

でも、まだ望みがなくなったわけではない。きっと方法はある。

周辺を調べて、足跡を探そう。

ジョックは地面に膝をついて、カーラを拉致した男の足跡を調べた。神経を集中しよう。カーラはまだ生きていると信じよう。望みを失ったら、おしまいだ。


「カーラがつかまった」一時間後、森でイヴとジョーに落ち合うと、ジョックはイヴにカーラの携帯電話を渡した。「森に落ちていた。ぼくに警告メールを出そうとしたのに、あと一息のところで」

イヴは画面を見おろしながら言った。「遺体は見つかっていないんでしょう?」

「ああ。まだ殺されていないと思う。カーラをつかまえたのはひとりだ。サラザールじゃない。サラザールほど大きくなくて体重も軽いやつだ。たぶん、ラモン・フランコだろう。ここから離れるときは足跡が深くなっているから、カーラをかついでいったにちがいない」ジョックは白いタオルを差し出した。「電話を見つけた藪のそばに捨てられていた」

ジョーが受け取って匂いをかいだ。「クロロホルムだ」

「ということは、まだ交渉の余地はあるわけだ」ジョックが言った。「気絶させて連れ去ったということは、殺していないはずだから。取り戻してみせる」

「ああ、公算はある」ジョーが言った。「だが、時間はそれほどないだろう。向こうの狙いは、カーラを殺して誘拐事件をうやむやにすることだ。サラザールはさっさとかたづけようとするだろう。ジェニーのときのように遺体を目立たないところに埋めるかもしれない」

イヴは身震いした。「ここには深い湖も森もあるから、隠す場所には事欠かない」

こんなところに突っ立ってカーラの遺体の話をしているなんて。イヴは腹立たしくなってきた。カーラの笑顔、ジョックに向けるうっとりしたまなざし、バイオリンを弾いているときの陶然とした表情が目の前に浮かんだ。

あの子には未来がある。きっと救い出す方法があるはずだ。イヴはめまぐるしく考えた。サラザールに連絡してみたらどうかしら？　ナタリー・カスティーノでもいい。

ジョックがそんなイヴを見つめていた。「だいじょうぶ。カーラは生きている。望みはあるから」

よほど打ちひしがれた顔をしていたのだろう。イヴは慰めてくれたジョックにうなずいてみせた。「あなたの言うとおりよ。サラザールはカーラをすぐ殺したりしない。わたしをおびき寄せる餌にする気でいるから。わたしが知りすぎていると思っているの。わたしとカーラを二人ともつかまえようとするはずよ」

「カーラを餌にして？」ジョックが訊いた。

「その可能性はある。だから、それを逆手にとって反撃できるかもしれない」イヴは口元を引き締めた。「反撃とまではいかなくても、せめてカーラを救い出すことができたら」

「逆手にとるのはリスクが高い」ジョーが反対した。「ほかの方法があるはずだ」

「ええ、方法はなんだっていい」イヴはジョーと目を合わせた。「カーラの安全を確保するためにそれぞれの役割を決めたのを覚えている？　あなたは前面には出ないで、陰で状況を探って煙幕を張る。わたしはカーラのそばにいて見張っている。あなたは役目を果たしてくれたけれど、わたしはだめだった。目を離してしまった。だから、その償いがしたい」

「悪いのはぼくだ」ジョックが声をつまらせた。「カーラが追いかけてくるのを考えに入れていなかった」

「追いかけたカーラが悪いのよ」イヴは言った。「でも、あの子を責めることはできない。ジェニーもエレナも、大好きな人が次々と死んでしまったから、いてもたってもいられなかったのよ。でも、いくらこんなことを言っても始まらない。それよりどうするか決めなくては」

「すべてが思い違いだったらどうする？」ジョーが言った。「サラザールが餌をぶらさげるのを待っているうちにカーラが殺されてしまったら？　その可能性だってなくはない」

「たしかに」イヴはうなずいた。「やっぱり行動に出ましょう。でも、交渉相手はサラザールじゃない」

「どういう意味だ？」

「ナタリー・カスティーノに連絡する。わたしに電話してきて、哀れな母親をさんざん演じたと話したでしょう」

「向こうは逆に罠にはめようとするぞ」

「それはよくわかっている。あの演技力は侮れない。わたしでさえ一瞬つり込まれそうになったくらい。彼女はなかなかのやり手よ」イヴは一呼吸おいた。「実質的に周囲の人間を動かしているのは彼女じゃないかと思う。サラザールも言いなりかもしれない」

「考えられなくはないな」

「これだけ長い間、愛人でいるにはそれなりの努力をしているはずよ。かけがえのない存在だと思い込ませておいて、時期が来たら、あっさり捨てる」イヴはジョックに顔を向けた。「ここで落ち合おうという電話をくれたとき、サラザールの一行を追っていると言っていたわね。ナタリー・カスティーノもいっしょだった？」

「女がひとりいた。彼女だと思う。会ったことはないが」

「じゃあ、やっぱりあれは作り話だったのね。その前提に立って計画を立てなくては」イヴはナタリーとの電話のやりとりを正確に思い出そうとした。「彼女の最大の狙いは何かしら？　第一に身の安全。権力を手にすること。父親にも夫にも支配されるのはいやだけれど、二人をうまく利用している。女王気取りで、なんでもできると――」そこで言葉を切った。「女王には王冠と財宝が必要だわ。それを餌にできないかしら？」

「財宝？　例の財宝か？」ジョーが訊いた。

イヴはうなずいた。「電話で話したとき、財宝を話題にしていた。もう見つけたのかって。サラザールも一枚噛みたいと言っていたし。二人ともシーラの財宝に関心があるのは間違いない」

「だったら直接サラザールと交渉したほうがよさそうだ」ジョーが言った。

「それは無理だ。交渉材料がない」ジョックが言った。「財宝はまだ見つかっていないんだから」

「でも、可能性が高い場所はわかってるわ」イヴが言い返した。「それで話を進められるかもしれない」

「サラザールは危うい立場にいる。よほど大きな見返りがないかぎり、カーラを解放して、誘拐に加担したと知られたくないはずだ。それよりも安全策をとるだろう」

カーラをこの世から消すわけだ。たしかにジョーの言うとおりだが、それだけは避けたい。「だったら、ナタリー・カスティーノを相手にしたほうがいい。彼女の立場はサラザールほど危うくない。自分の身を守るためなら平然とカーラを亡き者にするだろうけど、とにかく自信家だから。自分にできないことなんかないと思っている。きっとわたしをうまく利用して、財宝を手に入れようとするわ。そうさせなければいいだけ」

「ぼくは何をすれば？」ジョックが頬をぴくぴく引きつらせながら訊いた。「何かしようと思っても、頭がよく働かない。どうすればカーラを取り戻せるか教えてほしい」

「サラザールの部下を始末して、あいつを孤立無援にする必要がある」ジョーが言った。

「きみは一行を追跡していたんだろう。またやれるか？」

「もちろん」ジョックはむっつりした顔で答えた。

「自分の手でカーラを取り戻したいだろうが、見つけても何もしないでほしい」

ジョックは答えなかった。

「お願い、ジョック」イヴも言った。「見つけたら、あとはわたしたちに任せて」

「わかった」ようやくジョックが答えた。「必ず見つける。あなたたちに任せるまでに、できるだけたくさん始末しておく。約束はできないが」そう言うと、体の向きを変えた。

「見つけたら知らせる。それほど待たせないつもりだ」

イヴはジョックの後ろ姿を見送った。今にも爆発しそうなジョックの怒りが伝わってくるようだ。カーラを無事に取り戻すまで、どんな言葉をかけてもジョックをなだめることはできないだろう。

「ぼくも約束はできないな」ジョーが厳しい口調で言った。「ほかに方法があるなら、こんなことはしたくない。カーラのために自分を犠牲にするんじゃないよ、イヴ。それはぜかった。「ジェーンにマクダフの様子を確かめたら、ナタリーに電話するわ。急がなくちゃ」

ったいだめだ」

「ナタリー・カスティーノが話に乗ってくれるのを祈るしかないわね」イヴは野営地に向

　ジョーはそっけなくうなずいた。「ケイレブに連絡して、計画を練るよ」そう言うと、足早に離れていった。

　イヴはため息をついた。「さっき言ったことを忘れないで」

　に、今夜は爆弾の除去を手伝わせたりして、彼としてはぎりぎりのところまで我慢したにちがいない。

わたしの安全に関するかぎり、ジョーは妥協しない。それなの

　でも、そんなことを言っていられない場合もある。子どもの命がかかっていたら。

　ジェーンに急いで電話した。「カーラがサラザールにつかまってしまった。フランコがクロロホルムをかがせて連れ去ったらしいの。今、取り戻そうとしているところ」

「どうしてそんなことに？」ジェーンは絶句した。

「だいじょうぶ。必ず取り戻すから」

「どうやって？」

「いくつか方法がある。今どこ？」

「野営地に戻ってマクダフについている。カーラを捜しに行こうかと思ったけれど、今の

マクダフには護衛が二人ついているだけだから、せめてわたしがそばにいようと思って。サラザールに殺されかけたから、また狙われないとはかぎらない。カーラにはあなたやみんながついているから」一気にそこまで言うと、ジェーンは一息ついた。「それで、あとはケイレブに頼んで戻ってきたの。でも、じっとしていると落ち着かない」

「気持ちはわかるけど、今はマクダフについていて。わたしたちを助けようとして、そんな目に遭ったんだから、できるかぎりのことをしてあげなくちゃ。具合はどう?」

「よくなっていると思う。うつらうつらしているけど、意識が戻ったときは、マクダフらしいことを言うわ」ジェーンは早口で続けた。「でも、早く病院に運ばなきゃ。ジョーが爆弾をどけてくれたから、車で連れていこうかとも思ったけど。がたがた道だし、崖から落ちたりしたらおおごとだから」

「やめたほうがいいわ」

「霧が晴れてきたから救急ヘリを呼んだら、できるだけ早く行くと言ってくれた。でも、いつになるかはわからないって」ジェーンは皮肉な声で続けた。「もちろん、道路に着陸させるわけにいかないし」

「ヘリは野営地につけてもらったらいい。サラザールが邪魔することはないはずよ。これからしばらく、わたしたちを相手にすることになるから。じゃあね、ジェーン。マクダフをお願い」

「任せて」ジェーンは言った。「どうやってカーラを取り戻すつもりか、まだ聞いていないけど」

「いくつかあるうちから検討中なの」

「でも、教えてくれないのね」ジェーンは一呼吸おいた。「わたしを心配させたくないからでしょう。その気持ち、ありがたいわ。今のわたしには、気をつけてと言うことしかできないから。じゃあ、成功を祈ってるわ」電話が切れた。

イヴは深く息をつくと、次にやるべきことに取りかかった。ナタリー・カスティーノに教えられた番号にかけたのだ。

電話に出るかしら？

出てくれなかったら、カーラを救い出す望みはほとんどない。

最初の呼び出し音がした。

続いて二回目。

三回目。

そこで出た。「イヴ・ダンカン？　電話をもらってどんなにうれしいか言葉にできないくらいよ。かかってこないと諦めかけていた。助けてくれる気になった？」

この前電話してきたときと同じ、打ちひしがれた母親の口調だ。まだその役割を演じている。子どもを奪われて、取り戻そうと必死になっている母親。引き続きその手が使えると思っているのが不思議だった。

だが、ナタリーを利用するとしたら、本来の姿を引き出さなければならない。「助け合えたらいいと思っていたけれど、あなたが嘘をついているかぎり無理よ、ナタリー。身の代金を請求してきた誘拐犯なんていないんでしょ。何もかも作り話。あなたの二人の娘を誘拐したのは、あなたとサラザールだもの」

沈黙があった。「なぜわたしが娘にそんなひどいことをするの？」

「正直に打ち明けるなんて思っていないわ。抜け目のないあなたが、電話で罪を認めるはずがない。ただあなたがどういう人間か知りたかっただけ。わたしにはどうしても理解できないから。ジェニーもカーラもあんなに素晴らしい子なのに」

「そんなこと、誰よりもわたしが知っているわ」ナタリーは静かな声で続けた。「だからこそ、カーラを助けようとしている。わたしの思い違いじゃなかったら、あなたも同じじゃなかった？　だから電話してきたんでしょ」

「いつまでもその手は通用しないわ。電話したのは別の提案をするためよ。わたしたちのどちらにも損な話じゃないわ。サラザールといっしょなんでしょう？」

「なぜわかったの？　無理やり連れてこられたの。身の代金の交渉に役に立つと思ったらしい。しかたがなかった」

白々しい。よどみない口調にはほとんど感情がこもっていなかった。娘たちの誘拐に加担したことは認めようとしないが、その話題を避けるつもりもないらしい。

「サラザールもこの電話を聞いているの？」

「いいえ。わたしだけよ」

「サラザールはカーラを連れ去った。返して」

また沈黙があった。「あら、それならわたしにもわかるはずよ」

「ちゃんと知っているくせに。クロロホルムをかがせて連れ去らせた。あなたが止めなかったら、もう殺されていたわ」

「なんの話かわからないわ」

「殺されかけている、あなたの娘の話。助ける相談をしているの」

「わたしがあの子を助けたがっているのはみんな知ってるわ」ナタリーは一息ついた。

「そんなこと、わたしにわざわざ頼まなくったっていい。それより、新しい提案があると言ったわね。わたしたちのどちらも損にならない提案が」

「シーラの黄金のこと。ずっと昔にここに隠された財宝よ。フランコが金貨の箱のことをマクタヴィッシュから聞き出したはずよ。あなたなら、いくらでも買い手を探せるわ、ナタリー。あなたがお金と権力が大好きで、世界をひざまずかせたがっていることは知ってる」

「その財宝を差し出すというの？」

「取り引きを申し出ている」

「ということは……金貨の箱を見つけたわけ？」

ここが重要だ。相手を信用させなければ。「ええ」

「カーラと引き換え？」

「そう」

「どうして？　まだ子どもよ。あなたにはなんの価値もないのに」

イヴはナタリー・カスティーノと交渉するのがどういうことか初めてわかった気がした。ナタリーは本気でそう言っているのだ。カーラは自分にとってなんの価値もないから、ほかの人間だってそうだと思い込んでいる。やっぱり、良心のかけらも持っていない。わたしがカーラを愛していると言っても、ナタリーには理解できないだろう。「わたしは財宝には興味がないの。でも、サラザールの思いどおりにさせたくない。あいつにはさんざん悩まされてきた。わたしを殺そうとしたこともある」

「財宝に興味がないなんて変わった人。でも、サラザールに復讐したい気持ちはわかるわ」

ナタリーもこの点だけは納得できるようだ。「じゃあ、話に乗ってくれる？」

「わたしが？　無理よ。カーラはわたしのそばにいないんだから」

イヴは怒りを押し殺すのに苦労した。ナタリーは自分に火の粉が降りかからないと確信しないかぎり、言質をとられるようなことは言わない。だからこそ、こんなに長い間、周囲を騙し続けられたのだろう。

「カーラがそばにいたら応じてくれた？　もちろん、仮定の話だけど」

「お金は好きよ。これまでいろいろあったけれど、お金が解決してくれたことも多いわ。それに、わたしはいつも子どもの安全を第一に考えているから。でも、サラザールを甘く見ては危険よ。へたに手を出したら殺されてしまう。わたしも苦しい立場なのよ」

「それで、あなたの答えは？」

「どうせ、娘を取り戻すための交渉でわたしが嘘をついたと言いふらすんでしょうね」

「そんなこと、簡単にもみ消せるはずよ」

「まあね。少し面倒だけど」

「答えは？」イヴは返事を促した。

沈黙があった。「その財宝はいつもらえるの？」

「サラザールがカーラを釈放したら、湖の隠し場所にあなたを案内するわ」

「それはちょっと……安全とは言えないわね」

「ほかに方法はないわ。あなたの娘はわたしにとってそれほど価値があるわけじゃない。結局、わたしも財宝を選ぶことになるかもしれない。早くどっちかに決めて」

また沈黙が続いた。「そりゃあ、娘を助けるためならなんでもするわ。でも、サラザールから守ってもらわないとね。またこちらから電話して、いつどこで会うか知らせるわ」

そう言うと、ナタリーは電話を切った。

とにかく、やりきった。

イヴはほっと息をついて電話を切った。ナタリーの考え方は自分には理解できなかったし、共感していると信じさせるのは大変だった。だが、思ったより簡単に取り引きに応じさせることができた。まあ、したたかなナタリーのことだから、どんな裏技を用意しているかわからないが。

それでも、とにかく応じてくれた。早くジョーに知らせよう。

あとは落ち着いてナタリーの電話を待てばいい。

「取り引きを持ちかけてきたのか？」ナタリーが電話を終えると、サラザールが訊いた。

「やけに満足そうじゃないか」

「いい条件よ。財宝とカーラを交換するって」ナタリーは失神したまま木の下にうずくまっている娘にちらりと目を向けた。「あの子は思った以上に役に立つかもしれない」そう言うと、サラザールに笑いかけた。「あいにく、あなたは話の輪に入っていないわ。イヴ・ダンカンはわたしに、カーラを釈放するようあなたを説得しろと言っている。わたしにそれだけの力はあるかしら？」

「取り引きに応じたのか？」

「それがいいと思ったから。イヴ・ダンカンと財宝の両方が手に入るのよ。カーラはもうこっちのものだし。これ以上望めないくらい」ナタリーはフランコに目を向けた。「カーラを連れてきてくれたのはお手柄だったわね。イヴ・ダンカンをつかまえて、財宝の隠し場所を聞き出せる？」

「簡単だ。女のほうが口を割らせやすい」

「ずいぶん女性を馬鹿にしてるわね。ひょっとしたら、まともな女性にめぐりあったことがないのかしら？」

「いつ電話するんだ？」サラザールは訊いた。「できることなら、さっさと終わらせたい。今夜だけで三人も部下を失った。マクダフの部下は思っていたより腕がいいらしい」

「一時間待つ。あの女をやきもきさせてやりたい」ナタリーは小首を傾げた。「案外、冷静に構えているかもしれないわ。なんだか、イヴ・ダンカンに一目おきたくなってきた。変ね。ほかの女にこんな気持ちを抱いたことなんかないのに」そう言うと、肩をすくめた。

「まあ、いいわ。待たせてやる。一度決めたことは……」

15

「サラザールの野営地を見つけた」三十分後、ジョックから電話が入った。「サラザールもフランコもいる。カーラはずっと眠らされているよ。意識が戻りそうになると、クロロホルムをかがせて」そこで一息ついた。「あの女はそれを見ても止めようともしない」

「野営地には何人いる?」ジョーが訊(き)いた。

「フランコを含めて六人」ジョックは一呼吸おいた。「これぐらいの数なら、ケイレブとぼくとでかたづけられる」

「カーラを危険にさらすようなまねはしないでね」イヴは釘(くぎ)を刺した。「わかってるだろうけど」

短い沈黙があった。「わかっている。だから、行動する前に電話したんだ」

「そうしてくれてよかった」イヴは言った。「もうじき動き出すんじゃないかしら。追跡しながらまた何人か始末してくれると助かる」

「ああ、任せてくれ」ジョックはまた一呼吸おいた。「あの女だが、笑ったりしゃべったりしながら、カーラを麻酔漬けにさせて平然としている。本当に母親なのか？」

「そう、ナタリー・カスティーノよ」

「あいつも倒していいんだな？」

「だめ。彼女は必要だから」

「あんなやつ、いらない。カーラにも必要ない」ジョックはいらだった声で続けた。「だが、わかったよ。あとで始末する」そう言うと、電話を切った。

「ナタリーが気に入らないようだな」ジョーがつぶやいた。「約束の場所に現れるまで彼女が生きていることを祈ろう」

「だいじょうぶ。ジョックはカーラを危険にさらすようなことはしない。状況が受け入れがたいだけ」

「誰にとっても受け入れがたい状況だ」ジョーが言い返した。「さっさとナタリーを始末したいとジョックが思うのも無理はない。ぼくだって同じ気持ちだ」

「彼女がいるからカーラは生きていられるのよ。それを忘れないで。とにかく、ジョックは追跡しながらサラザールの部下を何人か倒す。あなたはナタリーと会う場所が決まったら、待ち伏せする。それがいちばんいい方法だと意見が一致したわけね」

「きみを危険にさらすことになるが、それしか方法がないんだ」

「ジョー」

「本当のことを言っておきたかった。ほかに方法が見つかったら、そっちでやる」そう言うと、ジョーは背を向けて離れていった。


「午前六時。三時間後に、湖から見える岩山の頂上で。ひとりで武器を持たずに来て」一時間後に電話してくると、ナタリー・カスティーノは言った。「サラザールにカーラを釈放させられなかったけれど、待ち合わせ場所には必ず行くし、あの子の無事も保証する。あとはあなた次第よ。約束はちゃんと守ってもらえるんでしょうね」

「シーラの黄金のことね」

「それがあれば助かるわ。わたしのように男社会で道を切り開いてきた女には、お金はいくらあっても邪魔にならない」ナタリーは声を落とした。「わたしに力があったら、娘たちを失わずにすんだのに。あなたならわかってくれるわね、イヴ」

「もちろん」

「そう言ってくれると思っていた。わたしたち、立場は違っても、似ているところも多いから」

ナタリーと似ているなんてとんでもない。イヴは内心でつぶやいた。「二人とも自分のやり方を貫きたいという意味かしら？」

「そう。じゃあ、六時に」ナタリーは電話を切った。

「ひとりで武器を持たずに、か」ジョーが言った。「まさか、実際そうすると思っているわけじゃないだろうな」

「それはそうよ。あとはわたし次第だと言っていたでしょう」イヴは引きつった笑みを浮かべた。「というか、あなた次第よ、ジョー。あと三時間ちょっとある。準備にかかりましょう」

そしてジョーは、岩山を見上げる位置にある空き地に向かった。湖に続く丘にはまだ薄い霧が渦巻いていたが、まばらに草が生えた岩山の頂上がうっすらと見える。

「あそこで待ち伏せするのは不可能に近い」ジョーは小首を傾げた。「だが、もし……」しばらく考えていた。「そうだ。それでいこう。必要なものは向こうがそろえてくれたし」電話を取り出した。「ジョックにかけておかないと。彼に頼みたいことがある」

ジョーはもうどうするか決めて、計画を練っているのだとイヴは気づいた。できることなら、あまりリスクの大きくない計画であってほしい。

そう思って、はっとした。これからとる行動にリスクがないわけがない。

望むとすれば、誰も死なずにすむことだけだ。

イヴとジョーが待ち合わせ場所に向かったのは、それから二時間以上経ってからだった。ナタリーとサラザールに会うことになっている頂上の近くまで来るのに一時間近くかかった。

「わかっているだろうが」ジョーが緊張した鋭い口調で続けた。「計画どおりやってくれよ、イヴ。土壇場で変更する余裕はない」

「海軍特殊部隊の奇襲作戦みたいね」イヴは言った。「あなたの命令をできるかぎり守るつもりでいるわ。でも、ぜったいとは言えない」

「わかってる」ジョーは足を止めた。「ここからはきみひとりで行くしかない。ジョックの話では、サラザールは前方の森に衛兵を配置しているそうだ。ジョックとケイレブもあのあたりにいるはずだが、二人は持ち場を離れられない。ぼくもへたに動いて、きみを危険にさらすようなことはできないから、森に入ったら、ひとりで来たふりをするんだよ」

ジョーは両手でこぶしを固めてイヴを見つめた。

「わたしだって。でも、あの子を救い出すためだから」イヴは穏やかな声で言った。「あの子をジェーンに任せて、あなたを手伝いに行ったあのとき、カーラのそばを離れなかったら……。ジョックがサラザールを追いかけたと知ってショックを受けたあの子をなだめられたかどうか、それはわからない。でも、あのときはあなたを選んだ。今度はカーラを選ぶわ」

「きみが決心を変えてくれたら、もうひとつ別の計画が――」

「もう遅いわ」イヴはすばやくジョーにキスすると歩き出した。「計画どおりやると言ったでしょう」振り返ってはだめ。ジョーを見たら、駆け戻りたくなるに決まっている。これからすることに神経を集中しなくては。

自分の身を守ることを第一に考えるナタリーが、今度ばかりは財宝に目がくらんで、自衛を二の次にすることを祈ろう。

そうでなかったら、森に入ったとたん、サラザールの護衛に撃ち殺されてしまうだろう。

イヴの姿が森に消えるのを見届けてから、ジョーは行動を開始した。森のいちばん奥まで進み、そこで動きがあるまで待つ。

この手段はとりたくなかった。ジョックとケイレブがイヴの近くにいるとはいっても、想定外の出来事が起こったら、ちゃんと対処してくれるかは未知数だ。いや、想定外の出来事など起こしてはならないのだ。そのために二時間かけて準備してから、イヴを野営地に迎えに行った。ケイレブとジョックには、万事抜かりはないと伝えてある。

まあ、予期せぬことが起こらないという保証などない。

それが命取りになるかもしれない。

イヴを死なせてしまうことになったら……。

電話が震えている。

メールだ。

ジョーはぎくりとした。ジョック、いや、ケイレブからか？

そうではないとわかってほっとした。メキシコシティのマネス刑事からだ。

メールを読む。

なんてことだ！


「初めまして、イヴ」ナタリー・カスティーノは晴れやかな笑みを浮かべて、木立から空き地に出てきたイヴを出迎えた。クリーム色のシルクのブラウスに、ブランドもののカーキ色のパンツ、上質の革ブーツというういでたちはよく似合っているが、完全に場違いだ。「サラザールはあなたが来ないかもしれないと言ったけれど、わたしはあなたが自分のほしいものをちゃんと知っている人だと信じていた。ひょっとしてサラザールに会ったことがあるの？」

「噂(うわさ)を聞いているだけ。電話で話したことはある」イヴは、自動小銃を小脇に抱えてそばに立っているサラザールを冷ややかに見つめた。「ウォルシュにカーラとわたしを殺させようとしたわ。今でもわたしの命を狙っているのも知ってる」フランコに目を向けた。

「そうでしょう？」

「武器を隠していないか調べろ」サラザールがフランコに命じた。

フランコが近づいてくる。イヴは体をこわばらせたが、両手で体を探られても身じろぎもしなかった。やっとフランコが離れていくと、すばやく周囲を見回した。空き地の周囲は森だが、西側に崖に通じる小道があって、そこに大きな岩がいくつかある。それを確かめてから、視線をナタリー・カスティーノとサラザール、フランコに向けた。写真を見ただけだが、三人のことは調べたから、昔からずっと知っているような気がする。三人のほかに、見覚えのない浅黒い肌の男が二人。迷彩服にブーツ、ライフルを構えている。ジョックの話では、この二人のほかにまだ二人、サラザールが雇った衛兵が森にいるという。でも、そっちの心配はしなくていい。ケイレブとジョーとジョックがちゃんとやってくれる。だから、目の前のことに集中しよう。

カーラ。カーラはどこに？

小道に横たわっていた。まるでゴミのように投げ出されて。怒りが込み上げてきた。いつもより小さく弱々しく見える。この状況がどれほどカーラにとって過酷か、改めて気づいたせいだろうか。「怪我(けが)させたんじゃないでしょうね」イヴは近づいて、カーラのそばで膝をついた。「カーラ」顔にかかった黒い髪をかき上げながら呼びかけた。「カーラ、イヴよ。聞こえる？」

カーラは動かなかった。

「カーラ」

「イヴ？」かすかな声が返ってきた。ゆっくりと目を開けた。「わたしのせいで……ジョックは?」

「無事よ。心配しないで。何もかもうまくいくから」

「無理よ……わたしのせいで……」また目を閉じた。

「こいつの言うとおりだ」サラザールがイヴに言った。「こっちが望みのものを手に入れないかぎりな。いや、それでもだめかもしれない。ナタリーに持ちかけた取り引きが本当なら、もうしばらく生かしておいてやってもいい」

「ナタリーは何もかも話したの?」

「驚いたか?」

「いいえ、彼女が何をしたって驚かない」イヴはナタリーをちらりと見た。「ただ、あなたの裏をかく気じゃないかと思っていた」

「どうしてわたしが?」ナタリーがサラザールに近づきながら訊いた。「わたしたち、ずっと助け合ってきたのに」

「ああ」サラザールがイヴをにらみつけた。「なぜそんなことを?」

「わかりきったことを言っただけよ。彼女はないがしろにされて黙っているような女性じゃなさそうだから」二人を怒らせてはだめ。イヴは自分に言い聞かせた。それよりもすべきことをしなければ。眉をひそめてカーラを見おろした。「あの岩のところに運んであげて。濡(ぬ)れた草の上だと体が冷えてしまうわ」

「ここに転がしておけばいい」サラザールが言った。

イヴは動揺を顔に出さないようにした。カーラをできるだけサラザールから遠ざけなければ。ナタリーに当たってみたらどうだろう？　イヴはナタリーに顔を向けた。「カーラを動かしたほうがいいわ」

「そう？」ナタリーは不思議そうにイヴを見た。「この子のことを本気で心配してるのね。親でもないのに」そう言うと、フランコに視線を向けた。「彼女の言うとおりにするのも悪くないかもしれない。あの岩の上に寝かせて」

フランコはサラザールに目を向けたまま動かない。

「フランコ、言われたとおりにして」ナタリーが言った。「聞こえたでしょ」

それでもフランコはためらっていたが、肩をすくめると、カーラのそばに膝をついているイヴのところに来た。

「何をする気だ、フランコ」サラザールの怒声が飛んだ。「よけいなことをするな」

「あいにくだけど、彼はもうあなたの言うことは聞かないわ」ナタリーがサラザールのそばを離れながら言った。「わたしの言うことを聞くと決めたの。ずいぶん前に」

サラザールは悪態をつきながら、フランコがカーラを岩に運ぶのを眺めていた。「これはどういうことだ、ナタリー？」

「終わったのよ、わたしたち。わたしたちの関係は得るものより面倒のほうが多くなってきたから、終わらせることにしたの」ナタリーはイヴに顔を向けてほほ笑んだ。「いっそのこと、イヴに決着をつけてもらおうかしら。こうなったのは彼女のせいだから」

サラザールはぎくりとした。「武器も持っていないのに？」そう言うと、自動小銃を持ち上げてイヴに照準を合わせた。「おれにこの女を殺させようとしてるのか？」

イヴは銃身を見つめて凍りついた。まさか、ナタリーがあんなことを言うなんて。「サラザール、わたしも驚いているところなの。でも、彼女がわたしたちの裏をかこうとしているような気がしたから。そんなこと、あなたが許すはずはないと思うけど」イヴはゆっくり立ち上がった。「これはあなたとナタリーの問題よ。わたしはカーラを連れ出せたら、それだけでいい。カーラを返してくれたら、財宝を渡す。カーラとわたしが生きてここから出られたら、財宝が誰のものになったってかまわない」じりじりと岩に近づいた。「でも、わたしがあなただったら、銃口はナタリーとフランコに向ける。あなたが言ったように、わたしは武器を持っていないんだから」あと三歩で岩のところに行ける。あそこなら安全だとジョックが言っていた。なんとかしてたどり着かなければ。「もしそうじゃなかったとしても――」もうちょっとでフランコが立っているところまで行ける。「フランコをあそこに突っ立たせていていいの？　あそこからあなたを――」

今だ。

イヴはカーラの上に身を投げた！　そして、カーラを抱いたまま、岩から転がり落ちた。

そのままゴロゴロ岩陰まで転がっていく。

サラザールの怒声が聞こえた。「あの女をつかまえろ。あいつにしてやられて――」

銃声がとどろいた。

ジョックが百発百中の精度で、ジョーが仕掛けた爆弾を撃ったのだ。ジョーは道路から除去した即席爆弾を、二時間ほど前にこの空き地に埋めていたのだった。

爆風が舞った。

悲鳴があがる。煙が広がり、炎がゆらめく。

イヴとカーラが隠れていた岩も粉々に砕けた。イヴはカーラを引き寄せて、頭を腕でかばった。サラザールのうめき声が聞こえる。

また何度か爆発が続いた。

サラザールの声はしなくなったが、フランコの叫び声がした。顔をあげると、必死の形相で服についた火を消そうとしていた。目と目が合った。憎しみが伝わってくる。

「殺してやる」フランコはイヴに向かってきた。

イヴはとっさにまわりを見回した。何か身を守れるものは？　小石に手を伸ばした。

「彼女から離れて、フランコ」突然、ナタリーがそばに来た。顔に煤（すす）がつき、シルクのブラウスの袖が破れている。「さあ、早く」

「殺してやる」

「だめ。彼女には価値があるんだから」ナタリーはちらりとカーラを見た。「あの子、まだ生きている、イヴ？」

イヴはうなずいた。「ええ」

「だったら、あなたが協力すれば、死なずにすむかもしれない」ナタリーはグリップに真珠を埋め込んだピストルを取り出すと、硝煙の中を進んで、吹っ飛ばされて血まみれで横たわっているサラザールに近づいた。「死んでる。最初のターゲットにされるのはわかっていたわ。だから、カーラをできるだけ彼から引き離したかったわけね。狙撃される可能性は考えていたけど、何もかも吹っ飛ばすとは思っていなかった」

「サラザールが即席爆弾を山ほど用意してくれていたから、それを再利用したわけ」イヴは言った。「ジョーが道路から除去して、ここに仕掛け直した」

「姑息だけど、効率は悪くないわね」ナタリーはそう言うと、急いで引き返した。「ぐずぐずしていられないわ、フランコ。あの子を連れてここから離れないと。イヴの友達がいつやってくるかわからない」森から離れて、岩だらけの坂を駆けくだった。「ついてきて、イヴ」

選択の余地はなかった。

フランコはカーラを肩にかつぎ上げて、ナタリーの後を追っている。

見失ったら大変だ。

イヴは走り出した。

丘のこちら側には小石ばかりで、大きな岩はない。

イヴは滑っては転び、また起き上がって走った。爆煙が漂ってくる。目が痛くなって、前方のナタリーがろくに見えない。フランコの姿が視界にないのが気になった。カーラは、火傷して激怒しているフランコにつかまっているのだから。フランコがナタリーの言うとおりにするのを祈るしかないが、あまり希望は持てない。ナタリーがフランコよりはるかに危険な相手なのはわかっている。

「急いで」ナタリーが振り返った。「ここから出なくちゃ」

「どうせ逃げられないのに。ジョーがつかまえに来るし、彼には強力な味方がいる」イヴは言った。「観念して、別の可能性に賭けてみたら？　娘たちの誘拐に関わっていないと押し通せる自信があると言っていたわね。だったら、フランコにカーラをおろすように言って」

「もうすぐよ」ナタリーは眉を上げた。「わたしはやみくもに逃げたりしないわ、イヴ。ちゃんと計画を立てる。次の角を曲がったところに……」

話しているうちに小道の角を通り過ぎた。

イヴははっとして立ち止まった。アーミーグリーンのヘリコプターが、斜面の端に枝や岩に半ば隠れて待機していた。「そういうことだったの」

「わたしがそこまで考えないで行動するとでも思った？」ナタリーはパイロットに合図してエンジンをかけさせた。「ニコライは下の谷で霧が晴れるのをずっと待っていた。ゆうべやっとここに迎えに来られたの」

「ニコライ？」

「父の部下。娘を取り戻すと言ったら、父がわたしにつけてくれたの。父は孫娘のことをとても心配しているから。サラザールに殺されずにすんだと知って喜んでいた。娘は首尾よく連れ出して、ついでにあの男も始末したと報告しておいたわ」ナタリーは笑みを浮かべた。「父は復讐（ふくしゅう）を重んじる人だから。わたしもそう。サラザールとつき合うのは面白かったけど、わたしに相応の敬意を払おうとしなかった」フランコに呼びかけた。「子どもをヘリコプターに乗せて。すぐ出発する」

フランコはヘリコプターのドアを開けると、カーフを押し込んだ。

「たしかに、あなたの言うことは聞くのね」イヴは小声で言った。

「そういうこと。ずいぶん時間をかけたわ。ウォルシュがへまばかりしてカーラをつかまえられないとわかって、自分でやることに決めた。サラザールの愛人であることにも、カスティーノの妻であることにも飽き足らなくて、別の自分になりたかった」ナタリーはほほ笑んだ。「それで、カリフォルニアに行って、フランコを見つけ、役に立つように育てた。もともと野心家だから、感謝しているふりをして、わたしといれば金持ちになれると思わせておくだけでよかった。長い目で見て計画を立てて、必要があれば調整した。でも、フランコがサラザールを嫌っていたから、味方につけておくのは簡単だったわ。始末をつけなければいけないことがあれこれあったときは貴重な存在だった。サラザールを娘たちの誘拐犯に仕立てると決めたときには、フランコがウォルシュになりすまして、アメリカ司法省に遺体はジェニー・カスティーノだと知らせた」

「フランコをカリフォルニアの病院に送り込んで、カーラを殺させようとしたのもあなただったのね」

「あとから考えたら、焦ることなんかなかったのに。どっちにしても、サラザールはあの子を殺すつもりでいたんだから」

感情のこもらない冷ややかな口調だった。

「ぎょっとしているみたいね。別にかまわないけど。でも、自分の道を切り開くという点では、あなたならわかってくれると思っていた」ナタリーは肩をすくめた。「でも、こうなってみると、サラザールがカーラもあなたも殺さなくてよかったわ。フランコからシーラの黄金の話を聞いたとき、わたしが望みをかなえられるかどうかはあなた次第だと気づいたの」

「岩場で人の声がする」数メートル先でフランコが言った。「早く行こう」

「わかった」ナタリーは銃を取り出した。「出発よ、イヴ」イヴに銃口を向ける。「フランコに言ったように、あなたにはまだ価値がある。財宝のありかを知っているんだから。あれはわたしのものよ」

「本当は知らなかったら？」

「困ったことだけど、しかたないわね。何もかもはったりだとしたら？」

「そうだとしても、あなたは必要よ。財宝はもうすぐ見つかるとマクタヴィッシュが言っていたってフランコから聞いたわ。わたしのために見つけてもらわなくては」

「ナタリー」フランコが小道に視線を向けた。「ぐずぐずしている時間はない」

「たしかに」ナタリーはフランコに銃を向けた。「あなたはここに残って、追っ手を阻止してくれない、フランコ？」

「えっ？」

「いいえ、やっぱりやめた。あとでと思ったけど、今あなたを始末することにしたわ」

「何を言うんだ？」フランコは怒りに燃える目をナタリーに向けた。「ずっとあんたのために尽くしてきただろ。言われたことはなんだってしてきた」

「これがあなたの最後の務め」

そう言うと、ナタリーはフランコの心臓を撃ち抜いた。フランコが地面に倒れるのを眺めながらつぶやく。「かわいそうだけど、知りすぎていたから。父に本当のことを話すと言って、わたしをゆする気だったんでしょうよ。ほかに頼れる人はもういないから、父との関係は揺るぎないものにしておかなくてはいけないのに」

「サラザールを始末してしまったから？」

「それだけじゃない」ナタリーはごく普通の口調で続けた。「予定どおりいけば、グリニッジ標準時の午前五時半に、わたしの愛しい夫が今の愛人のアパートの前で撃ち殺される。そして、ジェニーとカーラを誘拐して殺害した事実を夫に知られるのを恐れたサラザールが犯行を仕組んだという証拠があがる」

イヴは愕然としてナタリーを見つめた。

「言ったでしょう、フアン・カスティーノにはうんざりだと。サラザールを意のままにするために関係を続けるのもいやでたまらなかった。二人とも始末して、自由になりたかった。それで、フランコを通してメキシコシティのその筋の人間を雇ったわけ」

「それしか方法は思いつかなかったの？」

「ほかの方法もあったけれど、早くけりをつけたくて。新しい生活を始めたかったから」

「そのためにシーラの黄金が必要なわけね」

「そういうこと。話を聞いたとたん、そうなる運命だと思った」ナタリーはヘリコプターのドアを開けた。「乗って、イヴ」

「彼女はどこにも行かない」ジョーが小道のそばに立っていた。ナタリーに銃口を向けている。「ヘリコプターから離れて、武器をおろせ」

ナタリーはぎくりとした。「ジョー・クインね。噂は聞いているわ。話し合えないかしら？」

「無理だ」

「あら、そう？　時間をかければ、あなたを説得できると思うけど」

「武器をおろせ」

「イヴが心配なんでしょう」ナタリーはイヴに銃を向けた。「無理もないわ」

「銃を置いて、ナタリー」イヴも言った。

「そうするわけにはいかない。腕に自信があっても彼が引き金を引かないのは、わたしにあなたを撃ち殺させたくないからよ」ナタリーはあとずさりしてヘリコプターに近づいた。

「今は対決を避けたほうがよさそうね。最終的に勝てばいいわけだし」

「ヘリコプターから離れろ」ジョーが言った。

ナタリーは首を振った。「わたしが乗ったら、ニコライはすぐ離陸する」そう言うと、イヴと目を合わせた。「こっちにはカーラがいるから、まだ取り引きする材料があるわ。目当てのものを手に入れるまでカーラは生かしておいてもいい」

「カーラを返して、お願いだから」イヴは言った。

ナタリーはヘリコプターに乗り込んだ。「あとはあなた次第よ、イヴ。じゃあ、銃をあなたからカーラに向けることにする。クインはカーラを殺させたりしないはずよ」ヘリコプターが浮き上がった。「たいていの男は子どもに弱いから……わたしには不思議でしかたがないけど」ヘリコプターの窓からイヴを冷ややかに見つめた。「わたしは負けるのは嫌い。今回はよくやったのに、全面的勝利とはいかなかった。最後に何かあっと言わせることをしないと気がすまない」

ナタリーは銃を上げた。

ジョーを狙っている。

「やめて！」

イヴはジョーに向かって走った。

組みついて地面に押し倒した次の瞬間、弾丸が頬をかすめた。

そして、ジョーに命中した。

血だ。

「イヴ」

気がつくと、ジョーをしっかり抱き締めていた。

「イヴ、だいじょうぶだから」

だいじょうぶなわけがない。ジョーが撃たれるのを見たし、彼の血がわたしの腕に流れるのも……。

ジョーがイヴを放して、体を起こした。「ほんのかすり傷だ。脇腹が……」左の脇腹を見おろした。「撃たれた傷よりも、きみに押し倒された衝撃のほうが大きかったみたいだ。あの女は射撃の腕はよくない」

「いいえ、本当はうまいはずよ」恐怖と深い安堵の両方で体の震えが止まらない。「フランコを撃つのを見たもの。きっとわざとそらしたのよ。殺す気はなかったけれど、負けを認めたくなくて、わたしに思い知らせようとしたんだと思う」手を伸ばしてシャツににじんだ血に触れた。「彼女が本気を出さなくてよかった」そう言うと、地平線に目を向けた。ヘリコプターは視界から消えつつあった。

「でも、彼女にはぜったい勝たせない」イヴは首を振って頭をすっきりさせようとした。今はナタリーのことは考えられない。それより、ジョーの傷をなんとかしなければ。シャツのボタンをはずした。「あなたの言うとおりね。傷は浅いわ。かすった程度」シャツを引き裂いて、傷口をぬぐった。「ナタリーはカスティーノを殺させる手配をしたと言っていたわ。今朝、実行するって」

「ああ、カスティーノが死んだとマネスからメールが届いた」

イヴはぎこちなくうなずいた。「ナタリーならそれぐらいやりかねない」そう言うと、唇をなめた。「彼女はどんな非道なことをしても逃げられると思い込んでいる」

「そういう相手だとわかったんだ。相手がわかれば勝算はある」

「でも、カーラを連れていったのよ。あの子をどうする気なのか――」

「逃げられたか」ジョックが岩だらけの道をおりてきた。「丘の上からヘリコプターが見えた」

「そう」イヴはジョーを身振りで指した。「その前にジョーを撃ってね。幸い、傷は浅かったけれど」

「よかった」ジョックは崖っぷちまで行って地平線を眺めた。「カーラは？　どこにもいない。無事なのか？」

「ナタリー・カスティーノといっしょにいる」イヴはジョーに包帯を巻き終えて立ち上がると、ジョックのそばに行った。「ナタリー・カスティーノはシーラの黄金を狙っている。だから、カーラを救い出す望みはあるわ」

「助けられると思っていたのに。サラザールも部下も吹っ飛ばしたから、無事だと思っていた」ジョックは声を震わせた。「必ず守ってあげる、二度と怯(おび)えなくていいと約束したのに。約束が守れなかった」

「ナタリーがヘリコプターまで用意しているとは思わなかったもの。あなたはできることはやってくれたわ」

「できることを全部やっていたら、今ごろカーラはここにいたはずだ。彼女を捜して、必ず取り戻す」

「ナタリー・カスティーノは父親のいるモスクワに行くんじゃないかしら」

「モスクワでもどこでもかまわない。カーラのいるところなら、どこにでも行く」ジョックは小道を戻っていった。

「よほどショックだったのね」イヴはジョーのところに戻った。「でも、慎重に行動してもらわないと。狙われているとわかったら、ナタリーはカーラに何をするかわからない」

「その判断が難しいところだな」ジョーはゆっくりと立ち上がろうとした。イヴが近づいて助け起こす。「状況が変わってしまったから。しかも、主導権を握っているのはナタリーだ」そう言うと、どうにか小道を歩き出した。「だが、今のところは彼女がきみに利用価値を認めていることに感謝しよう。命を狙われるよりずっといい」

今のところはそうでも、先のことはわからない。イヴは内心で思った。ナタリーは利用価値がなくなったら、良心の呵責を感じることなく相手を殺す。サラザールもカスティーノもフランコもそうだ。でも、今はそのことをジョーに話さないでおこう。

ナタリーはカーラにも利用価値を認めているが、娘を人質にしてほしいものを手に入れたら、ためらわずに殺すはずだ。

ジョーがイヴの腰に腕を回した。「心配しないで」そっと下腹部に手を伸ばす。「ぼくたちは三人でこの地獄のような数週間を生き延びてきた。これからもきっとだいじょうぶ」

イヴはうなずいてジョーに体を預けた。彼の温もりと力強さを肌で感じたかった。「そうね」きっとそうだろうけれど、今は疲れと恐怖のあまり、家に帰ることしか考えられなかった。ジョーとカーラと、そして、お腹の中でどんどん育っていく赤ちゃんといっしょに家に帰りたい。

今、カーラはいない。

それでも、必ずいっしょに帰る。

そう信じよう。

救急救命士たちがマクダフを乗せたストレッチャーを救急ヘリに運ぶのを見届けてから、ジェーンはジョックに顔を向けた。「テントから移動させる前にドクターが診察してくれたわ。負傷による深刻な症状は出ていないそうよ」

「意識が戻ったときからそう思っていたよ。マクダフはタフな男だから」ジョックは救急ヘリに向かった。「念のために病院まで付き添っていく」

「でも、すぐ戻ってくるでしょう?」

「ああ」ジョックは振り向いた。シルバーグレーの瞳は氷のように冷ややかだ。「だいじょうぶだと確かめたらすぐ戻る」そう言うと、ヘリコプターに乗り込んでドアを閉めた。

離陸するヘリコプターを見つめながら、ジェーンは体を震わせた。絶望感と無力感が広がっていく。

「いっしょに乗っていくとは思わなかったよ」ケイレブが近づいてきて言った。「ジョックらしくないな」

「容体が安定するのを見届けたかったのよ。彼はマクダフが大好きだから」

「クールに振る舞っているが、心の中は荒れ狂っている」ケイレブはかすかな笑みを浮かべた。「よくわかるよ」

「そうでしょうね」ジェーンはもう一度ヘリコプターを眺めてから視線を戻した。「ジョーが応急処置を受けに来るはずだったのに。イヴが電話してきて、ジョーが撃たれたと言っていたから」

「幸い、かすり傷ですんだ。まだ向こうに残って事後処理に当たっているよ。遺体もかたづけなければいけないし。マクダフが雇った護衛たちは、コリンが殺害され、マクダフがあんな目に遭って、当然ながら動揺している。サラザールたちを狙った爆破計画を知らされていなかったのも不満らしい」ケイレブは肩をすくめた。「それはそうだろう。あれだけのスリリングな体験を逃したら、おれだって悔しい」

「そんな言い方はないわ」ジェーンは言い返した。「イヴから聞いたけれど、スリリングだなんて言っていられるような状況じゃなかったはずよ」

「それはそうだが」ケイレブの笑みが消えた。「もしイヴの身に何かあったら、こんなことは言わなかったよ。そもそも、ナタリー・カスティーノとサラザールに会いに行かせるのもためらっただろう。もちろん、クインだってそんなことはさせたくなかったはずだ。だが、イヴは決断した。カーラを守るためにはそうするしかないと思ったからだ」

「でも、カーラを取り戻すことはできなかった」

「みんな、諦める気なんかないだろう。感情に流されることのまずない、おれだってそうだ」ケイレブは自分の胸を叩いた。「カーラを取り戻すために戦う」そう言うと、ジェーンに背を向けた。「戻ってクインを手伝うことにする。チームの一員として動くのに慣れてきたよ。いや、それはないかな。こう言ったら、きみが喜ぶと思ったんだ」ケイレブはジェーンの目を見つめた。「きみの様子を見に来ただけだ。コリンの部下もそうだが、何もすることのないのもつらいだろうと思って」

「たしかに。でも、こうするしかなかったから」

「そうだね」ケイレブはほほ笑んだ。「だが、おれはきみを退屈させたりしないと約束する」そう言うと、ジェーンが何か言う前にその場を離れていった。「イヴを連れてきたよ。彼女も相談相手がほしいだろう。イヴならおれより話も合うだろうし」ケイレブの声が遠ざかっていった。「彼女は湖にいるから……」

　ジェーンはしばらくケイレブの後ろ姿を見送っていた。いつもケイレブからなかなか目をそらすことができないのが不思議だった。この世の光と闇を一身に集めて、その中に溶け込んでいるような人だ。ようやく視線をはずすと、ジェーンは湖に向かった。

だが、イヴはケイレブが言ったように湖畔にはいなかった。テントのそばに立って、手にしたカーラのバイオリンを見おろしていた。

悲しそう。

「イヴ」ジェーンは急ぎ足で近づいた。「今、救急ヘリがマクダフとジョックを病院に連れていったわ。何も心配することはないって――」

「気をつかわなくていいの」イヴはジェーンと目を合わせた。「わたしはだいじょうぶだから。ナタリー・カスティーノがつけ入る隙のない強敵だと思い知らされて、ちょっとひるんでいただけ。あれほど悪賢い人間は見たことがない」ちらりとバイオリンを見おろした。「でも、カーラは利口な子よ。いい子で才能もある。これまで奇跡的に生き延びてきたから、今度もだいじょうぶ」そう言うと、かがんでバイオリンをそっとケースにおさめた。「あの子を愛している人たちが手を差し伸べさえしたら生き抜ける。みんなで助けなくちゃ、ジェーン」イヴは湖畔に出る小道をくだった。「みんなで力を合わせれば、きっと助けられる」

「そのとおりよ」ジェーンはイヴと並んで湖岸に立った。霧はほとんど消えたが、いつも湖の北岸に立ち込めている濃い霧はまだ残っていた。ここ数日、この一帯で多くの人が殺されたり負傷したりしたけれど、この霧は大昔から変わることなく常にここに渦巻いている。「みんなで力を合わせましょう」

シーラ、あなたが道を示してくれたら助かるわ。子どもの命がかかっているの。息子さんのマルクスも、あの子を好きになったと思う。あなたもあの子に会ったら、きっと気に入ったわ。お願い、あなたがマルクスを失ったように、あの子を取り上げさせないで。イヴからあの子を奪わないで。

イヴも霧を見つめていた。「なんだか今日は……いつもと違うわ」笑みを浮かべようとした。「どう思う？　この世の始まりかしら、それとも、終わりかしら？」

ジェーンは近づいてイヴの手を取った。「始まりに決まっているでしょう。戦いはまだこれからよ」

訳者あとがき

アイリス・ジョハンセンのイヴ・ダンカン・シリーズの第20作『霧に眠る殺意（原題Hide Away）』をお届けします。『あどけない復讐（原題Shadow Play）』の続編にあたり、次作の〝Night and Day〟まで三部作となっています。

前作では、復顔彫刻家のイヴ・ダンカンが、身元不明の少女の生前の顔の復元を依頼されたことがきっかけとなって、パートナーのジョーとともに、その少女の妹で、メキシコの麻薬組織に誘拐されたカーラを、苦難の末に救い出すことに成功しました。

今回は前作の最後で入院したイヴが、退院するところから話が始まります。従来のシリーズ作品とは違って、主な舞台はスコットランドの北部の山岳地帯、ハイランド地方。イヴとカーラは麻薬組織の執拗な追及を逃れるために、ハイランド地方で古代の財宝を探すことになったイヴの養女ジェーンのもとに身を寄せたのです。

この古代の財宝をテーマにした作品には『いにしえの夢に囚われ』（原題Blind Alley高田恵子訳　ヴィレッジブックス　２０１１）と『シーラの黄金を追って』（原題Count down　高田恵子訳　ヴィレッジブックス　２０１２）があり、それぞれイヴ・ダンカン・シリーズの第5作と第6作にあたります。著者が先まで見据えて壮大なスケールで次々と作品を世に送り出してきたことが、よくわかりますね。

『いにしえの夢に囚われ』では、当時十七歳だったジェーンにそっくりな女性が次々と殺害され、やがて連続殺人犯の魔の手がジェーンにも迫ります。そんななか、ジェーンは古代ローマ時代の名女優シーラの夢を繰り返し見るようになるのです。そして、続く『シーラの黄金を追って』はその四年後という設定で、大学卒業を控えたジェーンが、本作の舞台ともなっているスコットランドの古城で、城主マクダフから古代の財宝に関する思いがけない話を聞かされます。

ジョハンセンのシリーズ作品は、登場人物が多く、ストーリーの運びも複雑で、その後の展開が気になる〝持ち越し〟が多いのですが、今回もカーラは無事に救出されるのか、古代の財宝は見つかるのかというハラハラドキドキしたところで、ジ・エンド。

次作〝Night and Day〟では、舞台はロシアのモスクワにまで広がり、意外な結末が用意されています。そちらもどうかお楽しみに。

二〇二四年二月　　　　　　　　　　　　　　　　　　　矢沢聖子

訳者紹介　矢沢聖子

英米文学翻訳家。津田塾大学卒業。幅広いジャンルの翻訳を手がける。主な訳書に、アイリス・ジョハンセン『死線のヴィーナス』『囚われのイヴ』『慟哭のイヴ』『弔いのイヴ』(以上mirabooks)、アガサ・クリスティー『ミス・マープルの名推理 火曜クラブ』『スタイルズ荘の怪事件』(ともに早川書房)など多数。

霧に眠る殺意

2024年2月15日発行　第1刷

著　者　アイリス・ジョハンセン

訳　者　矢沢聖子(やざわせいこ)

発行人　鈴木幸辰

発行所　株式会社ハーパーコリンズ・ジャパン
東京都千代田区大手町1-5-1
04-2951-2000(注文)
0570-008091(読者サービス係)

印刷・製本　中央精版印刷株式会社

定価はカバーに表示してあります。

ISBN978-4-596-53679-2